Diogenes Taschenbuch 21124

de
te
be

# *Die schönsten Liebesgeschichten aus der Schweiz*

*Von Jeremias Gotthelf bis Max Frisch*

*Ausgewählt von Christian Strich und Tobias Inderbitzin*

Diogenes

Nachweis der einzelnen Erzählungen
am Schluß des Bandes
Umschlagillustration: Pierre-Auguste Renoir,
›La chevelure‹,
1876 (Ausschnitt)

Veröffentlicht als Diogenes Taschenbuch, 1984

50/96/36/2
ISBN 3 257 21124 4

# *Inhalt*

## Jeremias Gotthelf

# *Wie Joggeli eine Frau sucht*

Im Bernbiet, aber ich sage nicht wo, liegt ein Bauernhof an sonnigem Rain. Birn- und Apfelbäume, mächtig wie Eichen, umkränzen ihn, Alleen von Kirschbäumen laufen von ihm aus nach allen Seiten, und fast so weit am Hügel das Auge reicht, breitet sich um denselben aus ein wunderschöner grüner Teppich, kostbarer als ihn ein König hat: hunderttausendpfündige Matten.

Unterm breiten Dache sprudelt ein prächtiger Brunnen, vor den blanken Fenstern stehn einige Blumenstöcke, und ums ganze Haus herum ist es lauter Sonntag, das heißt aufgeräumt und sauber; kein Strohhalm liegt herum, kein Spänchen ist zu sehen. Auf schöner grüner Bank sitzt ein schöner brauner Bursche, schaut nachdenklich hinauf in die dunklen Wälder, die am jenseitigen Hügel liegen, und langsam, schwermütig steigt zuweilen ein Tabakswölkchen aus seiner fast erlöschenden Pfeife.

Es ist Joggeli, der reiche, ledige Besitzer des schönen Hofes. Seine Mutter ist ihm jüngst gestorben, die so trefflich ihm die Wirtschaft geführt, ihm so lieb gewesen war, daß er gar nicht heiraten wollte, obgleich ihm die Mutter alle Tage zusprach, eine Frau zu nehmen. Rechte Mütter haben nicht gerne ledige Kinder, denken sich die Söhne nicht gerne als alte Sünder.

Jetzt führten ihm die Mägde die Haushaltung und schlecht genug. Seit seine Mutter gestorben war, legten seine Hühner nicht mehr, wenigstens bekam er wenig Eier zu Gesicht, die

Kühe gaben schlechtere Milch, er konnte immer weniger Butter verkaufen, und die Schweine sahen ihn aus ihrem Troge hervor mit verweinten Augen an, klagend über schlechtes Fressen, und doch hatte er nie so oft Korn für sie fassen müssen. Noch nie war so wenig gemacht, gesponnen worden, er brauchte immer mehr Tagelöhner, und doch hatten die Mägde nie noch über so viele Arbeit sich beklagt und nie so wenig Zeit gehabt, das zu tun, was er befahl. Die Ermahnungen der guten Mutter stiegen ihm immer mehr auf, er dachte immer ernstlicher ans Weiben, und je mehr er daran dachte, desto mehr grausete es ihm davor.

Joggeli war nicht etwa so ein Haushöck, der nie von Hause wegkam, die Mädchen nie anreden, höchstens ansehen durfte, sie nur vom Hörensagen kannte. Er war ein lustiger Bursche, in der weiten Umgegend kannte er alle Dirnen, und wenn irgendwo ein hübsches reiches Mädchen unterwiesen wurde, so war er meist der erste unter dessen Fenster. Aber Fenstern ist noch nicht Heiraten, und das war, was ihm Kummer machte und eben deswegen, wie er meinte, weil er die Mädchen nur zu gut kannte. Es sei nicht alles Gold, was glänze, und die Mädchen zeigen den Burschen gewöhnlich nur das Glänzende, pflegte er zu sagen, und das zu sehen, was nicht glänze, werde meist erst dem Ehemann zuteil. Dieses zu beweisen, wußte er Beispiele von Exempeln anzuführen, daß einem fast schwarz vor den Augen wurde. Er wüßte wohl, sagte er, zu einer reichen und hübschen Frau zu kommen, aber er wolle auch eine freine [gutmütige], fromme, fleißige; denn was hülfen ihm Schönheit und Geld, wenn Zanksucht dabei sei und Kupsucht [Schmollsucht], und wie die Suchten alle heißen mögen? Ein zanksüchtig Mädchen gebe eine alte Hexe, sagte er, einem kupsüchtigen saure alle Milch im Keller, und es kriege zuletzt ein Gesicht, gegen welches ein altes Judenkrös ein Prachtstück sei. Von einem geizigen Mädchen wolle er dann gar nicht reden, das werde ja zuletzt ein Geschöpf, gegen das der alte Drache auf der Gysnaufluh ein purer Engel sei. Nun sei aber das das Verflümeretste, daß man nie recht wissen könne, ob man eine Hexe, ein alt Judenkrös oder den alten Drachen selbst ins Haus kriege; denn alle diese Greuel seien meist schon im Mädchen eingepuppt, hinter glatter Mädchenhaut verborgen, und gar oft mache das Mädchen vor dem Hause und hinter dem Hause und besonders im Wirtshause das zärtlichste Gesicht, dem im Hause der Drache fußlang aus den Augen sehe und seine Krallen schon im Ankenhafen und in der Tischdrucke habe. Sobald ein Mannsgesicht über die Küchentüre hineinsehe, fahre der Drache in seine Höhle, und während das Mädchen holdselig lächle, wetze derselbe seine Krallen und denke: »Warte nur, bis ich dich habe, dann will ich dich!« Auf das Berichten von anderen Leuten könne man sich auch nicht verlassen, am allerwenigsten einer, der heiraten wolle. Von allen Seiten werde der angelogen. Man bezahle Leute, welche das Mädchen bis in den Himmel erheben sollen, und bezahle wiederum Leute, die es auszumachen hätten, als ob es in keinen Schuh gut wäre und man mit ihm ein Bschüttiloch vergiften könne. Da möchte er doch wissen, wer so eine feine Nase hätte, daß er immer richtig unterscheiden könne, ob die Leute bezahlt seien, um zu schelten, oder bezahlt, zu loben, oder gar nicht bezahlt. Nun möchte er wohl eine Frau, allein so hineintrappen und einen Schuh voll herausnehmen, das doch auch nicht. Wie das aber zu vermeiden sei, es auszusinnen, habe ihn schon oft fast wirbelsinnig gemacht.

Wenn Joggeli, der doch zu Kilt gehen und aus Pflanzplätzen und allerlei sonst immerhin in etwas auf die Tüchtigkeit eines Mädchens schließen konnte, in solcher Verlegenheit war, in welcher muß da nicht ein Stadtherr sein, der die Stadtmädchen nur an Bällen, in Soireen, in der Komödie oder in einem Konzerte sieht, der, er mag es machen, wie er will, nur ihre Sonntagsgesichter erblickt, keine Arbeit von ihnen zu Gesicht bekommt, ja selten mehr ihre Hände ohne Handschuhe!

Guter Rat ist meist sehr teuer, indessen kömmt er auch über Nacht umsonst. Eines Morgens zwischen Heuet und Ernte, wo die Bauerntöchter meist zu Hause waren, einige am Strümpfeplätzen sich versuchten, andere dem Weber spulten, die dritten im Garten grupeten [kauerten] oder ums Haus herum fiselten, sagte er seinen Leuten, er wolle ins Luzernerbiet um ein Roß aus. Dort seien weniger Tage im Jahr als hier, jeder Tag wenigstens zwei Stunden kürzer, daher werde weniger Geld verdient, daher alle Sachen dort wohlfeiler als bei uns, und wenn er schon acht Tage lang nicht wiederkomme, so sollten sie nicht Angst haben um ihn.

Joggeli ging fort, doch sah man zur selben Zeit im Luzernerbiet keinen Joggeli, der nach Rossen gefragt hätte. Aber zur selben Zeit sah man durch das Bernbiet einen Kesselflicker ziehen, den man vorher und nachher nie wahrgenommen hat und von dem man noch immer reden hört, obgleich seither wenigstens fünfzig Jahre verflossen sind. Es war ein langer Bursche mit rußigem Gesicht, der das Handwerk noch nicht lange getrieben haben konnte, denn er war gar langsam dabei und ungeschickt dazu, und wenn ein nur leicht verwickelter Fall vorkam, so wußte er sich nicht zu helfen.

Am meisten fiel bei ihm auf, daß er keine Regel hatte in seinen Forderungen und keine Ordnung im Arbeitsuchen. Er übersprang ganze Reihen Häuser, fragte bei keinem einzigen nach verlöcherten Pfannen oder zerbrochenen Kacheln [Schüsseln], er strich, ohne stillzustehen, durch ganze Dörfer. Wiederum konnte er vor einem Hause, einem Hofe einen ganzen

Tag leiern, ohne daß man eigentlich wußte, was er tat. Er stotzte [ging müßig] in der Küche herum, schnausete alles aus [durchstöberte alles], war jedermann im Wege und ging am Ende abends nicht einmal fort, sondern forderte noch ein Nachtlager. Er hatte alle Augenblicke etwas nötig, strich, um es zu fordern, den Töchtern des Hauses oder den Mägden nach, suchte mit ihnen zu wortwechseln, sie zu versäumen, und wo er über Nacht blieb, da erlaubte er sich gar unziemliche Dinge und trieb es so weit, daß man fast glauben mußte, er versuche, wieviel es erleiden möge, ehe man Schläge kriege. Auch ließ er schon geheftete Kacheln aus der Hand fallen, daß sie in tausend Stücke sprangen, forderte unverschämten Lohn, branzte [zankte] über die Menge der gemachten Arbeit, kurz, er war der widerwärtigste Bengel, der je das Land durchstrichen hatte.

Deswegen auch wurde er von manchem Hause weggejagt mit Fluchen und Schelten. Ertaubete [erzürnte] Bauern hetzten ihm die Hunde nach und drohten mit Steinen und Stekken; erboste Bauerntöchter warfen ihm Kachelstücke nach, gaben ihm Titel, mit denen man einen Hund hätte räudig machen können, und schnitten ihm Gesichter, neben welchen der geschundene Kopf einer Kröte ein anmutig Luegen war. Zu diesem allem lachte der Kerli nur, gab spöttische Antworten, nannte die Bauern Muttestüpfer, die Töchter Zyberligränne, und wenn man ihm den geforderten Lohn nicht geben wollte, so sagte er wohl, er begehre gar nichts, einem solchen Lumpenbürli, der seiner Tochter nur kudrige Strumpfbändel vermöge und knöpfig Haarschnüre, sei er noch imstande ein paar Kreuzer zu schenken. Man kann denken, was ihm dann alles nachfuhr auf solche Reden hin, aber als ob er das geradeso wollte, ging er lachend von dannen. Hätte der Kesselflicker in dieser Zeit gelebt, und hätte er auch schreiben gekonnt, so würde er wahrscheinlich die Welt mit Reisebildern oder Wanderfahrten beschenkt haben.

So hatte er am dritten Tag seiner Wanderung ein großes Haus, das am Ende eines Dorfes lag, erreicht in vollem Laufe. Eine schwarze Wolke schwebte am Horizont und sandte flimmernden Regen herab in reichem Gusse. Kaum hatte er sich geschüttelt unter breitem Dache und seine leichte Boutique abgestellt, so kamen durch das Gras unter den Bäumen her andere Gestalten hergerannt mit Hauen auf den Schultern, Fürtücher die Mädchen über die Köpfe, die Schuhe in den Händen die Bursche, alles dem breiten Dache zu: es war das Gesinde, welches zum Hause gehörte und Erdäpfel gehacket hatte. Hinter ihnen drein sprang etwas unbehülflich eine zimperliche Gestalt, besser angezogen als die andern, aber eben nicht zu solchem Wettlauf eingerichtet. Als sie ankam, schäkerten bereits Mägde und Knechte miteinander, und ein dralles Mädchen schlug Sami, dem Melker, das nasse Fürtuch um den Kopf. Da zog Rösi, das zuletzt angelangte Mädchen, die Tochter des Hauses, ein gar schiefes Gesicht, warf Stüdi, dem drallen Mädchen, seine Haue und sein Fürtuch zu, hieß ihm beides abseits tun und tat selbst zimperlich unter den andern und trippelte mit allerlei Gebärden um die Knechte herum und übte den eigenen Augenaufschlag und das Blinzen durch die Augenecken, welche beide zu Stadt und Land wohl bekannt sind. Endlich kam die Mutter unter die Türe, eine lange, hagere Frau mit spitzer Nase, und hieß die Tochter, statt da außen zu galpen [schäkern], sich trocken anzuziehen; sie wisse ja wohl, wie sie eine Leide [Schwächliche] sei, nichts erleiden möge und gleich auf dem Schragen liege.

Bei dieser Frau meldete sich auch der Bursche um Arbeit. Er erhielt zur Antwort, daß er warten müsse bis nach dem Essen, man hätte jetzt nicht Zeit, ihm die Sachen zusammenzusuchen. Bescheidentlich fragte er, ob er nicht mitessen könne, er wolle sich gern vom Lohne abziehen lassen dafür. Man wolle ihm etwas füruse geben, hieß es. Er setzte sich vor die Küchentüre, aber lange ging es, bis das Essen aufgetragen wurde, und noch länger, bis er etwas kriegte. Bald fehlte eine Kachle, bald eine Kelle beim Anrichten; bald schrie die Frau: »Stüdi, weißt du, wo der Waschlumpen ist?« und bald: »Rösi, wo hast du den Schiggoree?« Und als sie schon alle bei Tische saßen, schoß bald eins in die Küche, bald eins in den Keller, denn bald fehlte Milch auf dem Tisch, dann war kein Brot vorhanden. Endlich brachte man auch ihm etwas heraus, das eine Suppe sein sollte, aber aussah wie schmutziges Wasser, in dem ein Mehlsack ausgeschwenkt worden, ein aschgraues Gemüse, welches ehemals Schnitze gewesen, in himmelblauer Brühe schwimmend, und dazu ein Stücklein Brot, das von einem alten Wollhut, der lange in einem Krüschkasten [Kleiekasten] gelegen, abgeschnitten schien. Er merkte sich das Essen wohl, aber aß es nicht, sah dagegen, wie Rösi, als nur noch die Mutter in der Küche war, für sich köcherlete und endlich ein verstrupftes Eiertätschchen [Eierkuchen] zum Vorschein brachte und ins hintere Stübchen spedierte, wie es sich darauf eine Zeitlang im Keller aufhielt und mit einem verdächtigen Weingeruch heraufkam. Als alle wieder in die nassen Erdäpfel gegangen, sogar die Mutter, der Vater aber, ein ehrlicher Schlirpi, irgendwo auf dem Ohr lag, sah er, wie Rösi, wahrscheinlich mit einem Restchen des Eiertätsches, in den Futtergang ging, wo der Melker Futter rüstete für die Rosse. Als diese Promenade zu Ende war, setzte sich Rösi zu ihm auf die Bank, bohrte an einer Lismete mit ungewaschenen Fingern und frägelte ihn allerlei aus, tat wie ein Meisterlos und hörte ohne Zucken alle Dinge, sie mochten sein, wie sie wollten, die der Kesselflicker zu sagen beliebte.

Und dieses Rösi war das gleiche Mädchen, das so nett und aufgeputzt an Märkten und Musterungen erschien, so sittsam tat, so mäßig sich betrug, vor einem Schluck Wein sich schüttelte und vor jedem Blick eines Burschen sich verbergen zu wollen schien. Mit Gewalt mußte man es zum Tanzen zwingen, mit Gewalt zum Essen, mit Gewalt zum Reden, aber es hieß, daheim sei es gar werksam, gehe immer mit dem Volk aufs Feld und sei ohne allen Stolz und Hochmut.

Aber je mehr er Rösi ansah, desto mehr mißfiel es ihm und alles um ihns herum. Nicht nur die Finger waren schmutzig, sondern alles an ihm; ums Haus herum war es unaufgeräumt, in der Küche keine Ordnung, zu allen Kacheln, welche er heften sollte, fehlten Stücke. Es saß da bei ihm, sich offenbar gehen lassend, weil es ihn ohne Bedeutung meinte, und da war von Sittsamkeit nichts zu sehen, es hatte ein beflecktes Inneres, Lust an wüsten Dingen und stellte sich recht eigentlich dar als ein gemeines Ding, das nicht gerne arbeitete, das daheim sich alles erlaubt glaubte, wenn es nur im Wirtshause und auf der Straße sich anständig gebärdete. Es klagte nebenbei so recht zimperlich über das Arbeiten, und wie ihm das erleidet sei, es Kopfweh und Krämpfe mache und ein schönes Buch ihm das Liebste sei. Dazu schien es noch bösartig, stüpfte die Katze, neckte den Hund und jagte die Tauben unter dem Dache weg. Es hätte in diesem lüsternen, lässigen, langweiligen Ding niemand das schmucke, stille, ehrbare Mädchen erkannt, dem man recht gerne nachsah beim Tanze oder stillestund, wenn man es bei einem Krämer seine Einkäufe machen sah. Duldsam, solange sie alleine waren, fing es, sobald am Abend das Haus sich wieder füllte, mit dem Kesselflicker zu zanken an, gab ihm schnöde Worte und führte alle seine Arbeit aus. Da begann auch der Kesselflicker sein Spiel, höhnte das Töchterchen, hielt ihm den Melker vor, den Eiertätsch, sein sauberes Lismen, wo immer ein Lätsch [Masche] auf der Nadel sei und einer unter derselben, bis das Feuer ins Dach stieg, das Mädchen heulend Vater und Mutter klagte, der Vater fluchte, die Mutter schimpfte, der Ringgi bellte, die Katze miaute, alles lärmte, was da lärmen konnte – da zog der Kesselflicker lachend fürbaß.

Am Abend eines anderen Tages schleppte er seine Bürde müde einem großen Hause zu, das in der Nebengasse eines Dorfes stund. Das Dach des Hauses war schlecht, der Misthaufen aber groß, viel Holz lag darum herum, aber nicht geordnet, ein Schweinstall stieß daran, einige Fürtücher und Hemden hingen am Gartenzaune, schwarz und rauchicht war es um die Haustüre, voll Löcher der aus Lehm gestampfte Schopf [Schuppen]. Eine fluchende Stimme drang aus der Küche und donnerte mit einem unsichtbaren Jemand, der wahrscheinlich etwas zerbrochen hatte, und ihr nach kam ein stämmiges Mädchen mit rot angelaufenem Gesicht, ungekämmt seit vergangenem Michelstag, zwei Säumelchtern in den Armen, in denen Adern schwollen wie kreuzerige Seile, und auf Füßen, die letzten Samstag gewaschen worden, seither zweimal den Schweinen gemistet hatten und so breit waren, daß man die verhudelten Schuhe an denselben bequem als Kuchenschüsseln hätte gebrauchen können. Dieses Mädchen war in vollem Zorn, traf die Schweine beim Ausputzen ihres Troges mit dem mutzen Besen auf ihre Rüssel, daß sie krachten, fluchte mit ihnen, wie kein Kälberhändler es ärger hätte tun können, und schlug ihnen das Fressen in den Trog, daß es weit umherspritzte. Darauf die Hände nur notdürftig im Brunnentroge schwenkend, rief es zum Essen, und hervor kamen allerlei Gestalten, die wenigstens ihre Hände waschend, wie es doch bei jedem ehrbaren Bauernhause Sitte ist, und die es taten, taten es, als schonten sie dem, was sie aus den Ställen an den Händen mitgebracht. Es war ein wüstes, unordentliches Essen, an welchem der Keßler teilnehmen konnte unter dem Beding, umsonst zu heften, was er, während die andern rüsteten, zu heften imstande sei. Rohe Spässe, Zoten wurden alsobald flüssig; man schien damit das schlechte Essen würzen zu wollen. Marei, die Tochter, nahm herzhaft teil daran ohne irgend die geringste Scham, hatte aber nebenbei immer noch Zeit, Vater und Mutter zu widerreden, dem erstern zu sagen, wann er zum letzten Male voll heimgekommen sei, und der letztern vorzuhalten, sie hätte in den letzten drei Wochen nicht zwei Strangen Garn gesponnen, dann auch die Mägde zu schelten und den Knechten wüst zu sagen, wenn sie an den zu beschneidenden Rüben die Rinde zu dick machten. Freilich mußte sie sich auch gefallen lassen, derbe Antworten zu hören und besonders von den Knechten Worte anzunehmen, wie doch sonst kein ehrbares Mädchen sich sagen läßt von Knechten; aber wie man tut, so hat mans auch.

Sein Lager war ihm im Stall angewiesen. Der war schmutzig wie die Kühe darin, die Läger zu kurz und er in beständiger Gefahr, von einer Kuh mit ihrem Heimeligsten begossen zu werden. Im Hause war noch lange Lärm, es schien ihm auch nachts keine Ordnung da zu sein und alle zu machen, was jedem beliebe. Er war aber zu müde, zu gwundern. Am Morgen ward frühe Appell geschlagen, niemandem mehr Ruhe gegönnt, es drehte das Volk vor fünfe sich ums Haus herum, aber niemand tat doch eigentlich was Rechtes. Man mußte halt aufsein, damit es heiße, in dem und dem Hause gehe der Tanz schon vor fünfe los, und ds Marei sei immer die erste und die letzte. Aber vor halb achte konnte man doch nicht zMorgen essen und zwar eine Suppe ohne Schmalz und ohne Brot und Kraut, so lang, so hart, so trocken, daß man sich lange besinnen mußte ob das, was man hinunterschluckte, Geißelstecken seien oder wirkliche Krautstengel, und dazu machte die Marei Augen, mit denen man einen Hasenpfeffer hätte anmachen können.

Dem Keßler erleidete es bald da, am Kraut hatte er sich satt gegessen und an der Tochter, diesem unsauberen Werktier, satt gesehen. Daher, als sie ihm eine Milchkachle zum Heften brachte, sagte er ihr, diese werde sie doch nicht wollen heften lassen, sie säuerle ja wie eine Sauerkrautstande, in welcher dreijähriges Sauerkraut gewesen sei; wenn sie ihr Milchgeschirr nicht sauberer halte, so werde sie die Milch nicht lange gut haben und nicht viel süßen Anken machen. Potz Wetter, da gings los, die Kachelstücke flogen ihm ins Gesicht, und als die verschossen waren, riß sie ihre Schuhe von den Füßen, schlug auf ihn los wie der Drescher auf das Korn in der Tenne, und er hatte noch nie so Eile gehabt, sich wegzumachen, wenn er nicht geprügelt sein oder allen Ernstes sich wehren wollte.

Da könne auch einer einen Schuh voll herausnehmen, dachte der Bursche bei sich, als er das Haus im Rücken hatte. Das erstere Mädchen sei berühmt als gar sittsam, manierlich, das jedem Haus wohl anstehen würde, dieses aber als eine rechte Werkader, als eine angehende Bäuerin, wie es zu Berg und Tal keine geben werde, hätte die schönsten Schweine, wisse mit den Schweinehändlern am besten zu märten [handeln], dürfe alles selbst anrühren, und der sei ein Glücklicher, der es erhaschen könne. Nun habe er beide gesehen, und es schaudere ihn, wenn er eins oder das andere haben müßte, und wenn er nur ein Kesselflicker wäre. Und es sei doch gut, dachte er, daß so ein Kesselflicker überall hingucken könne, wo sonst niemand hinsehe, und daß man sich nicht vor ihm in acht nehme und das Sonntagsgesicht vornehme, wenn so einer im Hause sei, wie man es zu tun pflege, wenn Dorf [Besuch] komme, oder wenn man zDorf gehe. Gar auf Märkten und an Musterungen sei lauter Lug und Trug, nicht nur auf dem Kühmärit, sondern auch in Gast- und Tanzstuben, und die da am meisten aufgezäumt erscheine und geschlecket bis z'hinderst, die sei zu Hause nicht selten die wüsteste Kosle, die es geben könne, und komme daher, daß man nicht wisse, was hinten, was vornen sein solle. Wer Marei und Rösi auf einem Märit gesehen, der hätte geglaubt, sie stünden jedem Bauernhause wohl an; wer sie aber zu Hause sah, der müsse sagen, daß sie zu einem Bauernhof paßten wie Haare in die Suppe, wie Wanzen in ein Bett, wie Essig zu einer gestoßenen Nidel (Rahm). »Ja«, dachte er bei sich selbst, »wahr ist wahr, und mit den Mädchen ist es, nicht zusammengezählt und Euer Ehren vorbehalten, wie mit den Kühen: was man auf dem Markt kauft, ist gewöhnlich daheim nur halb soviel wert, mit dem Unterschied, daß man von den einen wieder loskommen kann, wenn man Reukauf zahlt, von den andern dann meist weder Geld noch Seufzer einem helfen.«

Er war recht schwermütig geworden, und alle Arbeit war ihm verleidet. Er setzte sich in ein Wirtshaus und tagdiebte da, spielte den Hudel, tat, als ob er kein Geld hätte, wollte seinen Keßlerkram verkaufen, fand aber keinen Käufer. Die Wirtstochter fesselte ihn auch nicht. Ihre Pantöffelchen gefielen ihm nicht, sie steckte ihm ihren Daumen zu tief ins Kraut, welches sie ihm auftrug, machte ihm ein gar zu mißvergnügt Gesicht, wenn sie einmal aufstehen mußte, und gnepfte [ging schwerfällig] manchmal so bedenklich durch die Stube, als ob sie an jedem Fuße fünf Hühneraugen hätte.

Zeitlich ging er zu Bette, brach früh auf, da eben die Sonne so klar und frisch zu scheinen begann. Da ward ihm wieder froh und leicht im Gemüte, und er beschloß, weiterzuwandern mit seinem Keßlerkram, den ihm niemand hatte abkaufen wollen.

Einem Fußwege nach zog er einem schönen Bauernhofe zu; lustig umflatterten ihn früh erwachte Vögelein, abgefallene, unreife Kirschen knitterten unter seinen Füßen, Spatzen jagten sich auf den hohen Bohnenstecken, zwei Bursche graseten, und zutrauliche Hühner pickten hinter ihnen auf den frisch gemähten Flecken die Würmer auf. Blank war das Haus, hell glitzerten die Fenster, ein freundlicher Garten lag vor demselben, und wohlbesorgte Blumen spendeten freigebig ihre reichen Düfte. Ein schlankes, großes Mädchen mit reinem Haar, reinem Hemd und Händen saß auf der Türschwelle, schnitt Brot ein und hatte ein lustig prasselnd Feuer in der Küche, doch nicht das halbe Feuer draußen auf der Feuerplatte, sondern alles drinnen im Loch, wie es sich gehört. Rauh und trotzig frug er nach Arbeit. Wo Weibervolk sei, da sei immer etwas zu heften oder plätzen, fügte er bei. Das Mädchen antwortete, wenn er warten wolle, bis es angerichtet, so habe es ihm Arbeit genug. Da müßte er wohl viel Zeit versäumen, antwortete er, wenn er jedem Ziehfecken abwarten wolle, bis es ihm sich schicke. Das sei doch keine Manier, sagte das Mädchen, gleich so aufzubegehren, und wolle er nicht warten, so könne er gehen. Wolle er aber Verstand brauchen, so könne er seinethalben mit ihnen zMorgen essen, während der Zeit wolle es ihm Arbeit rüsten. Der Keßler blieb nicht ungern da, das Ganze hatte so eine Art, daß es ihn heimelete. Er zog daher seine Pfeifen in etwas ein, stellte seine Drucke [Schachtel] ab und setzte sich zu dem Volk an den Tisch. Es hatte alles ein reinlich Ansehen, und das Volk tat manierlich, betete mit Andacht, und aus dem ganzen Benehmen sah man, daß da Gott und Meisterleute geehrt würden. Die Suppe war eben nicht überflüssig dick, aber gut, der Brei bränntete nicht, die Milch war nur leichtlich abgeblasen, das Brot nicht ohne Roggen, aber küstig und nicht hundertjährig.

Er saß noch nicht lange am Tische, so ließ er ein mächtiges halbes Brot in eine Milchkachel fallen, daß die Kachel in Scherben ging und rings am Tische alles mit Milch überspritzt wurde. Hie und da hörte man ein Kraftwort, aber halb verdrückt; eine vorlaute Magd hieß ihn der ungattlichst Hung, den sie noch gesehen. Anne Mareili aber, die Tochter, verzog keine Miene, hieß jene Magd mit ihr in den Keller kommen, und bald stund andere Milch und anderes Brot auf dem Tisch. Statt sich zu entschuldigen, stichelte der Keßler, im Länderbiet esse man weißeres Brot, dort würde solches nicht einmal von drGottswillen Leuten gegessen. Niemand antwortete ihm darauf.

Er pflanzte sich mit seiner Arbeit neben der Küchentüre auf, von welchem Standpunkt aus er die Arbeit in Küche und Garten beobachten konnte. Er sah, wie Anne Mareili das Großmüetti – die Mutter war gestorben – an die Sonne führte, ihm mit aller Sorgfalt ein Kissen auf der Bank zweglegte und nie unwillig wurde, wenn das Großmüetti kärete [murrte], bald hie aus, bald da aus wollte und beständig das Großtöchterchen an Sachen mahnte, die längst abgetan waren, nach Art aller Großmüetteni, die meinen, an Dinge, welche sie ehemals abgetan, jetzt aber nicht mehr vollbringen können, denke kein Mensch mehr, sie blieben ungemacht, wenn sie nicht daran erinnerten. Er sah, wie der Ätti fortwollte, seine Strümpfe suchte, sie nirgends fand und nun seine Tochter ausschimpfte, die sie ihm verlegt haben sollte. Ohne viel dagegen zu haben, half sie ihm geduldig dieselben suchen und fand sie endlich versteckt hinter der Kutte, welche der Vater anzog, wenn er bei strubem Wetter wässern wollte. Dorthin hatte der Alte sie selbst versteckt am vergangenen Tanzsonntage, damit sein Sohn sie ihm nicht wegstipitze, um auf dem Tanzboden damit zu glänzen. Das Mädchen gab sie dem Ätti ohne irgendeine Bemerkung, begleitete ihn freundlich einige Schritte weit und bat ihn, er solle doch ja nicht zu streng laufen und sich doch ordentlich Essen und Trinken gönnen, es wolle ihm schon mit etwas Warmem warten, bis er heimkomme. Er hörte, wie es Bettelkindern Bescheid gab, die einen teilnehmend nach einem kranken Vater, einer kranken Mutter fragte und etwas Passendes ihnen gab, wie es andere zurechtwies, zur Arbeit sie mahnte, Arbeit ihnen anbot und sie dann sehr ernst abwies, wenn sie schnöden Bescheid gaben und die Arbeit von der Hand wiesen. Er hörte, wie es den Diensten Bescheid gab, kurz und deutlich jedem antwortete oder Arbeit anwies, daß man sah, es wußte allenthalben in Feld und Haus, was getan, was noch zu tun war. Bei dem allem saß es nicht auf einem Throne oder einem Ruhbett, streckte die Füße lang von sich weg und hatte im Schoße die Hände, sondern es war nie müßig, rüstete das Essen für eine ganze Menge Volk alleine, erlas das Kraut beim Brunnen mit einer Sorgfalt, daß man ihm wohl ansah, es sei ihm nicht gleichgültig, ob in demselben Schnecken blieben oder nicht. Aber es ging ihm alles von der Hand wie gehext, und seine Füße liefen wie auf Federn, blötschten nicht auf den Boden, daß es ihm bei jedem Schritt die Nase bis über die Stirne hinaufsprengte, wie man hie und da Menschenstücke um Häuser blötschen sieht [schwerfällig auftreten].

Des Mittags war das Essen wieder proper und anständig, und doch führte er es aus und sagte, am Schmalz im Kraut könnte wohl keine Fliege sich überschlucken. Das Mädchen, welches in der Abwesenheit des Vaters die Oberherrschaft führte, antwortete darauf bloß, daheim könne er kochen lassen, wie er wolle, hier sei es so der Brauch, und wenn das ihm nicht recht sei, so brauche er ja nicht wiederzukommen.

Nachmittags als die Großmutter schlief, das Volk auf dem Felde war, ging er in die Küche, angeblich um die Pfeife anzuzünden, fing aber an zu spaßen, zu schätzelen, wollte das Mädchen obeneinnehmen und küssen, da kriegte er eine Ohrfeige, daß er das Feuer im Elsaß sah und dazu die Schwelle in Bern rauschen hörte, und vernahm den kurzen Befehl, er solle sich an seine Arbeit machen, damit sie endlich fertig werde. Dann ging das Mädchen zum Hundestall, band den Blaß los, der es in freudigen Sätzen umsprang, und sagte zu ihm: »Komm, du armer Hund du, ich will dich ablösen, aber dafür mußt du hübsch bei mir bleiben und nicht wieder den Schafen nachlaufen, willst du?« Und der Hund sah zu ihm auf, als ob er es verstünde, war ihm immer zur Seite, wohin es ging, legte sich ihm, wenn es arbeitete, zu den Füßen und zeigte allemal die Zähne, wenn es beim Keßler vorbeiging, als ob er wüßte, wem er Respekt einzuflößen hätte.

Endlich, gegen Abend erst, brachte der Keßler Pfannen und Häfen in die Küche zurück und zuletzt auch einen Arm voll Kacheln. Als das Mädchen sie ihm abnehmen wollte, ließ er sie fallen, daß die Stücke weit in der Küche herumflogen, die Großmutter einen Schrei ausstieß und ängstlich fragte, ob nicht die Kachelbank umgefallen sei. Der Bursche fluchte nur und sagte, an dem wolle er nicht schuld sein, aber eine, die so dumm und uwatlig [ungeschickt] täte, hätte er noch nie angetroffen. Das Mädchen wurde hochrot, und der Blaß stellte sich mit offenem Maul neben ihns, aber es sagte bloß, es sei nicht sein Brauch, mit einem Keßler zu branzen, aber wer sie habe fallen lassen, wisse er und es. Er solle nur sagen, was man ihm schuldig sei, und dann machen, daß er fortkomme, sonst zeige ihm endlich der Blaß noch den Weg.

Er lasse sich nicht so begegnen, sagte der Keßler, und fürchte den Hund nicht. Das sei wohl die kommodeste Art, sich bezahlt zu machen, arme Leute, denen man Geld schuldig sei, mit dem Hund fortzujagen, aber bei ihm komme man an den Lätzen. Anne Mareili antwortete, er habe ja gehört, daß es ihn bezahlen wolle und das je eher je lieber, damit es ihn nicht mehr zu sehen brauche, und wiederzukommen brauche er nicht, denn es hätte nie mehr Arbeit für ihn. Da sagte der Keßler, und jetzt wolle er expreß nichts für seine Arbeit, aber so befehlen, nicht mehr zu kommen, das lasse sich ein Keßler nicht, das sei unverschämt. In vierzehn Tagen sei er wieder da, und dann nehme es ihn dsTüfels wunder, ob es nichts für ihn habe; und dazu machte der Keßler wieder Augen, als ob er Anne Mareili küssen wollte, aber der Blaß sperrte sein Maul auf zu einem Müntschi, das dem Keßler doch nicht angenehm war. Darum streckte er Anne Mareili nur die Hand und sagte: »Auf Wiedersehn!« Aber Anne Mareili wollte ihm die Hand nicht geben und sagte, es hätte noch nie einem Keßler die Hand gegeben, und es wolle schon zufrieden mit ihm sein, aber erst dann, wenn es ihm den Rücken sehe. Da lachte der Bursche und sagte, sy Seel gebe es ihm noch einmal die Hand, und es werde wohl eine Zeit kommen, wo es sein Gesicht lieber habe als seinen Rücken.

Somit machte er sich von dannen, hellauf ein lustig Lied singend, daß Berg und Tal widertönten. Anne Mareili wurde es recht angst dabei. Es hatte viel von Räubern gehört und namentlich, daß oft Keßler versteckte Räuber seien, die das Land ausspionierten, um zu sehen, wo etwas zu stehlen sei, und wie sie auch Weiber und Mädchen mit sich fortschleppten in ihre Höhlen und dort sie bei sich behielten als ihre Weiber. Ein solcher Räuber, dachte es, könnte auch der Keßler sein – er sehe ganz darnach aus – und es auf ihns abgesehen haben. Aber das solle ihm nicht leicht werden, dachte es, sein Messer und der Blaß wollten auch noch etwas dazu sagen. Indessen ging es doch nicht gerne nachts aus dem Hause, zündete des Nachts allenthalben hin, besonders unter sein Bett, schloß die Türen sorgfältig und fütterte den Blaß extra alle Abend, damit er sich nicht etwa locken lasse, und betete noch einmal so inbrünstig zu seinem lieben Vater im Himmel, daß er ihm zur Wache seine Engelein senden möchte, zwei zu seinen Häupten, zwei zur Fußeten, einen an jede Seite und endlich einen, der ihns führe in sein himmlisch Reich. Und dann schlief es getrost ein, aber oft träumte das Mädchen von dem Keßler, doch eigentlich nicht mit Furcht und Zittern, sondern derselbe verwandelte sich gewöhnlich in einen schönen Jüngling, in einen Prinzen oder Königssohn, der es absolut zur Frau haben wollte und seinem Anne Mareili Himmel und Erde versprach.

Doch kein Keßler kam wieder. Aber nach vierzehn Tagen fuhr an einem schönen Nachmittag ein Wägeli vors Haus, ein schöner Grauschimmel mit stolzem Geschirr davor, ein großer, schöner Bursche darauf.

Ganz als wenn er da bekannt wäre, rief er einem Knechte, er solle doch kommen und ihm das Roß abnehmen. Darauf kam er an die Türe, und als Anne Mareili ihm Bescheid geben wollte und ihm in die Augen sah, da wurde ihm fast gschmuecht, der Keßler stund vor ihm, nicht als Prinz und nicht als Räuber, sondern als ein stattlicher Bauer. Und der Spitzbube lachte und zeigte noch schönere weiße Zähne, als der Blaß hatte, und fragte so spitzbübisch: »Gäll, ich bin wiederum da, du hast es mir verbieten mögen, wie du wolltest.« Und lachend reichte er ihm die Hand, und verschämt gab ihm Anne Mareili die seine. Da, rasch sich umsehend und niemand gewahrend, sagte er ebenso rasch, und gerade seinetwegen komme er. Es werde wohl schon von ihm gehört haben, er sei der und der und hätte schon lange gerne eine Bäuerin auf seinen Hof gehabt, aber nicht eine auf die neue Mode, sondern eine wie seine Mutter selig. Aber er hätte nicht gewußt, wie eine solche finden, da die Meitscheni gar schlimm seien und einem leicht Stroh für Heu verkaufen. Darum sei er als Keßler umhergezogen, hätte manches gesehen, er hätte es niemanden geglaubt, aber manchen Tag, ohne eine zu finden, die er nur vierzehn Tage hätte auf seinem Hofe haben mögen. Schon habe er die Sache aufgeben wollen, als er ihns gefunden und bei sich gesagt habe: »Die oder keine!« Und jetzt sei er da und möchte ihns geschwind fragen, ob er seinem Alten etwas davon sagen dürfte. Da sagte Anne Mareili, er sei einer, dem nicht zu trauen, aber er solle hineinkommen, es sei soviel Rauch in der Küche. Und Joggeli mußte hinein ohne weitere Antwort.

Indessen ging er nicht wieder hinaus, bis er eine Antwort hatte, und die muß nicht ungünstig gewesen sein, denn ehe ein Vierteljahr um war, ließ Joggeli verkünden mit Anne Mareili und hat es nie bereut und kriegte nie mehr eine Ohrfeige von ihm. Aber oft drohte es ihm mit einer, wenn er erzählte, wie Anne Mareili ihm die Hand nicht hatte geben wollen und ihm gesagt, es möge nicht warten, bis es ihm den Rücken sehe, und wie es dann doch froh gewesen sei, ihm die Hand zu geben und sein Gesicht zu sehen. Wenn er dann aber hinzusetzte, er glaube, jetzt sehe es sein Gesicht lieber als den Rücken, so gab Anne Mareili ihm friedlich die Hand und sagte: »Du bist ein wüster Mann, aber reuig bin ich doch nie gewesen, daß ich dich wieder angesehen.« Dann gab ihm wohl Joggeli sogar vor den Leuten einen Schmatz, was doch auf dem Lande nicht dick gesehen wird, und sagte, er glaube immer, er habe seine Frau seiner Mutter selig zu verdanken, die ihn gerade zu dieser geführt.

Und allemal wenn Joggeli hörte, einer sei hineingetrappet und hätte einen Schuh voll herausgenommen, so lachte er, sah Anne Mareili an und sagte: »Wenn der hätte lernen Pfannen plätzen und Kacheln heften, so wäre es ihm nicht so gegangen. Ja, ja, ein Marktgesicht ist vom Hausgesicht gerade so verschieden wie ein Sonntagsfürtuch etwa von einem Kuchischurz, und wenn man dieses nicht gesehen hat, so weiß man gerade soviel von einem Meitschi, als man von einem Tier weiß, das man im Sack kauft, da weiß ja auch keiner, hat er ein Lämmlein oder ein Böcklein.«

Oh, wenn die Meitscheni wüßten, daß jeden Augenblick ein solcher Kesselflicker über die Küchentüre hereinsehen könnte, wäre auch am Werktag um manche besser Wetter, und sie täte manierlicher jahraus und -ein und wäre gewaschen Vormittag und Nachmittag!

# Rodolphe Töpffer

## *Die Erbschaft*

### I

Langeweile heißt mein Leiden, lieber Leser. Ich langweile mich überall; im Hause und außer dem Hause, bei Tisch, wenn ich keinen Hunger mehr habe, auf einem Ball, sobald ich in den Saal getreten bin. Es gibt keinen Gegenstand, der meinen Geist, mein Herz, meine Neigungen gefangen nimmt, und nichts scheint mir so ewig zu dauern wie meine Tage.

Trotzdem gehöre ich zu denen, die man die Glücklichen dieser Welt nennt. Mit vierundzwanzig Jahren habe ich noch keinen andern Verlust zu beklagen gehabt als den meiner Eltern; und die Trauer, die ich darüber empfinde, ist sogar das einzige Gefühl, das ich mit einer Art schmerzlichen Behagens in mir nähre. Im übrigen bin ich reich, verhätschelt, gern gesehen, beliebt, unbekümmert um Gegenwart und Zukunft: alles wird mir leicht, alles steht mir offen. Und zum Überfluß hab' ich noch einen Paten (er ist mein Onkel), der mich liebt und mir einst sein sehr bedeutendes Vermögen zuwenden will.

Und inmitten all dieser Güter gähne ich, daß mir die Kinnbacken zerreißen könnten. Ich finde selbst, daß ich zuviel gähne. Ich habe darüber mit meinem Arzt gesprochen; er meint, es sei nervös, und läßt mich abends und morgens Baldriantropfen nehmen. Ehrlich gesagt hätte ich nicht geglaubt, daß es so schlimm um mich stände; und da ich eine schreckliche Furcht vor dem Tode habe, so beschäftigen sich meine

Gedanken nur noch mit einem innerlichen Leiden, das mich untergräbt und das man mir verheimlicht. Ich bin nicht müde geworden, die äußeren Anzeichen desselben zu studieren, meinen Puls zu fühlen, meine innere und äußere Empfindlichkeit zu prüfen, mich in die eigenartige Natur meiner Kopfschmerzen und in ihr Zusammentreffen mit einer merklichen Beschleunigung meines Gähnens zu vertiefen, und so bin ich endlich dahin gekommen, mir eine Gewißheit zu verschaffen ... eine Gewißheit, die ich für mich behalte, in der Befürchtung, daß, wenn ich sie meinem Arzt anvertraue, er sie vielleicht nicht teilen könnte ... und dann würde die Todesangst mich sicherlich töten.

Diese Gewißheit besteht darin, daß ich im Herzen einen Polypen habe. Einen Polypen ... ich gestehe, daß ich nicht recht weiß, wie er entstanden ist, will es indessen auch gar nicht wissen, aus Furcht, dabei schreckliche Entdeckungen zu machen; aber ich habe einen Herzpolypen; daran zweifle ich nicht mehr. Dieser Polyp erklärt auch schlagend alles, was in meinem Körper vorgeht: er ist die Ursache meines Gähnens, der Ursprung meiner Langenweile. Ich habe deshalb meine Lebensweise eingeschränkt, meine Mahlzeiten umgewandelt. Keinen Wein mehr, nur noch weißes Fleisch. Der Kaffee ist verbannt, er ruft Herzzuckungen hervor. Morgens Malventee, das ist vorzüglich gegen Herzpolypen. Keine Säuren, nichts Starkes oder Schweres, das wirkt alles auf die Verdauung ein und diese wieder auf das Nervensystem; dann ist der Blutumlauf sofort behindert und – siehe da, mein Polyp schwillt an, breitet sich aus, wächst ... Im Grunde nämlich stelle ich ihn mir wie einen dicken Champignon vor.

So verbringe ich lange Stunden damit, an meinen Champignon zu denken. Wenn man mich anredet, ist er es, der mich hindert zuzuhören. Habe ich einen Galopp getanzt, so mache ich mir Vorwürfe über diesen Leichtsinn, der nachteilig für meinen Champignon sein muß. Ich kehre früh zurück, wechsle die Wäsche, lasse mir eine Tasse Bouillon ohne Salz geben – alles wegen meines Champignons. Ich lebe nur im Hinblick auf meinen Champignon. So beschäftigt mich mein Leiden viel, aber ich finde nicht, daß es mich von dem andern Übel heilt, der Langeweile.

Ich gähne also weiter. Manchmal schlage ich ein Buch auf. Aber die Bücher ... so wenige sind angenehm. Die guten? die sind so ernsthaft, so tief, man muß sich Mühe geben, sie zu verstehen, Mühe, sie zu genießen, Mühe, sie zu bewundern. Die Neuerscheinungen? Davon hab' ich so viel gelesen, daß mir nichts mehr neu erscheint. Schon bevor ich sie aufschneide, kenne ich sie. Der Titel läßt mich die ganze Handlung durchschauen; am Titelbild erkenne ich den Ausgang; und dann ... mein Champignon verträgt keine lebhaften Erschütterungen ...

Ernsthafte Studien? Hab' ich auch versucht! Der Anfang ist leicht, aber das Beharren! ... Und ich frage mich sehr bald, wozu? Mein Lebenslauf besteht darin, von meinen Renten zu leben, spazieren zu reiten, mich zu verheiraten und zu erben. Ohne mir die Mühe zu machen, irgend etwas zu lernen, werde ich das alles besitzen und noch andres dazu. Ich bin Oberst in der Nationalgarde. Man hat mich zum Stadtrat gemacht, ich habe abgelehnt, Bürgermeister zu werden: die öffentlichen Ehren regnen nur so auf mein Haupt; aber ... mein Champignon würde sich mit einer großen geistigen Anstrengung nicht befreunden.

»Was gibt's?«

Die Zeitung.

»Gib her. Schon gut! – Etwas, mich wenigstens für einige Augenblicke zu beleben.«

Ich suche nach Neuigkeiten, natürlich nach solchen aus der Stadt, denn die aus Spanien berühren mich wenig, die aus Belgien bringen mich um. Nanu, kein Selbstmord . . ., kein schrecklicher Unglücksfall? Nichts von Mord und Brandstiftung! Törichtes Blatt! Das heißt doch den Abonnenten das Geld aus der Tasche stehlen!

Wie bedaure ich, daß die schönen Tage der Cholera vorüber sind! In *der* Zeit, ja, da unterhielt mich meine Zeitung: sie hielt meinen Schrecken in Atem, und an dem kleinsten Ereignis, das mit dem Schreckgespenst im Zusammenhang stand, nahm ich beim Lesen Anteil. Ich sah das Ungeheuer mit weit aufgesperrtem Rachen sich vorwärts bewegen, wieder zurückweichen, bis vor meine Tür dringen . . . Nicht alles war heiter an diesen Vorstellungen, aber wenigstens gab es neben der Hoffnung, daß es nicht kommen würde, und der schrecklichen Angst, daß es doch kommen könnte, keinen Platz für die Langeweile; dazu kam das Flanellhemd, das mir die Haut kitzelte, so daß ich fortwährend an irgendeiner Stelle zu kratzen hatte.

Ich kenne keine Langeweile, keine körperliche oder seelische Mattigkeit, die nicht einem Jucken weichen würde. Ich bin sicher, daß . . .

»Was gibt's wieder?«

»Herr Retor.«

»Sag ihm, daß ich nicht zu Hause bin.«

»Ja, hm – da ist er schon.«

»Herr Retor, ich bin zu sehr beschäftigt, um Sie empfangen zu können.«

»Zwei Minuten nur . . .«

»Ich habe nicht eine zu verlieren.«

»Nur, um Ihnen diese Zeitrechnungstafel der allgemeinen Völkergeschichte vorzulegen . . .«

(Der Teufel hole ihn und seine allgemeine Völkertafel.) »Nun, und . . .?«

»Ich mache Sie darauf aufmerksam, mein Herr, daß noch keine derartige Tafel auch nur annähernd die Vollendung dieser hier erreicht hat. Sie erblicken darauf vier verschiedene Zeitrechnungen mit der Zurückführung auf Jahre der christlichen Zeitrechnung und auf Jahre seit Erschaffung der Welt. Sie haben hier ferner die vollständige Reihe der ägyptischen Könige und derer von Babylon . . .«

(Ich wollte, man bände ihn dir auf den Rücken, deinen Schweif von babylonischen Königen und deine fünf Zeitrechnungen, Schurke! Eine ist schon zuviel, und er will mich vier kaufen lassen und noch eine mehr!!!) »Herr Retor, das ist alles sehr schön, aber ich beschäftige mich nicht mehr mit Weltgeschichte.«

»Sie haben hier außerdem den Kaiser Kantien-si-long . . .«

»Überflüssig, Herr Retor; ich bin sicher, daß Ihre Tafel vollkommen ist.«

»Dann gestattet der gnädige Herr wohl, daß ich ihm zwei Exemplare hier lasse?«

»Ich wüßte nichts damit anzufangen. Ich besitze die Tafel von Hocquart.«

»Die von Hocquart! Voller Irrtümer! Ich bitte den gnädigsten Herrn nur um eine halbe Stunde Aufmerksamkeit, um zu vergleichen . . .«

(Der Schurke, mir, gerade mir, derartige Vorschläge zu machen!) »Nichts davon, Herr Retor. Ihre Tafeln langweilen mich, ich will keine.«

Nach diesen Worten folgt eine lange Pause, in der Herr Retor langsam seine Tafeln zusammenrollt, während ich ihm zusehe und ungeduldig darauf warte, ihn herzlichst zu verabschieden.

»Der gnädige Herr hätte keine Veranlassung . . .«

»Nein.«

»Ein Sammelwerk zu kaufen . . .«

»Nein.«

»Dreißig Bände in Folio . . .«

»Auch nicht.«

»Mit Bildertafeln . . .«

»Nichts.«

»Und Inhaltsverzeichnis . . .«

»Nein.«

»Von Mouchard . . .«

»Nein doch, nein.«

»Dann, gnädiger Herr, habe ich die Ehre . . . Der gnädige Herr würde mich aber doch sehr verpflichten, wenigstens eine dieser Tafeln zu behalten.«

»Wie, Sie sind noch nicht fertig?«

»Ich bin Familienvater.«

»Unleidlich.«

»Habe sieben Kinder . . .«

»Dafür kann ich nichts.«

»Und ich lasse sie Ihnen für fünf Franken statt für zehn.«

(Sieben Kinder! Sie werden vielleicht fünfzehn bekommen! Und für jedes soll ich dann eine Zeitrechnungstafel der allgemeinen Völkergeschichte kaufen!) »Da sind fünf Franken, und nun lassen Sie mich zufrieden!«

Ich mache heftig die Tür hinter ihm zu und setze mich wieder hin. Die Galle steigt in mir auf, eine scheußliche Stimmung vergrößert noch meine Langeweile. Dieser Polyp will mich umbringen, er wird mich auch umbringen. Mit dem kläglichsten Ausdruck überfliege ich meine Zeitrechnungstafel der allgemeinen Völkergeschichte, die der andere auf meinem Tisch ausgebreitet hat liegen lassen. Da ist bis zu Kantien-si-long und Nectanebus auch nicht ein Name, der mir nicht als mein persönlicher Feind erschiene, als ein lästiger Frechling, ein Schurke mit sieben Kindern, der sich mit den Familienvätern gegen meine Börse und meine Gesundheit verschworen hat. Der Zorn packt mich, steigt in mir auf, übermannt mich . . . Ins Feuer mit der Tafel! –

Es ist doch eigen, wie bisweilen die Wut vernünftig, der Jähzorn vorausblickend sein kann. Ich ziehe die Tafel, noch ehe ich sie hineingeworfen habe, vom Feuer zurück und denke dabei, ich weiß nicht wieso, daran, daß ich die fünf Franken verbrenne, die mich die Tafel gekostet, und dann steigt der Gedanke in mir auf, sie könne eines Tages meinen Kindern nützlich sein. Gerade darin zeigt sich mein vorausschauender Blick; denn ich bin unverheiratet, und es ist sogar anzunehmen, daß ich nie heiraten werde.

Dennoch glaube ich manchmal, daß ich als Verheirateter mich weniger langweilen würde. Wenigstens würden wir dann zu zweien sein, um uns zu langweilen; das müßte doch eigentlich lustiger sein. Kann man übrigens die Bemerkung machen, daß auch Familienväter der Langenweile unterworfen sind? Durchaus nicht; Familienväter sind tätig, froh, immer im Gange; stets ist Geräusch, Bewegung um sie, mit ihnen; eine Frau, die sie anbetet . . .

Ja, eine Frau, die mich ein, zwei Jahre anbeten würde, das mag hingehen. Aber wenn sie mich dreißig Jahre, vierzig Jahre anbeten wollte! Der Gedanke macht mich starr vor Schrecken! Vierzig Jahre Anbetung! Wie lang, wie unendlich muß das sein! Und dazu Kinder, die schreien, weinen, sich zanken, sich die Nase schnauben, sich schlecht abwischen . . . und als einziger Ersatz, ihnen Geist und Herz mit meiner Zeitrechnungstafel der allgemeinen Völkergeschichte bilden! Ach, man muß viel überlegen, bevor man heiratet . . . und nicht zu vergessen – mein Herzpolyp . . .!

Trotzdem habe ich Absichten auf eine junge Dame, die sich in jeder Beziehung für mich eignen würde. Angenehmes Äußeres, hübsches Vermögen: unsere Charaktere passen zueinander. Aber sie hat fünf Tanten, Vater, Mutter, zwei Onkel: im ganzen elf oder zwölf nahe Verwandte. Sobald man nur von dieser Heirat spricht, sind sie alle die Zuvorkommenheit selbst, lächeln mir zu, schmeicheln mir, wollen mich mit heiraten; es ist zum Umkommen vor Langerweile. Ich gähne ihnen ins Angesicht; sie verdoppeln nur ihre Liebenswürdigkeiten. Dann fühle ich deutlich, wie meine Liebe ins Wanken gerät und daß ich doch liener Junggeselle bleibe.

Indessen, da nun einmal empfindsame Herzen ein gebieterisches Bedürfnis nach zärtlichen Neigungen haben, so hat das meine eine andere Richtung eingeschlagen. Ich fühle ganz bestimmt, daß ich ein anderes junges Mädchen anbete, das ich zuerst nicht beachtet hatte, um nicht zwei Flammen auf einmal zu nähren. Sie hat ein so schönes Profil, so schöne Augen und einen so liebenswürdigen und natürlichen Geist, daß es unmöglich ist, sie nicht zu lieben; auch hat sie keine nahen Verwandten. Darum werde ich auch von Tag zu Tag verliebter in ihre Reize und in ihr verfügbares Vermögen.

Nur eins stimmt mich bedenklich, daß außer mir kein anderer junger Mann ihr den Hof macht. Ich muß daher ganz allein zu ihren Füßen schmachten. So lieblich nun aber auch eine Blume erscheinen mag, die man pflücken möchte, warum sollte ich es tun, wenn niemand sie begehrt, gerade ich, der ich mir etwas auf meinen zarten und ausgezeichneten Geschmack einbilde? Vor einiger Zeit kam ich auf einen Ball, als sie gerade mit einem schönen Offizier tanzte. Lieblich, lächelnd, belebt, schien sie gar nicht zu bemerken, daß ich eintrat. Gerade daran entzündete sich die Flamme meiner Liebe aufs neue; ich war nur noch einen Schritt von der Entscheidung entfernt.

Ich eile auf sie zu, um sie für die erste Masurka zu engagieren.

»Mit Vergnügen, mein Herr!«

»Den zweiten Kontertanz?«

»Mit Vergnügen.«

»Den dritten Walzer?«

»Mit Vergnügen.«

»Den fünften Galopp?«

»Mit Vergnügen.«

Immer ›mit Vergnügen‹. Kein einziger, der sie mir streitig macht. Meine Liebesglut erlosch darüber so sehr, daß ich den ganzen Abend damit zubrachte, kleine Kuchen zu verzehren.

Seit diesem Tage habe ich meine Huldigungen auf ein anderes Fräulein übertragen, für das ich zuerst wenig Neigung empfand, und zwar darum, weil alle Welt mir zuredete; allen voran mein Pate. Es war dies Fräulein S . . . ., die Cousine von Frau von Luze. Das bedeutet, daß sie zu einer der ersten Familien gehört und daß sie zu den vornehmsten Salons der Stadt Zutritt hat. Sie ist groß, von schöner Haltung, wird von den Herren umschwärmt, ebensosehr ihres Geistes wegen wie um ihrer Schönheit willen, und viel, sehr viel reicher als die beiden zuerst genannten Damen. Auch bin ich gewiß, daß ich mit ihr schon verheiratet sein würde, wenn mein Pate nicht wäre.

Vergangenen Montag komme ich erst spät auf einen Ball. Um sie herum herrscht dichtes Gedränge. Ich mußte mich mit dem sechsten Kontertanz begnügen und der Gunst einer Runde in der Masurka, die ich noch dazu mit drei anderen Herren zu teilen hatte. Diese Hindernisse stachelten meine Leidenschaft an; die lebhafteste Neigung, das reinste Feuer begannen mich zu erfüllen; ich dachte bereits an ernste Schritte für den kommenden Morgen, und der sichtlich beifällige Blick meines Paten vermochte nicht einmal meine Glut abzukühlen.

Obgleich sie nur von dem Balle sprach und sich damit begnügte, über meine witzigen Einfälle ein klein wenig zu lächeln, fand ich sie immer entzückender. Ich habe viel Geist, wenn ich will. Wahrscheinlich, dachte ich, hat sie ebensoviel wie ich. Und das ist von unberechenbarem Wert. So werden unsere Gespräche gewürzt sein; ob sie spricht oder schweigt, werde ich den unendlichen Zauber, der von ihr ausgeht, durchdenken, erraten, auskosten dürfen. Indem ich so grübelte, riß ich sie mit mir in den Wirbelwind der Masurka in einer Trunkenheit, die ich bisher noch nicht empfunden hatte. Es schien mir, als hielte ich in meinen Armen eine himmlische Vereinigung von Schönheit, Geist und Empfindung; und aus ihrem Atlasleibchen, das meine Finger sanft umschlossen, strömte es wie wollüstiger Wohlgeruch, der mit meiner holden Verzauberung zusammenfloß.

Ich war entschlossen, ganz und gar entschlossen, und im übrigen müde, stets wieder unentschlossen zu sein, als ich beim Fortgehen meinen Paten traf, der mich erwartete.

»Nun, bist du endlich gekommen? Recht so, denn sie betet dich an!«

»Wirklich?«

»Ein Wort, und du hast sie. Die Familie findet dich reizend, alle wollen dich.«

»Sind Sie dessen sicher?« sagte ich enttäuscht.

Er näherte sich meinem Ohr. »Es ist schon die Rede von einer Wohnung, die dem jungen Fräulein gefallen würde. Nun? Ich sage es ja, du bist ein Glückspilz. Laß mich nur machen . . .«

In dem Maße, wie mein Pate sprach, entwich meine Trunkenheit, die himmlische Vereinigung auch und das Atlasleibchen gleichfalls. Ich will, sagte ich kühl, darüber nachdenken. Und ich dachte gar nicht mehr daran.

So befinde ich mich wieder in der gleichen Ungewißheit wie früher. –

»Was gibt's noch?«

»Wird der gnädige Herr zu Mittag essen?«

»Natürlich werde ich essen.«

»Aber hier zu Hause?«

»Wart' einmal – ja, ich werde zu Hause essen.«

»So werde ich anrichten.«

»Halt, nein! Richte nicht an. Ich hab's mir überlegt, ich werde auswärts essen.«

## 2

Wenn du dich noch daran erinnerst, lieber Leser, so langweilten wir uns tüchtig zusammen, als wir uns zuletzt sahen. Ich verließ dich gähnend, du verließest mich, als ich fortging, um auswärts zu essen.

Es war bei einem meiner Freunde. Er ist verheiratet, Familienvater und ebenso glücklich und heiter, wie ich es nicht bin. Er und seine junge Gattin überhäuften sich mit Liebesbeweisen; die Blicke, die sie einander zuwarfen, strahlten von wahrer Zärtlichkeit, und an vielen kleinen Aufmerksamkeiten, an tausend scheinbar unbedeutenden Dingen konnte ich die enge Gemeinschaft ihrer Seelen erkennen. Der eine machte dasselbe Gesicht wie der andere; der eine trank nur, wenn der andere auch trank; der Brotkrümel, den der eine absichtlich liegen ließ, begehrte, ergriff und verzehrte heimlich der andere, und so, ganz eingenommen von ihrer Liebe, sprachen sie mich nur der Form wegen an, und ich kam mir wie ein lästiger Dritter vor, der höchstens dazu da war, um eine reizvolle Abwechslung in ihre ständigen zarten Liebesbezeigungen zu bringen.

Ich langweilte mich ordentlich, und um so mehr, als ich mich trotz meiner selbst langweilte, gegen meine bessere Absicht, ungeachtet der Ratschläge, die ich mir innerlich selbst erteilte. Suche doch, sagte ich zu mir, suche doch diesem holden Schauspiel Geschmack abzugewinnen, ziehe eine Lehre daraus für dich selbst, lerne es, dieses ebenso glückliche wie liebenswürdige Paar zu beneiden, ja, beneide sie um ihr Glück, das du, wenn du nur willst, dir selbst bald verschaffen kannst. – Bitte, antwortete ich dieser wackeren Stimme, lerne zu schweigen. Du ähnelst meinem Paten. Mein Pate ist es, der dich so reden heißt. Laß mich dieses einfache Kotelett in Frieden essen; das ist für den Augenblick mein einziger Genuß, mein alleiniges Begehren.

Soviel ist sicher, einer der Umstände, die dem guten Einfluß unserer innerlichen Selbstvorwürfe am meisten schaden, ist der Klang der Stimme, ist die Gestalt, die wir ihnen im Geiste geben. Während sehr langer Zeit habe ich die innere Stimme meines Gewissens nicht von der Stimme meines Hauslehrers unterscheiden können. So glaubte ich, wenn mein Gewissen zu mir sprach, es in schwarzem Gewande, mit schulmeisterlicher Miene, eine Brille auf der Nase, vor mir zu sehen. Die Folge davon war, daß, sobald mein Gewissen mich abzukanzeln begann, ich mich ihm in einem zwar sehr achtungsvollen, zugleich aber denkbar unverschämten Ton widersetzte und nur aufs eifrigste bedacht war, mich seinem Einfluß zu entziehen und anders zu handeln, als es mir anriet. Ich habe daraus eine Lehre gezogen, die ich hoffentlich noch einmal praktisch verwerten kann: nämlich, meinen Kindern einen Hauslehrer zu geben, der so liebenswürdig, so nachsichtig, so voller natürlicher Herzensgüte, so frei von Pedanterie und allem gekünstelten Wesen ist, daß, wenn ihr Gewissen später die Gestalt dieses würdigen Mannes annimmt, es nur um so mehr Rechte für sich beanspruchen kann, sie zu leiten und sich ihnen vernehmlich zu machen. Ach, wie bedauerlich ist es doch, daß ich bei so weisen Plänen für die Erziehung meiner Kinder eine so unbeständige Neigung zur Heirat besitze!

Ich aß also mein Kotelett. Als ich damit fertig war und keinen Hunger mehr hatte, wartete ich ungeduldig auf das Ende der Mahlzeit, das meine glücklichen Wirte immer wieder hinauszögerten, und nicht etwa nur durch Gespräche.

Welcher Gleichklang in ihrem Appetit! dachte ich; aber vor allem, was für ein Appetit! Ist es denn möglich, daß man so viel essen kann, wenn man sich liebt? Das ist also das Ziel, zu dem einen die eheliche Liebe hinführt? Oh, wie verschieden ist sie von der leidenschaftlichen Liebe, deren Zauber in der Unruhe besteht, die von ihren Gedanken allein lebt und sich aus dem eigenen Feuer Nahrung holt! Und du solltest je daran denken, Eduard (das ist mein Rufname), du solltest je daran denken . . .

»Sie sind so nachdenklich«, sagte da plötzlich die junge Gattin meines Freundes verbindlich zu mir. »Was fehlt Ihnen?«

»Er ist traurig«, antwortete mein Freund statt meiner, »wie es alte Junggesellen sind. Übrigens, wie steht es mit deinen Liebschaften, Eduard?«

»Sie haben weit geringere Fortschritte gemacht als die eurige«, sagte ich.

»Teufel auch! Das will ich hoffen!«

»Ich auch.«

Ich weiß nicht, wie mir dies unartige Wort entschlüpfte. Mein Freund schwieg; seine Frau sprach von etwas anderem; und ich, ich schämte mich, war zornig auf mich selbst, machte stillschweigend Brotkügelchen und bedauerte bitterlich, nicht bei mir gegessen zu haben, wo ich niemanden vor den Kopf gestoßen haben würde. Sobald ich es ohne zu große Unhöflichkeit tun konnte, verabschiedete ich mich und eilte nach Hause.

Dort fand ich ein gutes Feuer. Ich zog meinen Zahnstocher hervor; mir ersetzt er die Zigarre. Indem ich mich so erholte, dachte ich an meinen Freund und Familienvater; im Geiste vergegenwärtigte ich mir wieder sein Aussehen, seinen Ton, seine Art zu sprechen, und beglückwünschte mich nun beinahe wegen der schroffen Erwiderung, die mir entwischt war. Im Grunde besteht ein geheimer Groll zwischen jungen Ehemännern und alten Junggesellen; wenigstens kann es zwischen ihnen keine vollständige und innige Seelengemeinschaft geben. Die jungen Ehemänner beklagen den alten Junggesellen; aber ihr Mitleid ähnelt zum Verwechseln dem Spott. Der alte Junggeselle bewundert den jungen Ehemann; aber seine Bewunderung ist nur um Haaresbreite vom Hohn entfernt. Ich sagte mir daher, daß ich wohl getan, ihren schlechten Scherzen die Spitze abzubrechen, und daß, wenn ich bei meinem Ausfall etwas derb geworden, auch dies mein Recht war, das Recht des Schwächeren, da ich doch einer gegen zwei gewesen.

»Gnädiger Herr!«

»Was gibt's?«

»Ach, gnädiger Herr!«

»Nun?«

»Es läutet ›Feuer‹!«

»Es wird nichts sein.«

»Vier Häuser, gnädiger Herr!«

»Wo denn?«

»In der Vorstadt.«

»Bring mir warmes Wasser zum Rasieren.«

»Der gnädige Herr wollen . . .«

»Ich will mich rasieren.«

»Hören der gnädige Herr das Geschrei?«

»Ja.«

»Soll ich dem gnädigen Herrn trotzdem warmes Wasser bringen?«

»Ja doch, Dummkopf! Verlangst du etwa, daß ich mich des Feuerlärms wegen nicht rasiere . . .?«

Es ist doch wirklich ein schönes Ding um die Versicherungsgesellschaften, dachte ich und entfernte meine Halsbinde. Da können die Leute ruhig mit verschränkten Armen zusehen, wie ihre Häuser abbrennen. Für ihre verfallenen Baracken tauschen die Spitzbuben neue Häuser ein. Ein wenig Unannehmlichkeit mag ja damit verbunden sein, das ist wahr; aber was ist das im Vergleich zu früher? Übrigens trifft es sich heut noch glücklich für die Gesellschaften, daß der Wind nicht stärker weht . . .

»Nun, bringst du mir warmes Wasser?«

»Hier ist es!«

»Ich glaube gar, du zitterst.«

»Ach, gnädiger Herr! . . . sechs Häuser! . . . alle in Flammen . . . Man fürchtet schon für das neue Viertel . . . und meine Mutter wohnt ziemlich nahe bei dem Feuer!«

»Weißt du denn nicht, daß abgesehen von den freiwilligen Gaben, die stets reichlich fließen, diese Häuser sämtlich versichert sind?«

»Ja, gnädiger Herr, aber meine Mutter besitzt nur ihr Mobiliar. Wenn der gnädige Herr . . .«

»Du willst hingehen? Aber ich werde dich hier brauchen. Na, meinetwegen. Lauf, komm bald wieder, um mir zu berichten, wie es steht, und auf dem Rückweg kaufe mir Eau de Cologne.«

Nun begann ich, mich zu rasieren, und zwar mit besonderem Interesse, weil ich eine neue, vervollkommnete Seife versuchte. Der Schaum erschien mir ebenso reichlich und kräftig wie der Geruch zart und lieblich; nur kam ich nicht recht vorwärts, da das Wasser nicht warm genug war, und verfluchte die Feuersbrunst, die schuld daran hatte. Währenddessen läuteten alle Glocken der Stadt zusammen. Unheimliche Rufe ertönten aus den benachbarten Straßen, Trupps von Männern kamen und bemächtigten sich der städtischen Feuereimer, die mir gegenüber in einem Schuppen aufbewahrt werden. Bei diesem Geräusch ging ich ans Fenster, erfüllt von einer köstlichen geheimen Erregung, die uns tumultuarische Auftritte so oft verursachen. Es war dunkel draußen, so daß ich die Männer nicht sah; aber am Himmel bemerkte ich einen rötlichen Schein, gegen den sich die Dächer und Schornsteine der Häuser in undurchdringlichem Schwarz abzeichneten. Einige Reflexe reichten bis zu dem dicken Turm der Kathedrale, von deren Spitze die Glocken ihre Klangwellen entsandten, bald mit mächtigem Brausen, bald mit entferntem Murmeln, je nachdem der Schlegel von einer oder von der entgegengesetzten Seite das Erz traf. Wie herrlich! sagte ich zu mir selbst und trat wieder vor den Spiegel, um mich fertig zu rasieren.

Es war das ein sehr langsames und sehr peinliches Geschäft, da eine kleine, erst halb vernarbte Schnittwunde am Rande des Kinns die größte Behutsamkeit erforderte. Zudem eilte ich immer wieder ans Fenster, um die Größe des roten Lichtscheins zu beobachten, der ständig zunahm. Schon hoben sich Garben glühender Asche hoch in die Lüfte, um darauf anmutig mit all dem Glanz eines Riesenfeuerwerks zur Erde zu sinken. In der Tat, dachte ich, das muß ein schöner Anblick sein. Ich habe nicht übel Lust, dort vorbeizugehen, bevor ich mich ins Kasino begebe. Ich beendete deshalb eilig meine Toilette, hing meinen Mantel um, zog weiße Handschuhe an und lenkte meine Schritte nach der Vorstadt. In den Straßen zeigte sich niemand, die Läden waren geschlossen; ich begegnete nur zwei oder drei Kaleschen, die einige meiner Bekannten ins Kasino brachten.

Ich kam bald in der Vorstadt an. Das Unglück war schrecklich, der Eindruck erhaben. Vier oder fünf Dachstühle, die Feuer gefangen hatten, schleuderten wahre Wirbelwinde von Flammen und Rauch zum Himmel empor, und inmitten dieses unheimlichen Anblicks beleuchtete eine festliche Helle die Uferdämme, die Brücken und die Tausende von Menschen, die in dem Gewühl und Geschrei ihre Tätigkeit entwickelten. Die Einwohner der bedrohten Häuser warfen ihre Möbel aus den Fenstern heraus oder trugen ihre kostbarsten Habseligkeiten durch die Menge in ein nahe gelegenes Gotteshaus, das man zu diesem Zweck geöffnet hatte. Lange Reihen von Männern, Frauen und Kindern stellten die Verbindung mit dem Fluß her und ließen so die gefüllten Eimer zu den Spritzen gelangen, deren gleichmäßiges Geräusch die Rufe der Menge übertönte. Mitten auf der Brandstätte schlugen Männer mit ihren Beilen brennende Balken zusammen, während andere von der Höhe benachbarter Häuser den zischenden Strahl der Spritzen in die Mitte der unermeßlichen Glut richteten.

»Weiß man«, fragte ich einen sehr geschäftigen Biedermann, »weiß man, wie das Feuer entstanden ist?«

»Gehen Sie an die Kette«, sagte er mir.

»Sehr schön, aber antworten Sie mir, weiß man . . .«

»Ihr Diener von ganzem Herzen.«

Der Mann erschien mir von einer eigenartigen Grobheit, und ich begann den schlechten Ton der unteren Klassen zu beklagen, der heute so gewöhnlich ist, daß ein wohlerzogener Mensch es kaum wagen kann, selbst in der höflichsten Weise einen Vorübergehenden anzureden. Aber schon unterbrach eine andere Stimme meine Überlegungen.

»He! der Liebhaber mit den weißen Handschuhen, hier brauchen wir etwas Hilfe; man wird Ihnen Platz machen.«

Lebhaft verletzt über diese unverschämt vertrauliche Anrede, ging ich auf die andere Seite der Straße.

»Hierher, hierher! Posten, bringen Sie uns doch mal den hübschen Burschen her.«

Entrüstet schwenkte ich nach links hinüber.

»Hallo, hierher der Marquis!«

Aufgebracht wandte ich mich nach rechts.

»Lump, wenn du nicht gleich kommst, um hier zu arbeiten, so werd' ich dir was zu saufen geben.«

Aufs tiefste in meinen ehrbarsten Gefühlen verletzt, beschloß ich, diese abscheuliche Gesellschaft zu verlassen und stehenden Fußes ins Kasino zu gehen. »Hier ist kein Durchgang«, sagte da eine Schildwache und verlegte mir den Weg mit ihrem Gewehr.

»Gestatten Sie, mein Herr, Sie müssen doch an meinem Anzug sehen, daß Ihre Weisung sich nicht auf mich beziehen kann. Ich will ins Kasino.«

»Ins Kasino! Himmeldonnerwetter, sehen Sie denn nicht, daß es hier an Armen fehlt? Marsch, an die Kette!«

»Wissen Sie auch, mein Freund, daß Sie Ihre ungeschliffene Grobheit zu bereuen haben könnten? Ich will davon absehen, nach Ihrem Namen zu fragen, aber geben Sie mir jetzt augenblicklich den Weg frei.«

»Ich heiße Louis Marchand und fürchte Sie nicht. Ich bin

Jäger im fünften Bataillon, Hauptmann Ledru. An die Kette, *Canaille*, glauben Sie denn, daß die braven Leute dort im Wasser zu ihrem Vergnügen arbeiten? Sie Kasino, Sie! Tanzen geh'n wollen, nicht wahr? Während die Frauen hier vor Kälte schauern.«

Während dieser Erörterung stürzten die vom Feuer erfaßten Dachstühle mit schrecklichem Krachen zusammen, dem ein Augenblick allgemeinen Stillschweigens folgte. Die ganze Menge hatte die Arbeit eingestellt und blickte gespannten Auges auf dieses Schauspiel. Man vernahm deutlich das Knistern der Flammen, mit dem sich das dumpfe Rollen einer Spritze vermengte, die soeben aus einer entfernten Gemeinde herankam. Ein Mann zu Pferde sprengte herbei und rief: »Mut! Mut, meine Freunde, man wird des Feuers bald Herr sein.« Mehrere Leute umringten ihn sofort, und ich hörte, wie er zu ihnen sagte: »Das Feuer breitet sich auch im ›Neuen Viertel‹ aus; eben ist der große Heuspeicher ergriffen worden. Es fehlt an Arbeitskräften. Drei Leute sind umgekommen ...« Dann galoppierte er weiter und verschwand. »An die Arbeit!« rief man von allen Seiten, »an die Arbeit! Das Feuer ist im ›Neuen Viertel‹.« Ich wurde von der Menge mitgerissen und bildete bald ein Glied der unabsehbaren Kette.

Zuerst hatte ich gar keine Zeit, zur Besinnung zu kommen. Die Eimer folgten einander mit ununterbrochener Schnelligkeit, und aus Mangel an Gewöhnung oder Geschick gab ich jedem einen Stoß, der das Wasser gegen mich spritzen ließ, zum Schaden meines Anzugs.

Ich war darüber sehr ärgerlich, denn ich hatte noch keineswegs dem Plan entsagt, ins Kasino zu gehen. Ich wollte meine Handschuhe ausziehen, aber sie klebten so fest an meinen Händen, daß ich auf diese Verrichtung, zu der ich mehr Zeit gebraucht hätte, als man mir dazu ließ, verzichten mußte. Mein Platz war auf dem Uferweg ganz nahe an der Stelle, wo die Kette bei dem Fluß endete, an einer Treppe, die zum Wasser hinabreichte. Dort standen Männer in Blusen trotz der heftigen Kälte bis zu den Knien im Wasser und füllten beim Scheine einer Fackel ohne Unterlaß die Eimer. Und wenn die Kette auf dem steilen Abhang vom Ufer bis zu ihnen sich staute, so ergoß sich ein Teil des Wassers, das sie den über ihnen Stehenden reichten, auf ihre Schultern zurück. Um mich herum befanden sich zumeist Frauen jeden Alters, aber nicht jeden Berufs; Handlanger, Arbeiter, einige Herren vervollständigten den Rest der Kettenglieder. Obgleich wir ziemlich weit von der Brandstätte entfernt waren, trug der Wind, der nach unserer Seite stand, einen Funkenregen herbei, der den Eindruck der traurigen Szenerie noch erhöhte.

Einige Augenblicke lang fühlte ich mich noch verletzt und beschimpft und dachte nur daran, in den Sälen des Kasinos die meiner Würde zugefügten Beleidigungen zu vergessen. Aber nachdem ich einmal, fast gewaltsam, in den Mittelpunkt dieses für mich neuen Schauspiels versetzt war, nahmen meine Gedanken ganz allmählich eine andere Richtung; und trotz Kälte, Wasser und Widerwillen unterwarf ich mich schließlich dem Gebot der lebhaften Empfindungen, die mich mit sich fortrissen und deren kräftiger Zauber mir bisher unbekannt gewesen war. Ein Gefühl brüderlicher Zusammengehörigkeit, der muntere Eifer der Arbeit, das Bewußtsein, nützlich zu sein, bewirkten, daß um mich eine von Herzen kommende Fröhlichkeit herrschte, die sich in harmlosen Scherzen und kleinen Zügen selbstloser Aufopferung äußerte.

»Na, gute Frau, geben Sie mir Ihren Platz, gehen Sie zu den leeren Eimern.«

»Lassen Sie nur, Freund, ich bin Wäscherin: die Arme im Wasser, das ist mein Gewerbe . . .«

»Na, die weißen Handschuhe da! So sieht der Ball nicht aus, zu dem Sie gehen wollten. Möchten Sie Ihren Platz nicht wechseln?«

»Sehr freundlich, lieber Mann! Ich fange eben erst an.«

»Mut, meine Freunde! Das macht die Arme geschmeidig. Potz Blitz, ihr Wäscherinnen, unsere Hemden werden ohne euch gewaschen: mein Hemd ist aufgeweicht. Ist aber gleichgültig. Vorwärts! eins, zwei, drei, links!«

Ein Mann tritt auf mich zu. »Willst du trinken, du?« sagt er zu mir.

»Ich will schon, mein Freund, aber erst nach denen hier, nach dieser guten Frau, die sehr viel länger arbeitet als ich.«

»Nein, nein, trinkt nur, trinkt, ohne Umstände.«

Und ich trinke das beste Glas Wein, das ich in meinem Leben getrunken habe.

Während ich mich solchen Empfindungen überließ, fühlte ich mich gleichzeitig mehr und mehr von Hochachtung für diese Blusenmänner durchdrungen, deren Fackel mir gestattete, ihre unermüdliche und harte Arbeit zu beobachten. Bei ihnen waren nur der Eifer, die Selbstverleugnung, die einfache und doch so große Hingebung des Arbeiters, der seine unentbehrlichen Dienste selbst zu niedrigem Preise einschätzt, der Antrieb zu ihrer uneigennützigen Tätigkeit. Sie konnten nicht miteinander plaudern, nicht teilnehmen an der Fröhlichkeit, die in unseren Reihen herrschte, sie konnten die grausige Schönheit der Feuersbrunst nicht bewundern, keine Belohnung in den Blicken der Menge finden. Heute, dachte ich, im Schatten der Nacht, verrichten diese Wackeren den schwersten Teil der Arbeit; morgen, in der Helle des Tages, werden sie unerkannt in die unscheinbaren Reihen ihrer Genossen zurückkehren . . . Und hohe Achtung, begeisterte Bewunderung, dankbare Verehrung ergriffen mein Herz mit Macht;

ich hätte vor ihnen in die Knie sinken können: ich fühlte mich mehr geehrt, daß ich ihnen helfen durfte, als jemals durch das Lächeln der Großen, die schmeichelhafte Aufnahme bei den Mächtigen. In diesem Augenblick sah ich die Wagen, die ich an diesem Abend auf der Fahrt nach dem Kasino getroffen, vor meinem geistigen Auge; stolzeste Verachtung traf die Insassen, und ich empfand mit Entzücken die Genugtuung, daß mein Egoismus mich nicht wie jene in die fade Gesellschaft von Müßiggängern getrieben hatte, sondern daß ich die Gemeinschaft mit Wäscherinnen und Arbeiterinnen vorgezogen hatte.

Du siehst, lieber Leser, ich hatte die Rollen völlig vertauscht. Ich war nicht mehr der abgestumpfte, gelangweilte Mensch, den du kennst, ich war nicht mehr der ›Herr‹, der einer Feuersbrunst wie einem merkwürdigen Schaustück zusehen wollte; ich war nicht mehr der Müßiggänger, der von den Arbeitern beschimpft wurde; im Gegenteil, ich war infolge einer Verwandlung, die für dich, der du meine Geschichte liest, ziemlich spaßhaft sein muß, jetzt am erbittertsten gegen die Vorübergehenden, die ich von meinem Platze aus umherirren sah, ohne sich an der Arbeit zu beteiligen. »He, der Liebhaber«, rief ich ihnen zu, »hierher, hier ist Platz, treten Sie in die Reihe ein, meine Herren. Unwürdiges Pack! Sehen diese Männer seit sechs Stunden im Wasser und können mit untergeschlagenen Armen dabeistehen. Hallo, Posten, den Kolben gegen diese Nichtstuer! Gute Frau, ist es nicht eine Schmach? Aber Sie, mein Fräulein, ich beschwöre Sie, ziehen Sie sich zurück, die Kälte ist streng. Sie sind zu jung für diese Arbeit.«

Das junge Geschöpf, an das ich mich wandte, stand mir gegenüber. Ich hatte sie zuerst inmitten der Unordnung und Finsternis nicht bemerkt. Aber seit der zunehmende Feuerschein gestattete, die Gesichter zu unterscheiden, hatten ihre

Gesichtszüge, ihre Jugend und das zarte Weiß ihrer Hände meine Aufmerksamkeit auf sich gezogen, ebenso auch das sanfte Mitgefühl, das ich in ihren Augen schimmern sah, so oft sie diese den Flammen zuwandte. Unmerklich hatten sich alle Eindrücke, die ich soeben beschrieben habe, mit dem Gefühl verschmolzen, das ich beim Anblick dieses schönen, jungen Mädchen empfand, das herbeigeeilt war, um ihre schwachen Arme in den Dienst der arbeitenden Menge zu stellen. Ein zärtliches Mitleid für sie durchdrang mich, und wiewohl diese Empfindung mich dazu trieb, ihr zu raten, daß sie sich entferne, so fühlte ich doch, wie ihre Abwesenheit mir einen süßen Rausch nehmen und den ganzen Schauplatz entzaubern würde, auf dem ich unerwartet so lebhafte Gemütsbewegungen empfunden hatte.

Sie antwortete mir nur mit einigen Worten, aus denen ich entnahm, daß sie auf ihre Mutter wartete, um sich zu entfernen, und daß eine sehr natürliche Verlegenheit sie veranlaßte, lieber zu bleiben, als allein oder unter dem Schutze eines der Männer aus ihrer Umgebung nach Hause zu gehen. Indessen schien sie mehr und mehr unter der Kälte zu leiden; auch ihre Nachbarn merkten, daß ihre schwachen Kräfte für die Tätigkeit in der Kette nicht mehr ausreichten. Einer von ihnen, der mich die ›weißen Handschuhe‹ genannt hatte, sagte zu ihr: »Arme Kleine, lassen Sie uns nur machen, gehen Sie nach Hause und wärmen Sie sich. Wollen Sie, daß ich Sie begleite? Wer nimmt meinen Platz?«

»Nehmen Sie den meinigen«, rief ich, »ich werde sie nach Hause bringen.«

»Mit Vergnügen, mein Herr mit den weißen Handschuhen. Gute Reise; und wir, an die Arbeit! Aufgepaßt, ihr Leute! Erste Bewegung! Zweite Bewegung! Der Schurke dürfte eigentlich keinen Durst mehr haben. Bravo, Mutter Babi, für

Sie das Ehrenkreuz! Wenn der Teufel birst, sind Sie es, die ihn zum Platzen gebracht hat. Nun eine Prise, und dann vorwärts!«

Während Lachsalven die fröhlichen Scherze dieses wackeren Mannes begleiteten, hatte ich die eisige Hand des jungen Mädchens gefaßt und entfernte mich mit ihr von der Kette nach den dunkleren Straßen, in die der Feuerschein nicht mehr drang. Ich befand mich in einer so lieblichen Verwirrung in dem Bewußtsein, der einzige Beschützer dieses liebenswürdigen Mädchens zu sein, daß ich ganz vergaß, mich bei ihr nach ihrer Wohnung zu erkundigen, zu der ich sie doch bringen wollte. Sie ging zunächst sehr eilig vorwärts, dann mäßigte sie allmählich ihre Schritte und blieb nach einer Weile, wie benommen, stehen. Ich konnte nicht unterscheiden, ob innere Bewegung oder ein durch die Anstrengung hervorgerufenes Übelbefinden die Ursache war. Jedenfalls stützte ich sie mit der einen Hand, hakte mit der andern meinen Mantel los und legte ihn ihr um, hocherfreut, ihn in so angenehmer Weise verwenden zu können. Einige Augenblicke darauf sagte sie mit sichtlicher Anstrengung und einer kindlich furchtsamen Stimme, deren Klang mein Ohr bezauberte: »Mein Herr, da ich meine Mutter nicht treffe, so gestatten Sie, daß ich allein nach Hause zurückkehre.«

»Diese Bitte kann ich nicht erfüllen«, erwiderte ich, »wie sehr ich auch wünsche, Ihnen nicht zu mißfallen. Sie sind leidend; ich werde Sie nicht eher verlassen, als bis Sie zu Hause sind und dort alle die Sorgfalt finden, die Sie brauchen. Bis dahin, bitte, vertrauen Sie sich mir an; Ihre Jugend flößt mir ebenso große Hochachtung wie warmes Interesse ein.«

Sie antwortete nichts, und wir setzten unseren Weg fort. Ich fühlte, wie ihr Arm auf dem meinen zitterte und wie eine schamhafte Verwirrung ihre Schritte beschleunigte. Vor einem

Hausflur ließ sie mich los und sagte: »Hier ist es; es bleibt mir nur übrig, Ihnen zu danken, mein Herr ...«

»Werden Sie Ihre Mutter antreffen?«

»Meine Mutter muß gleich kommen; ich danke Ihnen, mein Herr.«

»Dann erlauben Sie, daß ich mich davon überzeuge. Im Augenblick, glaube ich, ist niemand in Ihrer Wohnung, und in der Nachbarschaft bemerke ich nicht ein einziges Licht. Bitte, gehen Sie voran. Es erscheint mir angemessener, daß ich Sie selbst Ihrer Frau Mutter übergebe, als wenn sie erfährt, daß ein Unbekannter Sie zurückgebracht hat.«

Während ich so sprach, war das furchtsame Kind beim Anblick eines Vorübergehenden in den Hausflur hereingetreten, wohin ich ihr folgte. An diesem dunklen Orte wagte ich es nun nicht mehr, ihr meinen Arm anzubieten oder sie durch meine Annäherung einzuschüchtern. Als ich aber bei einer Biegung der Treppe eine Stufe verfehlte, reichte sie mir unwillkürlich ihre Hand, und als ich sie ergriff, durchzuckte es mich wie ein süßer Rausch, der uns wie der Vorgeschmack der wahren Liebe erscheint und den ich inmitten der gekünstelten Gefühle und Anschauungen der großen Welt noch nicht empfunden hatte. Als wir bis zur dritten Etage gekommen waren, öffnete das junge Mädchen eine Tür. Ich glaubte zu bemerken, daß sie einige Tränen vergoß. »Haben Sie Kummer?« fragte ich.

»Nein, mein Herr ... aber ... ich weiß nicht, wie ich es anfangen soll, Sie zu bitten, mich jetzt allein zu lassen ... Es scheint mir, als dürften Sie zu dieser Stunde hier nicht eintreten.«

»Ich werde auch nicht eintreten«, antwortete ich, »wenn es Ihnen so sehr peinlich ist; aber ich werde hier warten, bis Ihre Mutter zurück ist. Treten Sie ein, machen Sie Licht, ruhen Sie sich aus und gönnen Sie mir, wenn ich auf der Schwelle bleibe, das beglückende Bewußtsein, Sie zu bewachen, bis ein anderer mich ablöst.«

Sie legte meinen Mantel neben mir nieder, trat ein, und bald darauf erhellte ein Licht einen bescheidenen Raum, eine reinliche, gut aufgeräumte Küche, in der einige elegante Möbel von den Küchengeräten abstachen, die auf den Simsen glänzten.

In diesem Augenblick konnte ich die Züge des jungen Mädchens nicht erkennen; aber ihr Schatten, der sich von den Vorhängen abhob, die im Hintergrunde des Zimmers einen Alkoven verbargen, ließ mich eine allerliebste Gestalt und die Anmut einer edlen, durch die Jugend noch verschönten Haltung erraten. Aus der Bewegung des Schattens hinter dem Vorhang entnahm ich, daß sie damit beschäftigt war, ihr Haar in Ordnung zu bringen. Locken fielen auf einen Hals, dessen zierliche Schönheit mir schon beim Schein des Feuers aufgefallen war. Wie unvollständig dieser Anblick auch war, mir erschien er bezaubernd, und von Sekunde zu Sekunde überließ sich mein Herz mit wachsender Hingebung der Süßigkeit eines Gefühls, das mich mit Entzücken erfüllte.

Inzwischen verrannen die Minuten in vollständigem Stillschweigen. Der Schatten allein verriet mir etwas von derjenigen, deren Anblick meinen ungeduldigen Augen versagt blieb. Ich sah, daß sie sich hingesetzt hatte und den Kopf auf die Hand stützte. Aber ein Zittern, das ich zuerst der zuckenden Flamme des Lichts zuschrieb, erweckte beunruhigende Vorstellungen in mir. Angstvoll betrachtete ich ihre Gestalt. Es schien mir, als neige sie sich vornüber und richte sich nur mit Anstrengung wieder empor, auch glaubte ich einige unterdrückte Seufzer zu hören. Schließlich konnte ich meine Angst nicht mehr bemeistern, ich trat schnell ein und sah, wie das junge Mädchen, blaß, mit erloschenen Augen der Ermüdung, dem Übelbefinden und der Verwirrung zu erliegen drohte. In einem Nu hatte ich sie in meine Arme genommen und trug sie auf das Bett, das durch die Vorhänge des Alkovens verdeckt wurde. Ich breitete eilig meinen Mantel über sie und suchte unter den in der Küche befindlichen Gegenständen etwas Essig, mit dem ich ihre Stirn und Schläfen sanft befeuchtete.

Der Zustand des jungen Mädchens beunruhigte mich, und meine eigene Lage brachte mich in Verlegenheit: nicht, daß sie mir nicht reizvoller erschienen wäre als irgendein früheres Erlebnis, sondern weil sie dazu angetan war, gerade diejenige bloßzustellen und zu betrüben, die mir schon so teuer geworden war. Als meine fürsorglichen Bemühungen ihr einige Erleichterung verschafften, machte sie mit ihrer hübschen Hand Zeichen, die mir die rührende Angst ihrer mädchenhaften Scham verrieten. Darauf entfernte ich mich von dem Bett und sehnte mit allen meinen Gedanken die Rückkehr der Mutter herbei, die allein den angstvollen Beklemmungen der jungen Kranken wirksam hätte steuern können. Mehrmals glaubte ich auf der Schwelle des Hauses ein Geräusch zu hören, das ihr Kommen ankündigte, aber meine Erwartung wurde jedesmal getäuscht, und ich fiel bald in meine Bestürzung zurück.

Nach einigen Augenblicken des Stillschweigens zog ich leise den Vorhang beiseite und sah, daß das junge Mädchen friedlich eingeschlafen war. Getrieben von einem Bedenken, das ich begriff, hatte sie meinen Mantel entfernt und sich in die Bettdecke eingehüllt. Ich konnte dem Wunsch nicht widerstehen, ihre Züge zu betrachten; ich holte daher das Licht, und nun konnten meine Augen sich an dem Anblick ihrer Schönheit weiden, die durch einen Ausdruck lässiger Anmut und den sanften Schimmer rührender Blässe noch erhöht wurde. Einige lose Haare verdeckten zur Hälfte ihre jungfräuliche Stirn, während ihr zarter Hals auf den in Unordnung geratenen Flechten ihres langen Haares ruhte. Noch nie hatten so holde Reize in einer so berückenden Lage mein Auge berauscht oder je mein Herz in die Trunkenheit leidenschaftlichsten Entzückens versetzt. Gleichwohl hätte ich mir eher einen Dolch in den Busen gebohrt als es gewagt, dieses unberührte rosige Antlitz durch einen Kuß zu beschimpfen. Nur niedergebeugt hatte ich mich, um ihren Atem in mich aufzunehmen, dessen sanfter Hauch genügte, mein Herz mit Balsam, meine Einbildungskraft mit dem Duft reinster Liebe zu durchdringen . . .

»Das ist schändlich! Was machen Sie da? Wer sind Sie?«

Ich drehte mich um, rot und zitternd, wie im Schuldbewußtsein. »Gnädige Frau«, stotterte ich, »ich tue nichts Böses . . . Sie werden es selbst aus dem Munde Ihres Kindes hören, sobald der Schlaf, der ihrer Unpäßlichkeit folgte, sie erquickt hat.«

»Welche Unpäßlichkeit?« fragte sie, indem sie ihre Stimme dämpfte. »Was haben Sie hier zu tun? Ich bin nicht ihre Mutter . . .«

»Wenn Sie nicht ihre Mutter sind, mit welchem Recht schelten Sie, daß ich meine Sorge einem Kinde zuwende, das der Zufall meiner Hut anvertraut hat . . .?«

»Ihrer Hut! Schön behütet, meiner Treu!!! Unwürdiger, der Sie sind . . .! Führt man sich so in ein anständiges Haus ein . . .? Gehen Sie hinaus . . .!«

»Liebe Frau, es scheint mir, daß Sie sich von einem sehr häßlichen Verdacht hinreißen lassen, und statt mich zurückzuziehen, wie es meine Absicht war, sobald ich dieses kostbare Gut sicheren Händen überliefert habe, sollten Ihre Äußerungen und Ihre Blicke mich eigentlich veranlassen, noch hier zu bleiben . . .«

»Es ist unsere Nachbarin, mein Herr«, sagte da das junge Mädchen mit zitternder Stimme, »sie weiß nicht, wie gut Sie zu mir waren. Bitte, lassen Sie sie bei mir und empfangen Sie nochmals den Dank, den ich Ihnen schulde . . .«

»Ich werde es tun, da Sie mich darum bitten. Aber kann ich Ihnen noch dienlich sein, indem ich Ihre Frau Mutter suche und ihr Nachricht von Ihnen bringe?«

»Man wird sie auch ohne Sie finden«, versetzte die Nachbarin, »machen Sie nur, daß Sie fortkommen.«

Ohne dieser Frau zu antworten, nahm ich Abschied von dem liebenswürdigen Kinde; ich wünschte ihr, sie möge recht schnell wiederhergestellt sein, und drückte ihr meine Absicht aus, mich persönlich bei ihrer Mutter danach erkundigen zu wollen. Dann ging ich und dachte nicht an meinen Mantel, der am Fußende des Bettes liegengeblieben war.

Ich war empört über diese Nachbarin, und es kränkte mich besonders, daß ich gerade in dem einen Augenblick überrascht worden war, wo eine recht begreifliche Neugierde mich dazu getrieben hatte, mich dem Bett zu nähern. An dem Bedauern, mit dem ich mich von dieser Stätte entfernte, merkte ich, daß ich mein Herz dort gelassen hatte. Je weiter ich schritt, desto mehr erschien mir diese doch so nahe Vergangenheit wie ein entfernter Traum, den ich festzuhalten suchte; und indem ich ihn der Herrschaft neuer Eindrücke streitig machte, verirrte ich mich in den Straßen, ohne an meine Wohnung, die Feuersbrunst oder die vorgerückte Stunde zu denken. Nur der Anblick eines Vorübergehenden verursachte mir Herzklopfen. In jeder Gestalt glaubte ich die Mutter meines Schützlings zu erkennen, und ich umgab dieses unbekannte Wesen, das meiner Freundin das Leben gegeben hatte, bereits mit Achtung und Liebe. Meiner Freundin! So nannte ich sie schon in meinem Herzen, diesem heimlichen Heiligtum, wo keine Fessel die Zärtlichkeit der Sprache einengt, wo die Liebe allein die Worte vorschreibt und jedem einzelnen seine Anmut, seinen Zauber, seinen Reiz leiht.

Nachdem ich lange umhergeirrt war, befand ich mich in der Nähe der Vorstadt. Dort erst dachte ich wieder an die Feuersbrunst, und die Ereignisse des Abends traten mir im Geiste wieder vor Augen, aber nur als verwischte Eindrücke, in deren Mittelpunkt ich immer wieder das Bild des jungen Mädchens sah, mit ihren weißen Händen auf den Eimern, die schönen Augen nachdenklich auf den Glanz des Feuers gerichtet. Ich nahm meine Erinnerungen wieder vor, eine nach der andern: ich begleitete das junge Mädchen von neuem, ich hing ihr meinen Mantel um, ich ergriff in der Dunkelheit ihre Hand; aber vor allem fühlte ich mit einem Schauer den Druck ihres jungen Körpers auf meinem Arm und dachte mit Entzücken an den Augenblick, wo ich die süße Last in der einsamen Wohnung auf ihr Lager gebettet hatte. Während mich diese Gedanken entzückten, ging ich fast ohne Neugierde an den Stätten vorbei, die unlängst die Flamme verheert hatte. Endlich hauchte das durch die Anstrengungen der Menge gebändigte Feuer in einem Wirbelwind von schwarzem Rauch seine letzte Wut aus. Verkohlte Balken, Haufen von Trümmern und Schutt lagen durcheinander auf dem weiten Raum, auf dem noch vor wenigen Stunden Häuser standen, in denen friedliche Familien wohnten, die jetzt verzweifelt umherirrten. Einige Posten standen noch als Wache da, und eine Spritze sandte ihren einsamen Strahl auf die Stellen, wo eisige Windstöße das verlöschende Feuer wieder anfachten. Ich verließ diesen Schauplatz der Trostlosigkeit, verlor mich in der Stille und im Dunkel der Straßen und war einige Augenblicke später in meiner Wohnung.

## 3

Es war zwei Uhr nachts, als ich in meine Wohnung zurückkehrte. Noch ganz erfüllt von den Eindrücken des Abends und dem Bild meines jungen Schützlings, war ich Beute einer Erregung, die mir jede Neigung zum Schlaf raubte. So fachte ich das Feuer im Kamin, wo die Scheite noch glimmten, wieder an und begann zu träumen. Diesmal freiwillig, aus Neigung, von einem Gegenstande, der mir das Herz bewegte, während ich gewöhnlich gewaltsam träumte, aus Müßiggängerei von einem Nichts.

Aber es ist eigentümlich, wie die kleinsten Gegenstände, die uns umgeben, bei der Richtung, die unsere Gedanken nehmen, eine Rolle spielen können. Während ich so träumte, lagen die Gegenstände meines Toilettentisches vor mir, die ich auf dem Kamin ausgebreitet zurückgelassen hatte, darunter auch die vervollkommnete Rasierseife, die noch immer ihren zarten Rosenduft ausströmte. Dieser unvermutete Duft trug auf feinen Schwingen etwas wie eine aristokratische Stimmung in meine Seele und ließ mich meine Gedanken allmählich zurückverfolgen bis zu dem Augenblick, wo ich mich an der gleichen Stelle anschickte, in die Säle des Kasinos zu gehen, unter die Augen herrlich geschmückter Frauen, in die Gesellschaft der feinen und modernen Welt.

Schnell verjagte ich diese Vorstellungen von Luxus und weltlicher Größe, um in die ärmliche Wohnung meiner jungen Freundin zurückzukehren. Aber ich gestehe es, ich trat dort schon nicht mehr mit der gleichen Verzauberung ein wie zuerst. Die Einfachheit der Möbel erschien mir nüchtern, der

Anblick der Küchengeräte verletzte mich, und der gewöhnliche Ton der Nachbarin klang mir in der unerfreulichsten Weise im Ohr. Um dem unglücklichen Eindruck, den dies alles auf meine Liebesträumereien machte, zu begegnen, mußte ich meine Einbildungskraft ständig mit dem jungen Mädchen beschäftigen, deren Haltung, deren Gesichtszüge und Stimme, ja deren bescheidene Kleidung mir einen edlen und anmutigen Eindruck gemacht hatten. Indem ich mich so stets nur mit demselben Gegenstand beschäftigte, gelang es mir, meine Liebe unentweiht in den Schlummer mit hinüberzunehmen. Ich wurde bald durch die Rückkehr meines Dieners gestört und benutzte einen Augenblick halben Erwachens, um mich auszuziehen und ins Bett zu legen.

Man wird es mir glauben, daß ich tüchtig müde war, und ich schlief in einem Zuge bis zwei Uhr nachmittags. In dem Augenblick, als ich die Augen öffnete, traf mich das Tageslicht in höchst unangenehmer Weise, da es so sehr von dem nächtlichen Bilde abstach, mit dem sich meine Einbildungskraft am Tage vorher beschäftigte, ehe ich entschlummert war. So begann ich die Vorgänge der Nacht zu bedauern und vor allem die Feuersbrunst, die ich wahrscheinlich weder heute noch an einem der folgenden Abende sich erneuern sehen würde. Ich empfand darüber eine große innere Leere und Verzagtheit.

Aber ich hatte doch wenigstens für den heutigen Tag einen reizvollen Gang in Aussicht: ich durfte zu meiner jungen Freundin zurückkehren. Das war schon viel und zwang mich, Freude darüber zu empfinden. Immerhin glaubte ich wahrzunehmen, daß zehn Stunden tiefen Schlafs und vor allem die Wiederkehr des Tageslichts ihr liebliches Bild etwas verwischt und ihren Reizen etwas von ihrem Schimmer genommen hatten. Ich fürchtete ordentlich, sie völlig wiederhergestellt zu sehen, kühner unter dem Schutz der Mutter, vielleicht gar mit einer Hausarbeit beschäftigt. Ich erwog, daß eine Fülle zufälliger Umstände, die sich nicht gut noch einmal zusammenfinden konnten, dazu beigetragen hatten, ihr in meinen Augen vorübergehend einen Zauber zu verleihen, für den ich mich so begeistert hatte, als ob er von Dauer sein könnte. Als ich mich schließlich an gewisse romantische Ideen erinnerte, die auf eine Heirat hinzielten und die mir wenige Stunden vorher ganz natürlich erschienen waren, konnte ich mich nicht hindern, sie jetzt geradezu exzentrisch zu finden, sehr zum Schaden meiner keimenden Leidenschaft, die dadurch die Aussicht auf eine glückliche Entwicklung einbüßte.

So wurde ich allmählich wieder der Mann von gestern. Die Flamme, die vorübergehend mein Herz entzündet hatte, verglomm mehr und mehr, und schon entstand neben ihr, bleicher noch als zuvor, von neuem die Langeweile. Gleichwohl konnte ich nicht wieder völlig derselbe werden. Jede innere Bewegung, die wir empfinden, läßt im Herzen eine Leere zurück und kann nicht von neuem erstehen. Bei einem zweiten ähnlichen Abenteuer hätte ich nicht die gleiche Reinheit der Empfindungen, nicht den lebhaften Zauber des Neuen, Ungeahnten finden können. Und das Bewußtsein, ohne Ergebnis einige dieser kostbaren Schätze verschwendet zu haben, war mir zu wenig fremd, als daß ich nicht etwas Hefe auf dem Grunde des Tranks gefunden hätte, an dem ich mich eben berauscht hatte.

In diesem Zustande befand ich mich nach ein oder zwei Stunden Muße und Langeweile. Alles war mir wieder gleichgültig geworden: ich hatte meinen Polypen vergessen; selbst meine Lebensgewohnheiten, die sonst dazu dienten, mich die Leere meiner Tage doppelt empfinden zu lassen, hatten ihre Herrschaft über mich verloren; unbeweglich saß ich an meinem Kaminfeuer: ohne den Wunsch, dazubleiben, aber auch ohne die Neigung, fortzugehen. Eine in der Ecke des Spiegels befestigte Karte sagte mir, daß ich den Abend bei Frau von Luze zubringen sollte; ich betrachtete sie mit Geringschätzung, mit Ekel; ich lehnte mich gegen dieses unerwünschte Entgegenkommen auf; schließlich glaubte ich Frau von Luze selbst zu sehen, wie sie mich im Interesse ihrer jungen Cousine (das ist die Gattin, die mir mein Pate bestimmt hatte) auf das schmeichelhafteste empfing; ich überraschte mich bei dem Gedanken, ihr den Gruß zu verweigern, ihr den Rücken zuzukehren und mich gleichzeitig an dem völlig erstarrten Antlitz meines Paten zu weiden. Nein, sagte ich zu ihnen allen, nein. Gestern konnte ich an eurer Zuvorkommenheit noch einiges Vergnügen finden, heute nicht mehr. Ein Kind, ein armes einfaches Kind von niederer Herkunft würde den Vorrang vor euch allen haben, wenn ich überhaupt die Kraft in mir fühlte, zu lieben, wenn ich nur den leisesten Wunsch in mir empfände, diesen Platz zu verlassen, von dem aus ich euch angähne bei eurem Entgegenkommen und mich langweile bei eurer liebenswürdigen Aufnahme. Und um es ihnen noch besser zu zeigen, warf ich die Karte ins Feuer.

»Jakob!«

»Haben der gnädige Herr gerufen?«

»Zünde die Lampe an und erinnere dich, daß ich niemanden empfangen will.«

»Ja, aber der Herr Pate haben sagen lassen, daß Sie den gnädigen Herrn zu Frau von Luze abholen würden.«

»Schön, zünde die Lampe nicht an, denn ich werde ausgehen.«

»Also, was soll ich tun . . .?«

»Nichts.«

»Und wenn er kommt . . .?«

»Schweig.«

»Und wenn . . .«

»Jakob, du bist der unerträglichste Diener, den ich kenne.«

»Es ist nicht erfreulich, was der gnädige Herr da sagen.«

»Ich glaube gar, du bist damit nicht einverstanden?«

»Doch, gnädiger Herr, aber . . .«

»Widersprich nicht! Verschwinde!«

Alsbald begann ich meine Stiefel anzuziehen, um auszugehen und meinem Paten zu entwischen, dessen Überlästigkeit mich in die schlechteste Laune versetzte. Nein, sagte ich mir, solange dieser Mann dich glücklich machen will, wirst du keinen glücklichen Augenblick haben. Welch harte Sklaverei! Wie schwer doch eine Erbschaft zu erringen ist! Nun würde man einmal ruhig zu Hause bleiben wollen, nein, da muß man sich selbst aus dem Hause jagen.

In diesem Augenblick riß mir eine Stiefelstrippe ab; natürlich setzte ich auch das auf Rechnung meines Paten, den ich zu allen Teufeln der Hölle wünschte . . .

»Gnädiger Herr?«

»Näh diese Strippe an. Schnell.«

»Nämlich . . . der Herr Pate ist da.«

»Dummkopf! Dacht' ich's mir doch, daß du ihn mir hinterrücks hereinlassen würdest. Aber ich bin nicht zu Hause. Verstehst du mich?«

Jakob ging erschreckt hinaus und wagte es nicht, den Stiefel aus meinen Händen zu nehmen, den ich zornbebend und mit wütenden Blicken schwenkte.

Kaum war Jakob verschwunden, da trat mein Pate ein, strahlend und in so großartiger Laune, daß sie einen zur Verzweiflung bringen konnte.

»Vorwärts, vorwärts, Eduard! Was, du bist noch nicht fertig? Eil dich, ich wärme mir unterdessen die Füße.«

Es ist stets ein unerfreuliches Ding um die sogenannte freundschaftliche Vertraulichkeit, die sich bei uns einnistet, sich breit macht, sich im Lehnstuhl ausstreckt und nur die Rechte der Freundschaft auszuüben glaubt, wenn sie uns aus dem stillen Winkel unserer Wohnung und der Freiheit unserer Häuslichkeit vertreibt. Diese Art und Weise war bei meinem Paten ganz besonders ausgebildet und kühlte schon für gewöhnlich meine Freude bei seinem Eintritt ab; diesmal verletzte sie mich aufs äußerste; ich knirschte gewissermaßen in den Zügeln und fühlte mich sehr versucht, ihm freimütig und schroff zu antworten. Da ich mich nun aber einmal daran gewöhnt hatte, mich im Hinblick auf seine Erbschaft zusammenzunehmen, so zog ich es vor, eine letzte Anstrengung zu machen und zu lavieren.

»Ich glaube«, sagte ich sehr liebenswürdig, »ich glaube, lieber Pate, daß ich Sie allein gehen lassen werde, wenn Sie es mir erlauben . . .«

»Ich erlaube dir nichts. Heut' abend wenigstens nicht. Heute abend wird die Sache gemacht. Du brauchst dich bloß gut anzuziehen, freundlich und ein wenig liebenswürdig zu sein, und alles ist erledigt. Aber mach ein bißchen schnell; ich habe versprochen, daß wir früh kommen würden.«

Es verletzte mich tief, daß er so über mich verfügt hatte, ja, daß er sich herausnahm, mir zuzumuten, liebenswürdig zu sein in einem Augenblick, wo ich dazu so gar keine Lust hatte; ich wagte es deshalb, meine Ablehnung in eine bestimmtere Form zu kleiden. »Ich glaube, mein lieber Pate, ich habe keine Lust, Sie zu begleiten.«

Mein Pate drehte sich um und guckte mir ins Gesicht. Alle seine Ansichten über die Gefügigkeit eines Erben gerieten bei dieser Äußerung des Widerstandes arg ins Wanken, und in dieser unerwarteten Lage wußte er kaum etwas zu sagen.

Nachdem er mich angeblickt hatte, sagte er kurz: »Laß seh'n, erkläre dich.«

»Lieber Pate, ich habe nämlich nachgedacht.«

»Ach, ist es nur das? Nun wohl, folge meinem Rat, denke nicht mehr nach, oder du wirst nie heiraten. Nur weil ich nachgedacht habe, bin ich noch heute und für den Rest meiner Tage Junggeselle. Wenn du es ebenso machst, gehen mein Vermögen und deines auf dritte Personen über, und unser Name stirbt aus. Überlege nichts mehr; es ist außerdem unnütz. Wo die Verhältnisse so zueinander passen: Rang, Reichtum, schöne und liebenswürdige Person, ist Überlegung Unsinn. Du mußt handeln und zu Ende kommen. Zieh dich an und komm . . .«

»Unmöglich, mein lieber Pate. Ich will meinetwegen nicht mehr nachdenken. Aber, um zu heiraten, müßte ich doch wenigstens den Wunsch dazu verspüren . . .«

»Teufel auch, bist du etwa entschlossen, nicht zu heiraten? Dann bitte, sag es; nun, sprich doch . . .!«

Bei diesen Worten hatte mein Pate einen bezeichnenden Ton angeschlagen, der mir die Aufforderung zu enthalten schien, mich über Annahme oder Ablehnung der Erbschaft zu erklären. Dieser schrecklichen Wahl wünschte ich gerade auszuweichen, ohne recht zu wissen, wie ich es anfangen sollte. Glücklicherweise kamen mir da meine romantischen Gedanken vom Abend vorher wieder in den Sinn. Die ließ ich mir jetzt als Vorwand dienen: »Und wenn«, sagte ich mit einem halben Lächeln, »wenn mein Herz bereits nach einer andern Seite eine Entscheidung getroffen hätte . . .?«

»Vorwand!« erwiderte er. »Sag lieber frei heraus: ›Ich will nicht heiraten‹, dann weiß ich, wonach ich mich zu richten habe.«

»Und wenn Sie sich nun täuschten, lieber Pate, und wenn

ich wirklich verliebt wäre; würden Sie mir auch dann raten, Ihr Fräulein zu heiraten, wenn ich mein Herz einer anderen geschenkt hätte?«

»Das kommt darauf an. Wen liebst du?«

»Ich liebe eine junge reizende Person.«

»Ist sie reich?«

»Es hat nicht den Anschein.«

»Ihr Name?«

»Den kenne ich nicht.«

»Das ist aber stark! Zum Teufel, was bedeutet denn das?«

»Das bedeutet, daß, wenn dieses junge Mädchen auch arm und von niederer Herkunft sein mag, sie mir doch teuer genug ist, um mich, wenn ich gegenwärtig überhaupt ans Heiraten dächte, was durchaus nicht der Fall ist, zu ihr mehr als zu irgendeiner anderen hingezogen zu fühlen.«

»Ha, ha, arm, niederer Herkunft und schön! Das ist ja, wie ich sehe, eine Verplemperung nach allen Regeln der Kunst.«

»Verplemperung, wahrhaftig nicht, mein Pate, ich versichere es Ihnen.«

»Treiben wir keinen Scherz, bitte!«

»Glauben Sie mir, daß auch ich nicht dazu aufgelegt bin.«

»Geh doch! In deiner Stellung, reich, aus guter Familie, an ein Wesen ohne Namen und ohne Vermögen zu denken . . .! Mit derartigen Mädchen kann man wohl ein Verhältnis haben, aber man heiratet sie nicht.«

Dieser Vorschlag meines Paten, der mir das junge Mädchen, dessen schüchterne Schamhaftigkeit mich ganz besonders gerührt hatte, zu beschimpfen schien, brachte mich außer mir. Wie er in meinem Herzen von neuem die lebhaften Gefühle weckte, die es tags vorher hatten höher schlagen lassen, so erfüllte er mich gleichzeitig mit Verachtung für einen

Greis, der Worte des Lobes und der Achtung nur für Reichtum und Rang zu finden wußte, den heiligen Zauber der Unschuld aber ganz zu verkennen und mich geradezu aufzufordern schien, ihn ohne Gewissensbisse zu entweihen.

»Mein Pate«, sagte ich feurig, »Sie beschimpfen ein liebenswürdiges und tugendhaftes junges Mädchen, ein Kind, reiner, als Sie es ahnen können, weit achtungswürdiger als diejenige, welche Sie mir zu erwählen raten; tausendmal lieber würde ich sie heiraten, als daß ich diese Blume zu brechen vermöchte ...«

»Schön, dann brich sie nicht, aber heirate die andere.«

»Warum, wenn ich keine Liebe für sie empfinde, wenn meine Neigung mich anderswohin treibt? Sie spielten eben auf meinen Rang an; nun, ich langweile mich dabei; auf meinen Reichtum ... er sollte, meine ich, dazu dienen, mich die Auswahl einer Gattin freier treffen zu lassen, als einen anderen. Wie! Wenn ich in dieser Person ohne Vermögen und ohne Namen, in diesem geringgeachteten Mädchen, wenn ich in diesem Geschöpf die Schönheit, die Tugend und tausend andere Eigenschaften gefunden hätte, die sie meiner Achtung und meiner Liebe wert machen ..., wer sollte mich hindern, einer ehrbaren Neigung zu folgen! Wer dürfte mich tadeln, wenn ich den Wunsch empfände, meinen Reichtum mit ihrer Dürftigkeit zu teilen, ihrer Schwäche durch meine Kraft Halt zu geben, ihr einen Namen zu verschaffen, wenn sie keinen hat, und in diesen edlen, großmütigen Beweggründen ein echteres, reineres, verdienteres Glück zu finden, als das ist, welches ich bei der Übereinstimmung einiger eitler und gekünstelter Verhältnisse erwarten darf. Ach, mein Pate, ich wünschte, ich hätte die Kraft dazu; ich wünschte, ich wäre nicht bereits so entnervt, so verdorben durch die Anschauungen der Welt, in der ich lebe, so festgekettet durch tausend

Bande, die mich hindern und fesseln, ohne mir das Glück zu geben, dann würde ich es schließlich zu finden wissen bei dieser bescheidenen Gefährtin, die Sie zum Gegenstande Ihrer Verachtung, Ihrer Beschimpfung machen!«

»Du predigst großartig, aber wie ein Dummkopf. Von solchen Gedanken ist man heute zurückgekommen. Das ist gut für Romane. Im Leben, da nennt man's eine Albernheit. Solltest du jemals eine derartige Dummheit begehen, so erinnere dich daran, daß du zwar dein, aber nicht mein Vermögen mit ihr teilen wirst. Darum habe ich das meinige nicht behütet, vermehrt, Zinsen tragen lassen, um es in die Hände einer leichten Person fallen zu lassen, um es ausgerechnet dazu zu verwenden, eine Familie verfallen zu lassen, es zu verschwenden, um Leute aus dem Keller zu unterhalten, die du uns zu Verwandten geben willst.«

Diese Worte waren nicht gerade geeignet, mich von meinen Anschauungen zurückzubringen. Auch faßte ich alsbald meinen Entschluß: »Für den Augenblick, mein Pate, denke ich noch nicht daran, zu heiraten; aber ich rechne darauf, diesen Schritt ungehindert tun zu können, wann und wie es mir beliebt, sei es selbst mit einer jungen Dame, die Sie verachten, ohne sie zu kennen. Es ist nur recht, daß ich mich in diesem Falle jeden Anspruchs auf Ihre Erbschaft entschlage. Nehmen Sie sie zurück und geben Sie mir das Recht wieder, frei über mich selbst zu verfügen. Und möchte doch das alles ohne Groll auf beiden Seiten geschehen. Was Sie betrifft, glauben Sie es mir, ich schwöre es Ihnen, Sie werden mir nur um so teurer sein, wenn ich in Ihnen nicht mehr den eigennützigen Herrn meines Geschicks zu erblicken brauche, wenn ich mich nicht mehr damit abquälen muß, mich demutsvoll vor Ihren Anschauungen, die nicht die meinigen sind, zu beugen: mit einem Wort, wenn ich nur noch Ihr Neffe sein darf, der Sie liebt, und nicht mehr Ihr Erbe, der Sie fürchtet und auf Widerstand gegen Sie sinnt.«

Während ich so sprach, schwankte der Ausdruck im Antlitz meines Onkels zwischen zornigen und bitteren Empfindungen. Seine Pläne umgestoßen, sein Wille mißachtet, seine Wohltaten zurückgewiesen; alles trug dazu bei, ihn in einen Zustand von Aufgebrachtheit und Verwirrung zu versetzen, der ihn bald blaß, bald rot werden ließ: »Ah, ah, dahin wolltest du also kommen«, brach er endlich los. »Meine Güte ermüdete dich? Mein Joch war dir zu schwer? In aller Freundschaft wolltest du meine Ratschläge, meine Sorgfalt, meine Wohltaten loswerden? Das genügt, ich verstehe! Aber mein Herr, verzichten Sie künftig auf meine Freundschaft wie auf mein Vermögen. Weder die eine noch das andere gehören Ihnen mehr und sollen Ihnen auch nicht mehr unbequem werden. Ich grüße Sie.«

Er ging. Ich begleitete ihn einige Schritte und kehrte dann in mein Zimmer zurück.

## 4

Schläfst du, lieber Leser? Was hältst du von meinem Benehmen? Gibst du meinem Paten oder mir recht? Warte, ich werde es dir sagen.

. . . Das heißt, ich könnte es dir sagen, wenn du mir deinen Stand, dein Alter nennen wolltest, ob du Frau oder Mann bist, Junggeselle oder Mädchen. Aber es würde mir schließlich genügen, zu wissen, daß du jung bist, um mir einzubilden, daß du auf meiner Seite stehst; nicht weil ich sie für die der Klugheit oder gar der Weisheit halte, nein; wohl aber, ich gestehe es, für die der unklugen Anständigkeit, der unbedachten

Großmut, die Seite also, auf die man nicht mehr tritt, wenn mit den Jahren die kühle Berechnung in unsern Geist einzieht und der Schwung unserer Seele nachläßt. Junger Freund oder Freundin, wenn ich mich täusche, so laßt mir meinen Irrtum, er ist mir teuer; wenn ich recht geraten, so möchte ich euch den euern nicht rauben. Früh genug werdet ihr klug werden, früh genug werdet ihr die Weisheit lernen; früh genug werden eure Leidenschaften sich abkühlen, werden aufhören, eure ehrenhaften Empfindungen mit ihrem Feuer zu erwärmen, werden die Bahn frei machen für die gewichtigen Mahnungen der Vernunft, des Eigennutzes und der Vorurteile.

Und wenn du alt bist, lieber Leser, vielleicht gerade unglücklich genug, um nur noch weise zu sein, aber noch reich an Resten eines Herzens, das einst warm und großmütig schlug, so bin ich sicher, daß, wenn du mich auch mit Bedauern der Unklugheit zeihen, du mir doch deine welke Hand entgegenstrecken wirst; dein Lächeln tut mir wohl; deiner Verständigkeit zum Trotz nickt mir dein Auge beifällig zu, belohnt mich deine Achtung. Guter Greis, ich kenne dich, ich weiß, du wirst diese Erzählung lesen . . . Tadle ohne Furcht; ich lese in deinen ehrwürdigen Zügen mehr Bedauern als Vorwurf, mehr Zustimmung als Tadel.

Wenn du dagegen unter dem Schnee des Alters die Selbstsucht deines Charakters oder Berufs, der Habsucht oder der Vorurteile vereinigt hast, wenn du es stets verstanden hast, in der Gegenwart bereits die Zukunft zu berechnen, wenn du stets die Sicherheit deines Behagens den Zufällen einer großmütigen Unklugheit vorgezogen hast, wenn niemals die Glut der Leidenschaft die Hülle deiner Eitelkeit gesprengt hat . . . dann, weiser Mann, ja, dann wirst du auf Seiten meines Paten stehen, dann wirst du den tadeln, der eine Erbschaft ausschlägt; du wirst ihn um so mehr tadeln, wenn er, hingerissen von dem Zauber eines Kindes, das nur schön und rein ist, seine eigene Stellung verkennt und im Begriff steht, hinabzusteigen. –

Was mich anbelangt, so empfand ich zuerst nur das Vergnügen, mein Joch abgeschüttelt zu haben, und kehrte zufriedenen Sinnes und belebten Herzens in mein Zimmer zurück. Als ich an die Empfindungen dachte, die mir meine eigenen Antworten einflößten, mischte sich etwas Stolz in meine Zufriedenheit; wiewohl ich noch keinen Plan in bezug auf das junge Mädchen, dessen Verteidigung ich übernommen, gefaßt hatte, beglückwünschte ich mich zu dem Mut, mit der gleichen Wärme gesprochen und gehandelt zu haben, als wenn ich es nur aus diesem eigennützigen Beweggrunde getan hätte. – Aber noch andere Empfindungen bewegten mich: ich hatte meine Ketten zerrissen, mein Geschick gehörte wieder mir selbst, ich war frei, und die Freiheit erlangt man nicht wieder ohne einen Rausch. Mein kleines Vermögen, das mir bisher stets nur als die Quelle vorläufigen Behagens erschienen war, gewann in meinen Augen plötzlich an Wert. Es wurde zu einem wirklichen Gut und war mir von nun an kostbar und teuer. Nun konnte ich es doch nach meinem Belieben verwenden, teilen, mit wem es mir gut dünkte; ich hatte ein Interesse daran, es zu vermehren, und an Stelle der Schlaffheit, in der ich aufgewachsen war, ließ mich jetzt ein aufleuchtender Schimmer von Ehrgeiz Tätigkeit und die Notwendigkeit der Arbeit ohne Widerwillen in Erwägung ziehen. Diese Gedanken weckten in mir das Bewußtsein des Eigentums, und in rein mechanischer Wirkung stellte ich die Feuerzange an ihren Platz, ordnete ich mein Rasierzeug und entdeckte, während ich einen liebevollen Blick durch mein Zimmer gleiten ließ, an jedem Möbelstück einen neuen Wert. Das erwachende Verständnis für eine gemütliche Häuslichkeit ließ mich auch meinen Diener Jakob mit anderen Augen ansehen; ich dachte daran, ihn zu bilden, ihn an mich zu fesseln. Zum ersten Male erwog ich die Hilfsquellen meiner Stellung in ihrer wahren Bedeutung und dachte nur noch daran, möglichst schnell das Glück um mich herum zu verbreiten, das ich bisher nur in weiter Ferne und abhängig vom Tode meines Onkels vorhersah. Inmitten dieser neuen Pläne ließ der Wunsch nach Freuden der Häuslichkeit meine Gedanken stets wieder zu der Gefährtin zurückkehren, welche die Einsamkeit meiner Wohnung beleben würde; und dann fand ich vor meinem geistigen Auge das Bild meiner jungen Freundin von gestern. Schließlich beruhen die freundlichsten Wirkungen oft auf lächerlichen Ursachen: was mich im Augenblick an meiner neuen Lage am meisten entzückte, war der Umstand, daß ich heut abend nicht zum Tee zu Frau von Luze zu gehen brauchte.

Meine Gedanken nahmen jetzt einen philosophischen Charakter an, der Neigung folgend, die uns wohl allen innewohnt, die Erfahrungen des täglichen Lebens zu allgemein gültigen Sätzen ausbilden zu wollen. Ach, wer du auch seist, der du dein Schicksal von einer Erbschaft abhängig machst, ich beklage dich! Wenn dein Erblasser nicht bald stirbt, läufst du Gefahr, deine besten Jahre in undankbarer, langweiliger Erwartung zu verbringen; wenn du aber gar in der Ungeduld nach dem Besitz seinen Tod in demselben Augenblick herbeisehnst, wo du ihn mit Zärtlichkeiten überhäufst, dann bist du ein Ungeheuer. Und dann, was heißt es, ewig deine natürlichen Empfindungen hinter einer Maske verbergen, stets deinen Neigungen, deinen Ansichten, oft deiner Rechtlichkeit Opfer bringen . . . Nein, nein, keine Erbschaft! Lieber arbeiten, lieber dulden, aber frei leben, unabhängig sein, Herr seiner selbst und seines Herzens bleiben; es lieber der zu eigen geben, die dich liebt, als der, welche man dir aufdrängen will ... lieber einem reinen, einfachen Mädchen, das dir durch Zärtlichkeit und Hingebung das Opfer ersetzen wird, das du ihr etwa durch Aufgabe einer beneideten Stellung bringst, als einem Fräulein, welches, gerade weil es dir wenig verdankt, viel beanspruchen, das mehr eine Stellung als einen Gatten, mehr die Beobachtung guten Tons als Zärtlichkeiten suchen wird und deren Herz du ständig den Eitelkeiten, den Zerstreuungen und Gefahren der großen Welt wirst streitig machen müssen ... Liebenswürdige Freundin, fügte ich hinzu, hingerissen von dem Schwunge meiner Gedanken, bescheidenes Mädchen, du, die ich so sanft und furchtsam gesehen, so schön in deiner Reinheit und Anmut, du, die ich in meinen Armen gehalten mit so lebhaftem, aber auch so achtungsvollem und zärtlichem Entzücken, warum sollte ich mich scheuen, an deiner Seite ein Glück zu suchen, dessen Vorgeschmack du allein mich hast kosten lassen, dessen Zauber du allein mich hast ahnen lassen?

So entstand, durch die Beschimpfung hervorgerufen, aufs neue die Liebe in meinem Herzen und mischte sich dort mit der reinen Flamme der Uneigennützigkeit, mit der Kraft echter und edler Gefühle. Diesem lebhaften Aufschwung folgte allmählich die Neugierde in betreff der Person, mit welcher sich meine Empfindungen beschäftigten. Ich hätte mich gern vergewissert, ob gegebenenfalls ihre Art und ihre Erziehung sich in nicht zu großem Mißverhältnis zu meinem Wunsche, ihre Hand zu erhalten, befänden. Dabei kamen mir nun verschiedene Umstände, die ich zuerst nicht recht beachtet hatte, ins Gedächtnis zurück, aus denen ich jetzt Schlüsse zu ziehen suchte. Immer wieder erinnerte ich mich an ihre weißen Hände, deren Zartheit durch keine Handarbeit verdorben schien; mit Vergnügen erinnerte ich mich daran, daß die Arbeit an der Kette zu anstrengend für ihre schwachen Arme gewesen war und sie unter dem Druck des Unwohlseins hatte erliegen lassen, wie wenn sie, an ein sanftes und ruhiges Leben gewöhnt, die Strenge einer mühseligen und groben Arbeit nicht hätte aushalten können. Obgleich ich die Einzelheiten weiblicher Kleidung nur sehr unvollkommen zu beurteilen vermag, war mir die ihrige doch einfach und anmutig erschienen, und ganz besonders wertvoll war mir die Erinnerung an ihre zierlichen Füße, die nicht ohne eine gewisse Sorgfalt mit Halbstiefelchen aus Zeug bekleidet waren, die an der Seite zugeschnürt wurden. Im Geiste trat ich dann wieder in ihre Wohnung ein, musterte von neuem alle Ecken und hielt mich bei einigen wertvollen Möbeln auf, die mir als Überbleibsel vergangenen Wohlstandes und als ein Anzeichen verfeinerter Lebensgewohnheiten erschienen. Auf einem Lehnstuhl hatte ich einen Mantel von schwarzer Seide mit gleichfarbigem Pelz gesehen, und dieses Kleidungsstück, das offenbar der Mutter gehören mußte, gab mir von ihrem Aussehen und ihrer Haltung die Vorstellung einer edlen und verehrungswürdigen Einfachheit. Vor allem aber erinnerte ich mich daran, daß meine Augen, als ich den Essig suchte, auf dem Tisch einige sauber eingebundene Bücher bemerkt hatten und daß der eine Band, der aufgeschlagen dalag, das englische Gedicht von Thompson über die Jahreszeiten enthielt. Wenn ich alle diese Anzeichen zusammenhielt und sie mit dem Klang der Stimme verglich, mit der Betonung, den Umgangsformen und hauptsächlich der schüchternen Zurückhaltung meines jungen Schützlings, gelang es mir immer mehr, die Bruchstücke des Bildes, das mir zurückgeblieben war, zu vervollständigen, und da dieses Bild den Forderungen entsprach, die mir Erziehung, Neigung und gewisse aristokratische Lebensgewohnheiten nun einmal als selbstverständlich erscheinen ließen, so ertappte ich mich dabei, sie noch hundertmal mehr zu lieben. Meine

Ungeduld, sie zu sehen, wurde immer drängender, und angstvoll beobachtete ich den Zeiger meiner Kaminuhr, ungewiß, ob ich es trotz der vorgerückten Stunde wagen dürfte, sofort zu ihr zu gehen.

Bald darauf erhob ich mich plötzlich und verließ meine Wohnung.

## 5

Sobald ich mich auf der Straße befand, taten die Ruhe des Abends, die Stunde, die Dunkelheit, das Stillschweigen das Ihrige dazu, meinen Empfindungen all den Reiz und die Lebhaftigkeit des vorhergegangenen Abends wiederzugeben. Ich nahm meinen Weg durch die gleichen Straßen, um dieselben Eindrücke wieder durchzukosten, und ich befand mich bald in der Gegend der Wohnung, nach der ich hinstrebte. Aber in dem Maße, wie ich mich ihr näherte, verlangsamte eine mir sonst fremde Erregung meine Schritte, und als ich in den Hausflur eingetreten war, blieb ich stehen, ungewiß, ob ich hinaufgehen oder vorläufig auf mein Vorhaben verzichten sollte.

Was mich vielleicht zum Verzicht hätte veranlassen sollen, trieb mich an, meinen Plan zu verfolgen. Als ich in den Hof gelangt war, bemerkte ich im dritten Stockwerk kein Licht; daraus hätte ich schließen müssen, daß ich niemand zu Hause antreffen würde; aber gerade diese Aussicht nahm mir etwas von meiner Verlegenheit und ermutigte mich, weiter zu gehen. Auch trieb mich die Neugierde, denn diese Dunkelheit war gegen meine Erwartung. Es war erst acht Uhr, und ich konnte nicht annehmen, daß die Personen, die ich besuchen wollte, schon zur Ruhe gegangen waren. Ich betrat also die

Treppe, und zwar mit einem Herzklopfen, das jedesmal stärker wurde, wenn ich im Dunkeln an einen Gegenstand stieß oder beim Stillstehen das Schweigen um mich herum empfand. Endlich kam ich an der Schwelle an; aber ich wagte nicht eher ganz leise an die Tür zu klopfen, als bis ich mich nach langem Warten und Prüfen überzeugt hatte, daß voraussichtlich niemand da sein würde, der mir antworten könnte. Kaum hatte ich aber geklopft, so verließ mich diese Überzeugung plötzlich wieder; ich hielt meinen Atem an und war bereit zu fliehen, sobald ich das geringste Geräusch hörte; aber nichts ließ sich vernehmen. Nun klopfte ich etwas weniger sanft, dann stärker, und nachdem ich so die Gewißheit erlangt, daß die Wohnung in diesem Augenblick unbewohnt war, wagte ich es zu klingeln ... Alsbald öffnete sich in dem unteren Stockwerk eine Tür, und ein Licht erleuchtete mit mattem Schein die Stelle, auf der ich stand.

Die Person dort unten rührte sich nicht und sprach nicht; auch der Lichtschein blieb der gleiche. Was sollte ich tun? In die oberen Stockwerke fliehen? Das hieß, Beschämung und Verdacht auf mich ziehen. Stehen bleiben? Schon raubte mir ein kalter Schweiß die Möglichkeit dazu, und jede Sekunde, die in dieser Lage verrann, schien mir ein Jahrhundert der Angst. Kühn hinunterzugehen, dazu hatte ich auch nicht den Mut. Ich entschloß mich, noch einmal zu klingeln. »Er ist es«, rief eine Stimme, und alsbald erschien vor mir die Nachbarin, die mich am Abend vorher beschimpft hatte.

Das Antlitz dieser Frau atmete Wut. »Unwürdiger«, sagte sie, »Sie wagen es noch, wiederzukommen? ... Welche Unverschämtheit ...! Sie wollen wohl Ihren Mantel ...? Der ist beim Herrn Pfarrer dieses Stadtviertels. Geh'n Sie, ihn sich dort holen. Er weiß alles, der wird Ihnen was erzählen ...«

Ich hörte mir diese heftigen und abgerissenen Worte mit

mehr Erstaunen als Zorn an. »Liebe Frau«, sagte ich, »ich weiß nicht, wer Sie sind. Was ich aber verstehe, ist die Unklugheit, mit der Sie ein anständiges Kind bloßstellen, indem Sie mich selbst verleumden.«

»Ungeheuer«, unterbrach sie mich, »hab' ich dich etwa nicht gesehen? Hab' ich nicht ihre Tränen gesehen? Hab' ich etwa nicht deinen Mantel aufgehoben, der bei dem Bett liegen geblieben war . . . ?!«

»Ich verstehe Sie nicht«, unterbrach ich sie; »überdies komme ich nicht hierher, um Sie anzuhören oder meinen Mantel zu holen. Wenn Sie mir sagen können, zu welcher Stunde ich das junge Mädchen und ihre Frau Mutter hier antreffen werde, so ist das alles, was ich von Ihnen verlange.«

»Hier werden Sie sie nicht mehr sehen, und da, wo sie sind, da lassen Sie sich nur nicht einfallen, sie zu suchen . . . Gehen Sie, Unseliger, verlassen Sie dieses Haus, und daß man hier nie mehr etwas von Ihnen hören möge, das ist das einzige, was ich beauftragt bin, Ihnen zu sagen.«

Bei diesen Worten stieg sie vor mir die Treppe herab und blieb an ihrer Tür einige Augenblicke stehen, um sich zu vergewissern, daß auch ich gehen würde. Durch eine Öffnung, die nach dem Hof ging, bemerkte ich in diesem Augenblick mehrere Köpfe an den Fenstern, die aufmerksam lauschten, was sich weiter ereignen würde. Da meine Überraschung und besonders mein Schweigen mir in den Augen all dieser Leute beinahe ein Ansehen von Beschämung und Schuldbewußtsein gaben, so sagte ich zu der Megäre, die die Urheberin dieses Auftritts war: »Um der Personen willen, die uns zuhören, liegt mir daran, meinen Namen nicht zu verschweigen; ich heiße Eduard von Vaux. Es ist möglich, daß die junge Dame und ihre Mutter mich von einer besseren Seite kennenlernen, und ich werde das Meinige dazu tun, denn ich achte sie zu sehr, um ihre Mißachtung ertragen zu können: was Sie betrifft, so rechnen Sie für alle Fälle auf die meinige; denn ohne jeden Grund, lediglich getrieben durch Ihre eigenen niedrigen Empfindungen, haben Sie diesem jungen Mädchen ein vielleicht nicht mehr gutzumachendes Unrecht zugefügt.«

Nach diesen Worten stieg ich hinab. Eine tiefe Stille gestattete mir, das Flüstern der Nachbarn zu hören, die dieser Vorgang an ihre Fenster gelockt hatte. Bald befand ich mich wieder auf der Straße.

Ich war sehr enttäuscht, indessen weniger über den ungerechten Ausfall dieses Weibes, als, weil ich das junge Mädchen nicht wiedergesehen hatte und weil ich überdies ihren Zufluchtsort nicht kannte. Da ich nicht wußte, bei wem ich mich danach erkundigen konnte, die vorgerückte Stunde mir auch jede Hoffnung nahm, noch an diesem Tage irgendwelche Schritte tun zu können, so entschloß ich mich, sehr zu meinem Bedauern, nach Hause zurückzukehren.

Nichtsdestoweniger hatte dieser Zwischenfall, weit entfernt, meine Empfindungen abzukühlen, nur dazu gedient, ihnen noch eine kräftigere, innigere Färbung zu geben. Die unvorhergesehene Flucht der beiden Damen traf mich wie etwas Geheimnisvolles und Romanhaftes. Sie betrübte mich zwar, aber bei meiner Geistesveranlagung mißfiel sie mir durchaus nicht. Beschäftigte mich die Unruhe der Mutter, so war ich nur um so ungeduldiger, sie zu beruhigen; und war die Tochter einen Augenblick von dem Hauch der Verleumdung gestreift worden, so erschien sie mir nur um so rührender. Da sich mir die Gelegenheit bot, so fühlte ich mich verpflichtet, sie auch weiterhin zu beschützen, und diese Rolle, die meinem Betragen ihnen gegenüber einen Schein von Edelmut lieh, schmeichelte meiner Eigenliebe und verstärkte noch die Neigung, die mich zu ihr hinzog.

Als ich nach Hause kam, erfuhr ich von Jakob, daß seit einigen Augenblicken eine Persönlichkeit im Salon auf mich warte. Ich trat eilig ein und bemerkte, daß ein unbekannter Herr, den ich nach seiner Kleidung alsbald für den Pfarrer hielt, vor dem Kamin saß. Er hielt meinen Mantel in seiner Hand und erhob sich, um mich zu begrüßen.

»Mein Herr, Sie wissen nicht, was mich herführt«, begann er ziemlich erregt, »und ich selbst bin in Verlegenheit, es Ihnen zu sagen.«

»Sind Sie«, unterbrach ich ihn, »sind Sie der Bewahrer meines Mantels?«

»Ja, mein Herr.«

»In diesem Falle weiß ich, mein Herr, was Sie herführt, und ich bin bereit, Sie anzuhören.«

Wir setzten uns.

»Mein Herr«, begann er von neuem, »ich muß Ihnen sagen, daß ich Sie durchaus nicht kenne und daß, wenn sich nicht am Aufhänger des Mantels Ihr Name befunden, ich kein Mittel besessen hätte, Sie hier zu behelligen. Im übrigen beruht meine Berechtigung, mich hier bei Ihnen einzufinden, lediglich auf den Pflichten, die ich gegenüber meinen Pfarrkindern auszuüben habe, und ich werde diese Berechtigung Ihnen gegenüber nur so lange geltend machen, als Sie selbst sie anerkennen wollen.«

»Ich erkenne sie an«, sagte ich.

»So will ich ganz freimütig mit Ihnen sprechen«, fuhr er fort. »Ich komme hierher, voreingenommen gegen Sie durch den äußeren Anschein, durch die Redensarten einer Nachbarin, und mehr noch durch den Schmerz einer hochachtbaren Mutter, die zum ersten Male sehen muß, wie das Aufsehen und die Verleumdung den fleckenlosen Kranz berühren, der der schönste Schmuck und der einzige Reichtum ihres Kindes war. Aber ich weiß sehr wohl, daß das Aufsehen und die Verleumdung nicht haltmachen vor den reinsten Absichten und den anständigsten Handlungen, und ich bin auch jetzt noch gern bereit, an die Lauterkeit der Ihrigen zu glauben. Es lag mir nur daran, mein Herr, in einer Angelegenheit, die das Glück zweier Menschen berührt, welche ihre Vereinsamung meinem Schutze ganz besonders empfiehlt, zu Ihnen zu kommen, mit Ihnen zu sprechen und, wenn möglich, zu hören, welchen Gefahren sie ausgesetzt waren oder noch sind, damit ich besser in der Lage bin, sie nach den Gesetzen der Vernunft und der ewigen Wahrheit zu leiten. Ich will Ihnen noch gestehen, daß, wie schuldig oder wie unklug Sie auch nur gewesen sein mögen, ich nicht gezweifelt habe, daß die Ermahnung eines uneigennützigen Greises Sie davon abhalten würde, Unrecht zu tun, oder Ihnen doch wenigstens Gefühle der Achtung und des Mitleids für meine beiden Pfarrkinder einflößen würde.«

»Mein Herr«, erwiderte ich alsbald, »ich tadle weder Ihre Beweggründe noch Ihre Absichten; aber es will mir scheinen, als ob ein anderes Zeugnis dem meinigen vorzuziehen war, das ist das des jungen Mädchens. Wenn dieses Kind mich beschuldigt, daß ich es ihr gegenüber an Rücksicht habe fehlen lassen, wenn ihre Worte anders lauten, als daß ich ihr meine Dienste in aller Ehrerbietung geleistet habe, wenn sie auch nur andeuten könnte, daß ihre Reinheit durch mich im geringsten verletzt worden sei . . . wäre es dann noch nötig, daß Sie zu mir kämen?! Würden Sie nicht dem Zeugnis dieses bescheidenen Kindes viel mehr glauben als dem eines Mannes, den schon der äußere Anschein anklagt? Wenn ich daher auch Ihre Absichten achte, mein Herr, so weiß ich mir doch weder Ihren Schritt noch das Aufsehen, das er hervorruft, zu erklären. Noch einmal, ich berufe mich auf das junge Mädchen:

wenn sie mich verdammt, so will ich durch ihren Spruch ihre Verachtung und auch die Eurige auf mich nehmen.«

»Ihre Worte«, versetzte der Pfarrer, »atmen Freimut und Anstand, und überdies ist Ihnen das Zeugnis, das Sie anrufen, durchaus nicht ungünstig. Nur ist es unvollständig; es ist das der Unerfahrenheit und der Einfalt, die man durch unbesonnene Fragen zu verletzen fürchtet. Das junge Mädchen versteht gar nicht, was man von ihr will; was sie hört, setzt sie in Verwirrung; sie kann nur Tränen vergießen und versichern, daß Sie sich in der ehrenwertesten Weise um sie bemüht haben. Ich für meinen Teil möchte mich vor allem auf das Feingefühl ihrer Unschuld verlassen. Aber Sie geben mir vielleicht zu, daß es möglich wäre, Sie hätten, auch ohne daß es ihr zum Bewußtsein gekommen wäre, die Gesetze strenger Ehrbarkeit verletzt. Wenn nun ein Augenzeuge Sie beschuldigt und das Herz der Mutter in Schrecken versetzt, die durch den Anschein ohnehin ungünstig beeinflußt wird, so dürfen Sie es weder seltsam noch unbegründet finden, wenn ich meine Zuflucht zu Ihrer Aufrichtigkeit nehme. Wahrlich, der Schritt ist sehr peinlich für mich, ich versichere es Ihnen: die Biederkeit, das Zartgefühl, die Absichten jemandes verdächtigen, die feierlichen Erklärungen eines Ehrenmannes in Zweifel ziehen, das ist, wenn nicht die grausamste, so doch sicher die peinlichste Aufgabe, die unser Amt uns zumuten kann.«

»Das ist wahr, mein Herr«, versetzte ich trocken. »Immerhin, da Sie zwischen meinem Zeugnis und dem jenes Weibes schwanken, so will ich weder mich selbst beleidigen noch schweigen. Hören Sie also, was sich zugetragen hat. Aber ich sage Ihnen im voraus, daß ich nach meiner Erzählung von Ihrer Seite weder Zweifel noch Ungewißheit mehr ertrage.«

Darauf berichtete ich ihm die Ereignisse des vorhergegangenen Abends so, wie sie dir, lieber Leser, bekannt sind. Ich verbarg ihm weder meinen Eifer noch meine Zärtlichkeit; denn wenn diese Dinge für eine verderbte Seele vielleicht verdächtige Anzeichen sind, so steht es doch anders mit edlen Charakteren, für die sie der sicherste Bürge der Reinheit des Herzens und der Handlungen sind. Er hörte mir mit Interesse zu. Mehr als einmal glaubte ich in seinen Zügen einen Ausdruck der Teilnahme und der Zustimmung wahrzunehmen; ich sah, daß sein Auge mich freisprach, daß seine Hand im Begriff war, die meinige zu ergreifen ... Als er daher nach Beendigung meiner Erzählung unbehaglich und stumm blieb, empfand ich einen lebhaften Unwillen und war schon im Begriff, in verletzende Worte auszubrechen, als er von neuem begann: »Erzürnen Sie sich nicht. Ich habe Ihre Erzählung vernommen. Zwischen Ihnen und jener Frau schwanke ich nicht. Verzeihen Sie mir gleichwohl, wenn ich meiner eigenen Überzeugung Gewalt antue und Ihnen die Worte der Achtung und Genugtuung, die ich Ihnen zu schulden wünsche, noch verweigere. Aber ein stärkeres, achtungswerteres Zeugnis, eine Persönlichkeit, die ein Interesse daran hat, Sie zu rechtfertigen, und die auch soeben versucht hat, Sie bei mir zu entschuldigen, hat gerade dadurch mehr dazu beigetragen, diese Überzeugung in mir zu erschüttern, als es irgendein Ankläger vermocht haben würde.«

Ich vernahm diese Worte erwartungsvoll und verblüfft, mein Herz war auf das heftigste von Zorn, Verachtung und Stolz bewegt.

»Ich will nichts verbergen«, fuhr er fort; »Fräulein S ..., die Cousine von Frau von Luze, ist meine Verwandte; vor wenigen Tagen erst wurde ich von ihrer Familie zu Rate gezogen und gab meine Zustimmung zu ihrer Verbindung mit einem Manne, den nach meiner Meinung seine Sitten und sein Charakter noch mehr empfahlen als seine Stellung und sein Vermögen ... zu ihrer Verbindung mit Ihnen, mein Herr. Ihr Pate war es, den Sie mit den einleitenden Schritten beauftragt hatten. Ihr Pate ist es auch, der, erschreckt durch die möglichen Folgen der Gerüchte, die Sie soeben widerlegt haben, von denen er wußte, daß sie zu gleicher Zeit mit diesem verräterischen Mantel zu meiner Kenntnis gelangt waren, soeben zu mir geeilt ist, um sich mir gegenüber zu Ihrem Verteidiger aufzuwerfen. Er besaß Ihr Geständnis, er rief meine Nachsicht an, er bat mich, ein Ärgernis zu unterdrücken, das Ihnen schaden könnte, er flehte mich an, meinen Einfluß aufzuwenden, Sie von einem schimpflichen Verhältnis abzubringen ... Nun versetzen Sie sich an meine Stelle; urteilen Sie selbst, wie schwer es ist, die Wahrheit zu erforschen, selbst für den, der sie auf das eifrigste sucht, und grollen Sie nicht mehr, wenn Sie nicht von Anbeginn an die volle Genugtuung erhalten, die Ihre Unschuld als ein klares und heiliges Recht verlangen darf.«

Tausend widerstreitende und heftige Empfindungen stürmten auf mich ein. Ich zürnte meinem Paten, dessen zu wenig lautere Seele meine ehrlichen Worte so ausgelegt hatte, als suchte ich in schmählicher Weise meine Liederlichkeit zu verbergen. Ich war voll Achtung und Verehrung für den Mann, der mit mir sprach; es drängte mich gleichzeitig, ihm zu antworten; gleichwohl blieb ich noch einige Augenblicke in Stillschweigen versunken sitzen, beherrscht von einer Erregung, die sich erst allmählich legte, während ich aus meinem Gedankengange alle Antworten ausschaltete, die nicht völlig entscheidend erscheinen konnten oder nicht den Anforderungen meines Stolzes und meiner Unschuld, die beide verletzt waren, genügten. Endlich glaubte ich das Richtige gefunden zu haben. »Mein Herr«, begann ich mit so viel Ruhe, als meine unterdrückte Bewegung mir gestattete, »Sie beleidigen mich keineswegs. Wenn ein Verwandter mich nach Belieben beschimpft, wie sollte ich von Ihnen eine rühmliche Meinung erwarten, die er selbst nicht besitzt? Aber ich bin imstande, Ihren Verdacht zu zerstören, Ihre Bedenken zu beschwichtigen . . . ja, mein Herr, ich liebe das junge Mädchen . . . aber, was Sie nicht wissen, was mein Pate sich wohl gehütet hat, Ihnen mitzuteilen: um ihretwillen habe ich ihn verstimmt, um ihretwillen habe ich sein Joch abgeschüttelt, habe ich auf seine Erbschaft verzichtet und auf etwas noch Schmeichelhafteres, mein Herr, auf die Hand Ihrer Verwandten, auf die Verbindung mit Ihrer Familie . . . Als ich so handelte, hatte ich meine Absichten noch nicht auf Ihre junge Schutzbefohlene gerichtet; aber heute, wo sie bloßgestellt ist, wo die vergifteten Äußerungen der einen, die diensteifrigen Reden der andern sie zu beschimpfen vermocht haben, da bitte ich um ihre Hand, ja, ich wünsche sie, ich verlange sie! Und ich darf hinzufügen, schon bevor Sie kamen, war dies der einzige Wunsch meines Herzens. Werde ich in Ihnen eine Stütze für diesen Wunsch finden?« fuhr ich in weniger leidenschaftlichem Tone fort; »wollen Sie sich zum Träger meiner Bitte machen? Ich wage es zu hoffen, mein Herr, wenn Sie, überzeugt von meiner Redlichkeit, mir endlich Gerechtigkeit widerfahren lassen . . .«

Nunmehr reichte er mir, nicht ohne eine gewisse Rührung, die Hand. »Seit langem schon«, sagte er, »lasse ich Ihnen Gerechtigkeit widerfahren, mein junger Freund; meine Achtung gehört Ihnen ganz und gar, voller Aufrichtigkeit, und mein Herz ist bewegt über Ihre tugendhafte Wallung, die Sie vielleicht etwas zu weit fortreißt . . . Ich habe kein Amt, für meine Verwandte einzutreten; weit eher möchte ich in meinem Namen als in dem ihrigen reden, so sehr entsprechen Sie der rühmlichen Meinung, die ich mir schon früher über Ihren Charakter gebildet hatte. Sie sind im Begriff, in einem Augenblick über das Schicksal Ihres Lebens zu entscheiden ... Sie weisen tausend Vorteile zurück ... Sie verschmähen eine liebenswürdige Dame, die Ihrer durchaus würdig ist ... Sie entfremden sich einen Verwandten ... Sie verlieren ein Vermögen, das er für Sie bestimmte ... und was werden Sie als Ersatz finden? Die Tugend, ohne Zweifel, die Anmut des Körpers und des Geistes, aber ein unscheinbares, armes Geschöpf, ein Kind, verlassen von der Welt, in der Sie leben, und deren Vorurteile es Ihnen nicht gestatten werden, sie dort einzuführen ... Aber, im übrigen«, fuhr er fort, »das wolle Gott nicht, daß ich denen schaden möchte, die mir anvertraut sind, daß ich sie um ein Glück bringe, welches die Vorsehung vielleicht für sie aufgespart hat als Entgelt für ihr Mißgeschick und für ihre Tugenden. Sehen Sie selbst zu, mein guter Freund. Ich habe Sie nur aufklären, nicht wankend machen wollen in Ihrer ehrenhaften Absicht. Ich ging nicht darauf aus, Ihre Wallung zu unterdrücken, sondern ihr die Überlegung zur Seite zu stellen; nur im Verein mit ihr werden Sie zu einer weisen Entschließung gelangen. Und wenn Sie bei Ihren großmütigen Plänen beharren, so fürchten Sie nicht, daß ich es andern überlassen könnte, diese Botschaft zu überbringen, der feste Hort derselben zu sein, Ihnen von nun an eine liebevolle Hochachtung zu widmen und die inbrünstigsten Gebete für eine unter so rührenden Zeichen begonnene Vereinigung emporzusenden.«

Bei diesen Worten warf ich mich an seinen Hals und, nachdem ich ihn umarmt hatte, öffnete ich ihm vollständig mein Herz. Er konnte erkennen, daß meine Überlegungen schon angestellt waren, bevor ich ihn gesprochen hatte, und daß mein Entschluß, wenn er auch plötzlich entstanden war, darum doch nicht minder auf schicklichen Erwägungen und auf dem Wunsch beruhte, in der Liebe und Pflichterfüllung ein Glück zu finden, das mir meine bisherige allzu günstige und angenehme Stellung versagt hatte. Er verwarf alle seine Bedenken und nahm an meinen Plänen mit der ganzen Hingebung eines warmen und edlen Herzens teil; und wie es wohl geschieht, wenn eine echte Teilnahme alle Unterschiede des Alters, der Stellung oder des Ranges verschwinden läßt, so flößte mir dieser verehrungswürdige Mann, mit dem ich zum erstenmal in meinem Leben sprach, die Ehrerbietung eines Vaters, das Vertrauen eines alten Freundes ein. Nunmehr begann ich ihn auch über die beiden Damen zu befragen, die mit meinem Dasein bereits so fest verknüpft waren und die ich noch nicht einmal dem Namen nach kannte.

Wie er mir erzählte, hieß das junge Mädchen Adele Sénars, und ich gestehe es, der Name entzückte mich. Ich bin sehr geneigt, in den Eigennamen einen gewöhnlichen oder feinen Klang zu finden, und infolge einer Grille meines Geistes, von der ich auch heute noch nicht frei bin, würde ich einen Namen, der mir nicht mißfiel, unendlich freudiger begrüßt haben, als wirkliche Vorteile an Rang oder Vermögen. Aber den liebenswürdigen Namen ›Adele‹ umfing außer dem Zauber, den ich sofort mit ihm verknüpfte, ein weiterer, den die Jahre nicht haben zerstören können; denn seit er mir im innersten Herzen eingegraben steht, verbinden sich mit ihm die letzten Eindrücke meiner Jugend und alles, was ich seitdem an wahrem Glück habe kosten dürfen.

Aber auch alles andere, was ich durch den Pastor erfuhr, verletzte keines der Vorurteile, die mir nun einmal eigen sind, sondern erhöhte nur noch meinen Rausch und meine Zufriedenheit. Der Vater des jungen Mädchens war Schweizer, wie ich selbst. Er war jung in den Dienst der englischen Marine getreten, hatte es dort zu einem nicht gerade hohen, aber ehrenvollen Range gebracht und während seines Aufenthalts in England die Mutter meiner Adele geheiratet. Erklärte mir dies, warum ich auf dem Tisch das Gedicht über die Jahreszeiten hatte liegen sehen, so schien es mir auch dem jungen Mädchen den Reiz zu verleihen, den fremde Frauen für uns zu haben pflegen, und ich gefiel mir darin, dem englischen Ursprung ihre blendende Hautfarbe, den melancholischen Blick der großen blauen Augen und den Ausdruck rührender Unschuld in dem Antlitz zuzuschreiben. Vor einigen Jahren war ihre Mutter mit ihr nach der Schweiz gekommen, um ihr hier mit geringeren Kosten eine Erziehung geben zu können, die sie als ihre zukünftige Hilfsquelle ansah. Nach dem vor zwei Jahren erfolgten Tode des Vaters waren die beiden Damen auf die geringe Pension angewiesen, die das englische Gesetz der Witwe eines im Dienst gestorbenen Offiziers zubilligt, und bewohnten seitdem die Räume, in denen mich der Zufall sie hatte antreffen lassen. Daher stammten auch die feinen Möbel, die ich bemerkt hatte, und die anderen Anzeichen einer einst behaglicheren Lebenslage.

Alle diese Dinge entzückten mich. »Aber, glauben Sie«, sagte ich, »daß die Damen trotz ihrer Voreingenommenheit gegen mich meine Bitte freundlich aufnehmen werden . . .? Glauben Sie, daß es mir gelingen wird, von dem jungen Mädchen geliebt zu werden, für welches die Vorteile des Vermögens, die ich ihr zu bieten vermag, zweifellos nichts bedeuten, und dessen Herz, schüchtern und furchtsam in seiner Schamhaftigkeit, es kaum wagen wird, sich den Empfindungen der Liebe hinzugeben? . . . Ich fühle es, daß ich keine andere Hilfe und Hoffnung habe als Sie, den würdigen Beschützer; Sie allein vermögen durch die Achtung, die Sie einflößen, die Voreingenommenheit der beiden Damen gegen mich zu zerstören und ihnen meine Wünsche genehm erscheinen zu lassen, denen sie sonst mißtrauen würden.«

»Alles dies«, erwiderte er, »werde ich mir von Herzen angelegen sein lassen. Fürchten Sie übrigens weniger ihre Voreingenommenheit und mehr ihren Stolz. Bei dem Geschrei der jähzornigen Nachbarin war es meine eifrigste Sorge, meine beiden Freundinnen deren Einfluß zu entziehen und sie gleichzeitig vor jeder Berührung mit Ihnen zu sichern, falls ich wirklich nach der Zusammenkunft mit Ihnen die Beschuldigungen dieser Frau hätte begründet erachten müssen. Ihr Vorurteil gegen Sie konnte nicht mehr zunehmen und mein Zeugnis, von dem sie alles erwarten, wird genügen, um sie vollständig zu beruhigen. Aber sie besitzen das Selbstbewußtsein der Armut und Ehrbarkeit: Ihr Vermögen, Ihr Rang, die den ihren so sehr überlegen sind, könnten ihren Stolz aufscheuchen, und die Pläne der Mutter, die ich selbst ermutigte, sind stets dahin gegangen, das Glück der Tochter in einer unscheinbaren Stellung zu suchen, der einzigen, zu der ihre Lage ihnen die Aussicht eröffnete und zu der ihnen der Zugang durch eine zu sehr ausgebildete Erziehung möglicherweise versperrt werden konnte. Denn Sie sollten es nicht glauben«, fügte er hinzu, während mein Herz seine Worte verschlang, »wieviel Verstand, Geschmack, welche wahre Zierde des Geistes die Bewohner dieses so schlichten Zufluchtsortes verschönt, den Sie gesehen haben. Das junge Mädchen, so furchtsam und unerfahren sie im übrigen ist, besitzt und pflegt eine Fülle von Kenntnissen. Sie hat sich der Musik, dem Zeichnen gewidmet, und für beides besitzt sie ein natürliches Geschick und eine, ich weiß nicht, wie ich es anders sagen soll, mit Empfindung erfüllte Anmut. Die Mutter vereinigt mit ähnlichen Eigenschaften das, was Erfahrung, Reisen und ein wohl angewendetes Leben hinzufügen können; vor allem aber besitzt sie eine sanfte Lieblichkeit, die ihrer feinen Empfindung entspringt, die sich in den Prüfungen wie in den Freuden des menschlichen Herzens erprobt hat. So finde ich stets ein neues Vergnügen daran, beide zu besuchen. Es ist der liebenswürdigste Fleck in meinem Sprengel. Ich verweile dort oft, und ich verabschiede mich nie, ohne im Innern zu bewundern, welche Fülle von Anmut und Annehmlichkeit die Ehrbarkeit, die Arbeit, die Geistesbildung um diesen kleinen Herd, der so nahe der Dürftigkeit und Armut erbaut ist, haben vereinigen können.«

Unsere Unterhaltung dauerte noch recht lange. Ich zögerte sie durch tausend Fragen hinaus, da ich nicht müde werden konnte, den Erzählungen meines würdigen Freundes zuzuhören über alles, was er von den beiden Personen wußte, die mir ein so lebhaftes Interesse einflößten. Wir kamen überein, daß er am nächsten Morgen früh zu ihnen gehen sollte. Je nach der Stimmung, in der er sie fände, sollte er ihnen die ersten Eröffnungen machen und vielleicht, um meine Ungeduld zu stillen, mir noch am Vormittag eine Antwort überbringen. Danach erhob er sich, um sich zurückzuziehen; aber ich mußte ihn noch bis zu seiner Wohnung begleiten, wo ich mich von ihm verabschiedete, das Herz voll Liebe, Freude und Hoffnung.

## 6

Ich kehrte zu mir zurück, sehr glücklich und sehr verwandelt. Es schien mir, daß ich erst seit diesem Tage wirklich zu leben begonnen, und ich denke auch heute noch, daß es so ist. Denn wenn auch seitdem noch manchmal Unglücksfälle mein Leben erschüttert haben, so bin ich doch nicht wieder in jenen

Zustand von Schlaffheit verfallen, der gewöhnlich die Folge eines zu gesicherten Daseins, einer zu bestimmt vorgezeichneten Zukunft ist, wo das Herz leer ist, die Fähigkeiten einrosten, der Geist zusammenschrumpft und sich schließlich nur noch mit kleinlichen Saloninteressen und den leichtfertigen Zerstreuungen der Eitelkeit befaßt. Ich gehöre einer Klasse von Menschen an, in der dieser Zustand gerade heutzutage häufig vorkommt; und wenn ich sehe, was für ein Los denen beschieden ist, die darin beharren, so empfinde ich, daß, wenn ich mein Leben in Ermangelung dessen, was mein Glück begründet, noch einmal zu bestimmen hätte, ich ein Dasein voller Arbeit und Armut, der Wurzel aller Tätigkeit und Anstrengung wählen und dem Wohlleben und Müßiggang vorziehen würde, in denen ich die Hälfte meiner schönsten Jahre hingebracht habe.

Wie am Abend vorher hatte ich mich hingesetzt, um über die innere Bewegung, die mich mächtig und lebhaft erfüllte, nachzudenken, wie es wohl geschieht in den feierlichen Augenblicken unseres Lebens, in denen wir von der Vergangenheit Abschied nehmen, um uns ganz und gar einer neuen Bestimmung hinzugeben. Bald saß ich still, richtete meine Augen auf das Feuer und ermutigte meine Hoffnungen mit allem, was ich in der Erinnerung, in den Worten und dem Ausdruck des jungen Mädchens an Liebevollem und Freundlichem finden konnte, vor allem aber mit dem Ansehen, welches die Empfehlungen meines Freundes bei ihr haben würden; bald wiederum, wenn ich meine Hoffnungen bereits als erfüllt betrachtete, stand ich entzückt auf, lief im Zimmer auf und ab und, den Tagen, den Wochen, den Jahren vorauseilend, malte ich mir ein lachendes Glück aus, mit dem ich tausend reizvolle Pläne verband. Inmitten dieser Träume fielen meine Augen auf einen an mich gerichteten Brief, den ich in meiner Zerstreutheit nicht bemerkt hatte, obgleich er vor mir auf dem Kamin lag.

An der Aufschrift erkannte ich sofort die Handschrift meines Paten. »Wann ist dieser Brief gekommen«, fragte ich Jakob.

»Während der gnädige Herr fort waren. Es wird sogar eine Antwort erwartet, hat man gesagt.«

»Es ist gut.« Ich öffnete den Brief mit mäßiger Eile; er lautete:

»Mein lieber Eduard!

Ich will gern alles vergessen. Nachdem ich Dich verlassen, habe ich von Deinem Streich gehört, und daß Dein Mantel dort geblieben ist. Ich bin alsbald an der maßgebenden Stelle tätig gewesen und habe die Gerüchte erstickt, die sich schon kräftig auszubreiten begannen. Das Wichtigste war, Herrn Pastor Latour, den Verwandten Deiner Zukünftigen, zu besänftigen, und das ist mir gelungen. Noch ist nichts verdorben.

Nachdem Du das Mädchen einmal verführt hast, ist, denke ich, alles nach dieser Richtung erledigt. Du schuldest ihr natürlich eine Entschädigung, und das soll meine Sache sein. Nun aber auch keine Ungewißheit, keinen Aufschub mehr. Morgen machen wir ein Ende, und um diesen Preis (Du bist nicht sehr zu beklagen) findest Du wieder die Erbschaft und die Freundschaft Deines Dir wohlgeneigten Paten.«

Das Lesen dieses Briefes versetzte mich in den heftigsten Zorn, und ich brach in beleidigende Ausrufe gegen meinen Paten aus, der sich mir als ein Wesen ohne Herz und Moral enthüllte, dessen schamlose Worte alles entweihten, was ich als rein und heilig betrachtete. Ich ergriff die Feder und verfaßte eine Antwort, deren verächtliche Heftigkeit zu weitgehend war, um mich nicht selbst einige Augenblicke später einsehen zu lassen, daß ich diesen Brief nicht absenden konnte. Ich zerriß ihn deshalb, um eine zweite und dann eine dritte Antwort aufzusetzen, bis ich ruhiger wurde und mir überlegte, daß die Entscheidung über mein Schicksal, die ja wahrscheinlich am nächsten Tage erfolgen würde, die schlagendste Antwort auf seinen schmählichen Brief sein werde; ich unterließ es deshalb, ihm überhaupt zu schreiben, und betrachtete es als meine einzige Rache, zu meinen süßen Träumereien zurückzukehren.

Es war fast drei Uhr morgens, als ich mich zu Bett legte. Ich hoffte, die Ungeduld, mit der ich den kommenden Tag erwartete, durch einige Stunden Schlaf fortzutäuschen; aber ich vermochte kaum während einiger Augenblicke die Augen zu schließen; bei den ersten Lichtstrahlen, die in mein Zimmer drangen, stand ich auf, zog mich an und wartete mit immer lebhafterer Ungeduld weiter. Die Augen auf meine Kaminuhr gerichtet, berechnete ich, wann Herr Latour aufstehen müßte, wann er bereit sein könnte, fortzufahren, wann er unterwegs sein und wann er sich endlich bei den Damen einfinden würde. Bei diesem Augenblick angelangt, verfaßte ich seine Rede auf hunderterlei verschiedene Weisen, je nach der Lage, dem Ort, der Stimmung, in der er seine beiden Freundinnen treffen würde. Sodann lieh ich mit Hilfe der Einbildungskraft, welche die Sehnsucht und die Liebe einzuflößen vermögen, den Ausdrücken meiner Geliebten und den Worten der Mutter eine Sprache, die meine Bitten erhören ließ. Schließlich wurde mir das weitere Harren unerträglich, und ich verließ mein Haus, um der Antwort, die Herr Latour mir überbringen wollte, entgegenzugehen.

In seinem eigenen Landhause, etwa eine Wegstunde von

der Stadt, hatte der gute Pastor die Damen am Tage vorher aufgenommen. Dorthin machte ich mich an einem Dezembermorgen auf den Weg. Die Eindrücke, die ich damals empfand, werden niemals aus meinem Gedächtnis schwinden. Das Wetter war milde, die Wege scheußlich. Eine bleiche Sonne erleuchtete mit silberfarbigem Lichte die Felder ohne Grün, die Bäume ohne Laub, und der Schnee der Berge schimmerte nur schwach durch einen leichten Nebel hindurch. Aber mein Herz erwärmte die eisige Natur mit seiner Glut, und in der Rührung über die Aussicht auf ein nahes Glück malte ich mir aus, wie die Seligkeit und die Liebe ihre Gaben bis in die geringsten Hütten, die zerstreut auf den Wiesen am Rande der Landstraße lagen, tragen. Ich erinnere mich, daß, als ich mich hingesetzt hatte, um Herrn Latour zu erwarten, meine Augen auf einer dieser Hütten ruhten, die fast ganz unter dem dichten Gezweig der Ulmen begraben lag und aus der eine ruhige Rauchsäule emporstieg. Ich dachte daran, meine Zukunft in so einer niedrigen Hütte zu begründen; ich brachte meine Geliebte her, ich begann schon meine Lebensführung hier einzurichten; ich belebte diese kahlen Schatten mit dem lebendigen Zauber meiner Träume, und meine für einige Augenblicke getäuschte Ungeduld ließ meine Gedanken um diesen ländlichen Zufluchtsort flattern. Manchmal schenkt uns das Schicksal in unseren Träumen eine Ahnung des Kommenden. In einem Schlupfwinkel ganz in der Nähe dieser Örtlichkeit habe ich wenige Jahre später die Verwirklichung meiner Träume erlebt.

Während ich dort saß, erschien am Horizont der Landstraße ein Wagen, der mich jäh aufspringen und ihm entgegeneilen ließ. Von fern erkannte ich, daß er leer war, und wollte bereits vorbeigehen, als der Kutscher sein Pferd zuerst langsamer gehen ließ, dann anhielt und mich fragte, ob ich nicht der Herr sei, den Herr Latour holen lasse. In einem Augenblick saß ich in dem Wagen, der schleunigst umkehrte. Die Verwirrung und Erregung, die meiner Ungeduld folgten, benahmen mir jede Geistesgegenwart, so daß ich alles in der Welt darum gegeben haben würde, wenn der Wagen mich mit geringerer Schnelligkeit davongetragen hätte.

Bald bemerkte ich das Haus; es lag auf halber Höhe eines Hügels. Man gelangte zu ihm über einen steilen Abhang, der von alten Nußbäumen beschattet war. Mein Herz klopfte mächtig, meine Augen suchten angstvoll irgendeine Bewegung um mich herum. Aber ein ruhiges Schweigen schwebte über der Zurückgezogenheit dieses Ortes; zwei offene Fensterflügel im Erdgeschoß verrieten allein, daß es bewohnt war. Inzwischen näherte sich der Abhang seinem Ende; schon verbargen mir die nähergerückten Hecken die Aussicht auf die Gebäude; ich bemerkte einen Torweg, und das Bellen eines Hundes vermischte sich plötzlich mit dem langsameren Rollen der Räder, die das Pflaster des Hofes berührten. Der Wagen hielt, und alles verfiel in die frühere Stille.

Ich war eben abgestiegen, als Herr Latour erschien. Eine Dame von fünfzig Jahren stützte sich auf seinen Arm. Sie war mit Geschmack und einfach gekleidet; trotz der Bewegung, die die edle Heiterkeit ihres Antlitzes beherrschte, erhöhte der durchdringende und gefühlvolle Blick, mit dem sie mich ansah, meine Schüchternheit, während er ihr gleichzeitig mein Herz gewann. In den ersten Augenblicken wußte ich nichts zu sagen; auch sie beobachtete Stillschweigen, aber der gute Pastor wandte sich an mich: »Mein Freund«, sagte er, »ich habe Ihre Wünsche der gnädigen Frau übermittelt, die so freundlich ist, davon angenehm berührt zu sein. Das ist, denke ich, alles, was ich meinerseits tun konnte. Das übrige liegt bei Ihnen oder vielmehr bei Ihrem Verdienst, das besser durch sich selbst spricht, als es meine Lippen vermögen.«

»Auf eine seltsame Weise«, nahm nun die Mutter mit bewegter Stimme das Wort, »lernen wir uns kennen . . . dennoch, die Worte des Herrn Latour vermögen mehr als alle anderen Ihnen meine Achtung zu gewinnen, und ich darf eine Bitte, die er unterstützt, nicht zurückweisen. Meine Tochter weiß noch von nichts, aber ich habe ihr nun nichts mehr zu verschweigen; das übrige muß ich ihrer freien Wahl überlassen. Aber, bitte, treten Sie ein . . .«

Ich war noch zu verwirrt, um eine Antwort zu wagen; gleichwohl vergaß ich im Wogen meiner Gefühle die Zurückhaltung, welcher Höflichkeit und Selbstbeherrschung sich befleißigen sollten: ich ergriff die Hand der Mutter und drückte meine Lippen darauf mit einer Ergriffenheit, für die sie empfänglich schien. Kaum hatte ich diese Regung in ihrem Antlitz entdeckt, als ich, schon weniger furchtsam, ihr meinen Arm anbot, um sie in den Salon zu geleiten. In diesem Augenblick fühlte ich mich bereits als ihr Sohn, und mein von Glücks- und Dankesgefühlen begeistertes Herz schwur ihr die aufrichtige Zuneigung, mit der ich seitdem ihre alten Tage zu beglücken gesucht habe.

Als ich in den Salon eingetreten war, erkannte mich das junge Mädchen wieder, und ihre Wangen färbten sich mit lebhafter Röte; als sie mich jedoch den Arm ihrer Mutter halten sah, gewann sie ihre Ruhe wieder und verneigte sich zum Gruß vor mir. Sie stand vor mir in anmutiger, bescheidener Haltung und wartete, bis die andern Platz genommen, ehe sie sich selbst setzte. »Ich hoffe, mein Fräulein«, sagte ich zu ihr, »daß Sie nicht mehr allzuviel Ermüdung von jenem Abend verspüren, dem ich den Vorzug verdanke, Sie kennengelernt zu haben.«

Sie errötete von neuem, und um die Verlegenheit zu verscheuchen, die ihr diese Erinnerungen verursachten, begann ich von der Feuersbrunst zu sprechen. Nun kam eine Unterhaltung in Gang, aber kalt und gezwungen, wie es geschieht, wenn die Worte nur dazu dienen, die Zerstreutheit des Herzens zu verbergen. Nur das junge Mädchen, das diese Empfindungen nicht teilte, überließ sich der Freude, zuzuhören, und fügte schüchtern den Erzählungen, die ihre Aufmerksamkeit völlig in Anspruch nahmen, einige Worte hinzu. Gleichwohl wurde die Lage, je länger sie dauerte, nur peinlicher; wenn ich mich auch schon etwas sicherer fühlte, so hatten die Worte der Mutter mich doch darüber im Ungewissen gelassen, was ich wagen dürfte auszusprechen. Schließlich wandte sich Herr Latour an das junge Mädchen: »Ich habe einen Wunsch auszusprechen, Fräulein Adele; es ist der, daß mein Freund, der auch der Freund Ihrer Frau Mutter ist, eines Tages der Ihrige werden möchte.«

»Sie wissen sehr gut, Herr Latour«, sagte das junge Mädchen schüchtern, aber ohne Scham, »daß ich alle diejenigen liebe, die meiner Mutter und Ihnen teuer sind.«

Ich merkte nun, daß sie den Grund meines Kommens nicht ahnte und daß sie in ihrem völlig unberührten Herzen den Sinn der Worte des Herrn Latour nicht verstanden hatte.

»Mein Fräulein«, ergriff ich nunmehr das Wort, »die geringste Zuneigung von Ihrer Seite ist in meinen Augen eine unschätzbare Gunst. Aber warum sollte ich Ihnen den Wunsch verschweigen, von dem mein Glück abhängt ...? Es ist das Geschenk Ihrer Hand, das ich erflehe, es ist das Glück, mein Leben dem Ihrigen gesellen zu dürfen, das Glück, zugleich mit einer so liebenswürdigen Gefährtin eine Mutter zu gewinnen, die ich schon ebenso liebe und verehre wie die, welche ich verloren habe.«

Während ich mich so ausdrückte, richtete das junge Mädchen, überrascht und erschreckt, ihre Blicke bald auf Herrn Latour, bald auf mich, bald auf ihre Mutter. Diese hatte in dem Augenblick, wo sie über das Schicksal ihrer zärtlich geliebten Tochter entscheiden sollte, gefühlt, wie ihre Herzenswunde sich von neuem öffnete; zerrissen in der Erinnerung an die Vergangenheit, unterwürfig und doch zitternd vor der Ungewißheit der Zukunft, flehte ihr Blick um Liebe, Schutz und Mitleid; endlich vermochte sie nicht mehr, sich zu beherrschen, und aus ihren Augen flossen Tränen.

»Mama«, rief da die Tochter und flüchtete sich zu ihr, »warum weinen Sie . . .? Ich liebe den Herrn, und ich bin Ihnen ergeben . . . Verfügen Sie über mich zu Ihrem Glück; dort allein werde ich das meine finden.«

Ihre Mutter vermochte ihr noch nicht zu antworten; schließlich aber suchte ihre Erregung bei mir einen Schutz; sie ergriff die Hand ihrer Tochter und legte sie in die meinige.

Von diesem Augenblick an waren wir vereint. Die wahre Unschuld ist vertrauend. Ein Herz, dem die Liebe noch fremd war, gibt sich ohne Rückhalt hin. In dem Herzen Adeles fand ich die Schätze unberührt, die die Welt so häufig beschmutzt oder entblättert, die Zurückgezogenheit aber verschönt und verhüllt. Bei all ihrer bemerkenswerten Schönheit, ihrer Anmut, ihrer Empfänglichkeit, die bei einer Frau alle Gaben und Kenntnisse noch erhöht, kannte ihre großmütige und bescheidene Seele keine anderen Vergnügungen als die der Zuneigung und Hingebung. Wenn sie die Anmut ihrer Bewegungen und ihres Geistes verschwenderisch auszustreuen schien, so verlieh gleichzeitig eine schamhafte Zurückhaltung der geringsten ihrer Gunstbezeugungen einen Zauber, der weit tiefer und unendlich reizvoller war als der, den ebenso schöne

Frauen vergeblich in die Berechnungen der geschicktesten Koketterie zu legen suchten.

Es wurde abgemacht, daß die Damen den Rest des Winters in der Zurückgezogenheit verbringen sollten, die ihnen die Güte des Herrn Latour bot. Dorthin kam ich jeden Tag während eines strengen, eisigen Winters, um mich in der Nähe dieses reizenden Mädchens an den Freuden einer Liebe zu berauschen, die jeden Tag lebhafter, jeden Tag schöner erwidert wurde. O ihr Zeiten irdischer Seligkeit und lachender Hoffnungen! Ihr glücklichsten Tage meines Lebens! Nicht wie so viele andere Vergnügungen, welche die Jahre für immer mit sich fortnehmen, seid ihr vergangen, ohne liebenswürdige Spuren zu hinterlassen; ihr waret das schimmernde Morgenrot des Glücks, das ich noch heute genieße, und mein Herz, das in der Erinnerung zu euch zurückkehrt, hat nicht nötig, von euch Rechenschaft zu verlangen über holde Versprechungen, mit denen ihr mich einst gelockt habt.

Im nächsten Frühling verband uns Herr Latour in der Kirche eines benachbarten Dorfes. Stolz und glücklich über eine Vereinigung, die das Werk seiner Klugheit und Uneigennützigkeit war, ist er unser beständigster Freund geblieben. Jakob hat mich in meine neuen Verhältnisse begleitet. Mein Pate ist zwei Jahre später gestorben, ohne mir verziehen zu haben; sein Vermögen hat er unter Verwandte verteilt, die weniger begütert sind als ich. Ich endige, lieber Leser. Hast du mich bis zum Schluß begleitet? Ich habe es mir wenigstens eingebildet und empfinde darum großes Bedauern, von dir zu scheiden.

# Johann Peter Hebel

## *Seltene Liebe*

Mit dem Leichnam eines jungen Mannes im Schweizerland, der erschlagen wurde in einem Gefecht nicht weit vom Vierwaldstätter See, mit dem Leichnam ging es wunderbar zu. Daß er nach dem Gefecht war begraben worden nächst der Walstatt, wußten mehr als zwanzig Männer aus dem nämlichen Ort, die es taten und dabei waren und ein Kreuz, wie man in der Geschwindigkeit eines machen kann, auf sein Grab steckten, daß, wer vorüberginge, auch ein Vaterunser für seine Seele beten sollte. Item, am Dienstag darauf, als der Sigrist frühe morgens in die Kirche gehn und das Morgengebet anläuten wollte, lag der nämliche Leichnam daheim auf dem Kirchhof, vor der Kirchtüre. Man begrub ihn noch einmal mit allen Gebräuchen und Gebeten der Kirche in die geweihte Erde. Item, als es noch einmal Dienstag wurde, war der nämliche Leichnam wieder aus dem Grab und von dem Kirchhof weg verschwunden.

Sonst tut der Glaube Wunder. Diesmal aber tat's des Glaubens fromme Schwester, die Liebe. Er war als Freiwilliger mitgezogen, weil ihm die Gemeinde auf den Fall das Bürgerrecht angeboten hatte. Denn er war nur Hintersaß und seiner Arbeit ein Maurer, was zwar nicht zur Sache, aber zur Wahrheit gehört. Seine junge Frau aber ängstete sich daheim und weinte und betete, und jeder Schuß, den sie hörte, ging ihr schauerhaft durchs Herz, denn sie fürchtete, er gehe durch das seinige. Einer ging da durch, und als die andern am dritten oder vierten Tag wohlbehalten nach Hause kamen, brachten sie ihr das blutige Gewand ihres Mannes, sein Gebetbüchlein und seinen Rosenkranz. »Dein Mann«, sagten sie, »hat jetzt ein anderes Bürgerrecht angetreten. Er liegt im obern Ried. Ein Kreuz steht auf seinem Grab. Es hätte jeden treffen können«, sagten sie. Die arme Frau verging fast in Tränen und Wehklagen. »Mein Mann erschossen«, sagte sie, »mein einziges und alles – und im Ried begraben, in ungeweihter Erde!« Da raffte sie sich plötzlich auf, und in der Nacht, als alles schlief, ging sie allein mit einer Schaufel und mit einem Sack in das Ried hinauf, suchte das Grab und die geliebte Leiche und trug sie heim auf den Kirchhof. Solche Herzhaftigkeit und Stärke hatte ihr der Schmerz und die Liebe gegeben. Als sie aber hernachmals Tag und Nacht sich fast nimmer von dem Grabe entfernen und nicht essen und trinken wollte, sondern unaufhörlich das Grab mit ihren Tränen benetzte und mit dem Verstorbenen redete, als ob er sie hören könnte, alle Vorstellungen waren fruchtlos, da sagte endlich der Vorsteher des Ortes, es sei kein anderes Mittel übrig, als man grabe den Toten heimlicherweise noch einmal aus und bringe ihn auf einen andern Kirchhof, sonst vergehe noch die arme Frau. Also brachte man sie mit viel Zureden und Mühe in ihre leere Wohnung zurück und brachte in der Nacht den Leichnam auf einen andern Kirchhof. Nur wenige Menschen wußten davon, wohin er gebracht worden. Den frommen Leser rührt diese Geschichte, und er sagt, solcher beispiellosen ehelichen Liebe und Treue können nur noch Schweizerherzen fähig sein. Fehl gesprochen! Beide, die unglückliche Frau und ihr verstorbener Gatte, waren Fremdlinge, und zwar aus Deutschland. Doch kein Schmerz dauert ohne Ende, der heftigste am wenigsten. Die nämliche Frau gewann in der Folge einen zweiten braven Gatten, ebenfalls einen Deutschen, und die Gemeinde erteilte

– diesem das Bürgerrecht, das sein Vorfahr mit seinem Leben erkauft hatte.

Diese Geschichte hat dem Hausfreund und seinen Reisegefährten auf dem See zwischen Winkel und Stansstad ein Augenzeuge erzählt und von ferne den Ort gezeigt, wo sie vorgefallen war.

Conrad Ferdinand Meyer

# *Plautus im Nonnenkloster*

Nach einem heißen Sommertage hatte sich vor einem Kasino der mediceischen Gärten zum Genusse der Abendkühle eine Gesellschaft gebildeter Florentiner um Cosmus Medici, den ›Vater des Vaterlandes‹, versammelt. Der reinste Abendhimmel dämmerte in prächtigen, aber zart abgestuften Farben über den mäßig Zechenden, unter welchen sich ein scharfgeschnittener, greiser Kopf auszeichnete, an dessen beredten Lippen die Aufmerksamkeit der lauschenden Runde hing. Der Ausdruck dieses geistreichen Kopfes war ein seltsam gemischter: über die Heiterkeit der Stirn, die lächelnden Mundwinkel war der Schatten eines trüben Erlebnisses geworfen.

»Mein Poggio«, sagte nach einer eingetretenen Pause Cosmus Medici mit den klugen Augen in dem häßlichen Gesichte, »neulich habe ich das Büchlein deiner Fazetien wieder durchblättert. Freilich weiß ich es auswendig, und dieses mußte ich bedauern, da ich nur noch an den schlanken Wendungen einer glücklichen Form mich ergötzen, aber weder Neugierde noch Überraschung mehr empfinden konnte. Es ist unmöglich, daß du nicht, wählerisch wie du bist, diese oder jene deiner witzigen und liebenswürdigen Possen, sei es als nicht gesalzen genug oder als zu gesalzen, von der anerkannten Ausgabe des Büchleins ausgeschlossen hast. Besinne dich! Gib diesem Freundeskreise, wo die leiseste Anspielung verstanden und der keckste Scherz verziehen wird, eine ›Facezia inedita‹ zum besten. Erzählend und schlürfend«

– er deutete auf den Becher – »wirst du dein Leid vergessen!«

Den frischen Kummer, auf welchen Cosmus als auf etwas Stadtbekanntes anspielte, hatte dem greisen Poggio – dem jetzigen Sekretär der florentinischen Republik und dem vormaligen von fünf Päpsten, dem früheren Kleriker und späteren Ehemanne – einer seiner Söhne verursacht, welche alle herrlich begabt waren und alle nichts taugten. Dieser Elende hatte die greisen Haare des Vaters mit einer Tat beschimpft, die nahe an Raub und Diebstahl grenzte und dem für den Sohn einstehenden sparsamen Poggio überdies eine empfindliche ökonomische Einbuße zuzog.

Nach einem kurzen Besinnen antwortete der Greis: »Jene Possen oder ähnliche, die dir schmecken, mein Cosmus, kleiden, wie üppige Kränze, nur braune Locken und mißziemen einem zahnlosen Munde.« Er lächelte und zeigte noch eine hübsche Reihe weißer Zähne. »Und« – seufzte er – »nur ungern kehre ich zu jenen Jugendlichkeiten, wie harmlos im Grunde sie sein mögen, zurück, jetzt, da ich die Unbefangenheit meiner Standpunkte und die Läßlichkeit meiner Lebensauffassung bei meinem Sohne – ich weiß nicht kraft welches unheimlichen Gesetzes der Steigerung – zu unerträglicher Frechheit, ja zur Ruchlosigkeit entarten sehe.«

»Poggio, du predigst!« warf ein Jüngling ein. »Du, welcher der Welt die Komödien des Plautus wiedergegeben hast!«

»Dank für deine Warnung, Romolo!« rief der unglückliche Vater, sich aufraffend, da er selbst als ein guter Gesellschafter es für unschicklich hielt, mit seinem häuslichen Kummer auf den Gästen zu lasten. »Dank für deine Erinnerung! Der ›Fund des Plautus‹ ist die Fazetie, mit welcher ich heute euch, ihr Nachsichtigen, bewirten will.«

»Nenne sie lieber den ›Raub des Plautus‹«, warf ein Spötter ein.

Poggio aber, ohne ihn eines Blickes zu würdigen: »Möge

sie euch ergötzen«, fuhr er fort, »und zugleich belehren, Freunde, wie ungerecht der Vorwurf ist, mit welchem mich meine Neider verfolgen, als hätte ich jene Klassiker, deren Entdecker ich nun einmal bin, mir auf eine unedle, ja verwerfliche Weise angeeignet, als hätte ich sie – plump geredet – gestohlen. Nichts ist unwahrer.«

Ein Lächeln ging im Kreise, zu welchem erst Poggio sich ernst und ablehnend verhielt, an dem er aber endlich selbst sich mitlächelnd beteiligte; denn ihm war, als einem Menschenkenner, bewußt, daß auch die falschesten Vorurteile sich nur schwer wieder entwurzeln lassen.

»Meine Fazetie«, parodierte Poggio die den italienischen Novellen gewöhnlich voranstehende breite Inhaltsangabe, »handelt von zwei Kreuzen, einem schweren und einem leichten, und von zwei barbarischen Nonnen, einer Novize und einer Äbtissin.«

»Göttlich, Poggio«, unterbrach ihn ein Nachbar, »von der Art jener treuherzigen germanischen Vestalen, mit welchen du in deinem bewundernswerten Reisebriefe die Heilbäder an der Limmat wie mit Najaden bevölkert hast – das Beste, was du geschrieben, bei den neun Musen! Jener Brief verbreitete sich in tausend Abschriften über Italien . . .«

»Ich übertrieb, euern Geschmack kennend«, scherzte Poggio. »Immerhin, Ippolito, wirst du, als ein Liebhaber der Treuherzigkeit, an meiner barbarischen Nonne deine Freude haben. Ich beginne.

In jenen Tagen, erlauchter Cosmus, da wir unserer zur lernäischen Schlange entstellten heiligen Kirche die überflüssigen Köpfe abschlugen, befand ich mich in Konstanz und widmete meine Tätigkeit den großartigen Geschäften eines ökumenischen Konzils. Meine Muße aber teilte ich zwischen der Betrachtung des ergötzlichen Schauspiels, das auf der beschränkten Bühne einer deutschen Reichsstadt die Frömmigkeit, die Wissenschaft, die Staatskunst des Jahrhunderts mit seinen Päpsten, Ketzern, Gauklern und Buhlerinnen zusammendrängte – und der gelegentlichen Suche nach Manuskripten in den umliegenden Klöstern.

Verschiedene Spuren und Fährten verfolgend, geriet ich auf die der Gewißheit nahe Vermutung, daß sich in einem benachbarten Nonnenkloster ein Plautus in den Händen barbarischer Nonnen befand, wohin er sich aus irgendeiner abgehausten Benediktinerabtei als Erbe oder Pfand mochte verirrt haben. Ein Plautus! Denke dir, mein erlauchter Gönner, was es sagen wollte, damals, wo nur wenige, die Neugier unerträglich stachelnde Fragmente des großen römischen Komikers vorhanden waren! Daß ich darüber den Schlaf verlor, das glaubest du mir, Cosmus, der du meine Begeisterung für die Trümmer einer niedergegangenen größeren Welt teilst und begünstigst! Hätte ich nur alles im Stiche gelassen und wäre auf die Stätte geeilt, wo ein Unsterblicher, statt die Welt zu ergötzen, in unwürdigem Dunkel moderte! Doch es waren die Tage, da die Wahl des neuen Papstes alle Gemüter beschäftigte und der Heilige Geist die versammelten Väter auf die Verdienste und Tugenden des Otto Colonna aufmerksam zu machen begann, ohne daß darum das tägliche und stündliche Laufen und Rennen seiner Anhänger und Diener, unter welche ich zählte, im geringsten entbehrlich geworden wäre.

So geschah es, daß mir ein untergeordneter und unredlicher Sucher, leider ein Landsmann, in dessen Gegenwart ich in meiner Herzensfreude ein unbesonnenes Wort über die Möglichkeit eines so großen Fundes hatte fallen lassen, zuvorkam und – der Ungeschickte! –, ohne den Klassiker per fas oder nefas zu gewinnen, die Äbtissin des Klosters, wo er von Staub bedeckt lag, mißtrauisch und auf den Schatz, den sie unwissend besaß, aufmerksam machte.

Endlich bekam ich freie Hand und setzte mich – trotz der bevorstehenden Papstwahl – auf ein rüstig schreitendes Maultier, den Auftrag hinterlassend, mir nach Eintritt des Weltereignisses einen Boten nachzusenden. Der Treiber meines Tieres war ein von dem Bischofe zu Chur unter seinem Gesinde nach Konstanz gebrachter Räter und nannte sich Anselino de Spiuga. Er hatte ohne Zögern in mein niedriges erstes Angebot gewilligt, und wir waren um einen unglaublich billigen Preis übereingekommen.

Tausend Possen gingen mir durch den Kopf. Die Bläue des Äthers, die mit einem frischen, fast kalten Hauch aus Norden zu gleichen Teilen gemischte Sommerluft, der wohlfeile Ritt, die überwundenen Schwierigkeiten der Papstwahl, der mir bevorstehende höchste Genuß eines entdeckten Klassikers, diese himmlischen Wohltaten stimmten mich unendlich heiter, und ich hörte die Musen und die Englein singen. Mein Begleiter dagegen, Anselino de Spiuga, ergab sich – so schien mir – den schwermütigsten Betrachtungen.

Selbst glücklich, suchte ich aus Menschenliebe auch ihn glücklich zu machen oder wenigstens zu erheitern und gab ihm allerhand Rätsel auf. Meist aus der Biblischen Geschichte, die dem Volke geläufig ist. ›Kennst du‹, fragte ich, ›den Hergang der Befreiung des Apostelfürsten aus den Ketten?‹ und erhielt die Antwort, er habe denselben abgebildet gesehen in der Apostelkirche von Tosana. ›Gib acht, Hänschen!‹ fuhr ich fort. ›Der Engel sprach zu Petrus: Zeuch deine Schuhe an und folge mir! Und sie gingen, ohne daß Petrus den Engel erkannt hätte, durch die erste und andere Hut, durch das Tor und eine Gasse lang. Jetzt schied der Begleiter, und alsbald sprach Petrus: Nun weiß ich wahrhaftig, daß mich ein Engel geführt hat. Woher, Hänschen, kam ihm dieses plötzliche Wissen, diese unumstößliche Überzeugung? Das sage mir, wenn du es erraten kannst.‹ Anselino sann eine Weile und schüttelte dann den eigensinnigen Krauskopf. ›Gib acht, Hänschen‹, sagte ich, ›ich löse die Frage. Daran erkannte Petrus den Engel, daß er für seinen Dienst kein Trinkgeld verlangte! Solches ist nicht irdisch. So handelt nur ein Himmlischer!‹

Man soll mit dem Volke nicht scherzen. Hänschen suchte in dem Spaße, welcher mir aus dem Nichts zugeflogen war, eine Absicht oder Anspielung.

›Es ist wahr, Herr‹, sagte er, ›ich führe Euch fast umsonst, und ohne daß ich ein Engel wäre, werde ich auch kein Trinkgeld fordern. Wisset, mich zieht es auch meinesteils nach Monasterlingen‹ – er nannte das Nonnenkloster, das Ziel unserer Fahrt –, ›wo morgen die Gertrude ihre Hüften mit dem Strick umgürtet und ihre Blondhaare unter der Schere fallen.‹

Dem kräftigen Jüngling, der übrigens in Gebärde und Rede – es mochte ein Tropfen romanischen Blutes in dem seinigen fließen – viel natürlichen Anstand hatte, rollten Tränen über das sonneverbrannte Gesicht. ›Bei dem Bogen Cupidos‹, rief ich aus, ›ein unglücklicher Liebender!‹ und ließ mir die einfache, aber keineswegs leicht verständliche Geschichte erzählen:

Er habe, mit seinem Bischofe nach Konstanz gekommen und dort ohne Beschäftigung, in der Umgegend als Zimmerer Arbeit gesucht. Diese habe er bei den Bauten des Nonnenklosters gefunden und dann die in der Nähe hausende Gertrude kennenlernen. Sie beide seien sich gut geworden und haben ein Wohlgefallen aneinander gefunden. So haben sie gern und oft zusammengesessen. ›In allen Züchten und Ehren‹, sagte er, ›denn sie ist ein braves Mädchen.‹ Da plötzlich sei sie von ihm zurückgetreten, ohne Abbruch der Liebe, sondern etwa wie wenn eine strenge Frist verlaufen wäre, und er habe als gewiß vernommen, sie nehme den Schleier. Morgen werde sie eingekleidet, und er werde dieser Handlung beiwohnen, um das Zeugnis seiner eigenen Augen anzurufen, daß ein redliches und durchaus nicht launenhaftes Mädchen einen Mann, den sie eingestandenermaßen liebe, ohne einen irgend denkbaren Grund könne fahrenlassen, um eine Nonne zu werden; wozu Gertrude, die Natürliche und Lebenskräftige, so wenig als möglich tauge und – wunderlicherweise –, aus ihren eigenen Äußerungen zu schließen, auch keine Lust habe, ja, wovor ihr graue und bange.

›Es ist unerklärlich!‹ schloß der schwermütige Räter und fügte bei, durch eine Güte des Himmels sei kürzlich seine böse Stiefmutter Todes verblichen, vor welcher er das väterliche Haus geräumt, und dieses ihm nun wieder offen, wie die Arme seines greisen Vaters. Dergestalt würde seine Taube ein warmes Nest finden, aber sie wollte schlechterdings und unbegreiflicherweise in einer Zelle nisten.

Nach beendigter Rede verfiel Hänschen wieder in ein trübes Brüten und hartnäckiges Schweigen, welches er nur brach, um meine Frage nach dem Wesen der Äbtissin zu beantworten. Sie sei ein garstiges, kleines Weib, aber eine meisterliche Verwalterin, welche den verlotterten Haushalt des Klosters hergestellt und in die Höhe gebracht hätte. Sie stamme aus Abbatis Cella und heiße im Volke nur ›das Brigittchen von Trogen‹.

Endlich tauchte das Kloster aus monotonen Weinbergen auf. Jetzt bat mich Anselino, ihn in einer Schenke am Wege zurückzulassen, da er Gertruden nur noch einmal erblicken wolle – bei ihrer Einkleidung. Ich nickte einwilligend und ließ mich vom Maultiere heben, um gemächlich dem nahen Kloster zuzuschlendern.

Dort ging es lustig her. In der Freiheit der Klosterwiese wurde ein großer, undeutlicher Gegenstand versteigert oder zu anderem Behufe vorgezeigt. Ein Schwartenhals, die Sturmhaube auf dem Kopfe, stieß von Zeit zu Zeit in eine mißtönige Drommete, vielleicht ein kriegerisches Beutestück, vielleicht ein kirchliches Geräte. Um die von ihren Nonnen umgebene Äbtissin und den zweideutigen Herold mit geflicktem Wams und zerlumpten Hosen, dem die nackten Zehen aus den zerrissenen Stiefeln blickten, bildeten Laien und zugelaufene Mönche einen bunten Kreis in den traulichsten Stellungen. Unter den Bauern stand hin und wieder ein Edelmann – es ist in Turgovia, wie diese deutsche Landschaft sich nennt, Überfluß an kleinem und geringem Wappengevögel –, aber auch Bänkelsänger, Zigeuner, fahrende Leute, Dirnen und Gesindel jeder Art, wie sie das Konzil herbeigelockt hatte, mischten sich in die seltsame Korona. Aus dieser trat einer nach dem andern hervor und wog den Gegenstand, in welchem, näher getreten, ich ein grausiges, altertümliches, gigantisches Kreuz erkannte. Es schien von außerordentlicher Schwere zu sein, denn nach einer kurzen Weile begann es in den unsicher werdenden Händen selbst des stärksten Trägers hin und her zu schwanken, senkte sich bedrohlich und stürzte, wenn nicht andere Hände und Schultern sich tumultuarisch unter das zentnerschwere Holz geschoben hätten. Jubel und Gelächter begleiteten das Ärgernis. Um die Unwürdigkeit der Szene zu vollenden, tanzte die bäurische Äbtissin wie eine Besessene auf der frischgemähten Wiese herum, begeistert von dem Wert ihrer Reliquie – das Verständnis dieses Marktes begann mir zu dämmern – und wohl auch von dem Klosterweine, welcher in ungeheuern hölzernen Kannen, ohne Becher und Zeremonie, von Munde zu Munde ging.

›Bei den Waden der Mutter Gottes‹, schrie das freche

Weibchen, »dieses Kreuz unserer seligen Herzogin Amalaswinta hebt und trägt mir keiner, selbst der stämmigste Bursche nicht; aber morgen lüpft's das Gertrudchen wie einen Federball. Wenn mir die sterbliche Kreatur nur nicht eitel wird! Gott allein die Ehre!‹ sagte das Brigittchen. ›Leute, das Wunder ist tausend Jahre alt und noch wie funkelnagelneu! Es hat immer richtig gespielt, und, auf Schwur und Eid, auch morgen läuft es glatt ab.‹ – Sicherlich, die brave Äbtissin hatte sich unter dem himmlischen Tage ein Räuschlein getrunken.

Diesen possierlichen Vorgang mit ähnlichen, in meinem gesegneten Vaterland erlebten zusammenhaltend, begann ich ihn zu verstehen und zu würdigen – nicht anders, als ich mir ihn, eine Stunde später, bei größerer Sachkunde endgültig zurechtlegte; aber ich wurde in meinem Gedankengange plötzlich und unangenehm unterbrochen durch einen kreischenden Zuruf der Hanswurstin in der weißen Kutte mit dem hochgeröteten Gesichte, den dumm-pfiffigen Äuglein, dem kaum entdeckbaren Stülpnäschen und dem davon durch einen ungeheuren Zwischenraum getrennten bestialischen Munde.

›He dort, welscher Schreiber!‹ schrie sie mich an. Ich war an diesem Tage schlicht und reisemäßig gekleidet und trage meinen klassischen Ursprung auf dem Antlitz. ›Tretet ein bißchen näher und lüpft mir da der seligen Amalaswinte Kreuz!‹

Alle Blicke richteten sich lachlustig auf mich, man gab Raum, und ich wurde nach alemannischer Sitte mit derben Stößen vorgeschoben. Ich entschuldigte mich mit der, Freunde, euch bekannten Kürze und Schwäche meiner Arme.« Der Erzähler zeigte dieselben mit einer schlenkernden Gebärde.

»Da rief die Schamlose, mich betrachtend: ›Um so längere

Finger hast du, sauberer Patron!‹, und in der Tat, meine Finger haben sich durch die tägliche Übung des Schreibens ausgebildet und geschmeidigt. Die Menge des umstehenden Volkes aber schlug eine tobende Lache auf, deren Sinn mir unverständlich blieb, die mich aber beleidigte und welche ich der Äbtissin ankreidete. Mißmutig wandte ich mich ab, bog um die Ecke der nahen Kirche, und den Haupteingang derselben offen findend, betrat ich sie. Der edle Rundbogen der Fenster und Gewölbe, statt des modischen Spitzbogens und des närrischen französischen Schnörkels, stimmte mich wieder klar und ruhig. Langsam schritt ich vorwärts durch die Länge des Schiffes, von einem Bildwerke angezogen, das sich, von Oberlicht erhellt, in kräftiger Rundung aus dem heiligen Dämmer hob und etwas in seiner Weise Schönes zu sein schien. Ich trat nahe und wurde nicht enttäuscht. Das Steinwerk enthielt zwei durch ein Kreuz verbundene Gestalten, und dieses Kreuz glich an Größe und Verhältnissen vollständig dem auf der Klosterwiese zu Schau stehenden, welches von beiden dem andern nachgeahmt sein mochte. Ein gewaltiges, dorngekröntes Weib trug es fast waagrecht mit kraftvollen Armen auf mächtiger Schulter und stürzte doch unter ihm zusammen, wie die derb im Gewande sich abzeichnenden Knie zeigten. Neben und vor dieser hinfälligen Gigantin schob eine kleinere Gestalt, ein Krönlein auf dem lieblichen Haupte, ihre schmalere Schulter erbarmungsvoll unter die untragbare Last. Der alte Meister hatte – absichtlich oder wohl eher aus Mangel an künstlerischen Mitteln – Körper und Gewandung roh behandelt, sein Können und die Inbrunst seiner Seele auf die Köpfe verwendend, welche die Verzweiflung und das Erbarmen ausdrückten.

Davon ergriffen, trat ich, das gute Licht suchend, einen Schritt zurück. Siehe, da kniete mir gegenüber an der andern

Seite des Werkes ein Mädchen, wohl eine Eingeborene, eine Bäuerin der Umgebung, fast ebenso kräftig gebildet wie die steinerne Herzogin, die Kapuze der weißen Kutte über eine Last von blonden Flechten und einen starken, luftbedürftigen Nacken zurückgeworfen.

Sie erhob sich, denn sie war, in sich versunken, meiner nicht früher ansichtig geworden als ich ihrer, wischte sich mit der Hand quellende Tränen aus dem Auge und wollte sich entfernen. Es mochte eine Novize sein.

Ich hielt sie zurück und bat sie, mir das Steinbild zu deuten. Ich sei einer der fremden Väter des Konzils, sagte ich ihr in meinem gebrochenen Germanisch. Diese Mitteilung schien ihr nicht viel Eindruck zu machen. Sie berichtete mir in einer einfachen Weise, das Bild stelle eine alte Königin oder Herzogin dar, die Stifterin dieses Klosters, welche, darin Profeß tuend, zur Einkleidung habe schreiten wollen: das Haupt mit Dornen umwunden und die Schulter mit dem Kreuze beladen. ›Es heißt‹, fuhr das Mädchen bedenklich fort, ›sie war eine große Sünderin, mit dem Giftmord ihres Gatten beladen, aber so hoch, daß die weltliche Gerechtigkeit ihr nichts anhaben durfte. Da rührte Gott ihr Gewissen, und sie geriet in große Nöte, an dem Heil ihrer Seele verzweifelnd!‹ Nach einer langen und schweren Buße habe sie, ein Zeichen verlangend, daß ihr vergeben sei, dieses große und schwere Kreuz zimmern lassen, welches der stärkste Mann ihrer Zeit kaum allein zu heben vermochte, und auch sie brach darunter zusammen, hätte es nicht die Mutter Gottes in sichtbarer Gestalt barmherzig mit getragen, die ambrosische Schulter neben die irdische schiebend.

Nicht diese Worte brauchte die blonde Germanin, sondern einfachere, ja derbe und plumpe, welche sich aber aus einer barbarischen in unsere gebildete toskanische Sprache nicht übersetzen ließen, ohne bäurisch und grotesk zu werden, und das, Herrschaften, würde hinwiederum nicht passen zu dem großen Ausdrucke der trotzigen blauen Augen und der groben, aber wohlgeformten Züge, wie ich sie damals vor mir gesehen habe.

›Die Geschichte ist glaublich!‹ sprach ich vor mich hin, denn diese Handlung einer barbarischen Königin schien mir in die Zeiten und Sitten um die dunkle Wende des ersten Jahrtausends zu passen. ›Sie könnte wahr sein!‹

›Sie ist wahr!‹ behauptete Gertrude kurz und heftig mit einem finstern, überzeugten Blicke auf das Steinbild und wollte sich wiederum entfernen; aber ich hielt sie zum andern Male zurück mit der Frage, ob sie die Gertrude wäre, von welcher mir mein heutiger Führer Hans von Splügen erzählt habe? Sie bejahte unerschrocken, ja unbefangen, und ein Lächeln verbreitete sich von den derben Mundwinkeln langsam wie ein wanderndes Licht über das braune, aber schon in der Klosterluft bleichende Antlitz.

Dann sann sie und sagte: ›Ich wußte, daß er meiner Einkleidung beiwohnen werde, und mir kann es recht sein. Sieht er meine Flechten fallen, so hilft ihm das mich vergessen. Da Ihr einmal hier seid, ehrwürdiger Herr, will ich eine Bitte an Euch richten. Fährt der Mann mit Euch nach Konstanz zurück, so steckt ihm ein Licht an, warum ich mich ihm verweigert habe, nachdem ich‹ – und sie errötete kaum merklich – ›in Ehren und nach Landessitte mit ihm freundlich gewesen bin. Mehr als einmal war ich im Begriff, ihm den Handel zu erzählen, aber ich biß mich in die Lippe, denn es ist ein geheimer Handel zwischen mir und der Gottesmutter, und da taugt Schwätzen nicht. Euch aber, einem in den geistlichen Geheimnissen Bewanderten, kann ich ihn ohne Verrat mitteilen. Ihr berichtet dann dem Hans davon, soviel sich schickt und Euch gut dünkt. Es ist nur, damit er mich nicht für eine Leichtfertige halte und für eine Undankbare und ich ihm dergestalt im Gedächtnis bleibe.

Mit meiner Sache aber ist es so bestellt. Als ich noch ein unmündiges Kind war – ich zählte zehn Jahre, und der Vater war mir schon gestorben –, erkrankte mir das Mütterlein schwer und hoffnungslos. Da befiel mich eine Angst, allein in der Welt zu bleiben. Aus dieser Angst und aus Liebe zu dem Mütterlein gelobte ich mich der reinen Magd Maria für mein zwanzigstes Jahr, wenn sie mir es bis dahin erhielte oder nahezu. So tat sie und erhielt es mir bis letzten Fronleichnam, wo es selig verstarb, gerade da der Hans im Kloster mit Zimmerwerk zu tun hatte und dann auch dem Mütterlein den Sarg zimmerte. Da ich nun allein war, was ist da viel zu wundern, daß er mir lieb wurde. Er ist brav, sparsam, was die Welschen meistenteils sind, modest und diskret, wie sie ennetbirgisch sagen. Auch konnten wir in zwei Sprachen miteinander verhandeln, denn der Vater, der ein starker und beherzter Mann war, hatte früher, nicht zu seinem Schaden, einen schmächtigen, furchtsamen Handelsherrn zu wiederholten Malen über das Gebirge begleitet und von jenseits ein paar welsche Brocken heimgebracht. Nannte mich nun der Hans: cara bambina, so hieß ich ihn dagegen: poverello, und beides lautet wohl, ob ich auch unsere landesüblichen Liebeswörter nicht schelten will, wenn sie ehrlich gemeint sind.

Zugleich aber war mein Gelübde verfallen und mahnte mich mit jedem Aveläuten.

Da kamen mir oft flüsternde Gedanken, wie zum Beispiel: Das Gelübde eines unschuldigen Kindes, das nicht weiß, was Mann und Weib ist, hat dich nicht weggeben können! oder: Die Mutter Gottes, nobel wie sie ist, hätte dir das Mütterlein wohl auch umsonst und vergebens geschenkt! Doch ich sprach dagegen: ›Handel ist Handel!‹ und ›Ehrlich währt am längsten!‹ Sie hat ihn gehalten, so will ich ihn auch halten. Wie sagte der Vater selig? Ich hielte dem Teufel Wort, sagte er, geschweige dem Herrgott.

Nun höret, ehrwürdiger Herr, wie ich es meine! Seit die Mutter Gottes der Königin das Kreuz trug, hilft sie es, ihr Kloster bevölkernd, seit urewigen Zeiten allen Novizen ohne Unterschied tragen. Es ist ihr eine Gewohnheit geworden, sie tut es gedankenlos. Mit diesen meinen Augen habe ich – eine Neunjährige – gesehen, wie das Lieschen von Weinfelden, ein sieches Geschöpf, da es hier Profeß tat, das zentnerschwere Kreuz spottend und spielend auf der schiefen Schulter trug.

Nun sage ich zur Mutter Gottes: Willst du mich, so nimm mich! Obwohl ich – wenn du die Gertrude wärest und ich die Mutter Gottes – ein Kind vielleicht nicht beim Wort nehmen würde. Aber gleichviel – Handel ist Handel! Nur ist ein Unterschied. Der Herzogin, von Sünden schwer, ward es leicht und wohl im Kloster; mir wird es darinnen wind und weh. Trägst du mir das Kreuz, so erleichtere mir auch das Herz; sonst gibt es ein Unglück, Mutter Gottes! Kannst du mir aber das Herz nicht erleichtern, so laß mich tausend Male lieber zu meiner Schande und vor aller Leute Augen stürzen und schlagen platt auf den Boden hin.‹

Während ich diese schwerfälligen Gedanken, langsam arbeitend, tiefe Furchen in Gertrudes junge Stirn ziehen sah, lächelte ich listig: ›Ein behendes und kluges Mädchen zöge sich mit einem Straucheln aus der Sache!‹ Da lodern ihre blauen Augen. ›Meint Ihr, ich werde fälschen, Herr?‹ zürnte sie. ›So wahr mir helfe Gott Vater, Sohn und Geist in meinem letzten Stündlein, so redlich will ich das Kreuz tragen mit allen Sehnen und Kräften dieser meiner Arme!‹, und sie hob dieselben leidenschaftlich, als trüge sie es schon, so daß die

Ärmel der Kutte und des Hemdes weit zurückfielen. Da betrachtete ich, als ein Florentiner, der ich bin, die schlankkräftigen Mädchenarme mit künstlerischem Vergnügen. Sie wurde es gewahr, runzelte die Stirn und wandte mir unmutig den Rücken.

Nachdem sie gegangen war, setzte ich mich in einen Beichtstuhl, legte die Stirn in die Hand und sann – wahrlich nicht über das barbarische Mädchen, sondern über den römischen Klassiker. Da jubelte mein Herz, und ich rief überlaut: ›Dank, ihr Unsterblichen! Geschenkt ist der Welt ein Liebling der komischen Muse! Plautus ist gewonnen!‹

Freunde, eine Verschwörung von Gelegenheiten verbürgte mir diesen Erfolg.

Ich weiß nicht, mein Cosmus, wie du vom Wunderbaren denkst? Ich selbst denke läßlich davon, weder abergläubisch noch verwegen; denn ich mag die absoluten Geister nicht leiden, welche, wo eine unerklärliche Tatsache einen Dunstkreis von Aberglauben um sich sammelt, die ganze Erscheinung – Mond und Hof – ohne Prüfung und Unterscheidung entweder summarisch glauben oder ebenso summarisch verwerfen.

Das Unbegreifliche und den Betrug, beide glaubte ich hier zu entdecken.

Das schwere Kreuz war echt, und eine großartige Sünderin, eine barbarische Frau, mochte es gehoben haben mit den Riesenkräften der Verzweiflung und der Inbrunst. Aber diese Tat hatte sich nicht wiederholt, sondern wurde seit Jahrhunderten gauklerisch nachgeäfft. Wer war schuldig dieses Betruges? Irre Andacht? Rechnende Habsucht? Das bedeckte das Dunkel der Zeiten. Soviel aber stand fest: Das grausige, alterschwarze Kreuz, das vor dem Volke schaustund, und das von einer Reihenfolge einfältiger oder einverstandener Novizen und neulich noch von dem schwächlichen und verschmitzten Lieschen zu Weinfelden bei ihrer Einkleidung getragene waren zwei verschiedene Hölzer, und während das schwere auf der Klosterwiese gezeigt und gewogen wurde, lag ein leichtes Gaukelkreuz in irgendeinem Verstecke des Klosters aufgehoben und eingeriegelt, um dann morgen mit dem wahren die Rolle zu wechseln und die Augen des Volkes zu täuschen.

Das Dasein eines Gaukelkreuzes, von welchem ich wie von meinem eigenen überzeugt war, bot mir eine Waffe. Eine zweite bot mir ein Zeitereignis.

Drei entsetzte Päpste und zwei verbrannte Ketzer genügten nicht, die Kirche zu reformieren; die Kommissionen des Konzils beschäftigten sich, die eine mit diesem, die andere mit jenem abzustellenden Übelstande. Eine derselben, in welcher der Doctor christianissimus Gerson und der gestrenge Pierre d'Ailly saßen und ich zeitweilig die Feder führte, stellte die Zucht in den Nonnenklöstern her. Die in unsichern Frauenhänden gefährlichen Scheinwunder und die schlechte Lektüre der Schwestern kamen da zur Sprache. Im Vorbeigehen – diese Dinge wurden von den zwei Franzosen mit einer uns Italienern geradezu unbegreiflichen Pedanterie behandelt, ohne den leichtesten Scherz, wie nahe er liegen mochte. Genug, die Tatsache dieser Verhandlungen bildete den Zettel, die Verschuldung eines Scheinwunders den Einschlag meines Gewebes, und das Netz war fertig, welches ich der Äbtissin unversehens über den Kopf warf.

Langsam erstieg ich die Stufen des Chores und wandte mich aus demselben rechts in die ebenfalls hoch und kühn gewölbte Sakristei, in welcher ich die mit prahlerischen Inschriften bezeichnete leere Stelle fand, wo das schwere Kreuz gewöhnlich an der hohen Mauer lehnte und wohin es bald wieder von der Klosterwiese zurückkehren sollte. Zwei Pförtchen führten in zwei Seitengelasse. Das eine zeigte sich verschlossen. Das andere öffnend, stand ich in einer durch ein von Spinneweb getrübtes Rundfenster dürftig erhellten Kammer. Siehe, es enthielt die auf ein paar wurmstichige Bretter zusammengedrängte Bibliothek des Klosters.

Mein ganzes Wesen geriet in Aufregung, nicht anders, als wäre ich ein verliebter Jüngling und beträte die Kammer Lydias oder Glyceres. Mit zitternden Händen und bebenden Knien nahte ich mich den Pergamenten, und, hätte ich darunter die Komödien des Umbriers gefunden, ich bedeckte sie mit unersättlichen Küssen.

Aber, ach, ich durchblätterte nur Rituale und Liturgien, deren heiliger Inhalt mich Getäuschten kaltließ. Kein Kodex des Plautus! Man hatte wahr berichtet. Ein plumper Sammler hatte durch ein täppisches Zugreifen den Hort, statt ihn zu heben, in unzugängliche Tiefen versinken lassen. Ich fand – als einzige Beute – unter dem Staube die ›Bekenntnisse St. Augustins‹, und da ich das spitzfindige Büchlein stets geliebt habe, steckte ich es mechanisch in die Tasche, mir, nach meiner Gewohnheit, eine Abendlektüre vorbereitend. Siehe – da fuhr, wie der Blitz, meine kleine Äbtissin, welche das Kreuz wieder in die Sakristei hatte schleppen lassen und mir, ohne daß ich es, in der Betäubung des Verlangens und der Enttäuschung, vernommen hätte, durch die offengebliebene Tür in die Bücherkammer nachgeschlichen kam –, wie der Blitz fuhr das Weibchen, sage ich, auf mich los, schimpfend und scheltend, ja sie betastete meine Toga mit unziemlichen Handgriffen und brachte den an meinem Busen liegenden Kirchenvater wieder ans Tageslicht.

›Männchen, Männchen‹, kreischte sie, ›ich habe es gleich Eurer langen Nase angesehen, daß Ihr einer der welschen

Büchermarder seid, welche zeither unsere Klöster beschleichen. Aber, lernet, es ist ein Unterschied zwischen einem weinschweren Mönch des heiligen Gallus und einer hurtigen Appenzellerin. Ich weiß‹, fuhr sie schmunzelnd fort, ›um welchen Speck die Katzen streichen. Sie belauern das Buch des Pickelhärings, welches wir hier aufbewahren. Keine von uns wußte, was drinnen stand, bis neulich ein welscher Spitzbube unsere hochheiligen Reliquien verehrte und dann unter seinem langen geistlichen Gewande‹ – sie wies auf das meinige – ›den Possenreißer ausführen wollte. Da sagte ich zu mir: Brigittchen von Trogen, laß dich nicht prellen! Die Schweinshaut muß Goldes wert sein, da der Welsche den Strick dafür wagt. Denn bei uns, Mann, heißt es: Wer eines Strickes Wert stiehlt, der hangt am Strick! Das Brigittchen, nicht dumm, zieht einen gelehrten Freund ins Vertrauen, einen Mann ohne Falsch, den Pfaffen von Dießenhofen, der unser Weinchen lobt und zuweilen mit den Schwestern einen schnurrigen Spaß treibt. Wie der die närrischen, vergilbten Schnörkel untersucht: Potz Hasen, Frau Mutter – sagt er – das gilt im Handel! Daraus baut Ihr Euerm Klösterlein eine Scheuer und eine Kelter! Nehmt mir das Buch, liebe Frau, flüchtet es unter Euern Pfühl, legt Euch auf den Podex – so hat es den Namen – und bleibt – bei der Krone der Mutter Gottes – darauf liegen, bis sich ein redlicher Käufer meldet! – Und so tat das Brigittchen, wenn es auch zeither etwas hart liegt.‹

Ich verwand ein Lächeln über das Nachtlager des Umbriers, welches ihm die drei Richter der Unterwelt für seine Sünden mochten zugesprochen haben, und zeigte, mir die Würde gebend, die mir unter Umständen eignet, ein ernstes und strafendes Gesicht.

›Äbtissin‹, sprach ich in feierlichem Tone, ›du verkennest

mich. Vor dir steht ein Gesandter des Konzils, einer der in Konstanz versammelten Väter, einer der heiligen Männer, welche geordnet sind zur Reform der Nonnenklöster.‹ Und ich entfaltete eine stattlich geschriebene Wirtshausrechnung; denn mich begeisterte die Nähe des versteckten komischen Dichters.

›Im Namen‹, las ich, ›und mit der Vollmacht des siebzehnten und ökumenischen Konzils! Die Hände keiner christlichen Vestale verunreinige eine jener sittengefährlichen, sei es lateinisch, sei es in einer der Vulgärsprachen verfaßten Schriften, mit deren Erfindung ihre Seele beschädigt haben ... Fromme Mutter, ich darf Eure keuschen Ohren nicht mit den Namen dieser Verworfenen beleidigen ...

Gaukelwunder, herkömmliche oder einmalige, verfolgen wir mit unerbittlicher Strenge. Wo sich ein wissentlicher Betrug feststellen läßt, büßt die Schuldige – und wäre es die Äbtissin – das Sakrilegium unnachsichtlich mit dem Feuertode.«

Diese wurde bleich wie eine Larve. Aber gleich wieder faßte sich das verlogene Weibchen mit einer bewunderungswürdigen Geistesgegenwart.

›Gott sei gepriesen und gelobt‹, rief es aus, ›daß er endlich in seiner heiligen Kirche Ordnung schafft!‹ und holte zutunlich grinsend aus einem Winkel des Schreines ein zierlich ge- bundenes Büchlein hervor. ›Dieses‹, sagte es, ›hinterließ uns ein welscher Kardinal, unser Gastfreund, welcher sich damit in sein Mittagsschläfchen las. Der Pfaff von Dießenhofen, welcher es musterte, tat dann den Ausspruch, es sei das Wüsteste und Gottverbotenste, was seit Erfindung der Buchstaben und noch dazu von einem Kleriker ersonnen wurde. Frommer Vater, ich lege Euch den Unrat vertrauensvoll in die Hände. Befreit mich von dieser Pest!‹ Und sie übergab mir – meine Fazetien!

Obwohl diese Überraschung eine Bosheit eher des Zufalls als des geistlichen Weibchens war, fühlte ich mich doch gekränkt und verstimmt. Ich begann die kleine Äbtissin zu hassen. Denn unsere Schriften sind unser Fleisch und Blut, und ich schmeichle mir, in den meinigen mit leichten Sohlen zu schreiten, weder die züchtigen Musen noch die unfehlbare Kirche beleidigend.

›Gut‹, sagte ich. ›Möchtest du, Äbtissin, auch in dem zweiten und wesentlicheren Punkt unsträflich erfunden werden! Dem versammelten Volke hast du in der Nähe und unter den Augen des Konzils‹, sprach ich vorwurfsvoll, ›ein Wunder versprochen, so marktschreierisch, daß du es jetzt nicht mehr rückgängig machen kannst. Ich weiß nicht, ob das klug war. Erstaune nicht, Äbtissin, daß dein Wunder geprüft wird! Du hast dein Urteil gefordert!‹

Die Knie des Weibchens schlotterten, und seine Augen gingen irre. ›Folge mir‹, sagte ich streng, ›und besichtigen wir die Organe des Wunders!‹

Sie folgte niedergeschlagen, und wir betraten die Sakristei, wohin das echte Kreuz zurückgekehrt war und in dem weiten Halbdunkel des edlen Raumes mit seinen Rissen und Sprüngen und mit seinem gigantischen Schlagschatten so gewaltig an der Mauer lehnte, als hätte heute erst eine verzweifelnde große Sünderin es ergriffen und wäre darunter ins Knie gesunken, die Steinplatte schon mit der Stirne berührend in dem Augenblicke, da die Himmelskönigin erschien und ihr beistand. Ich wog es, konnte es aber nicht einen Augenblick heben. Um so lächerlicher schien mir der Frevel, diese erdrückende Bürde mit einem Spielzeuge zu vertauschen. Ich wendete mich entschlossen gegen das hohe, schmale Pförtchen, dahinter ich dieses vermutete.

›Den Schlüssel, Äbtissin!‹ befahl ich. Das Weibchen starrte

mich mit entsetzten Augen an, aber antwortete frech: ›Verlorengegangen, Herr Bischof! Seit mehr als einem Jahrzehnt!‹

›Frau‹, sprach ich mit furchtbarem Ernste, ›dein Leben steht auf dem Spiel! Dort gegenüber haust ein Dienstmann des mir befreundeten Grafen von Doccaburgo. Dorthin schicke oder gehe ich nach Hilfe. Findet sich hier ein dem echten nachgebildetes Scheinkreuz von leichterem Gewichte, so flammst und loderst du, Sünderin, wie der Ketzer Hus, und nicht minder schuldig als er!‹

Nun trat eine Stille ein. Dann zog das Weibchen – ich weiß nicht, ob zähneklappernd oder zähneknirschend – einen altertümlichen Schlüssel mit krausem Barte hervor und öffnete. Schmeichelhaft – mein Verstand hatte mich nicht betrogen. Da lehnte an der Mauer des hohen kaminähnlichen Kämmerchens ein schwarzes Kreuz mit Rissen und Sprüngen, welches ich gleich ergriff und mit meinen schwächlichen Armen ohne Schwierigkeit in die Lüfte hob. In jeder seiner Erhöhungen und Vertiefungen, in allen Einzelheiten war das falsche nach dem Vorbilde des echten Kreuzes geformt, diesem auch für ein scharfes Auge zum Verwechseln ähnlich, nur daß es zehnmal leichter wog. Ob es gehöhlt, ob es aus Kork oder einem anderen leichtesten Stoffe verfertigt sein mochte, habe ich, bei dem raschen Gang und der Überstürzung der Ereig- nisse, niemals in Erfahrung gebracht.

Ich bewunderte die Vollkommenheit der Nachahmung, und der Gedanke stieg in mir auf: Nur ein großer Künstler, nur ein Welscher kann dieses zustande gebracht haben; und da ich für den Ruhm meines Vaterlandes begeistert bin, brach ich in die Worte aus: ›Vollendet! Meisterhaft!‹ – wahrlich nicht den Betrug, sondern die darauf verwendete Kunst lobend.

›Schäker, Schäker‹, grinste mit gehobenem Finger das schamlose Weibchen, welches mich aufmerksam beobachtet hatte: ›Ihr habet mich überlistet, und ich weiß, was es mich kostet! Nehmet Euern Possenreißer, den ich Euch stracks holen werde, unter den Arm, haltet reinen Mund und ziehet mit Gott!‹ Wann auf den sieben Hügeln zwei Auguren sich begegneten und, nach einem antiken geflügelten Worte, sich zulächelten, wird es ein feineres Spiel gewesen sein als das unreinliche Gelächter, welches die Züge meiner Äbtissin verzerrte und sich in die zynischen Worte übersetzen ließ: ›Wir alle wissen, wo Bartolo den Most holt, wir sind Schelme allesamt, und keiner braucht sich zu zieren.‹

Ich aber sann inzwischen auf die Bestrafung des nichtsnutzigen Weibchens.

Da vernahmen wir bei der plötzlich eingetretenen Stille ein Trippeln, ein Wispern, ein Kichern aus dem nahen Chore und errieten, daß wir von den müßigen und neugierigen Nonnen belauscht wurden. ›Bei meinem teuern Magdtum‹, beschwor mich das Weibchen, ›verlassen wir uns, Herr Bischof! Um keine Güter der Erde möchte ich mit Euch von meinen Nonnen betroffen werden; denn Ihr seid ein wohlgebildeter Mann, und die Zungen meiner Schwestern schneiden wie Scheren und Messer!‹ Dieses Bedenken fand ich begründet. Ich hieß sie sich entfernen und ihre Nonnen mit sich nehmen.

Nach einer Weile dann räumte auch ich die Sakristei. Die Tür zu der Kammer des Gaukelkreuzes aber legte ich nur behutsam ins Schloß, ohne den Schlüssel darin umzudrehen. Diesen zog ich, steckte ihn unter mein Gewand und ließ ihn im Chore in eine Spalte zwischen zwei Stühlen gleiten, wo er heute noch stecken mag. So aber tat ich ohne bestimmten Plan auf die Einflüsterung irgendeines Gottes oder einer Göttin.

Wie ich in der niederen äbtlichen Stube mit meiner Äbtissin und einem Klostergerüchlein zusammensaß, empfand ich eine solche Sehnsucht nach dem unschuldigen Spiele der Muse und einen solchen Widerwillen gegen die Drehungen und Windungen der ertappten Lüge, daß ich beschloß, es kurz zu machen. Das geistliche Weibchen mußte mir bekennen, wie es in das hundertjährige Schelmstück eingeweiht wurde, und ich machte ein Ende mit ein paar prätorischen Edikten. Sie gestand: ihre Vorgängerin im Amte habe sich sterbend mit ihr und dem Beichtiger eingeschlossen und beide hätten ihr das von Äbtissin auf Äbtissin vererbte Scheinwunder als das wirtschaftliche Heil des Klosters an das Herz gelegt. Der Beichtiger – so erzählte sie geschwätzig – habe des Ruhmes kein Ende gefunden über das ehrwürdige Alter des Betrugs, seinen tiefen Sinn und seine belehrende Kraft. Besser und überzeugender als jede Predigt versinnliche dem Volke das Trugwunder die anfängliche Schwere und spätere Leichtigkeit eines gottseligen Wandels. Diese Symbolik hatte den Kopf des armen Weibchens dergestalt verdreht, daß es in einem Atemzuge behauptete, etwas Unrechtes hätte es nicht begangen, als Kind aber sei es auch einmal ehrlich gewesen.

›Ich schone dich um der Mutter Kirche willen, auf welche die Flamme deines Scheiterhaufens ein falsches Licht würfe‹, schnitt ich diese bäuerliche Logik ab und befahl ihr kurz, das Gaukelkreuz zu verbrennen, nachdem das schon ausposaunte Wunder noch einmal gespielt habe – dieses wagte ich aus Klugheitsgründen nicht zu verhindern –, den Plautus aber ohne Frist auszuliefern.

Die Äbtissin gehorchte schimpfend und schmälend. Sie unterzog sich den Verordnungen des Konzils von Konstanz, wie dieselben mein Mund formulierte, ob auch ohne das

Vorwissen der versammelten Väter, sicherlich in ihrem Sinne und Geiste.

Wie das Brigittchen mir knurrend den Kodex brachte – ich hatte mich in ein bequemes Gemach des an der Ringmauer gelegenen klösterlichen Gasthauses geflüchtet –, drängte ich die Ungezogene aus der Tür und schloß mich mit den komischen Larven des Umbriers ein. Kein Laut störte mich dort, wenn nicht der Kehrreim eines Kinderliedes, welches Bauernmädchen auf der Wiese vor meinem Fenster sangen, das mir aber nur meine Einsamkeit noch ergötzlicher machte.

Nach einer Weile freilich polterte draußen das geistliche Weibchen in großer Aufregung und schlug mit verzweifelten Fäusten gegen die verriegelte schwere Eichentür, den Schlüssel der offenstehenden Kammer des Gaukelkreuzes fordernd. Ich gab ihr bedauernd den kurzen und wahrhaften Bescheid, derselbe sei nicht in meinen Händen, achtete ihrer weiter nicht und ließ, im Himmel des höchsten Genusses, die Unselige jammern und stöhnen wie eine Seele im Fegefeuer. Ich aber schwelgte in hochzeitlichen Wonnen.

Ein an das Licht tretender Klassiker und nicht ein dunkler Denker, ein erhabener Dichter, nein, das Nächstliegende und ewig Fesselnde, die Weltbreite, der Puls des Lebens, das Marktgelächter von Rom und Athen, Witz und Wortwechsel und Wortspiel, die Leidenschaften, die Frechheit der Menschennatur in der mildernden Übertreibung des komischen Zerrspiegels – während ich ein Stück verschlang, hütete ich schon mit heißhungrigen Blicken das folgende.

Ich hatte den witzigen Amphitryo beendigt, schon lag die Aulularia mit der unvergleichlichen Maske des Geizhalses vor mir aufgeschlagen – da hielt ich inne und lehnte mich in den Stuhl zurück; denn die Augen schmerzten mich. Es dämmerte und dunkelte. Die Mädchen auf der Wiese draußen hatten wohl eine Viertelstunde lang unermüdlich den albernen Reigen wiederholt:

Adam hatte sieben Söhn' . . .

Jetzt begannen sie neckisch einen neuen Kehrreim und sangen mit drolliger Entschlossenheit:

In das Kloster geh' ich nicht,
Nein! ein Nönnchen werd' ich nicht . . .

Ich lehnte mich hinaus, um dieser kleinen Feindinnen des Zölibates ansichtig zu werden und mich an ihrer Unschuld zu ergötzen. Aber ihr Spiel war keineswegs ein unschuldiges. Sie sangen, sich mit dem Ellbogen stoßend und sich Blicke zuwerfend, nicht ohne Bosheit und Schadenfreude, an ein vergittertes Fenster hinauf, hinter welchem sie wohl Gertruden vermuteten. Oder kniete diese schon in der Sakristei, dort unter dem bleichen Schimmer des Ewigen Lichtes, nach der Sitte der Einzukleidenden, welche die Nacht vor der himmlischen Hochzeit im Gebete verbringen? Doch was kümmerte mich das? Ich entzündete die Ampel und begann die Topfkomödie zu lesen.

Erst da meiner Leuchte das Öl gebrach und mir die Lettern vor den müden Augen schwammen, warf ich mich auf das Lager und verfiel in einen unruhigen Schlummer. Bald umkreisten mich wieder die komischen Larven. Hier prahlte ein Soldat mit großen Worten, dort küßte der trunkene Jüngling ein Liebchen, das sich mit einer schlanken Wendung des Halses seinen Küssen entgegenbog. Da – unversehens – mitten unter dem lustigen antiken Gesindel stand eine barfüßige, breitschultrige Barbarin, mit einem Stricke gegürtet, als Sklavin zu Markte gebracht, wie es schien, unter finsteren Brauen hervor mich anstarrend mit vorwurfsvollen und drohenden Augen.

Ich erschrak und fuhr aus dem Schlummer empor. Der Morgen graute. Eine Hälfte des kleinen Fensters stand offen bei der Sommerschwüle, und ich vernahm aus dem nahen Chore der Klosterkirche eine eintönige Anrufung, unheimlich übergehend in ein ersticktes Stöhnen und dann in ein gewaltsames Schreien.

Mein gelehrter und ruhmbedeckter Freund«, unterbrach sich der Erzähler selbst, gegen einen gravitätischen Mann gewendet, welcher ihm gegenübersaß und sich trotz der Sommerwärme mit dem Faltenwurf seines Mantels nach Art der Alten drapierte, »mein großer Philosoph, sage mir, ich beschwöre dich, was ist das Gewissen?

Ist es ein allgemeines? Keineswegs. Wir alle haben Gewissenlose gekannt, und, daß ich nur einen nenne, unser Heiliger Vater Johannes XXIII., den wir in Konstanz entthronten, hatte kein Gewissen, aber dafür ein so glückliches Blut und eine so heitere, ich hätte fast gesagt kindliche Gemütsart, daß er, mitten in seinen Untaten, deren Gespenster seinen Schlummer nicht beunruhigten, jeden Morgen aufgeräumter erwachte, als er sich gestern niedergelegt hatte. Als ich auf Schloß Gottlieben, wo er gefangen saß, die ihn anklagende Rolle entfaltete und ihm die Summe seiner Sünden – zehnmal größer als seine Papstnummer scelera horrenda, abominanda – mit zager Stimme und fliegenden Schamröten vorlas, ergriff er gelangweilt die Feder und malte einer heiligen Barbara in seinem Breviarium einen Schnurrbart . . .

Nein, das Gewissen ist kein allgemeines, und auch unter uns, die wir ein solches besitzen, tritt es, ein Proteus, in wechselnden Formen auf. In meiner Wenigkeit zum Beispiel wird es wach jedesmal, wo es sich in ein Bild oder in einen Ton verkörpern kann. Als ich neulich bei einem jener kleinen Tyrannen, von welchen unser glückliches Italien wimmelt, zu Besuche war und in dieser angenehmen Abendstunde mit schönen Weibern bei Chier und Lautenklang zusammensaß auf einer luftigen Zinne, welche, aus dem Schloßturm vorspringend, über dem Abgrund eines kühlen Gewässers schwebte, vernahm ich unter mir einen Seufzer. Es war ein Eingekerkerter. Weg war die Lust und meines Bleibens dort nicht länger. Mein Gewissen war beschwert, das Leben zu genießen, küssend, trinkend, lachend neben dem Elende.

Gleicherweise konnte ich jetzt das nahe Geschrei einer Verzweifelnden nicht ertragen. Ich warf mein Gewand um und schlich durch den dämmernden Kreuzgang nach dem Chore, mir sagend, es müsse sich, während ich den Plautus las, mit Gertruden geändert haben: an der Schwelle des Entscheides sei ihr die unumstößliche Überzeugung geworden, sie werde zugrunde gehen in dieser Gesellschaft, in dem Nichts oder – schlimmer – in der Fäulnis des Klosters, mit der Gemeinheit zusammengesperrt, sie verachtend und von ihr gehaßt.

In der Türe der Sakristei blieb ich lauschend stehen und sah Gertruden vor dem wahren, schweren Kreuze die Hände ringen. Wahrhaftig, sie bluteten, und auch ihre Knie mochten bluten, denn sie hatte die ganze Nacht im Gebete gelegen, ihre Stimme war heiser und ihre Rede mit Gott, nachdem sie ihr Herz und ihre Worte erschöpft hatte, gewaltsam und brutal, wie eine letzte Anstrengung:

›Maria, Mutter Gottes, erbarm dich mein! Laß mich stürzen unter deinem Kreuz, es ist mir zu schwer! Mir schaudert vor der Zelle!‹, und sie machte eine Gebärde, als risse oder wickelte sie sich eine Schlange vom Leibe los, und dann, in höchster Seelenqual selbst die Scham niedertretend: ›Was mir taugt‹, schrie sie, ›ist Sonne und Wolke, Sichel und Sense, Mann und Kind . . .‹

Mitten im Elende mußte ich lächeln über dieses der Intemerata gemachte menschliche Geständnis; aber mein Lächeln erstarb mir auf den Lippen . . . Gertrude war jählings aufgesprungen und richtete die unheimlich großen Augen aus dem bleichen Angesichte starr gegen die Mauer auf eine Stelle, die ich weiß nicht welcher rote Fleck verunzierte.

›Maria, Mutter Gottes, erbarm dich mein!‹ schrie sie wieder. ›Meine Gliedmaßen haben keinen Raum in der Zelle, und ich stoße mit dem Kopfe gegen die Diele. Laß mich unter deinem Kreuze sinken, es ist mir zu schwer. Erleichterst du mir's aber auf der Schulter, ohne mir das Herz erleichtern zu können, da siehe zu‹ – und sie starrte auf den bösen Fleck – , ›daß sie mich eines Morgens nicht mit zerschmettertem Schädel auflesen!‹ Ein unendliches Mitleid ergriff mich, aber nicht Mitleid allein, sondern auch eine beklemmende Angst.

Gertrude hatte sich ermüdet auf eine Truhe gesetzt, die irgendein Heiligtum verwahrte, und flocht ihre blonden Haare, welche im Ringkampfe mit der Gottheit sich aus den Flechten gelöst hatten. Dazu sang sie vor sich hin, halb traurig, halb neckisch, nicht mit ihrem kräftigen Alt, sondern mit einer fremden, hohen Kinderstimme:

In das Kloster geh' ich ein,
Muß ein armes Nönnchen sein . . .

jenen Kehrreim parodierend, mit welchem die Bauernkinder ihrer gespottet hatten.

Das war der Wahnsinn, der sie belauerte, um mit ihr in die Zelle zu schlüpfen. Der Optimus maximus aber bediente sich meiner als seines Werkzeuges und hieß mich Gertruden retten, koste es, was es wolle.

Auch ich wandte mich in freier Frömmigkeit an jene jungfräuliche Göttin, welche die Alten als Pallas Athene anriefen und wir Maria nennen. ›Wer du seist‹, betete ich mit gehobenen Händen, ›die Weisheit, wie die einen sagen, die Barmherzigkeit, wie die andern behaupten – gleichviel, die Weisheit überhört das Gelöbnis eines weltunerfahrenen Kindes, und die Barmherzigkeit fesselt keine Erwachsene an das törichte Versprechen einer Unmündigen. Lächelnd lösest du das nichtige Gelübde. Deine Sache führe ich, Göttin. Sei mir gnädig!‹

Da ich der Äbtissin, welche Verrat befürchtete, mein Wort gegeben, mit Gertruden nicht weiter zu verkehren, beschloß ich, in antiker Art mit drei symbolischen Handlungen der Novize die Wahrheit nahezulegen, so nahe, daß dieselbe auch der harte Kopf einer Bäuerin begreifen mußte.

Ich trat hin vor das Kreuz, Gertruden übersehend. ›Will ich einen Gegenstand wiedererkennen, so markiere ich ihn‹, sagte ich pedantisch, zog meinen scharfen Reisedolch, welchen mir unser berühmter Mitbürger, der Messerschmied Pantaleone Ubbriaco geschmiedet hatte, und schnitt zwischen Haupt- und Querbalken einen nicht kleinen Span gleichsam aus der Achselhöhle des Kreuzes.

Zum zweiten tat ich fünf gemessene Schritte. Dann lachte ich aus vollem Halse und begann mit ausdruckvollem Gebärdenspiele: ›Komisches Gesicht, das des Lastträgers in der Halle zu Konstanz, da mein Gepäck anlangte! Er faßte das gewaltigste Stück darunter, eine ungeheure Truhe, ins Auge, schürzte die Ärmel bis über den Ellbogen, spie sich – der Rohe – in die Hände und hob, jede Muskel zu der größten Kraftanstrengung gespannt, die nichtige Bürde einer – leeren Kiste spielend auf die getäuschte Schulter. Hahaha.‹

Zum dritten und letzten stellte ich mich närrisch feierlich zwischen das wahre Kreuz und das Gaukelkreuz in seiner schlecht verschlossenen Kammer und rätselte mit wiederholten Fingerzeigen nach beiden Seiten: ›Die Wahrheit im Frei'n, die Lüge im Schrein!‹ – husch!, und ich klatschte in die Hände: ›Die Lüge im Frei'n, die Wahrheit im Schrein!‹

Ich schickte einen schrägen Blick auf die im Halbdunkel sitzende Novize, die Wirkung der drei Orakelsprüche aus den Mienen der Barbarin zu lesen. In diesen gewahrte ich die Spannung eines unruhigen Nachdenkens und das erste Wetterleuchten eines flammenden Zorns.

Dann suchte ich meine Stube wieder, behutsam schleichend, wie ich sie verlassen hatte, warf mich angezogen auf das Lager und genoß den süßen Schlummer eines guten Gewissens, bis mich das Getöse der dem Kloster zuziehenden Menge und die mir zu Häupten dröhnenden Festglocken aufweckten.

Als ich die Sakristei wieder betrat, kehrte eben Gertrude, zum Sterben blaß, als würde sie auf das Schafott geführt, von einem wohl zum Behufe der unredlichen Kreuzesverwechselung von alters her eingerichteten Bittgange nach einer benachbarten Kapelle zurück. Der Putz der Gottesbraut begann. Im Kreise der psalmodierenden Nonnen umgürtete sich die Novize mit dem groben, dreifach geknoteten Stricke und entschuhte dann langsam ihre kräftig, aber edel gebildeten Füße. Jetzt bot man ihr die Dornenkrone. Diese war, anders als das symbolische Gaukelkreuz, aus harten, wirklichen Dornen ge- flochten und starrte von scharfen Spitzen. Gertrude ergriff sie begierig und drückte sie sich mit grausamer Lust so derb auf das Haupt, daß daraus der warme Regen ihres jungen Blutes hervorspritzte und dann in schweren Tropfen an der einfältigen Stirne niederrann. Ein erhabener Zorn, ein göttliches Gericht flammte vernichtend aus den blauen Augen der Bäuerin, so daß die Nonnen sich vor ihr zu fürchten begannen. Sechse derselben, welche die Äbtissin in das fromme Schelmstück mochte eingeweiht haben, legten ihr jetzt das Gaukelkreuz auf die ehrliche Schulter mit so plumpen Grimassen, als vermöchten sie das Spielzeug kaum zu tragen, und mit so dumm heuchelnden Gesichtern, daß ich in der Tat die göttliche Wahrheit im Dornenkranze zu sehen glaubte, öffentlich geehrt und gefeiert von der menschlichen Unwahrheit, aber hinterrücks von ihr verspottet.

Jetzt entwickelte sich alles rasch wie ein Gewitter. Gertrude warf einen schnellen Blick nach der Stelle, wo mein Dolch an dem echten Kreuz eine tiefe Marke geschnitten, und fand sie an dem falschen unversehrt. Verächtlich ließ sie das leichte Kreuz, ohne es mit den Armen zu umfangen, von der Schulter gleiten. Dann ergriff sie es wieder mit einem gellenden Hohngelächter und zerschlug es frohlockend an dem Steinboden in schwächliche Trümmer. Und schon stand sie mit einem Sprunge vor der Tür der Kammer, wo jetzt das wahre, das schwere Kreuz versteckt war, öffnete, fand und wog es, brach in wilden Jubel aus, als hätte sie einen Schatz gefunden, hob es sich ohne Hilfe auf die rechte Schulter, umschlang es triumphierend mit ihren tapferen Armen und wendete sich langsam schreitend mit ihrer Bürde dem Chore zu, auf dessen offener Bühne sie der Menge sichtbar werden sollte, die atemlos lauschend, Kopf an Kopf, Adel, Pfaffheit, Bauersame, ein ganzes Volk, das geräumige Schiff der Kirche füllte. Wehklagend, scheltend, drohend, beschwörend warf sich ihr die Äbtissin mit ihren Nonnen in den Weg.

Sie aber, die leuchtenden Augen nach oben gerichtet: ›Jetzt, Mutter Gottes, schlichte du den Handel ehrlich!‹ rief sie aus und dann mit kräftiger Stimme: ›Platz da!‹ wie ein Handwerker, der einen Balken durch eine Volksmenge trägt.

Alles wich, und sie betrat den Chor, wo, ein Vikar des Bischofs an der Spitze, die ländliche Geistlichkeit sie erwartete. Aller Blicke trafen zusammen auf der belasteten Schulter und dem blutgeträufelten Antlitz. Aber das wahre Kreuz wurde Gertruden zu schwer, und keine Göttin erleichterte es ihr. Sie schritt mit keuchendem Busen, immer niedriger und langsamer, als hafteten und wurzelten ihre nackten Füße im Erdboden. Sie strauchelte ein wenig, raffte sich zusammen, strauchelte wieder, sank ins linke, dann auf das rechte Knie und wollte sich mit äußerster Anstrengung wieder erheben. Umsonst. Jetzt löste sich die linke Hand vom Kreuze und trug, vorgestreckt, auf den Boden gestemmt, einen Augenblick die ganze Körperlast. Dann knickte der Arm im Gelenk und brach zusammen. Das dorngekrönte Haupt neigte sich schwer vornüber und schlug schallend auf die Steinplatte. Über die Sinkende rollte mit Gepolter das Kreuz, welches ihre Rechte erst im betäubenden Sturze freigab.

Das war die blutige Wahrheit, nicht der gaukelnde Trug. Ein Seufzer stieg aus der Brust von Tausenden.

Von den entsetzten Nonnen wurde Gertrude unter dem Kreuze hervorgezogen und aufgerichtet. Sie hatte im Falle das Bewußtsein verloren, aber bald kehrte dem kräftigen Mädchen die Besinnung wieder. Sie strich sich mit der Hand über die Stirn. Ihr Blick fiel auf das Kreuz, welches sie erdrückt hatte. Über ihr Antlitz verbreitete sich ein Lächeln des Dankes für die ausgebliebene Hilfe der Göttin. Dann sprach sie mit einer himmlischen Heiterkeit die schalkhaften Worte: ›Du willst mich nicht, reine Magd: so will mich ein anderer!‹

Noch die Dornenkrone tragend, deren blutige Spitzen sie nicht zu fühlen schien, setzte sie jetzt den Fuß auf die erste der aus dem Chor in das Schiff niederführenden Stufen. Zugleich wanderten ihre Augen suchend im Volke und fanden, wen sie suchten. Es ward eine große Stille. ›Hans von Splügen‹, begann Gertrude laut und vernehmlich, ›nimmst du mich zu deinem Eheweibe?‹ – ›Ja, freilich. Mit tausend Freuden! Steig nur herunter!‹ antwortete fröhlich aus der Tiefe des Schiffes eine überzeugende Männerstimme.

So tat sie und schritt gelassen, aber vor Freude leuchtend, von Stufe zu Stufe hinab, wieder die einfache Bäuerin, welche wohl das ergreifende Schauspiel, das sie in ihrer Verzweiflung der Menge gegeben, bald und gerne vergaß, jetzt, da sie ihres bescheidenen menschlichen Wunsches gewährt ward und in die Alltäglichkeit zurückkehren durfte. Verlache mich, Cosmus! ich war enttäuscht. Eine kurze Weile hatte die Bäuerin vor meinen erregten Sinnen gestanden als die Verkörperung eines höheren Wesens, als ein dämonisches Geschöpf, als die Wahrheit, wie sie jubelnd den Schein zerstört. Aber was ist Wahrheit? fragte Pilatus.

Dieses träumend und ebenfalls aus dem Chor in das Schiff niedersteigend, wurde ich von meinem Boten am Ärmel gezupft, welcher mir die durch plötzlichen begeisterten Zuruf vollzogene Papstwahl des Otto Colonna mit ein paar merkwürdigen Nebenumständen berichtete.

Als ich wieder aufblickte, war Gertrude verschwunden. Die erregte Menge aber tobte und lärmte mit geteilten Meinungen. Dort scholl es aus einem Männerhaufen: ›Vettel! Gauklerin!‹ Es galt der Äbtissin. Hier zeterten weibliche Stimmen: ›Sünderin! Schamlose!‹ Damit war Gertrude gemeint. Ob aber jene den frommen Betrug errieten, diese durch die weltliche Gesinnung Gertrudens das Wunder zerstört glaubten, gleichviel – in beiden Fällen war die Reliquie entkräftet und die Laufbahn des Mirakels geschlossen.

Vom Volke grob gescholten, begann das tapfere Brigittchen derb wiederzuschelten, und die verblüfften Gesichter der anwesenden Pfaffen zeigten eine vollständige Stufenleiter von einverstandener Schlauheit bis zu der redlichsten Dummheit hinunter.

Ich fühlte mich als Kleriker und machte dem Ärgernis ein Ende. Die Kanzel besteigend, verkündigte ich der versammelten Christenheit feierlich: ›Habemus pontificem Dominum Othonem de Colonna!‹ und stimmte ein schallendes Tedeum an, in welches erst der Nonnenchor und dann das gesamte Volk dröhnend einfiel. Nach gesungener Hymne beeilten sich Adel und Bauernschaft, ihre Tiere zu besteigen oder zu Fuß sich auf den Weg nach Konstanz zu machen, wo der nach Beendigung des Triregnum urbi und orbi gespendete Segen dreifach kräftig wirken mußte.

Meine Wenigkeit schlüpfte in den Kreuzgang zurück, um den Plautus in aller Stille aus meiner Kammer zu holen. Wieder mich wegschleichend, den Kodex unterm Arm, geriet ich der Äbtissin in den Weg, welche, haushälterisch wie sie war, die Stücke des Gaukelkreuzes in einem großen Korbe sorgfältig in die Küche trug. Ich wünschte ihr Glück zu der Lösung des Knotens. Aber das Brigittchen glaubte sich geprellt und schrie mich wütend an: ›Schert euch zum Teufel, ihr zwei italienischen Spitzbuben‹, worunter es den Umbrier Marcus Accius Plautus und den Tusker Poggio Bracciolini, euern Mitbürger, verstehen mochte. Ein hübscher blonder Knabe, auch ein Krauskopf, welchen mir der mit Gertruden entweichende Hans von Splügen noch vorsorglich bestellt hatte, führte mir dann das Maultier vor, welches mich nach Konstanz zurückbrachte.

Plaudite amici! Ich bin zu Ende. Als das Konzil von Konstanz, welches länger dauerte als dieses Geschichtchen, ebenfalls zu Ende war, kehrte ich mit meinem gnädigen Herrn, der Heiligkeit Martins V., über die Berge zurück und traf als unsere Wirte im Gasthause von Spiuga, noch nordwärts des gefährlichen Passes, Anselino und Gertrude in blühender Gesundheit, diese nicht in einer dumpfen Zelle, sondern in winddurchrauschtem Felstal, ein Kind an der Brust und das eheliche Kreuz auf der Schulter tragend.

Sei dir, erlauchter Cosmus, diese ›Facezia inedita‹ eine nicht unwillkommene Beigabe zu dem Kodex des Plautus, welchen ich dir schenke zu dieser Stunde oder richtiger dem Vaterlande, dessen ›Vater‹ du bist, und der Wissenschaft, der deine Säle mit den darin gehäuften Schätzen offenstehen.

Ich wollte dir das einzige Manuskript testamentarisch vermachen, um mir nicht, ein Lebender, das zehnfache Gegengeschenk zuzuziehen, womit du jede huldigend dir überreichte Gabe zu lohnen pflegst in deiner freigebigen Weise, von welcher du einmal nicht lassen kannst. Doch« – seufzte Poggio melancholisch – »wer weiß, ob meine Söhne meinen letzten Willen ehren würden?«

Cosmus erwiderte liebenswürdig: »Ich danke dir für beides, deinen Plautus und deine Fazetie. Skrupellos hast du sie gelebt und ausgeführt, jung wie du damals warest. Als ein Gereifter hast du sie uns erzählt mit der Weisheit deiner Jahre. Dieses« – er hob eine edle, von einem lachenden Satyr umklammerte Schale – »bringe ich meinem redlichen Poggio und seiner blonden Barbarin!«

Man trank und lachte. Dann sprang das Gespräch von Plautus über auf die tausend gehobenen Horte und aufgerollten Pergamente des Altertums und auf die Größe des Jahrhunderts.

## Heinrich Zschokke

# *Max Stolprian*

Es gibt ein gewisses Unglück in der Welt, lieber Leser, das man freilich für kein Unglück hält und doch eins ist. Ich bin das redende Beispiel davon. Mein Vater, Gott habe ihn selig, hielt mich fleißig zur Schule; ich lernte was, wiewohl unsere Stadtschulen damals noch ziemlich schlecht eingerichtet waren. Man sagte überall von mir: »Herr Max Stolprian ist ein gar geschickter Mann; aber – man kann ihn nicht brauchen, er weiß sich nicht in die Welt zu schicken; er weiß nicht mit den Leuten umzugehen; er weiß nicht, wo er Hände und Füße hinstrecken soll. Sonst ist er ein guter, braver Mann.« So sagte man von mir. Merkst du jetzt, wo es mir fehlte? Ich war in der Erziehung versäumt. Ich war in der Schule und bei der Arbeit fleißig, aber in meinen Kleidern unreinlich und unordentlich. Ich war fromm, dienstgefällig, redlich, aber schüchtern; lief davon, wenn fremde Leute kamen; wußte nicht, wo mit den Augen hinlaufen, wenn mich ein Fremder anredete, und wenn ich endlich gar einem Frauenzimmer freundlich und artig begegnen sollte, stand ich steif und stumm da. Genug, was man Höflichkeit und feine Sitte nennt, gehört zum Leben und Lebensglück, so gut wie Brot und Erdäpfel und ein Glas Wein. Viele unserer jungen Herren haben's in dieser Kunst auch noch nicht weit gebracht, wie ich merke. Mancher, wenn er in Gesellschaft kommt, weiß nicht, wohin er mit Armen und Beinen soll, und man sieht's ihm an, er hätte sie lieber daheim gelassen. Mancher weiß nicht, wo er die

Hände einquartieren soll; bald steckt er sie in die Weste, bald gar in die Hosen, bald kratzt er sich damit zur Abwechslung im Nacken. Ich bitte dich daher, meine Geschichte und mein Unglück für andere bekanntzumachen; denn manches böse Schicksal habe ich mir durch meine Unbeholfenheit zugezogen.

Sobald meine Base Sparhafen gestorben und ich, als ihr einziger Erbe, ziemlich vermögend geworden war, wollte man mir in meinem dreißigsten Jahre ein Mädchen zur Frau geben, das schön war, hauswirtlich, tugendhaft, freundlich und vermögend. Jungfer Bärbeli gefiel mir; die Sache sollte in Richtigkeit gebracht werden; ich sollte Jungfer Bärbeli näher kennenlernen; ich ward von ihrem Vetter zu Gast geladen, wo ich sie finden sollte. Ich ging nicht gern in große Gesellschaft, weil ich durch üble Erziehung scheu und schüchtern war. Aber was tut man nicht einer Jungfer Bärbeli zu Gefallen! Ich kleidete mich in sonntägliche Feierkleider: weiße, seidene Strümpfe, ein neuer Haarbeutel, ein apfelgrüner Rock mit Perlmutterknöpfen – genug, ich war zierlich wie ein Bräutigam. Als ich aber vor das Haus des Herrn Vetters kam, klopfte mir das Herz vor Angst, als hätte ich eine Schmiede in der Brust. Wenn nur keine große Gesellschaft da ist! dachte ich. Wenn's nur erst vorbei wäre! Zum Glück traf ich den Herrn Vetter allein. Er schrieb noch eine Rechnung in seiner Stube. »Ihr kommt etwas spät, Herr Stolprian!« sagte er. Ich machte zwanzig Kratzfüße links und rechts, lachte vor Angst, um freundlich auszusehen, und hatte nur immer die große Gesellschaft im Kopf. Indem der Herr Vetter die Rechnung fertig hat und den Streusand sucht, springe ich gar diensteifrig hinzu, will den Sand aufs Papier streuen, greife ungeschickterweise das Tintenfaß statt des Sandfasses und schütte ihm einen schwarzen Strom der besten Tinte über das zierliche Konto. –

Ich glaubte, ich müßte in Ohnmacht fallen vor Schrecken, nahm in der Verwirrung und Eile mein schneeweißes Schnupftuch aus der Rocktasche und wischte damit auf. »Ei behüte, was treibt Ihr auch, Herr Stolprian!« rief mir der Herr Vetter lachend zu, drängte mich mit meinem schwarz und weißen Schnupftuch zurück und brachte seine Sache in Ordnung. Dann führte er mich in die Stube, wo die Gesellschaft schon beisammen war. Ich folgte ihm nach, hatte aber schon kein gut Gewissen und bemerkte beim Niedersehen nicht ohne Entsetzen einen talergroßen Tintenfleck auf meinem weißen Seidenstrumpf am linken Bein. – »Hilf Himmel!« seufzte ich bei mir, »was wird die große Gesellschaft sagen?« Die Tür des Zimmers geht auf. Ich steifer, hölzerner Bursche will mich gar gewandt und galant, zierlich und leichtfüßig stellen, hüpfe in den großen Saal hinein, mache Bücklinge hinten und vorn, kratze mit den Füßen links und rechts aus, sehe gar nicht, daß dicht vor mir eine Weibsperson steht, die im Begriff ist, eine Pastete zum Tisch hinzutragen, fahre ihr mit dem Kopf in den Rücken, daß die kostbare Pastete von der Schüssel auf den lieben Erdboden fährt, und so spaziere ich mit meinen Komplimenten und Bücklingen blindlings vorwärts – es war mir zumute, als ständ' ich in einer Schlacht vor dem Feind und sollte ins Feuer rücken. Welche Komplimente die große Gesellschaft um mich herum machte, weiß ich nicht; denn ich hatte noch nicht den Mut, aufzusehen, sondern fuhr wie besessen mit Kratzfüßen, Bücklingen und gehorsamen Dienern um mich herum fort, bis ein neues Unglück meiner Höflichkeit Ziel und Grenzen setzte. Ich war nämlich bei meinem eifrigen Komplimentieren mit den Füßen bis zur Pastete vorgerückt, die noch dalag, weil sich die Magd von ihrem fürchterlichen Schrecken noch lange nicht erholt hatte und mit starren Augen auf das Meisterstück der

Kochkunst am Boden hinblickte, ohne es aufzunehmen. Da fährt bei einem neuen Kompliment mein tintenbefleckter Fuß in die Pastete – ich sah nichts, denn mir war vor Höflichkeit alles blau vor den Augen geworden. Ich glitsche in dem Pastetenteige schmählicher-, doch höchst natürlicherweise aus, verliere mein persönliches und politisches Gleichgewicht und falle, so lang ich bin – und ich messe fünf Schuh, sieben Zoll – auf die Erde, zum nicht geringen Schrecken und Gelächter einer ganzen, großen, ehrenwerten Gesellschaft. Im Fallen riß ich noch zwei Stühle mit nieder, an denen ich mich halten wollte; und ein junges, artiges Frauenzimmer, das sich auf einem derselben vermutlich niederlassen wollte, lag ebenso schnell als ihr Stuhl neben mir am Boden. O Himmel, und das war mein Bärbeli! Es erhob sich nun ein entsetzliches Zetergeschrei, und ich am Boden schrie auch; denn da ich neben mir an der Erde außer zwei Stühlen noch ein Frauenzimmer liegen sah, glaubte ich fest an ein starkes Erdbeben. Zum höchsten Glück war es kein Erdbeben, das diesen erbärmlichen Fall verursacht hatte, sondern nur, wie gesagt, eine Kälberpastete. Wir standen auf. Der Vetter machte aus der ganzen Sache einen Spaß. Er aber hatte gut spaßen. Ich hätte weinen mögen und schämte mich fast tot. Ich stellte mich an den Ofen und sagte kein Wort zu meiner Entschuldigung, sondern, weil alles um mich her lachte und kicherte, lachte ich auch und sah nur verstohlen nach der zerschmetterten Kälberpastete. Man mußte sich endlich zu Tische begeben. Der Herr Vetter war so artig, mich neben Bärbeli zu setzen. Ich wäre lieber neben einem feuerspeienden Berge gesessen als neben diesem schönen, guten Kinde. Denn es war mir wunderlich zumute neben meiner künftigen Hochzeiterin. – Ich sah die große Gesellschaft am Tische nur sehr flüchtig an. Da ward die Suppe herumgereicht. Jungfer Bärbeli bot mir einen Teller voll – ich konnte das unmöglich annehmen. Sie hatte noch keine Suppe. Da gab's wieder Komplimente über die Suppe, und ich sah voraus, daß es mit den gottlosen Komplimenten wieder übel ablaufen werde. Darum bat ich das schöne Bärbeli gar dringend, doch die Suppe zu behalten, und sah ihr bittend in die schönen, blauen Augen und sah nicht auf den Teller, und die siedendheiße Suppe floß richtig auf Bärbelis Schoß und Kleider; und da ich nun schnell die Suppe zurückzog, kam die andere Hälfte auf meinen Schoß und über meine Serviette und Kleider. Es war brüderlich geteilt. Ich vergess' es nie; es ist mir alles noch wie heute. Es war eine Krebssuppe. Das gute Bärbeli verließ den Tisch. Ich stammelte Entschuldigungen. Man tröstete mich und gab mir einen anderen Teller. Inzwischen dampften meine Beinkleider noch von der Überschwemmung; ich knüpfte mir statt der Serviette einen Zipfel vom Tischtuch in die Weste. Bärbeli hatte aber die Kleider ändern müssen. Sie kam wieder, und ich entschuldigte mich tausendmal bei ihr, so gut ich konnte. Sobald ich sah, daß sie freundlich lächelte, ward mir auch wieder wohl zumute, und ich trocknete mir den Angstschweiß vom Gesicht, versteht sich, nicht mit der Hand, sondern mit dem Schnupftuch! – Ich hatte die Tintengeschichte rein vergessen über allem, was seitdem Wichtiges geschehen. Ich rieb mir beim Abtrocknen des Schweißes das ganze Gesicht so mit Tinte ein, daß, als ich das Schnupftuch wieder einstecken wollte, die große Gesellschaft mich verwunderungsvoll in einen Mohren verwandelt sah. Da erhob sich abermals ein großes Gelächter und Zetergeschrei. Aus Höflichkeit schrie oder lachte ich denn auch eine ganze Weile mit, bis ich merkte, daß sich die Frauenzimmer vor meinem schrecklichen Tintengesicht fürchteten. Nun sah ich erst ein, daß mich das Schnupftuch zum Narren im Spiel gemacht hatte und ich ein fürchterliches Aussehen haben müsse. Erschrocken und eilfertig sprang ich vom Tische auf, um nach der Küche zu flüchten und mich zu waschen. Da zog ich das Tischtuch, das unglückselige Tischtuch, dessen Zipfel ich in das Knopfloch der Weste unten befestigt hatte, hinter mir her. Alle Teller, Braten, Salate, Spinate, Flaschen, Messer, Gabeln, Gläser, Fische, Rindfleisch, Löffel, Salzfäßlein usw. liefen mir wie närrisch in der Stube nach mit großem Getöse. Die Gäste saßen mit offenem Munde wie versteinert da und sahen die herrlichen Gerichte sämtlich vor ihren Augen verschwinden und so manchen Leckerbissen, auf den sie sich schon innerlich gefreut hatten. Anfangs, da ich sah, wie alle Platten und Teller hinter mir her waren und mich verfolgten, hielt ich's für Hexerei, bis der Herr Vetter mit beiden Beinen aufs Tischtuch sprang. Das riß den Zipfel von meiner Weste. Ich aber in vollem Galopp, nicht mehr in die Küche, sondern die Treppen hinunter, über die Straße und in mein Haus. Vier Wochen lang ließ ich mich vor keinem Menschen mehr sehen. Ich dachte von der Zeit an nicht wieder ans Heiraten, ohne Schwindel, und nicht an große Gesellschaften, ohne das kalte Fieber zu bekommen.

Erzähle, lieber Leser, immerhin meine Leidensgeschichte deinen Freunden wieder. Ich lache jetzt selbst über meine Ungeschicklichkeit. Aber meine Geschichte kann manchem unserer jungen Herren zum Beispiel zwar nicht, doch zur Mahnung und Lehre dienen.

# Gottfried Keller

## *Romeo und Julia auf dem Dorfe*

Diese Geschichte zu erzählen, würde eine müßige Nachahmung sein, wenn sie nicht auf einem wirklichen Vorfall beruhte, zum Beweise, wie tief im Menschenleben jede jener Fabeln wurzelt, auf welche die großen alten Werke gebaut sind. Die Zahl solcher Fabeln ist mäßig; aber stets treten sie in neuem Gewande wieder in die Erscheinung und zwingen alsdann die Hand, sie festzuhalten.

An dem schönen Flusse, der eine halbe Stunde entfernt an Seldwyl vorüberzieht, erhebt sich eine weitgedehnte Erdwelle und verliert sich, selber wohlbebaut, in der fruchtbaren Ebene. Fern an ihrem Fuße liegt ein Dorf, welches manche große Bauernhöfe enthält, und über die sanfte Anhöhe lagen vor Jahren drei prächtige lange Äcker weithingestreckt gleich drei riesigen Bändern nebeneinander. An einem sonnigen Septembermorgen pflügten zwei Bauern auf zweien dieser Äcker, und zwar auf jedem der beiden äußersten; der mittlere schien seit langen Jahren brach und wüst zu liegen, denn er war mit Steinen und hohem Unkraut bedeckt, und eine Welt von geflügelten Tierchen summte ungestört über ihm. Die Bauern aber, welche zu beiden Seiten hinter ihrem Pfluge gingen, waren lange knochige Männer von ungefähr vierzig Jahren und verkündeten auf den ersten Blick den sichern, gutbesorgten Bauersmann. Sie trugen kurze Kniehosen von starkem Zwillich, an dem jede Falte ihre unveränderliche Lage hatte und wie in Stein gemeißelt aussah. Wenn sie, auf ein Hindernis stoßend, den Pflug fester faßten, so zitterten die groben Hemdärmel von der leichten Erschütterung, indessen die wohlrasierten Gesichter ruhig und aufmerksam, aber ein wenig blinzelnd in den Sonnenschein vor sich hinschauten, die Furche bemaßen oder auch wohl zuweilen sich umsahen, wenn ein fernes Geräusch die Stille des Landes unterbrach. Langsam und mit einer gewissen natürlichen Zierlichkeit setzten sie einen Fuß um den andern vorwärts, und keiner sprach ein Wort, außer wenn er etwa dem Knechte, der die stattlichen Pferde antrieb, eine Anweisung gab. So glichen sie einander vollkommen in einiger Entfernung; denn sie stellten die ursprüngliche Art dieser Gegend dar, und man hätte sie auf den ersten Blick nur daran unterscheiden können, daß der eine den Zipfel seiner weißen Kappe nach vorn trug, der andere aber hinten im Nacken hängen hatte. Aber das wechselte zwischen ihnen ab, indem sie in der entgegengesetzten Richtung pflügten; denn wenn sie oben auf der Höhe zusammentrafen und aneinander vorüberkamen, so schlug dem, welcher gegen den frischen Ostwind ging, die Zipfelkappe nach hinten über, während sie bei dem andern, der den Wind im Rücken hatte, sich nach vorne sträubte. Es gab auch jedesmal einen mittlern Augenblick, wo die schimmernden Mützen aufrecht in der Luft schwankten und wie zwei weiße Flammen gen Himmel züngelten. So pflügten beide ruhevoll, und es war schön anzusehen in der stillen goldenen Septembergegend, wenn sie so auf der Höhe aneinander vorbeizogen, still und langsam und sich mählich voneinander entfernten, immer weiter auseinander, bis beide wie zwei untergehende Gestirne hinter die Wölbung des Hügels hinabgingen und verschwanden, um eine gute Weile darauf wieder zu erscheinen. Wenn sie einen Stein in ihren Furchen fanden, so warfen sie denselben auf den wüsten Acker in der Mitte mit lässig kräftigem Schwunge, was aber nur selten geschah, da derselbe schon fast mit allen Steinen belastet war, welche überhaupt auf den Nachbaräckern zu finden gewesen. So war der lange Morgen zum Teil vergangen, als von dem Dorfe her ein kleines artiges Fuhrwerklein sich näherte, welches kaum zu sehen war, als es begann die gelinde Höhe heranzukommen. Das war ein grünbemaltes Kinderwägelchen, in welchem die Kinder der beiden Pflüger, ein Knabe und ein kleines Ding von Mädchen, gemeinschaftlich den Vormittagsimbiß heranfuhren. Für jeden Teil lag ein schönes Brot, in eine Serviette gewickelt, eine Kanne Wein mit Gläsern und noch irgendein Zutätchen in dem Wagen, welches die zärtliche Bäuerin für den fleißigen Meister mitgesandt, und außerdem waren da noch verpackt allerlei seltsam gestaltete angebissene Äpfel und Birnen, welche die Kinder am Wege aufgelesen, und eine völlig nackte Puppe mit nur einem Bein und einem verschmierten Gesicht, welche wie ein Fräulein zwischen den Broten saß und sich behaglich fahren ließ. Dies Fuhrwerk hielt nach manchem Anstoß und Aufenthalt endlich auf der Höhe im Schatten eines jungen Lindengebüsches, welches da am Rande des Feldes stand, und nun konnte man die beiden Fuhrleute näher betrachten. Es war ein Junge von sieben Jahren und ein Dirnchen von fünfen, beide gesund und munter, und weiter war nichts Auffälliges an ihnen, als daß beide sehr hübsche Augen hatten und das Mädchen dazu noch eine bräunliche Gesichtsfarbe und ganz krause dunkle Haare, welche ihm ein feuriges und treuherziges Ansehen gaben. Die Pflüger waren jetzt auch wieder oben angekommen, steckten den Pferden etwas Klee vor und ließen die Pflüge in der halbvollendeten Furche stehen, während sie als gute Nachbaren sich zu dem gemeinschaftlichen Imbiß begaben und sich da zuerst begrüßten; denn bislang hatten sie sich noch nicht gesprochen an diesem Tage.

Wie nun die Männer mit Behagen ihr Frühstück einnahmen und mit zufriedenem Wohlwollen den Kindern mitteilten, die nicht von der Stelle wichen, solange gegessen und getrunken wurde, ließen sie ihre Blicke in der Nähe und Ferne herumschweifen und sahen das Städtchen räucherig glänzend in seinen Bergen liegen; denn das reichliche Mittagsmahl, welches die Seldwyler alle Tage bereiteten, pflegte ein weithin scheinendes Silbergewölk über ihre Dächer emporzutragen, welches lachend an ihren Bergen hinschwebt.

»Die Lumpenhunde zu Seldwyl kochen wieder gut!« sagte Manz, der eine der Bauern, und Marti, der andere, erwiderte: »Gestern war einer bei mir wegen des Ackers hier.« »Aus dem Bezirksrat? Bei mir ist er auch gewesen!« sagte Manz. »So? und meinte wahrscheinlich auch, du solltest das Land benutzen und den Herren die Pacht zahlen?« »Ja, bis es sich entschieden habe, wem der Acker gehöre und was mit ihm anzufangen sei. Ich habe mich aber bedankt, das verwilderte Wesen für einen andern herzustellen, und sagte, sie sollten den Acker nur verkaufen und den Ertrag aufheben, bis sich ein Eigentümer gefunden, was wohl nie geschehen wird; denn was einmal auf der Kanzlei zu Seldwyl liegt, hat da gute Weile, und überdem ist die Sache schwer zu entscheiden. Die Lumpen möchten indessen gar zu gern etwas zu naschen bekommen durch den Pachtzins, was sie freilich mit der Verkaufssumme auch tun könnten; allein wir würden uns hüten, dieselbe zu hoch hinaufzutreiben, und wir wüßten dann doch, was wir hätten und wem das Land gehört!« »Ganz so meine ich auch und habe dem Steckleinspringer eine ähnliche Antwort gegeben!«

Sie schwiegen eine Weile, dann fing Manz wiederum an: »Schad ist es aber doch, daß der gute Boden so daliegen muß, es ist nicht zum Ansehen, das geht nun schon in die zwanzig

Jahre so, und keine Seele fragt darnach; denn hier im Dorf ist niemand, der irgendeinen Anspruch auf den Acker hat, und niemand weiß auch, wo die Kinder des verdorbenen Trompeters hingekommen sind.«

»Hm!« sagte Marti, »das wäre so eine Sache! Wenn ich den schwarzen Geiger ansehe, der sich bald bei den Heimatlosen aufhält, bald in den Dörfern zum Tanz aufspielt, so möchte ich darauf schwören, daß er ein Enkel des Trompeters ist, der freilich nicht weiß, daß er noch einen Acker hat. Was täte er aber damit? Einen Monat lang sich besaufen und dann nach wie vor! Zudem, wer dürfte da einen Wink geben, da man es doch nicht sicher wissen kann!«

»Da könnte man eine schöne Geschichte anrichten!« antwortete Manz, »wir haben so genug zu tun, diesem Geiger das Heimatsrecht in unserer Gemeinde abzustreiten, da man uns den Fetzel fortwährend aufhalsen will. Haben sich seine Eltern einmal unter die Heimatlosen begeben, so mag er auch dableiben und dem Kesselvolk das Geigelein streichen. Wie in aller Welt können wir wissen, daß er des Trompeters Sohnessohn ist? Was mich betrifft, wenn ich den Alten auch in dem dunklen Gesicht vollkommen zu erkennen glaube, so sage ich: irren ist menschlich, und das geringste Fetzchen Papier, ein Stücklein von einem Taufschein würde meinem Gewissen besser tun als zehn sündhafte Menschengesichter!«

»Eia, sicherlich!« sagte Marti, »er sagt zwar, er sei nicht schuld, daß man ihn nicht getauft habe! Aber sollen wir unsern Taufstein tragbar machen und in den Wäldern herumtragen? Nein, er steht fest in der Kirche, und dafür ist die Totenbahre tragbar, die draußen an der Mauer hängt. Wir sind schon übervölkert im Dorf und brauchen bald zwei Schulmeister!«

Hiermit war die Mahlzeit und das Zwiegespräch der Bauern

geendet, und sie erhoben sich, den Rest ihrer heutigen Vormittagsarbeit zu vollbringen. Die beiden Kinder hingegen, welche schon den Plan entworfen hatten, mit den Vätern nach Hause zu ziehen, zogen ihr Fuhrwerk unter den Schutz der jungen Linden und begaben sich dann auf einen Streifzug in den wilden Acker, da derselbe mit seinen Unkräutern, Stauden und Steinhaufen eine ungewohnte und merkwürdige Wildnis darstellte. Nachdem sie in der Mitte dieser grünen Wildnis einige Zeit hingewandert, Hand in Hand, und sich daran belustigt, die verschlungenen Hände über die hohen Distelstauden zu schwingen, ließen sie sich endlich im Schatten einer solchen nieder, und das Mädchen begann, seine Puppe mit den langen Blättern des Wegekrautes zu bekleiden, so daß sie einen schönen grünen und ausgezackten Rock bekam; eine einsame rote Mohnblume, die da noch blühte, wurde ihr als Haube über den Kopf gezogen und mit einem Grase festgebunden, und nun sah die kleine Person aus wie eine Zauberfrau, besonders nachdem sie noch ein Halsband und einen Gürtel von kleinen roten Beerchen erhalten. Dann wurde sie hoch in die Stengel der Distel gesetzt und eine Weile mit vereinten Blicken angeschaut, bis der Knabe sie genugsam besehen und mit einem Steine herunterwarf. Dadurch geriet aber ihr Putz in Unordnung, und das Mädchen entkleidete sie schleunigst, um sie aufs neue zu schmücken; doch als die Puppe eben wieder nackt und bloß war und nur noch der roten Haube sich erfreuete, entriß der wilde Junge seiner Gefährtin das Spielzeug und warf es hoch in die Luft. Das Mädchen sprang klagend darnach, allein der Knabe fing die Puppe zuerst wieder auf, warf sie aufs neue empor, und indem das Mädchen sie vergeblich zu haschen bemühte, neckte er es auf diese Weise eine gute Zeit. Unter seinen Händen aber nahm die fliegende Puppe Schaden, und zwar am Knie ihres einzigen Beines, allwo ein kleines Loch einige Kleiekörner durchsickern ließ. Kaum bemerkte der Peiniger dies Loch, so verhielt er sich mäuschenstill und war mit offenem Munde eifrig beflissen, das Loch mit seinen Nägeln zu vergrößern und dem Ursprung der Kleie nachzuspüren. Seine Stille erschien dem armen Mädchen höchst verdächtig, und es drängte sich herzu und mußte mit Schrecken sein böses Beginnen gewahren. »Sieh mal!« rief er und schlenkerte ihr das Bein vor der Nase herum, daß ihr die Kleie ins Gesicht flog, und wie sie darnach langen wollte und schrie und flehte, sprang er wieder fort und ruhte nicht eher, bis das ganze Bein dürr und leer herabhing als eine traurige Hülse. Dann warf er das mißhandelte Spielzeug hin und stellte sich höchst frech und gleichgültig, als die Kleine sich weinend auf die Puppe warf und dieselbe in ihre Schürze hüllte. Sie nahm sie aber wieder hervor und betrachtete wehselig die Ärmste, und als sie das Bein sah, fing sie abermals an laut zu weinen, denn dasselbe hing an dem Rumpfe nicht anders denn das Schwänzchen an einem Molche. Als sie gar so unbändig weinte, ward es dem Missetäter endlich etwas übel zu Mut, und er stand in Angst und Reue vor der Klagenden, und als sie dies merkte, hörte sie plötzlich auf und schlug ihn einigemal mit der Puppe, und er tat, als ob es ihm weh täte, und schrie au! so natürlich, daß sie zufrieden war und nun mit ihm gemeinschaftlich die Zerstörung und Zerlegung fortsetzte. Sie bohrten Loch auf Loch in den Marterleib und ließen aller Enden die Kleie entströmen, welche sie sorgfältig auf einem flachen Steine zu einem Häufchen sammelten, umrührten und aufmerksam betrachteten. Das einzige Feste, was noch an der Puppe bestand, war der Kopf und mußte jetzt vorzüglich die Aufmerksamkeit der Kinder erregen; sie trennten ihn sorgfältig los von dem ausgequetschen Leichnam und guckten erstaunt in sein hohles Innere. Als sie die bedenkliche Höhlung sahen und auch die Kleie sahen, war es der nächste und natürlichste Gedankensprung, den Kopf mit der Kleie auszufüllen, und so waren die Fingerchen der Kinder nun beschäftigt, um die Wette Kleie in den Kopf zu tun, so daß zum ersten Mal in seinem Leben etwas in ihm steckte. Der Knabe mochte es aber immer noch für ein totes Wissen halten, weil er plötzlich eine große blaue Fliege fing und, die summende zwischen beiden hohlen Händen haltend, dem Mädchen gebot, den Kopf von der Kleie zu entleeren. Hierauf wurde die Fliege hineingesperrt und das Loch mit Gras verstopft. Die Kinder hielten den Kopf an die Ohren und setzten ihn dann feierlich auf einen Stein; da er noch mit der roten Mohnblume bedeckt war, so glich der Tönende jetzt einem weissagenden Haupte, und die Kinder lauschten in tiefer Stille seinen Kunden und Märchen, indessen sie sich umschlungen hielten. Aber jeder Prophet erweckt Schrecken und Undank: das wenige Leben in dem dürftig geformten Bilde erregte die menschliche Grausamkeit in den Kindern, und es wurde beschlossen, das Haupt zu begraben. So machten sie ein Grab und legten den Kopf, ohne die gefangene Fliege um ihre Meinung zu befragen, hinein und errichteten über dem Grabe ein ansehnliches Denkmal von Feldsteinen. Dann empfanden sie einiges Grauen, da sie etwas Geformtes und Belebtes begraben hatten, und entfernten sich ein gutes Stück von der unheimlichen Stätte. Auf einem ganz mit grünen Kräutern bedeckten Plätzchen legte sich das Dirnchen auf den Rücken, da es müde war, und begann in eintöniger Weise einige Worte zu singen, immer die nämlichen, und der Junge kauerte daneben und half, indem er nicht wußte, ob er auch vollends umfallen solle, so lässig und müßig war er. Die Sonne schien dem singenden Mädchen in den geöffneten Mund, beleuchtete dessen blendendweiße Zähnchen und durchschimmerte die runden

Purpurlippen. Der Knabe sah die Zähne, und dem Mädchen den Kopf haltend und dessen Zähnchen neugierig untersuchend, rief er: »Rate, wie viele Zähne hat man?« Das Mädchen besann sich einen Augenblick, als ob es reiflich nachzählte, und sagte dann auf Geratewohl: »Hundert!« »Nein, zweiunddreißig!« rief er, »wart, ich will einmal zählen!« Da zählte er die Zähne des Kindes, und weil er nicht zweiunddreißig herausbrachte, so fing er immer wieder von neuem an. Das Mädchen hielt lange still, als aber der eifrige Zähler nicht zu Ende kam, raffte es sich auf und rief: »Nun will ich deine zählen!« Nun legte sich der Bursche hin ins Kraut, das Mädchen über ihn, umschlang seinen Kopf, er sperrte das Maul auf, und es zählte: Eins, zwei, sieben, fünf, zwei, eins; denn die kleine Schöne konnte noch nicht zählen. Der Junge verbesserte sie und gab ihr Anweisung, wie sie zählen solle, und so fing auch sie unzähligemal von neuem an, und das Spiel schien ihnen am besten zu gefallen von allem, was sie heut unternommen. Endlich aber sank das Mädchen ganz auf den kleinen Rechenmeister nieder, und die Kinder schliefen ein in der hellen Mittagssonne.

Inzwischen hatten die Väter ihre Äcker fertig gepflügt und in frischduftende braune Fläche umgewandelt. Als nun, mit der letzten Furche zu Ende gekommen, der Knecht des einen halten wollte, rief sein Meister: »Was hältst du? Kehr noch einmal um!« »Wir sind ja fertig!« sagte der Knecht. »Halt's Maul und tu, wie ich dir sage!« der Meister. Und sie kehrten um und rissen eine tüchtige Furche in den mittleren herrenlosen Acker hinein, daß Kraut und Steine flogen. Der Bauer hielt sich aber nicht mit der Beseitigung derselben auf, er mochte denken, hiezu sei noch Zeit genug vorhanden, und er begnügte sich, für heute die Sache nur aus dem Gröbsten zu tun. So ging es rasch die Höhe empor in sanftem Bogen, und als man oben angelangt und das liebliche Windeswehen eben wieder den Kappenzipfel des Mannes zurückwarf, pflügte auf der anderen Seite der Nachbar vorüber, mit dem Zipfel nach vorn, und schnitt ebenfalls eine ansehnliche Furche vom mittleren Acker, daß die Schollen nur so zur Seite flogen. Jeder sah wohl, was der andere tat, aber keiner schien es zu sehen, und sie entschwanden sich wieder, indem jedes Sternbild still am andern vorüberging und hinter diese runde Welt hinabtauchte. So gehen die Weberschiffchen des Geschickes aneinander vorbei, und »was er webt, das weiß kein Weber!«

Es kam eine Ernte um die andere, und jede sah die Kinder größer und schöner und den herrenlosen Acker schmäler zwischen seinen breitgewordenen Nachbaren. Mit jedem Pflügen verlor er hüben und drüben eine Furche, ohne daß ein Wort darüber gesprochen worden wäre und ohne daß ein Menschenauge mehr zusammengedrängt und bildeten schon einen ordentlichen Grat auf der ganzen Länge des Ackers, und das wilde Gesträuch darauf war schon so hoch, daß die Kinder, obgleich sie gewachsen waren, sich nicht mehr sehen konnten, wenn eines dies- und das andere jenseits ging. Denn sie gingen nun nicht mehr gemeinschaftlich auf das Feld, da der zehnjährige Salomon oder Sali, wie er genannt wurde, sich schon wacker auf Seite der größeren Burschen und der Männer hielt; und das braune Vrenchen, obgleich es ein feuriges Dirnchen war, mußte bereits unter der Obhut seines Geschlechts gehen, sonst wäre es von den andern als ein Bubenmädchen ausgelacht worden. Dennoch nahmen sie während jeder Ernte, wenn alles auf den Äckern war, einmal Gelegenheit, den wilden Steinkamm, der sie trennte, zu besteigen und sich gegenseitig von demselben herunterzustoßen. Wenn sie auch sonst keinen Verkehr mehr miteinander hatten, so schien diese jährliche Zeremonie um so sorglicher gewahrt zu werden, als sonst nirgends die Felder ihrer Väter zusammenstießen.

Indessen sollte der Acker doch endlich verkauft und der Erlös einstweilen amtlich aufgehoben werden. Die Versteigerung fand an Ort und Stelle statt, wo sich aber nur einige Gaffer einfanden außer den Bauern Manz und Marti, da niemand Lust hatte, das seltsame Stückchen zu erstehen und zwischen den zwei Nachbaren zu bebauen. Denn obgleich diese zu den besten Bauern des Dorfes gehörten und nichts weiter getan hatten, als was zwei Drittel der übrigen unter diesen Umständen auch getan haben würden, so sah man sie doch jetzt stillschweigend darum an, und niemand wollte zwischen ihnen eingeklemmt sein mit dem geschmälerten Waisenfelde. Die meisten Menschen sind fähig oder bereit, ein in den Lüften umgehendes Unrecht zu verüben, wenn sie mit der Nase darauf stoßen; sowie es aber von einem begangen ist, sind die übrigen froh, daß sie es doch nicht gewesen sind, daß die Versuchung nicht sie betroffen hat, und sie machen nun den Auserwählten zu dem Schlechtigkeitsmesser ihrer Eigenschaften und behandeln ihn mit zarter Scheu als einen Ableiter des Übels, der von den Göttern gezeichnet ist, während ihnen zugleich noch der Mund wässert nach den Vorteilen, die er dabei genossen. Manz und Marti waren also die einzigen, welche ernstlich auf den Acker boten; nach einem ziemlich hartnäckigen Überbieten erstand ihn Manz, und er wurde ihm zugeschlagen. Die Beamten und die Gaffer verloren sich vom Felde; die beiden Bauern, welche sich auf ihren Äckern noch zu schaffen gemacht, trafen beim Weggehen wieder zusammen, und Marti sagte: »Du wirst nun dein Land, das alte und das neue, wohl zusammenschlagen und in zwei gleiche Stücke teilen? Ich hätte es wenigstens so gemacht, wenn ich das Ding bekommen hätte.« »Ich werde es allerdings auch tun«, antwortete Manz, »denn als Ein Acker würde mir das Stück zu groß sein. Doch was ich sagen wollte: Ich habe bemerkt, daß du neulich noch am untern Ende dieses Ackers, der jetzt mir gehört, schräg hineingefahren bist und ein gutes Dreieck abgeschnitten hast. Du hast es vielleicht getan in der Meinung, du werdest das ganze Stück an dich bringen und es sei dann sowieso dein. Da es nun aber mir gehört, so wirst du wohl einsehen, daß ich eine solche ungehörige Einkrümmung nicht brauchen noch dulden kann, und wirst nichts dagegen haben, wenn ich den Strich wieder grad mache! Streit wird das nicht abgeben sollen!«

Marti erwiderte ebenso kaltblütig, als ihn Manz angeredet hatte: »Ich sehe auch nicht, wo der Streit herkommen soll! Ich denke, du hast den Acker gekauft, wie er da ist, wir haben ihn alle gemeinschaftlich besehen, und er hat sich seit einer Stunde nicht um ein Haar verändert!«

»Larifari!« sagte Manz, »was früher geschehen, wollen wir nicht aufrühren! Was aber zuviel ist, ist zuviel, und alles muß zuletzt eine ordentliche grade Art haben; diese drei Äcker sind von jeher so grade nebeneinander gelegen, wie nach dem Richtscheit gezeichnet; es ist ein ganz absonderlicher Spaß von dir, wenn du nun einen solchen lächerlichen und unvernünftigen Schnörkel dazwischen bringen willst, und wir beide würden einen Übernamen bekommen, wenn wir den krummen Zipfel da bestehen ließen. Er muß durchaus weg!«

Marti lachte und sagte: »Du hast ja auf einmal eine merkwürdige Furcht vor dem Gespötte der Leute! Das läßt sich aber ja wohl machen; mich geniert das Krumme gar nicht; ärgert es dich, gut, so machen wir es grad, aber nicht auf meiner Seite, das geb ich dir schriftlich, wenn du willst!«

»Rede doch nicht so spaßhaft«, sagte Manz, »es wird wohl

grad gemacht, und zwar auf deiner Seite, darauf kannst du Gift nehmen!«

»Das werden wir ja sehen und erleben!« sagte Marti, und beide Männer gingen auseinander, ohne sich weiter anzublikken; vielmehr starrten sie nach verschiedener Richtung ins Blaue hinaus, als ob sie da wunder was für Merkwürdigkeiten im Auge hätten, die sie betrachten müßten mit Aufbietung aller ihrer Geisteskräfte.

Schon am nächsten Tage schickte Manz einen Dienstbuben, ein Tagelöhnermädchen und sein eigenes Söhnchen Sali auf den Acker hinaus, um das wilde Unkraut und Gestrüpp auszureuten und auf Haufen zu bringen, damit nachher die Steine um so bequemer weggefahren werden könnten. Dies war eine Änderung in seinem Wesen, daß er den kaum elfjährigen Jungen, der noch zu keiner Arbeit angehalten worden, nun mit hinaussandte, gegen die Einsprache der Mutter. Es schien, da er es mit ernsthaften und gesalbten Worten tat, als ob er mit dieser Arbeitsstrenge gegen sein eigenes Blut das Unrecht betäuben wollte, in dem er lebte und welches nun begann seine Folgen ruhig zu entfalten. Das ausgesandte Völklein jätete inzwischen lustig an dem Unkraut und hackte mit Vergnügen an den wunderlichen Stauden und Pflanzen allerart, die da seit Jahren wucherten. Denn da es eine außerordentliche, gleichsam wilde Arbeit war, bei der keine Regel und keine Sorgfalt erheischt wurde, so galt sie als eine Lust. Das wilde Zeug, an der Sonne gedörrt, wurde aufgehäuft und mit großem Jubel verbrannt, daß der Qualm weithin sich verbreitete und die jungen Leutchen darin herumsprangen wie besessen. Dies war das letzte Freudenfest auf dem Unglücksfelde, und das junge Vrenchen, Martis Tochter, kam auch hinausgeschlichen und half tapfer mit. Das Ungewöhnliche dieser Begebenheit und die lustige Aufregung gaben einen guten Anlaß, sich seinem kleinen Jugendgespielen wieder einmal zu nähern, und die Kinder waren recht glücklich und munter bei ihrem Feuer. Es kamen noch andere Kinder hinzu, und es sammelte sich eine ganze vergnügte Gesellschaft; doch immer, sobald sie getrennt wurden, suchte Sali alsobald wieder neben Vrenchen zu gelangen, und dieses wußte desgleichen immer vergnügt lächelnd zu ihm zu schlüpfen, und es war beiden Kreaturen, wie wenn dieser herrliche Tag nie enden müßte und könnte. Doch der alte Manz kam gegen Abend herbei, um zu sehen, was sie ausgerichtet, und obgleich sie fertig waren, so schalt er doch ob dieser Lustbarkeit und scheuchte die Gesellschaft auseinander. Zugleich zeigte sich Marti auf seinem Grund und Boden und, seine Tochter gewahrend, pfiff er derselben schrill und gebieterisch durch den Finger, daß sie erschrocken hineilte, und er gab ihr, ohne zu wissen warum, einige Ohrfeigen, also daß beide Kinder in großer Traurigkeit und weinend nach Hause gingen, und sie wußten jetzt eigentlich so wenig, warum sie so traurig waren, als warum sie vorhin so vergnügt gewesen; denn die Rauheit der Väter, an sich ziemlich neu, war von den arglosen Geschöpfen noch nicht begriffen und konnte sie nicht tiefer bewegen.

Die nächsten Tage war es schon eine härtere Arbeit, zu welcher Mannsleute gehörten, als Manz die Steine aufnehmen und wegfahren ließ. Es wollte kein Ende nehmen, und alle Steine der Welt schienen da beisammen zu sein. Er ließ sie aber nicht ganz vom Felde wegbringen, sondern jede Fuhre auf jenem streitigen Dreiecke abwerfen, welches von Marti schon säuberlich umgepflügt war. Er hatte vorher einen graden Strich gezogen als Grenzscheide und belastete nun dies Fleckchen Erde mit allen Steinen, welche beide Männer seit unvordenklichen Zeiten herübergeworfen, so daß eine gewaltige Pyramide entstand, die wegzubringen sein Gegner bleiben lassen würde, dachte er. Marti hatte dies am wenigsten erwartet; er glaubte, der andere werde nach alter Weise mit dem Pfluge zu Werke gehen wollen, und hatte daher abgewartet, bis er ihn als Pflüger ausziehen sähe. Erst als die Sache schon beinahe fertig, hörte er von dem schönen Denkmal, welches Manz da errichtet, rannte voll Wut hinaus, sah die Bescherung, rannte zurück und holte den Gemeindeamann, um vorläufig gegen den Steinhaufen zu protestieren und den Fleck gerichtlich in Beschlag nehmen zu lassen, und von diesem Tage an lagen die zwei Bauern im Prozeß miteinander und ruhten nicht, ehe sie beide zugrunde gerichtet waren.

Die Gedanken der sonst so wohlweisen Männer waren nun so kurz geschnitten wie Häcksel; der beschränkteste Rechtssinn von der Welt erfüllte jeden von ihnen, indem keiner begreifen konnte noch wollte, wie der andere so offenbar unrechtmäßig und willkürlich den fraglichen unbedeutenden Ackerzipfel an sich reißen könne. Bei Manz kam noch ein wunderbarer Sinn für Symmetrie und parallele Linien hinzu, und er fühlte sich wahrhaft gekränkt durch den aberwitzigen Eigensinn, mit welchem Marti auf dem Dasein des unsinnigsten und mutwilligsten Schnörkels beharrte. Beide aber trafen zusammen in der Überzeugung, daß der andere, den anderen so frech und plump übervorteilend, ihn notwendig für einen verächtlichen Dummkopf halten müsse, da man dergleichen etwa einem armen haltlosen Teufel, nicht aber einem aufrechten, klugen und wehrhaften Manne gegenüber sich erlauben könne, und jeder sah sich in seiner wunderlichen Ehre gekränkt und gab sich rückhaltlos der Leidenschaft des Streites und dem daraus erfolgenden Verfalle hin, und ihr Leben glich fortan der träumerischen Qual zweier Verdammten, welche, auf einem schmalen Brette einen dunklen Strom hinabtreibend, sich befehden, in die Luft hauen und sich selber anpakken und vernichten, in der Meinung, sie hätten ihr Unglück gefaßt. Da sie eine faule Sache hatten, so gerieten beide in die allerschlimmsten Hände von Tausendkünstlern, welche ihre verdorbene Phantasie auftrieben zu ungeheuren Blasen, die mit den nichtsnutzigsten Dingen angefüllt wurden. Vorzüglich waren es die Spekulanten aus der Stadt Seldwyla, welchen dieser Handel ein gefundenes Essen war, und bald hatte jeder der Streitenden einen Anhang von Unterhändlern, Zuträgern und Ratgebern hinter sich, die alles bare Geld auf hundert Wegen abzuziehen wußten. Denn das Fleckchen Erde mit dem Steinhaufen darüber, auf welchem bereits wieder ein Wald von Nesseln und Disteln blühte, war nur noch der erste Keim oder der Grundstein einer verworrenen Geschichte und Lebensweise, in welcher die zwei Fünfzigjährigen noch neue Gewohnheiten und Sitten, Grundsätze und Hoffnungen annahmen, als sie bisher geübt. Je mehr Geld sie verloren, desto sehnsüchtiger wünschten sie welches zu haben, und je weniger sie besaßen, desto hartnäckiger dachten sie reich zu werden und es dem andern zuvorzutun. Sie ließen sich zu jedem Schwindel verleiten und setzten auch jahraus jahrein in alle fremden Lotterien, deren Lose massenhaft in Seldwyla zirkulierten. Aber nie bekamen sie einen Taler Gewinn zu Gesicht, sondern hörten nur immer vom Gewinnen anderer Leute und wie sie selbst beinahe gewonnen hätten, indessen diese Leidenschaft ein regelmäßiger Geldabfluß für sie war. Bisweilen machten sich die Seldwyler den Spaß, beide Bauern, ohne ihr Wissen, am gleichen Lose teilnehmen zu lassen, so daß beide die Hoffnung auf Unterdrückung und Vernichtung des andern auf ein und dasselbe Los setzten. Sie brachten die Hälfte ihrer Zeit in der Stadt zu, wo jeder in einer Spelunke sein Hauptquartier hatte, sich den Kopf heißmachen und zu den lächerlichsten Ausgaben und einem elenden und ungeschickten Schlemmen verleiten ließ, bei welchem ihm heimlich doch selber das Herz blutete, also daß beide, welche eigentlich nur in diesem Hader lebten, um für keine Dummköpfe zu gelten, nun solche von der besten Sorte darstellten und von jedermann dafür angesehen wurden. Die andere Hälfte der Zeit lagen sie verdrossen zu Hause oder gingen ihrer Arbeit nach, wobei sie dann durch ein tolles böses Überhasten und Antreiben das Versäumte einzuholen suchten und damit jeden ordentlichen und zuverlässigen Arbeiter verscheuchten. So ging es gewaltig rückwärts mit ihnen, und ehe zehn Jahre vorüber, steckten sie beide von Grund aus in Schulden und standen wie die Störche auf einem Beine auf der Schwelle ihrer Besitztümer, von der jeder Lufthauch sie herunterwehte. Aber wie es ihnen auch erging, der Haß zwischen ihnen wurde täglich größer, da jeder den andern als den Urheber seines Unsterns betrachtete, als seinen Erbfeind und ganz unvernünftigen Widersacher, den der Teufel absichtlich in die Welt gesetzt habe, um ihn zu verderben. Sie spien aus, wenn sie sich nur von weitem sahen; kein Glied ihres Hauses durfte mit Frau, Kind oder Gesinde des andern ein Wort sprechen, bei Vermeidung der gröbsten Mißhandlung. Ihre Weiber verhielten sich verschieden bei dieser Verarmung und Verschlechterung des ganzen Wesens. Die Frau des Marti, welche von guter Art war, hielt den Verfall nicht aus, härmte sich ab und starb, ehe ihre Tochter vierzehn Jahre alt war. Die Frau des Manz hingegen bequemte sich der veränderten Lebensweise an, und um sich als eine schlechte Genossin zu entfalten, hatte sie nichts zu tun, als einigen weiblichen Fehlern, die ihr von jeher angehaftet, den Zügel schießen zu lassen und dieselben zu Lastern auszubilden. Ihre Naschhaftigkeit wurde zu wilder Begehrlichkeit, ihre Zungenfertigkeit zu einem grundfalschen und verlogenen Schmeichel- und Verleumdungswesen, mit welchem sie jeden Augenblick das Gegenteil von dem sagte, was sie dachte, alles hintereinander hetzte und ihrem eigenen Manne ein X für ein U vormachte; ihre ursprüngliche Offenheit, mit der sie sich der unschuldigeren Plauderei erfreut, ward nun zur abgehärteten Schamlosigkeit, mit der sie jenes falsche Wesen betrieb, und so, statt unter ihrem Manne zu leiden, drehte sie ihm eine Nase; wenn er es arg trieb, so machte sie es bunt, ließ sich nichts abgehen und gedieh zu der dicksten Blüte einer Vorsteherin des zerfallenden Hauses.

So war es nun schlimm bestellt um die armen Kinder, welche weder eine gute Hoffnung für ihre Zukunft fassen konnten noch sich auch nur einer lieblich frohen Jugend erfreuten, da überall nichts als Zank und Sorge war. Vrenchen hatte anscheinend einen schlimmern Stand als Sali, da seine Mutter tot und es einsam in einem wüsten Hause der Tyrannei eines verwilderten Vaters anheimgegeben war. Als es sechzehn Jahre zählte, war es schon ein schlankgewachsenes, ziervolles Mädchen; seine dunkelbraunen Haare ringelten sich unablässig fast bis über die blitzenden braunen Augen, dunkelrotes Blut durchschimmerte die Wangen des bräunlichen Gesichtes und glänzte als tiefer Purpur auf den frischen Lippen, wie man es selten sah und was dem dunklen Kinde ein eigentümliches Ansehen und Kennzeichen gab. Feurige Lebenslust und Fröhlichkeit zitterte in jeder Fiber dieses Wesens; es lachte und war aufgelegt zu Scherz und Spiel, wenn das Wetter nur im mindesten lieblich war, d. h. wenn es nicht zu sehr gequält wurde und nicht zu viel Sorgen ausstand. Diese plagten es aber häufig genug; denn nicht nur hatte es den Kummer und das wachsende Elend des Hauses mit zu tragen, sondern es mußte noch sich selber in acht nehmen und mochte sich gern halbwegs ordentlich und reinlich kleiden, ohne daß der Vater ihm die geringsten Mittel dazu geben wollte. So hatte Vrenchen die größte Not, ihre anmutige Person einigermaßen auszustaffieren, sich ein allerbescheidenstes Sonntagskleid zu erobern und einige bunte, fast wertlose Halstüchelchen zusammenzuhalten. Darum war das schöne wohlgemute junge Blut in jeder Weise gedemütigt und gehemmt und konnte am wenigsten der Hoffart anheimfallen. Überdies hatte es bei schon erwachendem Verstande das Leiden und den Tod seiner Mutter gesehen, und dies Andenken war ein weiterer Zügel, der seinem lustigen und feurigen Wesen angelegt war, so daß es nun höchst lieblich, unbedenklich und rührend sich ansah, wenn trotz alledem das gute Kind bei jedem Sonnenblick sich ermunterte und zum Lächeln bereit war.

Sali erging es nicht so hart auf den ersten Anschein; denn er war nun ein hübscher und kräftiger junger Bursche, der sich zu wehren wußte und dessen äußere Haltung wenigstens eine schlechte Behandlung von selbst unzulässig machte. Er sah wohl die üble Wirtschaft seiner Eltern und glaubte sich erinnern zu können, daß es einst nicht so gewesen; ja er bewahrte noch das frühere Bild seines Vaters wohl in seinem Gedächtnisse als eines festen, klugen und ruhigen Bauers, desselben Mannes, den er jetzt als einen grauen Narren, Händelführer und Müßiggänger vor sich sah, der mit Toben und Prahlen auf hundert törichten und verfänglichen Wegen wandelte und mit jeder Stunde rückwärts ruderte wie ein Krebs. Wenn ihm nun dies mißfiel und ihn oft mit Scham und Kummer erfüllte, während es seiner Unerfahrenheit nicht klar war, wie die Dinge so gekommen, so wurden seine Sorgen wieder betäubt durch die Schmeichelei, mit der ihn die Mutter behandelte. Denn um in ihrem Unwesen ungestörter zu sein und einen guten Parteigänger zu haben, auch um ihrer Großtuerei zu genügen, ließ sie ihm zukommen, was er wünschte, kleidete ihn sauber und prahlerisch und unterstützte ihn in allem, was er zu seinem Vergnügen vornahm. Er ließ sich dies gefallen ohne viel Dankbarihm die Mutter viel zu viel dazu schwatzte und log; und indem er so wenig Freude daran empfand, tat er lässig und gedankenlos, was ihm gefiel, ohne daß dies jedoch etwas Übles war, weil er für jetzt noch unbeschädigt war von dem Beispiele der Alten und das jugendliche Bedürfnis fühlte, im ganzen einfach, ruhig und leidlich tüchtig zu sein. Er war ziemlich genau so, wie sein Vater in diesem Alter gewesen war, und dieses flößte demselben eine unwillkürliche Achtung vor dem Sohne ein, in welchem er mit verwirrtem Gewissen und gepeinigter Erinnerung seine eigene Jugend achtete. Trotz dieser Freiheit, welche Sali genoß, ward er seines Lebens doch nicht froh und fühlte wohl, wie er nichts Rechtes vor sich hatte und ebensowenig etwas Rechtes lernte, da von einem zusammenhängenden und vernunftgemäßen Arbeiten in Manzens Hause längst nicht mehr die Rede war. Sein bester Trost war daher, stolz auf seine Unabhängigkeit und einstweilige Unbescholtenheit zu sein, und in diesem Stolze ließ er die Tage trotzig verstreichen und wandte die Augen von der Zukunft ab.

Der einzige Zwang, dem er unterworfen, war die Feindschaft seines Vaters gegen alles, was Marti hieß und an diesen erinnerte. Doch wußte er nichts anderes, als daß Marti seinem Vater Schaden zugefügt und daß man in dessen Hause ebenso feindlich gesinnt sei, und es fiel ihm daher nicht schwer, weder den Marti noch seine Tochter anzusehen und seinerseits auch einen angehenden, doch ziemlich zahmen Feind vorzustellen. Vrenchen hingegen, welches mehr erdulden mußte als Sali und in seinem Hause viel verlassener war, fühlte sich weniger zu einer förmlichen Feindschaft aufgelegt und glaubte sich nur verachtet von dem wohlgekleideten und scheinbar glücklicheren Sali; deshalb verbarg sie sich vor ihm, und wenn er irgendwo nur in der Nähe war, so entfernte sie sich eilig, ohne daß er sich die Mühe gab, ihr nachzublicken. So kam es, daß er das Mädchen schon seit ein paar Jahren nicht mehr in der Nähe gesehen und gar nicht wußte, wie es aussah, seit es herangewachsen. Und doch wunderte es ihn zuweilen ganz gewaltig, und wenn überhaupt von den Martis gesprochen wurde, so dachte er unwillkürlich nur an die Tochter, deren jetziges Aussehen ihm nicht deutlich und deren Andenken ihm gar nicht verhaßt war.

Doch war sein Vater Manz nun der erste von den beiden Feinden, der sich nicht mehr halten konnte und von Haus und Hof springen mußte. Dieser Vortritt rührte daher, daß er eine Frau besaß, die ihm geholfen, und einen Sohn, der doch auch einiges mit brauchte, während Marti der einzige Verzehrer war in seinem wackeligen Königreich, und seine Tochter durfte wohl arbeiten wie ein Haustierchen, aber nichts gebrauchen. Manz aber wußte nichts anderes anzufangen, als auf den Rat seiner Seldwyler Gönner in die Stadt zu ziehen und da sich als Wirt aufzutun. Es ist immer betrüblich anzusehen, wenn ein ehemaliger Landmann, der auf dem Felde alt geworden ist, mit den Trümmern seiner Habe in eine Stadt zieht und da eine Schenke oder Kneipe auftut, um als letzten Rettungsanker den freundlichen und gewandten Wirt zu machen, während es ihm nichts weniger als freundlich zu Mut ist. Als die Manzen vom Hofe zogen, sah man erst, wie arm sie bereits waren; denn sie luden lauter alten und zerfallenden Hausrat auf, dem man es ansah, daß seit vielen Jahren nichts erneuert und angeschafft worden war. Die Frau legte aber nichtsdestominder ihren besten Staat an, als sie sich oben auf die Gerümpelfuhre setzte, und machte ein Gesicht voller Hoffnungen, als künftige Stadtfrau schon mit Verachtung auf die Dorfgenossen herabsehend, welche voll Mitleid hinter den Hecken hervor dem bedenklichen Zuge zuschauten. Denn sie nahm sich vor, mit ihrer Liebenswürdigkeit und Klugheit die ganze Stadt zu bezaubern, und was ihr versimpelter Mann nicht machen könne, das wolle sie schon ausrichten, wenn sie nur erst einmal als Frau Wirtin in einem stattlichen Gasthofe säße. Dieser Gasthof bestand aber in einer trübseligen Winkelchenke in einem abgelegenen schmalen Gäßchen, auf der eben ein anderer zugrunde gegangen war und welche die Seldwyler dem Manz verpachteten, da er noch einige hundert Taler einzuziehen hatte. Sie verkauften ihm auch ein paar Fäßchen angemachten Weines und das Wirtschaftsmobiliar, das aus einem Dutzend weißen geringen Flaschen, ebensoviel Gläsern und einigen tannenen Tischen und Bänken bestand, welche einst blutrot angestrichen gewesen und jetzt vielfältig abgescheuert waren. Vor dem Fenster knarrte ein eiserner Reifen in einem Haken, und in dem Reifen schenkte eine blecherne Hand Rotwein aus einem Schöppchen in ein Glas. Überdies hing ein verdorrter Busch von Stechpalme über der Haustüre, was Manz alles mit in die Pacht bekam. Um deswillen war er nicht so wohlgemut wie seine Frau, sondern trieb mit schlimmer Ahnung und voll Ingrimm die mageren Pferde an, welche er vom neuen Bauern geliehen. Das letzte schäbige Knechtchen, das er gehabt, hatte ihn schon seit einigen Wochen verlassen. Als er solcherweise abfuhr, sah er wohl, wie Marti voll Hohn und Schadenfreude sich unfern der Straße zu schaffen machte, fluchte ihm und hielt denselben für den alleinigen Urheber seines Unglückes. Sali aber, sobald das Fuhrwerk im Gange war, beschleunigte seine Schritte, eilte voraus und ging allein auf Seitenwegen nach der Stadt.

»Da wären wir!« sagte Manz, als die Fuhre vor dem Spelunkelein anhielt. Die Frau erschrak darüber, denn das war in der Tat ein trauriger Gasthof. Die Leute traten eilfertig unter die

Fenster und vor die Häuser, um sich den neuen Bauernwirt anzusehen, und machten mit ihrer Seldwyler Überlegenheit mitleidig spöttische Gesichter. Zornig und mit nassen Augen kletterte die Manzin vom Wagen herunter und lief, ihre Zunge vorläufig wetzend, in das Haus, um sich heute vornehm nicht wieder blicken zu lassen; denn sie schämte sich des schlechten Gerätes und der verdorbenen Betten, welche nun abgeladen wurden. Sali schämte sich auch, aber er mußte helfen und machte mit seinem Vater einen seltsamen Verlag in dem Gäßchen, auf welchem alsbald die Kinder der Falliten herumsprangen und sich über das verlumpete Bauernpack lustig machten. Im Hause aber sah es noch trübseliger aus, und es glich einer vollkommenen Räuberhöhle. Die Wände waren schlecht geweißtes feuchtes Mauerwerk, außer der dunklen unfreundlichen Gaststube mit ihren ehemals blutroten Tischen waren nur noch ein paar schlechte Kämmerchen da, und überall hatte der ausgezogene Vorgänger den trostlosesten Schmutz und Kehricht zurückgelassen.

So war der Anfang, und so ging es auch fort. Während der ersten Woche kamen, besonders am Abend, wohl hin und wieder ein Tisch voll Leute aus Neugierde, den Bauernwirt zu sehen und ob es da vielleicht einigen Spaß absetzte. Am Wirt hatten sie nicht viel zu betrachten, denn Manz war ungelenk, starr, unfreundlich und melancholisch und wußte sich gar nicht zu benehmen, wollte es auch nicht wissen. Er füllte langsam und ungeschickt die Schöppchen, stellte sie mürrisch vor die Gäste und versuchte etwas zu sagen, brachte aber nichts heraus. Desto eifriger warf sich nun seine Frau ins Geschirr und hielt die Leute wirklich einige Tage zusammen, aber in einem ganz anderen Sinne, als sie meinte. Die ziemlich dicke Frau hatte sich eine eigene Haustracht zusammengesetzt, in der sie unwiderstehlich zu sein glaubte. Zu einem leinenen ungefärbten Landrock trug sie einen alten grünseidenen Spenser, eine baumwollene Schürze und einen schlimmen weißen Halskragen. Von ihrem nicht mehr dichten Haar hatte sie an den Schläfen possierliche Schnecken gewickelt und in das Zöpfchen hinten einen hohen Kamm gesteckt. So schwänzelte und tänzelte sie mit angestrengter Anmut herum, spitzte lächerlich das Maul, daß es süß aussehen sollte, hüpfte elastisch an die Tische hin, und das Glas oder den Teller mit gesalzenem Käse hinsetzend, sagte sie lächelnd: »So so? so soli! herrlich herrlich, ihr Herren!« und solches dummes Zeug mehr; denn obwohl sie sonst eine geschliffene Zunge hatte, so wußte sie jetzt doch nichts Gescheites vorzubringen, da sie fremd war und die Leute nicht kannte. Die Seldwyler von der schlechtesten Sorte, die da hockten, hielten die Hand vor den Mund, wollten vor Lachen ersticken, stießen sich unter dem Tisch mit den Füßen und sagten: »Potz tausig! das ist ja eine Herrliche!« »Eine Himmlische!« sagte ein anderer, »beim ewigen Hagel! es ist der Mühe wert, hierher zu kommen, so eine haben wir lang nicht gesehen!« Ihr Mann bemerkte das wohl mit finsterem Blicke; er gab ihr einen Stoß in die Rippen und flüsterte: »Du alte Kuh! Was machst du denn?« »Störe mich nicht«, sagte sie unwillig, »du alter Tolpatsch! siehst du nicht, wie ich mir Mühe gebe und mit den Leuten umzugehen weiß? Das sind aber nur Lumpen von deinem Anhang! Laß mich nur machen, ich will bald fürnehmere Kundschaft hier haben!« Dies alles war beleuchtet von einem oder zwei dünnen Talglichten; Sali, der Sohn, aber ging hinaus in die dunkle Küche, setzte sich auf den Herd und weinte über Vater und Mutter.

Die Gäste hatten aber das Schauspiel bald satt, welches ihnen die gute Frau Manz gewährte, und blieben wieder, wo es ihnen wohler war und sie über die wunderliche Wirtschaft lachen konnten; nur dann und wann erschien ein einzelner, der ein Glas trank und die Wände angähnte, oder es kam ausnahmsweise eine ganze Bande, die armen Leute mit einem vorübergehenden Trubel und Lärm zu täuschen. Es ward ihnen angst und bange in dem engen Mauerwinkel, wo sie kaum die Sonne sahen, und Manz, welcher sonst gewohnt war, tagelang in der Stadt zu liegen, fand es jetzt unerträglich zwischen diesen Mauern. Wenn er an die freie Weite der Felder dachte, so stierte er finster brütend an die Decke oder auf den Boden, lief unter die enge Haustüre und wieder zurück, da die Nachbaren den bösen Wirt, wie sie ihn schon nannten, angafften. Nun dauerte es aber nicht mehr lange und sie verarmten gänzlich und hatten gar nichts mehr in der Hand; sie mußten, um etwas zu essen, warten, bis einer kam und für wenig Geld etwas von dem noch vorhandenen Wein verzehrte, und wenn er eine Wurst oder dergleichen begehrte, so hatten sie oft die größte Angst und Sorge, dieselbe beizutreiben. Bald hatten sie auch den Wein nur noch in einer großen Flasche verborgen, die sie heimlich in einer anderen Kneipe füllen ließen, und so sollten sie nun die Wirte machen ohne Wein und Brot und freundlich sein, ohne ordentlich gegessen zu haben. Sie waren beinahe froh, wenn nur niemand kam, und hockten so in ihrem Kneipchen, ohne leben noch sterben zu können. Als die Frau diese traurigen Erfahrungen machte, zog sie den grünen Spenser wieder aus und nahm abermals eine Veränderung vor, indem sie nun, wie früher die Fehler, so nun einige weibliche Tugenden aufkommen ließ und mehr ausbildete, da Not an den Mann ging. Sie übte Geduld und suchte den Alten aufrechtzuhalten und den Jungen zum Guten anzuweisen; sie opferte sich vielfältig in allerlei Dingen, kurz, sie übte in ihrer Weise eine Art von wohltätigem Einfluß, der zwar nicht weit reichte und nicht viel besserte, aber immerhin besser war als gar nichts oder als das Gegenteil und die Zeit wenigstens verbringen half, welche sonst viel früher hätte brechen müssen für diese Leute. Sie wußte manchen Rat zu geben nunmehr in erbärmlichen Dingen, nach ihrem Verstande, und wenn der Rat nichts zu taugen schien und fehlschlug, so ertrug sie willig den Grimm der Männer, kurzum, sie tat jetzt alles, da sie alt war, was besser gedient hätte, wenn sie es früher geübt.

Um wenigstens etwas Beißbares zu erwerben und die Zeit zu verbringen, verlegten sich Vater und Sohn auf die Fischerei, das heißt mit der Angelrute, soweit es für jeden erlaubt war, sie in den Fluß zu hängen. Dies war auch eine Hauptbeschäftigung der Seldwyler, nachdem sie falliert hatten. Bei günstigem Wetter, wenn die Fische gern anbissen, sah man sie dutzendweise hinauswandern mit Rute und Eimer, und wenn man an den Ufern des Flusses wandelte, hockte alle Spanne lang einer, der angelte, der eine in einem langen braunen Bürgerrock, die bloßen Füße im Wasser, der andere in einem spitzen blauen Frack auf einer alten Weide stehend, den alten Filz schief auf dem Ohre; weiterhin angelte gar einer im zerrissenen großblumigen Schlafrock, da er keinen andern mehr besaß, die lange Pfeife in der einen, die Rute in der anderen Hand, und wenn man um eine Krümmung des Flusses bog, stand ein alter kahlköpfiger Dickbauch faselnackt auf einem Stein und angelte; dieser hatte, trotz des Aufenthaltes am Wasser, so schwarze Füße, daß man glaubte, er habe die Stiefel anbehalten. Jeder hatte ein Töpfchen oder ein Schächtelchen neben sich, in welchem Regenwürmer wimmelten, nach denen sie zu andern Stunden zu graben pflegten. Wenn der Himmel mit Wolken bezogen und es ein schwüles dämmeriges Wetter war, welches Regen verkündete, so standen diese Gestalten am zahlreichsten an dem ziehenden Strome, regungslos gleich einer Galerie von Heiligen- oder Prophetenbildern. Achtlos zogen die Landleute mit Vieh und Wagen an ihnen vorüber, und die Schiffer auf dem Flusse sahen sie nicht an, während sie leise murrten über die störenden Schiffe.

Wenn man Manz vor zwölf Jahren, als er mit einem schönen Gespann pflügte auf dem Hügel über dem Ufer, geweissagt hätte, er würde sich einst zu diesen wunderlichen Heiligen gesellen und gleich ihnen Fische fangen, so wäre er nicht übel aufgefahren. Auch eilte er jetzt hastig an ihnen vorüber hinter ihren Rücken und eilte stromaufwärts gleich einem eigensinnigen Schatten der Unterwelt, der sich zu seiner Verdammnis ein bequemes einsames Plätzchen sucht an den dunkeln Wässern. Mit der Angelrute zu stehen, hatten er und sein Sohn indessen keine Geduld, und sie erinnerten sich der Art, wie die Bauern auf manche andere Weise etwa Fische fangen, wenn sie übermütig sind, besonders mit den Händen in den Bächen; daher nahmen sie die Ruten nur zum Schein mit und gingen an den Borden der Bäche hinauf, wo sie wußten, daß es teure und gute Forellen gab.

Dem auf dem Lande zurückgebliebenen Marti ging es inzwischen auch immer schlimmer, und es war ihm höchst langweilig dabei, so daß er, anstatt auf seinem vernachlässigten Felde zu arbeiten, ebenfalls auf das Fischen verfiel und tagelang im Wasser herumplätscherte. Vrenchen durfte nicht von seiner Seite und mußte ihm Eimer und Gerät nachtragen durch nasse Wiesengründe, durch Bäche und Wassertümpel allerart, bei Regen und Sonnenschein, indessen sie das Notwendigste zu Hause liegen lassen mußte. Denn es war sonst keine Seele mehr da und wurde auch keine gebraucht, da Marti das meiste Land schon verloren hatte und nur noch wenige Äcker besaß, die er mit seiner Tochter liederlich genug oder gar nicht bebaute.

So kam es, daß, als er eines Abends einen ziemlich tiefen und reißenden Bach entlang ging, in welchem die Forellen fleißig sprangen, da der Himmel voll Gewitterwolken hing, er unverhofft auf seinen Feind Manz traf, der an dem andern Ufer daherkam. Sobald er ihn sah, stieg ein schrecklicher Groll und Hohn in ihm auf; sie waren sich seit Jahren nicht so nahe gewesen, ausgenommen vor den Gerichtsschranken, wo sie nicht schelten durften, und Marti rief jetzt voll Grimm: »Was tust du hier, du Hund? Kannst du nicht in deinem Lotterneste bleiben, du Seldwyler Lumpenhund?«

»Wirst nächstens wohl auch ankommen, du Schelm!« rief Manz. »Fische fängst du ja auch schon und wirst deshalb nicht viel mehr zu versäumen haben!«

»Schweig, du Galgenhund!« schrie Marti, da hier die Wellen des Baches stärker rauschten, »du hast mich ins Unglück gebracht!« Und da jetzt auch die Weiden am Bache gewaltig zu rauschen anfingen im aufgehenden Wetterwind, so mußte Manz noch lauter schreien: »Wenn dem nur so wäre, so wollte ich mich freuen, du elender Tropf!« »O du Hund!« schrie Marti herüber und Manz hinüber: »O du Kalb, wie dumm tust du!« Und jener sprang wie ein Tiger den Bach entlang und suchte herüberzukommen. Der Grund, warum er der Wütendere war, lag in seiner Meinung, daß Manz als Wirt wenigstens genug zu essen und zu trinken hätte und gewissermaßen ein kurzweiliges Leben führe, während es ungerechterweise ihm so langweilig wäre auf seinem zertrümmerten Hofe. Manz schritt indessen auch grimmig genug an der anderen Seite hin; hinter ihm sein Sohn, welcher, statt auf den bösen Streit zu hören, neugierig und verwundert nach Vrenchen hinübersah, welche hinter ihrem Vater ging, vor Scham in die Erde sehend, daß ihr die braunen krausen Haare ins Gesicht fielen. Sie trug einen hölzernen Fischeimer in der einen Hand, in der anderen hatte sie Schuh und Strümpfe getragen und ihr Kleid der Nässe wegen aufgeschürzt. Seit aber Sali auf der anderen Seite ging, hatte sie es schamhaft sinken lassen und war nun dreifach belästigt und gequält, da sie all das Zeug tragen, den Rock zusammenhalten und des Streites wegen sich grämen mußte. Hätte sie aufgesehen und nach Sali geblickt, so würde sie entdeckt haben, daß er weder vornehm noch sehr stolz mehr aussah und selbst bekümmert genug war. Während Vrenchen so ganz beschämt und verwirrt auf die Erde sah und Sali nur diese in allem Elende schlanke und anmutige Gestalt im Auge hatte, die so verlegen und demütig dahinschritt, beachteten sie dabei nicht, wie ihre Väter still geworden, aber mit verstärkter Wut einem hölzernen Stege zueilten, der in kleiner Entfernung über den Bach führte und eben sichtbar wurde. Es fing an zu blitzen und erleuchtete seltsam die dunkle melancholische Wassergegend; es donnerte auch in den grauschwarzen Wolken mit dumpfem Grolle, und schwere Regentropfen fielen, als die verwilderten Männer gleichzeitig auf die schmale, unter ihren Tritten schwankende Brücke stürzten, sich gegenseitig packten und die Fäuste in die vor Zorn und ausbrechendem Kummer bleichen zitternden Gesichter schlugen. Es ist nichts Anmutiges und nichts weniger als artig, wenn sonst gesetzte Menschen noch in den Fall kommen, aus Übermut, Unbedacht oder Notwehr unter allerhand Volk, das sie nicht näher berührt, Schläge auszuteilen oder welche zu bekommen; allein dies ist eine harmlose Spielerei gegen das tiefe Elend, das zwei alte Menschen überwältigt, die sich wohl kennen und seit lange kennen, wenn diese aus innerster Feindschaft und aus dem Gange einer ganzen Lebensgeschichte heraus sich mit nackten Händen anfassen und mit Fäusten schlagen. So taten jetzt diese beide ergrauten Männer; vor fünfzig Jahren vielleicht hatten sie sich als Buben zum letzten Mal gerauft, dann aber fünfzig lange Jahre mit keiner Hand mehr berührt, ausgenommen in ihrer guten Zeit, wo sie sich etwa zum Gruße die Hände geschüttelt, und auch dies nur selten bei ihrem trockenen und sichern Wesen. Nachdem sie ein- oder zweimal geschlagen, hielten sie inne und rangen still zitternd miteinander, nur zuweilen aufstöhnend und elendiglich knirschend, und einer suchte den andern über das knackende Geländer ins Wasser zu werfen. Jetzt waren aber auch ihre Kinder nachgekommen und sahen den erbärmlichen Auftritt. Sali sprang eines Satzes heran, um seinem Vater beizustehen und ihm zu helfen, dem gehaßten Feinde den Garaus zu machen, der ohnehin der schwächere schien und eben zu unterliegen drohte. Aber auch Vrenchen sprang, alles wegwerfend, mit einem langen Aufschrei herzu und umklammerte ihren Vater, um ihn zu schützen, während sie ihn dadurch nur hinderte und beschwerte. Tränen strömten aus ihren Augen, und sie sah flehend den Sali an, der im Begriff war, ihren Vater ebenfalls zu fassen und vollends zu überwältigen. Unwillkürlich legte er aber seine Hand an seinen eigenen Vater und suchte denselben mit festem Arm von dem Gegner loszubringen und zu beruhigen, so daß der Kampf eine kleine Weile ruhte oder vielmehr die ganze Gruppe unruhig hin und her drängte, ohne auseinander zu kommen. Darüber waren die jungen Leute, sich mehr zwischen die Alten schiebend, in dichte Berührung gekommen, und in diesem Augenblicke erhellte ein Wolkenriß, der den grellen Abendschein durchließ, das nahe Gesicht des Mädchens, und Sali sah in dies ihm so wohlbekannte und doch so viel anders und schöner gewordene Gesicht. Vrenchen sah in diesem Augenblicke auch sein Erstaunen, und es lächelte ganz kurz und geschwind mitten in seinem Schrecken und seinen Tränen ihn an. Doch ermannte sich Sali, geweckt durch die Anstrengungen seines Vaters, ihn abzuschütteln, und brachte ihn mit eindringlich bittenden Worten und fester Haltung endlich ganz von seinem Feinde weg. Beide alte Gesellen atmeten hoch auf und begannen jetzt wieder zu schelten und zu schreien, sich voneinander abwendend; ihre Kinder aber atmeten kaum und waren still wie der Tod, gaben sich aber im Wegwenden und Trennen, ungesehen von den Alten, schnell die Hände, welche vom Wasser und von den Fischen feucht und kühl waren.

Als die grollenden Parteien ihrer Wege gingen, hatten die Wolken sich wieder geschlossen, es dunkelte mehr und mehr, und der Regen goß nun in Bächen durch die Luft. Manz schlenderte voraus auf den dunklen nassen Wegen, er duckte sich, beide Hände in den Taschen, unter den Regengüssen, zitterte noch in seinen Gesichtszügen und mit den Zähnen, und ungesehene Tränen rieselten ihm in den Stoppelbart, die er fließen ließ, um sie durch das Wegwischen nicht zu verraten. Sein Sohn hatte aber nichts gesehen, weil er in glückseligen Bildern verloren daherging. Er merkte weder Regen noch Sturm, weder Dunkelheit noch Elend; sondern leicht, hell und warm war es ihm innen und außen, und er fühlte sich so reich und wohlgeborgen wie ein Königssohn. Er sah fortwährend das sekundenlange Lächeln des nahen schönen Gesichtes und erwiderte dasselbe erst jetzt, eine gute halbe Stunde nachher, indem er voll Liebe in Nacht und Wetter hinein- und das liebe Gesicht anlachte, das ihm allerwegen aus dem Dunkel entgegentrat, so daß er glaubte, Vrenchen müsse auf seinen Wegen dies Lachen notwendig sehen und seiner inne werden.

Sein Vater war des andern Tags wie zerschlagen und wollte nicht aus dem Hause. Der ganze Handel und das vieljährige Elend nahm heute eine neue, deutlichere Gestalt an und breitete sich dunkel aus in der drückenden Luft der Spelunke, also daß Mann und Frau matt und scheu um das Gespenst herumschlichen, aus der Stube in die dunklen Kämmerchen, von da in die Küche und aus dieser wieder sich in die Stube schleppten, in welcher kein Gast sich sehen ließ. Zuletzt hockte jedes in einem Winkel und begann den Tag über ein müdes, halbtotes Zanken und Vorhalten mit dem andern, wobei sie zeitweise einschliefen, von unruhigen Tagträumen geplagt, welche aus dem Gewissen kamen und sie wieder weckten. Nur Sali sah und hörte nichts davon, denn er dachte nur an Vrenchen. Es war ihm immer noch zu Mut, nicht nur als ob er unsäglich reich wäre, sondern auch was Rechts gelernt hätte und unendlich viel Schönes und Gutes wüßte, da er nun so deutlich und bestimmt um das wußte, was er gestern gesehen. Diese Wissenschaft war ihm wie vom Himmel gefallen, und er war in einer unaufhörlichen glücklichen Verwunderung darüber; und doch war es ihm, als ob er es eigentlich von jeher gewußt und gekannt hätte, was ihn jetzt mit so wundersamer Süßigkeit erfüllte. Denn nichts gleicht dem Reichtum und der Unergründlichkeit eines Glückes, das an den Menschen herantritt in einer so klaren und deutlichen Gestalt, vom Pfäfflein getauft und wohl versehen mit einem eigenen Namen, der nicht tönt wie andere Namen.

Sali fühlte sich an diesem Tage weder müßig noch unglücklich, weder arm noch hoffnungslos; vielmehr war er vollauf beschäftigt, sich Vrenchens Gesicht und Gestalt vorzustellen, unaufhörlich, eine Stunde wie die andere; über dieser aufgeregten Tätigkeit aber verschwand ihm der Gegenstand derselben fast vollständig, das heißt er bildete sich endlich ein, nun doch nicht zu wissen, wie Vrenchen recht genau aussehe, er habe wohl ein allgemeines Bild von ihr im Gedächtnis, aber wenn er sie beschreiben sollte, so könnte er das nicht. Er sah fortwährend dies Bild, als ob es vor ihm stände, und fühlte seinen angenehmen Eindruck, und doch sah er es nur wie etwas, das man eben nur ein Mal gesehen, in dessen Gewalt man liegt und das man doch noch nicht kennt. Er erinnerte sich genau der Gesichtszüge, welche das kleine Dirnchen einst gehabt, mit großem Wohlgefallen, aber nicht eigentlich derjenigen, welche er gestern gesehen. Hätte er Vrenchen nie wieder zu sehen bekommen, so hätten sich seine Erinnerungskräfte schon behelfen müssen und das liebe Gesicht säuberlich wieder zusammengetragen, daß nicht ein Zug daran fehlte. Jetzt aber versagten sie schlau und hartnäckig ihren Dienst, weil die Augen nach ihrem Recht und ihrer Lust verlangten, und als am Nachmittage die Sonne warm und hell die oberen Stockwerke der schwarzen Häuser beschien, strich Sali aus dem Tore und seiner alten Heimat zu, welche ihm jetzt erst ein himmlisches Jerusalem zu sein schien mit zwölf glänzenden Pforten und die sein Herz klopfen machte, als er sich ihr näherte.

Er stieß auf dem Wege auf Vrenchens Vater, welcher nach der Stadt zu gehen schien. Der sah sehr wild und liederlich aus, sein grau gewordener Bart war seit Wochen nicht geschoren, und er sah aus wie ein recht böser verlorener Bauersmann, der sein Feld verscherzt hat und nun geht, um andern Übles zuzufügen. Dennoch sah ihn Sali, als sie sich vorübergingen, nicht mehr mit Haß, sondern voll Furcht und Scheu an, als ob sein Leben in dessen Hand stände und er es lieber von ihm erflehen als ertrotzen möchte. Marti aber maß ihn mit einem bösen Blicke von oben bis unten und ging seines Weges. Das war indessen dem Sali recht, welchem es nun, da er den Alten das Dorf verlassen sah, deutlicher wurde, was er eigentlich da wolle, und er schlich sich auf altbekannten Pfaden so lange um das Dorf herum und durch dessen verdeckte Gäßchen, bis er sich Martis Haus und Hof gegenüber befand. Seit mehreren

Jahren hatte er diese Stätte nicht mehr so nah gesehen; denn auch als sie noch hier wohnten, hüteten sich die verfeindeten Leute gegenseitig, sich ins Gehäge zu kommen. Deshalb war er nun erstaunt über das, was er doch an seinem eigenen Vaterhause erlebt, und starrte voll Verwunderung in die Wüstenei, die er vor sich sah. Dem Marti war ein Stück Ackerland um das andere abgepfändet worden, er besaß nichts mehr als das Haus und den Platz davor nebst etwas Garten und dem Acker auf der Höhe am Flusse, von welchem er hartnäckig am längsten nicht lassen wollte.

Es war aber keine Rede mehr von einer ordentlichen Bebauung, und auf dem Acker, der einst so schön im gleichmäßigen Korne gewogt, wenn die Ernte kam, waren jetzt allerhand abfällige Samenreste gesäet und aufgegangen, aus alten Schachteln und zerrissenen Düten zusammengekehrt, Rüben, Kraut und dergleichen und etwas Kartoffeln, so daß der Akker aussah wie ein recht übel gepflegter Gemüseplatz und eine wunderliche Musterkarte war, dazu angelegt, um von der Hand in den Mund zu leben, hier eine Handvoll Rüben auszureißen, wenn man Hunger hatte und nichts Besseres wußte, dort eine Tracht Kartoffeln oder Kraut, und das übrige fortwuchern oder verfaulen zu lassen, wie es mochte. Auch lief jedermann darin herum, wie es ihm gefiel, und das schöne breite Stück Feld sah beinahe so aus wie einst der herrenlose Acker, von dem alles Unheil herkam. Deshalb war um das Haus nicht eine Spur von Ackerwirtschaft zu sehen. Der Stall war leer, die Türe hing nur in einer Angel, und unzählige Kreuzspinnen, den Sommer hindurch halb groß geworden, ließen ihre Fäden in der Sonne glänzen vor dem dunklen Eingang. An dem offenstehenden Scheunentor, wo einst die Früchte des festen Landes eingefahren, hing schlechtes Fischergeräte, zum Zeugnis der verkehrten Wasserpfuscherei; auf dem Hofe war nicht ein Huhn und nicht eine Taube, weder Katze noch Hund zu sehen; nur der Brunnen war noch als etwas Lebendiges da, aber er floß nicht mehr durch die Röhre, sondern sprang durch einen Riß nahe am Boden über diesen hin und setzte überall kleine Tümpel an, so daß er das beste Sinnbild der Faulheit abgab. Denn während mit wenig Mühe des Vaters das Loch zu verstopfen und die Röhre herzustellen gewesen wäre, mußte sich Vrenchen nun abquälen, selbst das lautere Wasser dieser Verkommenheit abzugewinnen und seine Wäscherei in den seichten Sammlungen am Boden vorzunehmen statt in dem vertrockneten und zerspellten Troge. Das Haus selbst war ebenso kläglich anzusehen; die Fenster waren vielfältig zerbrochen und mit Papier verklebt, aber doch waren sie das Freundlichste an dem Verfall; denn sie waren, selbst die zerbrochenen Scheiben, klar und sauber gewaschen, ja förmlich poliert, und glänzten so hell wie Vrenchens Augen, welche ihm in seiner Armut ja auch allen übrigen Staat ersetzen mußten. Und wie die krausen Haare und die rotgelben Kattunhalstücher zu Vrenchens Augen, stand zu diesen blinkenden Fenstern das wilde grüne Gewächs, was da durcheinander rankte um das Haus, flatternde Bohnenwäldchen und eine ganze duftende Wildnis von rotgelbem Goldlack. Die Bohnen hielten sich, so gut sie konnten, hier an einem Harkenstiel oder an einem verkehrt in die Erde gesteckten Stumpfbesen, dort an einer von Rost zerfressenen Helbarte oder Sponton, wie man es nannte, als Vrenchens Großvater das Ding als Wachtmeister getragen, welches es jetzt aus Not in die Bohnen gepflanzt hatte; dort kletterten sie wieder lustig eine verwitterte Leiter empor, die am Hause lehnte seit undenklichen Zeiten, und hingen von da an in die klaren Fensterchen hinunter wie Vrenchens Kräuselhaare in seine Augen. Dieser mehr malerische als wirtliche Hof lag etwas beiseit und hatte keine näheren Nachbarhäuser, auch ließ sich in diesem Augenblicke nirgends eine lebendige Seele wahrnehmen; Sali lehnte daher in aller Sicherheit an einem alten Scheunchen, etwa dreißig Schritte entfernt, und schaute unverwandt nach dem stillen wüsten Hause hinüber. Eine geraume Zeit lehnte und schaute er so, als Vrenchen unter die Haustür kam und lange vor sich hin blickte, wie mit allen ihren Gedanken an einem Gegenstande hängend. Sali rührte sich nicht und wandte kein Auge von ihr. Als sie endlich zufällig in dieser Richtung hinsah, fiel er ihr in die Augen. Sie sahen sich eine Weile an, herüber und hinüber, als ob sie eine Lufterscheinung betrachteten, bis sich Sali endlich aufrichtete und langsam über die Straße und über den Hof ging auf Vrenchen los. Als er dem Mädchen nahe war, streckte es seine Hände gegen ihn aus und sagte: »Sali!« Er ergriff die Hände und sah ihr immerfort ins Gesicht. Tränen stürzten aus ihren Augen, während sie unter seinen Blicken vollends dunkelrot wurde, und sie sagte: »Was willst du hier?« »Nur dich sehen!« erwiderte er, »wollen wir nicht wieder gute Freunde sein?« »Und unsere Eltern?« fragte Vrenchen, sein weinendes Gesicht zur Seite neigend, da es die Hände nicht frei hatte, um es zu bedecken. »Sind wir schuld an dem, was sie getan und geworden sind?« sagte Sali, »vielleicht können wir das Elend nur gutmachen, wenn wir zwei zusammenhalten und uns recht lieb sind!« »Es wird nie gut kommen«, antwortete Vrenchen mit einem tiefen Seufzer, »geh in Gottes Namen deiner Wege, Sali!« »Bist du allein?« fragte dieser, »kann ich einen Augenblick hineinkommen?« »Der Vater ist zur Stadt, wie er sagte, um deinem Vater irgend etwas anzuhängen; aber hereinkommen kannst du nicht, weil du später vielleicht nicht so ungesehen weggehen kannst wie jetzt. Noch ist alles still und niemand um den Weg, ich bitte dich, geh jetzt!« »Nein, so geh ich nicht! Ich mußte seit gestern immer an dich denken, und ich geh nicht so fort, wir müssen miteinander reden, wenigstens eine halbe Stunde lang oder eine Stunde, das wird uns gut tun!« Vrenchen besann sich ein Weilchen und sagte dann: »Ich geh gegen Abend auf unsern Acker hinaus, du weißt welchen, wir haben nur noch den, und hole etwas Gemüse. Ich weiß, daß niemand weiter dort sein wird, weil die Leute anderswo schneiden; wenn du willst, so komm dorthin, aber jetzt geh und nimm dich in acht, daß dich niemand sieht! Wenn auch kein Mensch hier mehr mit uns umgeht, so würden sie doch ein solches Gerede machen, daß es der Vater sogleich vernähme.« Sie ließen sich jetzt die Hände frei, ergriffen sie aber auf der Stelle wieder, und beide sagten gleichzeitig: »Und wie geht es dir auch?« Aber statt sich zu antworten, fragten sie das gleiche aufs neue, und die Antwort lag nur in den beredten Augen, da sie nach Art der Verliebten die Worte nicht mehr zu lenken wußten und, ohne sich weiter etwas zu sagen, endlich halb selig und halb traurig auseinanderhuschten. »Ich komme recht bald hinaus, geh nur gleich hin!« rief Vrenchen noch nach.

Sali ging auch alsobald auf die stille schöne Anhöhe hinaus, über welche die zwei Äcker sich erstreckten, und die prächtige stille Julisonne, die fahrenden weißen Wolken, welche über das reife wallende Kornfeld wegzogen, der glänzende blaue Fluß, der unten vorüberwallte, alles dies erfüllte ihn zum ersten Male seit langen Jahren wieder mit Glück und Zufriedenheit statt mit Kummer, und er warf sich der Länge nach in den durchsichtigen Halbschatten des Kornes, wo dasselbe Martis wilden Acker begrenzte, und guckte glückselig in den Himmel.

Obgleich es kaum eine Viertelstunde währte, bis Vrenchen nachkam, und er an nichts anderes dachte als an sein Glück und dessen Namen, stand es doch plötzlich und unverhofft vor ihm, auf ihn niederlächelnd, und froh erschreckt sprang er auf. »Vreeli!« rief er, und dieses gab ihm still und lächelnd beide Hände, und Hand in Hand gingen sie nun das flüsternde Korn entlang bis gegen den Fluß hinunter und wieder zurück, ohne viel zu reden; sie legten zwei- und dreimal den Hin- und Herweg zurück, still, glückselig und ruhig, so daß dieses einige Paar nun auch einem Sternbilde glich, welches über die sonnige Rundung der Anhöhe und hinter derselben niederging, wie einst die sichergehenden Pflugzüge ihrer Väter. Als sie aber einsmals die Augen von den blauen Kornblumen aufschlugen, an denen sie gehaftet, sahen sie plötzlich einen andern dunklen Stern vor sich her gehen, einen schwärzlichen Kerl, von dem sie nicht wußten, woher er so unversehens gekommen. Er mußte im Korne gelegen haben; Vrenchen zuckte zusammen, und Sali sagte erschreckt: Der schwarze Geiger! In der Tat trug der Kerl, der vor ihnen her strich, eine Geige mit dem Bogen unter dem Arm und sah übrigens schwarz genug aus; neben einem schwarzen Filzhütchen und einem schwarzen rußigen Kittel, den er trug, war auch sein Haar pechschwarz so wie der ungeschorene Bart, das Gesicht und die Hände aber ebenfalls geschwärzt; denn er trieb allerlei Handwerk, meistens Kesselflicken, half auch den Kohlenbrennern und Pechsiedern in den Wäldern und ging mit der Geige nur auf einen guten Schick aus, wenn die Bauern irgendwo lustig waren und ein Fest feierten. Sali und Vrenchen gingen mäuschenstill hinter ihm drein und dachten, er würde vom Felde gehen und verschwinden, ohne sich umzusehen, und so schien es auch zu sein, denn er tat, als ob er nichts von ihnen merkte. Dazu waren sie in einem seltsamen Bann, daß sie nicht wagten, den schmalen Pfad zu verlassen und dem unheimlichen Gesellen unwillkürlich folgten bis an das Ende des Feldes, wo jener ungerechte Steinhaufen lag, der das immer noch streitige Ackerzipfelchen bedeckte. Eine zahllose Menge von Mohnblumen oder Klatschrosen hatte sich darauf angesiedelt, weshalb der kleine Berg feuerrot aussah zur Zeit. Plötzlich sprang der schwarze Geiger mit einem Satze auf die rotbekleidete Steinmasse hinauf, kehrte sich und sah ringsum. Das Pärchen blieb stehen und sah verlegen zu dem dunklen Burschen hinauf; denn vorbei konnten sie nicht gehen, weil der Weg in das Dorf führte, und umkehren mochten sie auch nicht vor seinen Augen. Er sah sie scharf an und rief: »Ich kenne euch, ihr seid die Kinder derer, die mir den Boden hier gestohlen haben! Es freut mich zu sehen, wie gut ihr gefahren seid, und werde gewiß noch erleben, daß ihr vor mir den Weg alles Fleisches geht! Seht mich nur an, ihr zwei Spatzen! Gefällt euch meine Nase, wie?« In der Tat besaß er eine schreckbare Nase, welche wie ein großes Winkelmaß aus dem dürren schwarzen Gesicht ragte oder eigentlich mehr einem tüchtigen Knebel oder Prügel glich, welcher in dies Gesicht geworfen worden war und unter dem ein kleines rundes Löchelchen von einem Munde sich seltsam stutzte und zusammenzog, aus dem er unaufhörlich pustete, pfiff und zischte. Dazu stand das kleine Filzhütchen ganz unheimlich, welches nicht rund und nicht eckig und so sonderlich geformt war, daß es alle Augenblicke seine Gestalt zu verändern schien, obgleich es unbeweglich saß, und von den Augen des Kerls war fast nichts als das Weiße zu sehen, da die Sterne unaufhörlich auf einer blitzschnellen Wanderung begriffen waren und wie zwei Hasen im Zickzack umhersprangen. »Seht mich nur an«, fuhr er fort, »eure Väter kennen mich wohl, und jedermann in diesem Dorfe weiß, wer ich bin, wenn er nur meine Nase ansieht. Da haben sie vor Jahren ausgeschrieben, daß ein Stück Geld für den Erben dieses Ackers bereit liege; ich habe mich zwanzigmal gemeldet, aber ich habe keinen Taufschein und keinen Heimatschein, und meine Freunde, die Heimatlosen, die meine Geburt gesehen, haben kein gültiges Zeugnis, und so ist die Frist längst verlaufen, und ich bin um den blutigen Pfennig gekommen, mit dem ich hätte auswandern können! Ich habe eure Väter angefleht, daß sie mir bezeugen möchten, sie müßten mich nach ihrem Gewissen für den rechten Erben halten; aber sie haben mich von ihren Höfen gejagt, und nun sind sie selbst zum Teufel gegangen! Item, das ist der Welt Lauf, mir kann's recht sein, ich will euch doch geigen, wenn ihr tanzen wollt!« Damit sprang er auf der andern Seite von den Steinen hinunter und machte sich dem Dorfe zu, wo gegen Abend der Erntesegen eingebracht wurde und die Leute guter Dinge waren. Als er verschwunden, ließ sich das Paar ganz mutlos und betrübt auf die Steine nieder; sie ließen ihre verschlungenen Hände fahren und stützten die traurigen Köpfe darauf; denn die Erscheinung des Geigers und seine Worte hatten sie aus der glücklichen Vergessenheit gerissen, in welcher sie wie zwei Kinder auf und ab gewandelt, und wie sie nun auf dem harten Grund ihres Elendes saßen, verdunkelte sich das heitere Lebenslicht, und ihre Gemüter wurden so schwer wie Steine.

Da erinnerte sich Vrenchen unversehens der wunderlichen Gestalt und der Nase des Geigers, es mußte plötzlich hell auflachen und rief: »Der arme Kerl sieht gar zu spaßhaft aus! Was für eine Nase!« und eine allerliebste sonnenhelle Lustigkeit verbreitete sich über des Mädchens Gesicht, als ob sie nur geharrt hätte, bis des Geigers Nase die trüben Wolken wegstieße. Sali sah Vrenchen an und sah diese Fröhlichkeit. Es hatte die Ursache aber schon wieder vergessen und lachte nur noch auf eigene Rechnung dem Sali ins Gesicht. Dieser, verblüfft und erstaunt, starrte unwillkürlich mit lachendem

Munde auf die Augen, gleich einem Hungrigen, der ein süßes Weizenbrot erblickt, und rief: »Bei Gott, Vreeli! wie schön bist du!« Vrenchen lachte ihn nur noch mehr an und hauchte dazu aus klangvoller Kehle einige kurze mutwillige Lachtöne, welche dem armen Sali nicht anders dünkten als der Gesang einer Nachtigall. »O du Hexe!« rief er, »wo hast du das gelernt? Welche Teufelskünste treibst du da?« »Ach du lieber Gott!« sagte Vrenchen mit schmeichelnder Stimme und nahm Salis Hand, »das sind keine Teufelskünste! Wie lange hätte ich gern einmal gelacht. Ich habe wohl zuweilen, wenn ich ganz allein war, über irgend etwas lachen müssen, aber es war nichts rechts dabei; jetzt aber möchte ich dich immer und ewig anlachen, wenn ich dich sehe, und ich möchte dich wohl immer und ewig sehen! Bist du mir auch ein bißchen recht gut?« »O Vreeli!« sagte er und sah ihr ergeben und treuherzig in die Augen, »ich habe noch nie ein Mädchen angesehen, es war mir immer, als ob ich dich einst liebhaben müßte, und ohne daß ich wollte oder wußte, hast du mir doch immer im Sinn gelegen!« »Und du mir auch«, sagte Vrenchen, »und das noch viel mehr; denn du hast mich nie angesehen und wußtest nicht, wie ich geworden bin; ich aber habe dich zuzeiten aus der Ferne und sogar heimlich aus der Nähe recht gut betrachtet und wußte immer, wie du aussiehst! Weißt du noch, wie oft wir als Kinder hierher gekommen sind? Denkst du noch des kleinen Wagens? Wie kleine Leute sind wir damals gewesen, und wie lang ist es her! Man sollte denken, wir wären recht alt.« »Wie alt bist du jetzt?« fragte Sali voll Vergnügen und Zufriedenheit, »du mußt ungefähr siebzehn sein?« »Siebzehn und ein halbes Jahr bin ich alt!« erwiderte Vrenchen, »und wie alt bist du? Ich weiß aber schon, du bist bald zwanzig!« »Woher weißt du das?« fragte Sali. »Gelt, wenn ich es sagen wollte!« »Du willst es nicht sagen?« »Nein!«

»Gewiß nicht?« »Nein, nein!« »Du sollst es sagen!« »Willst du mich etwa zwingen?« »Das wollen wir sehen!« Diese einfältigen Reden führte Sali, um seine Hände zu beschäftigen und mit ungeschickten Liebkosungen, welche wie eine Strafe aussehen sollten, das schöne Mädchen zu bedrängen. Sie führte auch, sich wehrend, mit vieler Langmut den albernen Wortwechsel fort, der trotz seiner Leerheit beide witzig und süß genug dünkte, bis Sali erbost und kühn genug war, Vrenchens Hände zu bezwingen und es in die Mohnblumen zu drücken. Da lag es nun und zwinkerte in der Sonne mit den Augen; seine Wangen glühten wie Purpur, und sein Mund war halb geöffnet und ließ zwei Reihen weiße Zähne durchschimmern. Fein und schön flossen die dunklen Augenbrauen ineinander, und die junge Brust hob und senkte sich mutwillig unter sämtlichen vier Händen, welche sich kunterbunt darauf streichelten und bekriegten. Sali wußte sich nicht zu lassen vor Freuden, das schlanke schöne Geschöpf vor sich zu sehen, es sein eigen zu wissen, und es dünkte ihm ein Königreich. »Alle deine weißen Zähne hast du noch!« lachte er, »weißt du noch, wie oft wir sie einst gezählt haben? Kannst du jezt zählen?« »Das sind ja nicht die gleichen, du Kind!« sagte Vrenchen, »jene sind längst ausgefallen!« Sali wollte nun in seiner Einfalt jenes Spiel wieder erneuern und die glänzenden Zahnperlen zählen; aber Vrenchen verschloß plötzlich den roten Mund, richtete sich auf und begann einen Kranz von Mohnrosen zu winden, den es sich auf den Kopf setzte. Der Kranz war voll und breit und gab der bräunlichen Dirne ein fabelhaftes reizendes Ansehen, und der arme Sali hielt in seinem Arm, was reiche Leute teuer bezahlt hätten, wenn sie es nur gemalt an ihren Wänden hätten sehen können. Jetzt sprang sie aber empor und rief: »Himmel, wie heiß ist es hier! Da sitzen wir wie die Narren und lassen uns versengen! Komm, mein Lieber! laß uns ins hohe Korn sitzen!« Sie schlüpften hinein so geschickt und sachte, daß sie kaum eine Spur zurückließen, und bauten sich einen engen Kerker in den goldenen Ähren, die ihnen hoch über den Kopf ragten, als sie drin saßen, so daß sie nur den tiefblauen Himmel über sich sahen und sonst nichts von der Welt. Sie umhalsten sich und küßten sich unverweilt und so lange, bis sie einstweilen müde waren, oder wie man es nennen will, wenn das Küssen zweier Verliebter auf eine oder zwei Minuten sich selbst überlebt und die Vergänglichkeit alles Lebens mitten im Rausche der Blütezeit ahnen läßt. Sie hörten die Lerchen singen hoch über sich und suchten dieselben mit ihren scharfen Augen, und wenn sie glaubten, flüchtig eine in der Sonne aufblitzen zu sehen, gleich einem plötzlich aufleuchtenden oder hinschießenden Stern am blauen Himmel, so küßten sie sich wieder zur Belohnung und suchten einander zu übervorteilen und zu täuschen, soviel sie konnten. »Siehst du, dort blitzt eine!« flüsterte Sali, und Vrenchen erwiderte ebenso leise: »Ich höre sie wohl, aber ich sehe sie nicht!« »Doch, paß nur auf, dort wo das weiße Wölkchen steht, ein wenig rechts davon!« Und beide sahen eifrig hin und sperrten vorläufig ihre Schnäbel auf, wie die jungen Wachteln im Neste, um sie unverzüglich aufeinander zu heften, wenn sie sich einbildeten, die Lerche gesehen zu haben. Auf einmal hielt Vrenchen inne und sagte: »Dies ist also eine ausgemachte Sache, daß jedes von uns einen Schatz hat, dünkt es dich nicht so?« »Ja«, sagte Sali, »es scheint mir auch so!« »Wie gefällt dir denn dein Schätzchen«, sagte Vrenchen, »was ist es für ein Ding, was hast du von ihm zu melden?« »Es ist ein gar feines Ding«, sagte Sali, »es hat zwei braune Augen, einen roten Mund und läuft auf zwei Füßen; aber seinen Sinn kenn ich weniger als den Papst zu Rom! Und was kannst du von deinem Schatz berichten?« »Er hat zwei blaue Augen, einen nichtsnutzigen Mund und braucht zwei verwegene starke Arme; aber seine Gedanken sind mir unbekannter als der türkische Kaiser!« »Es ist eigentlich wahr«, sagte Sali, »daß wir uns weniger kennen, als wenn wir uns nie gesehen hätten, so fremd hat uns die lange Zeit gemacht, seit wir groß geworden sind! Was ist alles vorgegangen in deinem Köpfchen, mein liebes Kind?« »Ach, nicht viel! Tausend Narrenspossen haben sich wollen regen, aber es ist mir immer so trübselig ergangen, daß sie nicht aufkommen konnten!« »Du armes Schätzchen«, sagte Sali, »ich glaube aber, du hast es hinter den Ohren, nicht?« »Das kannst du ja nach und nach erfahren, wenn du mich recht lieb hast!« »Wenn du einst meine Frau bist?« Vrenchen zitterte leis bei diesem letzten Worte und schmiegte sich tiefer in Salis Arme, ihn von neuem lange und zärtlich küssend. Es traten ihr dabei Tränen in die Augen, und beide wurden auf einmal traurig, da ihnen ihre hoffnungsarme Zukunft in den Sinn kam und die Feindschaft ihrer Eltern. Vrenchen seufzte und sagte: »Komm, ich muß nun gehen!«, und so erhoben sie sich und gingen Hand in Hand aus dem Kornfeld, als sie Vrenchens Vater spähend vor sich sahen. Mit dem kleinlichen Scharfsinn des müßigen Elendes hatte dieser, als er dem Sali begegnet, neugierig gegrübelt, was der wohl allein im Dorfe zu suchen ginge, und sich des gestrigen Vorfalles erinnernd, verfiel er, immer nach der Stadt zu schlendernd, endlich auf die richtige Spur, rein aus Groll und unbeschäftigter Bosheit, und nicht so bald gewann der Verdacht eine bestimmte Gestalt, als er mitten in den Gassen von Seldwyla umkehrte und wieder in das Dorf hinaustrollte, wo er seine Tochter in Haus und Hof und rings in den Hecken vergeblich suchte. Mit wachsender Neugier rannte er auf den Acker hinaus, und als er da Vrenchens Korb liegen sah, in welchem es die Früchte zu holen pflegte, das Mädchen selbst aber nirgends erblickte, spähte er eben am Korne des Nachbars herum, als die erschrockenen Kinder herauskamen.

Sie standen wie versteinert, und Marti stand erst auch da und beschaute sie mit bösen Blicken, bleich wie Blei; dann fing er fürchterlich an zu toben in Gebärden und Schimpfworten und langte zugleich grimmig nach dem jungen Burschen, um ihn zu würgen; Sali wich aus und floh einige Schritte zurück, entsetzt über den wilden Mann, sprang aber sogleich wieder zu, als er sah, daß der Alte statt seiner nun das zitternde Mädchen faßte, ihm eine Ohrfeige gab, daß der rote Kranz herunterflog, und seine Haare um die Hand wickelte, um es mit sich fortzureißen und weiter zu mißhandeln. Ohne sich zu besinnen, raffte er einen Stein auf und schlug mit demselben den Alten gegen den Kopf, halb in Angst um Vrenchen und halb im Jähzorn. Marti taumelte erst ein wenig, sank dann bewußtlos auf den Steinhaufen nieder und zog das erbärmlich aufschreiende Vrenchen mit. Sali befreite noch dessen Haare aus der Hand des Bewußtlosen und richtete es auf; dann stand er da wie eine Bildsäule, ratlos und gedankenlos. Das Mädchen, als es den wie tot daliegenden Vater sah, fuhr sich mit den Händen über das erbleichende Gesicht, schüttelte sich und sagte: »Hast du ihn erschlagen?« Sali nickte lautlos, und Vrenchen schrie: »O Gott, du lieber Gott! Es ist mein Vater! der arme Mann!«, und sinnlos warf es sich über ihn und hob seinen Kopf auf, an welchem indessen kein Blut floß. Es ließ ihn wieder sinken; Sali ließ sich auf der andern Seite des Mannes nieder, und beide schauten, still wie das Grab und mit erlahmten reglosen Händen, in das leblose Gesicht. Um nur etwas anzufangen, sagte endlich Sali: »Er wird doch nicht gleich tot sein müssen? das ist gar nicht ausgemacht!« Vrenchen riß ein Blatt von einer Klatschrose ab und legte es auf die erblaßten Lippen, und es bewegte sich schwach. »Er atmet noch«, rief es, »so lauf doch ins Dorf und hol Hilfe.« Als Sali aufsprang und laufen wollte, streckte es ihm die Hand nach und rief ihn zurück: »Komm aber nicht mit zurück und sage nichts, wie es zugegangen, ich werde auch schweigen, man soll nichts aus mir herausbringen!« sagte es, und sein Gesicht, das es dem armen ratlosen Burschen zuwandte, überfloß von schmerzlichen Tränen. »Komm, küß mich noch einmal! Nein, geh, mach dich fort! Es ist aus, es ist ewig aus, wir können nicht zusammenkommen!« Es stieß ihn fort, und er lief willenlos dem Dorfe zu. Er begegnete einem Knäbchen, das ihn nicht kannte; diesem trug er auf, die nächsten Leute zu holen, und beschrieb ihm genau, wo die Hilfe nötig sei. Dann machte er sich verzweifelt fort und irrte die ganze Nacht im Gehölze herum. Am Morgen schlich er in die Felder, um zu erspähen, wie es gegangen sei, und hörte von frühen Leuten, welche miteinander sprachen, daß Marti noch lebe, aber nichts von sich wisse, und wie das eine seltsame Sache wäre, da kein Mensch wisse, was ihm zugestoßen. Erst jetzt ging er in die Stadt zurück und verbarg sich in dem dunklen Elend des Hauses.

Vrenchen hielt ihm Wort; es war nichts aus ihm herauszufragen, als daß es selbst den Vater so gefunden habe, und da er am andern Tage sich wieder tüchtig regte und atmete, freilich ohne Bewußtsein, und überdies kein Kläger da war, so nahm man an, er sei betrunken gewesen und auf die Steine gefallen, und ließ die Sache auf sich beruhen. Vrenchen pflegte ihn und ging nicht von seiner Seite, außer um die Arzneimittel zu holen beim Doktor und etwa für sich selbst eine schlechte Suppe zu kochen; denn es lebte beinahe von nichts, obgleich es Tag und Nacht wach sein mußte und niemand ihm half. Es dauerte beinahe sechs Wochen, bis der Kranke allmählig zu seinem Bewußtsein kam, obgleich er vorher schon wieder aß und in seinem Bette ziemlich munter war. Aber es war nicht das alte Bewußtsein, das er jetzt erlangte, sondern es zeigte sich immer deutlicher, je mehr er sprach, daß er blödsinnig geworden, und zwar auf die wunderlichste Weise. Er erinnerte sich nur dunkel an das Geschehene und wie an etwas sehr Lustiges, was ihn nicht weiter berühre, lachte immer wie ein Narr und war guter Dinge. Noch im Bette liegend, brachte er hundert närrische, sinnlos mutwillige Redensarten und Einfälle zum Vorschein, schnitt Gesichter und zog sich die schwarzwollene Zipfelmütze in die Augen und über die Nase herunter, daß diese aussah wie ein Sarg unter einem Bahrtuch. Das bleiche und abgehärmte Vrenchen hörte ihm geduldig zu, Tränen vergießend über das törichte Wesen, welches die arme Tochter noch mehr ängstigte als die frühere Bosheit; aber wenn der Alte zuweilen etwas gar zu Drolliges anstellte, so mußte es mitten in seiner Qual laut auflachen, da sein unterdrücktes Wesen immer zur Lust aufzuspringen bereit war, wie ein gespannter Bogen, worauf dann eine um so tiefere Betrübnis erfolgte. Als der Alte aber aufstehen konnte, war gar nichts mehr mit ihm anzustellen; er machte nichts als Dummheiten, lachte und stöberte um das Haus herum, setzte sich in die Sonne und streckte die Zunge heraus oder hielt lange Reden in die Bohnen hinein.

Um die gleiche Zeit aber war es auch aus mit den wenigen Überbleibseln seines ehemaligen Besitzes und die Unordnung so weit gediehen, daß auch sein Haus und der letzte Acker, seit geraumer Zeit verpfändet, nun gerichtlich verkauft wurden. Denn der Bauer, welcher die zwei Äcker des Manz gekauft, benutzte die gänzliche Verkommenheit Martis und seine Krankheit und führte den alten Streit wegen des strittigen Steinfleckes kurz und entschlossen zu Ende, und der verlorene Prozeß trieb Martis Faß vollends den Boden aus, indessen er in seinem Blödsinne nichts mehr von diesen Dingen wußte. Die Versteigerung fand statt; Marti wurde von der Gemeinde in einer Stiftung für dergleichen arme Tröpfe auf öffentliche Kosten untergebracht. Diese Anstalt befand sich in der Hauptstadt des Ländchens; der gesunde und eßbegierige Blödsinnige wurde noch gut gefüttert, dann auf ein mit Ochsen bespanntes Wägelchen geladen, das ein ärmlicher Bauersmann nach der Stadt führte, um zugleich einen oder zwei Säcke Kartoffeln zu verkaufen, und Vrenchen setzte sich zu dem Vater auf das Fuhrwerk, um ihn auf diesem letzten Gange zu dem lebendigen Begräbnis zu begleiten. Es war eine traurige und bittere Fahrt, aber Vrenchen wachte sorgfältig über seinen Vater und ließ es ihm an nichts fehlen, und es sah sich nicht um und ward nicht ungeduldig, wenn durch die Kapriolen des Unglücklichen die Leute aufmerksam wurden und dem Wägelchen nachliefen, wo sie durchfuhren. Endlich erreichten sie das weitläufige Gebäude in der Stadt, wo die langen Gänge, die Höfe und ein freundlicher Garten von einer Menge ähnlicher Tröpfe belebt waren, die alle in weiße Kittel gekleidet waren und dauerhafte Lederkäppchen auf den harten Köpfen trugen. Auch Marti wurde noch vor Vrenchens Augen in diese Tracht gekleidet, und er freuete sich wie ein Kind darüber und tanzte singend umher. »Gott grüß euch, ihr geehrten Herren!« rief er seine neuen Genossen an, »ein schönes Haus habt ihr hier! Geh heim, Vrenggel, und sag der Mutter, ich komme nicht mehr nach Haus, hier gefällt's mir bei Gott! Juchhei! Es kreucht ein Igel über den Hag, ich hab ihn hören bellen! O Meitli, küß kein alten Knab, küß nur die jungen Gesellen! Alle die Wässerlein laufen in Rhein, die mit dem Pflaumenaug, die muß es sein! Gehst du schon, Vreeli? Du siehst ja aus wie der Tod im Häfelein und geht es mir doch so erfreulich! Die Füchsin schreit im Felde: Halleo, halleo! das Herz tut ihr weho! hoho!« Ein Aufseher gebot ihm Ruhe und führte ihn zu einer leichten Arbeit, und Vrenchen ging das Fuhrwerk aufzusuchen. Es setzte sich auf den Wagen, zog ein Stückchen Brot hervor und aß dasselbe, dann schlief es, bis der Bauer kam und mit ihm nach dem Dorfe zurückfuhr. Sie kamen erst in der Nacht an. Vrenchen ging nach dem Hause, in dem es geboren und nur zwei Tage bleiben durfte, und es war jetzt zum ersten Mal in seinem Leben ganz allein darin. Es machte ein Feuer, um das letzte Restchen Kaffee zu kochen, das es noch besaß, und setzte sich auf den Herd, denn es war ihm ganz elendiglich zu Mut. Es sehnte sich und härmte sich ab, den Sali nur ein einziges Mal zu sehen, und dachte inbrünstig an ihn; aber die Sorgen und der Kummer verbitterten seine Sehnsucht, und diese machte die Sorgen wieder viel schwerer. So saß es und stützte den Kopf in die Hände, als jemand durch die offenstehende Tür hereinkam. »Sali!« rief Vrenchen, als es aufsah, und fiel ihm um den Hals; dann sahen sich aber beide erschrocken an und riefen: »Wie siehst du elend aus!« Denn Sali sah nicht minder als Vrenchen bleich und abgezehrt aus. Alles vergessend zog es ihn zu sich auf den Herd und sagte: »Bist du krank gewesen, oder ist es dir auch so schlimm gegangen?« Sali antwortete: »Nein, ich bin gerade nicht krank, außer vor Heimweh nach dir! Bei uns geht es jetzt hoch und herrlich zu; der Vater hat einen Einzug und Unterschleif von auswärtigem Gesindel, und ich glaube, so viel ich merke, ist er ein Diebshehler geworden. Deshalb ist jetzt einstweilen Hülle und Fülle in unserer Taverne, solang es geht und bis es ein Ende mit Schrecken nimmt. Die Mutter hilft dazu, aus bitterlicher Gier, nur etwas im Hause zu sehen, und glaubt den Unfug noch durch eine gewisse Aufsicht und Ordnung annehmlich und nützlich zu machen! Mich fragt man nicht, und ich konnte mich nicht viel darum kümmern; denn ich kann nur an dich denken Tag und Nacht. Da allerlei Landstreicher bei uns einkehren, so haben wir alle Tage gehört, was bei euch vorgeht, worüber mein Vater sich freut wie ein kleines Kind. Daß dein Vater heute nach dem Spittel gebracht wurde, haben wir auch vernommen; ich habe gedacht, du werdest jetzt allein sein, und bin gekommen, um dich zu sehen!« Vrenchen klagte ihm jetzt auch alles, was sie drückte und was sie erlitt, aber mit so leichter zutraulicher Zunge, als ob sie ein großes Glück beschriebe, weil sie glücklich war, Sali neben sich zu sehen. Sie brachte inzwischen notdürftig ein Beckchen voll warmen Kaffee zusammen, welchen mit ihr zu teilen sie den Geliebten zwang. »Also übermorgen mußt du hier weg?« sagte Sali, »was soll denn um Himmels willen werden?« »Das weiß ich nicht«, sagte Vrenchen, »ich werde dienen müssen und in die Welt hinaus! Ich werde es aber nicht aushalten ohne dich, und doch kann ich dich nie bekommen, auch wenn alles andere nicht wäre, bloß weil du meinen Vater geschlagen und um den Verstand gebracht hast! Dies würde immer ein schlechter Grundstein unserer Ehe sein und wir beide nie sorglos werden, nie!« Sali seufzte und sagte: »Ich wollte auch schon hundertmal Soldat werden oder mich in einer fremden Gegend als Knecht verdingen, aber ich kann noch nicht fortgehen, solange du hier bist, und hernach wird es mich aufreiben. Ich glaube, das Elend macht meine Liebe zu dir stärker und schmerzhafter, so daß es um Leben und Tod geht! Ich habe von dergleichen keine Ahnung gehabt!« Vrenchen sah ihn liebevoll lächelnd an; sie lehnten sich an die Wand zurück und sprachen nichts mehr, sondern gaben sich schweigend der glückseligen Empfindung hin, die sich über allen Gram erhob, daß sie sich im größten Ernste gut wären und geliebt wüßten. Darüber schliefen sie friedlich ein auf dem unbequemen Herde, ohne Kissen und Pfühl, und schliefen so sanft und ruhig wie zwei Kinder in einer Wiege. Schon graute der Morgen, als Sali zuerst erwachte; er weckte Vrenchen, so sacht er konnte; aber es duckte sich immer wieder an ihn, schlaftrunken, und wollte sich nicht ermuntern. Da küßte er es heftig auf den Mund, und Vrenchen fuhr empor, machte die Augen weit auf, und als es Sali erblickte, rief es: »Herrgott! ich habe eben noch von dir geträumt! Es träumte mir, wir tanzten miteinander auf unserer Hochzeit, lange, lange Stunden! und waren so glücklich, sauber geschmückt, und es fehlte uns an nichts. Da wollten wir uns endlich küssen und dürsteten darnach, aber immer zog uns etwas auseinander, und nun bist du es selbst gewesen, der uns gestört und gehindert hat! Aber wie gut, daß du gleich da bist!« Gierig fiel es ihm um den Hals und küßte ihn, als ob es kein Ende nehmen sollte. »Und was hast du denn geträumt?« fragte es und streichelte ihm Wangen und Kinn. »Mir träumte, ich ginge endlos auf einer langen Straße durch einen Wald und du in der Ferne immer vor mir her; zuweilen sahest du nach mir um, winktest mir und lachtest, und dann war ich wie im Himmel. Das ist alles!« Sie traten unter die offengebliebene Küchentüre, die unmittelbar ins Freie führte, und mußten lachen, als sie sich ins Gesicht sahen. Denn die rechte Wange Vrenchens und die linke Salis, welche im Schlafe aneinander gelehnt hatten, waren von dem Drucke ganz rot gefärbt, während die Blässe der andern durch die kühle Nachtluft noch erhöht war. Sie rieben sich zärtlich die kalte bleiche Seite ihrer Gesichter, um sie auch rot zu machen; die frische Morgenluft, der tauige stille Frieden, der über der Gegend lag, das junge Morgenrot machten sie fröhlich und selbstvergessen, und besonders in Vrenchen schien ein freundlicher Geist der Sorglosigkeit gefahren zu sein. »Morgen abend muß ich also aus diesem Hause fort«, sagte es, »und ein anderes Obdach suchen. Vorher aber möchte ich einmal, nur einmal recht lustig sein, und zwar mit dir; ich möchte recht herzlich und fleißig mit dir tanzen irgendwo, denn das Tanzen aus dem Traume steckt mir immerfort im Sinn!« »Jedenfalls will ich dabei sein und sehen, wo du unterkommst«, sagte Sali, »und tanzen wollte ich auch gerne mit dir, du herziges Kind! aber wo?« »Es ist morgen Kirchweih an zwei Orten nicht sehr weit von hier«, erwiderte Vrenchen, »da kennt und beachtet man uns weniger; draußen am Wasser will ich auf dich warten, und dann können wir gehen, wohin es uns gefällt, um uns lustig zu machen, einmal, e i n m a l nur! Aber je, wir haben ja gar kein Geld!« setzte es traurig hinzu, »da kann nichts daraus werden!« »Laß nur«, sagte Sali, »ich will schon etwas mitbringen!« »Doch nicht von deinem Vater, von – von dem Gestohlenen?« »Nein, sei nur ruhig! Ich habe noch meine silberne Uhr bewahrt bis dahin, die will ich verkaufen.« »Ich will dir nicht abraten«, sagte Vrenchen errötend, »denn ich glaube, ich müßte sterben, wenn ich nicht morgen mit dir tanzen könnte.« »Es wäre das beste, wir beide könnten sterben!« sagte Sali; sie umarmten sich wehmütig und schmerzlich zum Abschied, und als sie voneinander ließen, lachten sie sich doch freundlich an in der sicheren Hoffnung auf den nächsten Tag. »Aber wann willst du denn kommen?« rief Vrenchen noch. »Spätestens um elf Uhr mittags«, erwiderte er, »wir wollen recht ordentlich zusammen Mittag essen!« »Gut, gut! komm lieber um halb elf schon!« Doch als Sali schon im Gehen war, rief sie ihn noch einmal zurück und zeigte ein plötzlich verändertes verzweiflungsvolles Gesicht. »Es wird doch nichts daraus«, sagte sie bitterlich weinend, »ich habe keine Sonntagsschuhe mehr. Schon gestern habe ich diese groben hier anziehen müssen, um nach der Stadt zu kommen! Ich weiß keine Schuhe aufzubringen!« Sali stand ratlos und verblüfft. »Keine Schuhe!« sagte er, »da mußt du halt in diesen kommen!« »Nein, nein, in denen kann ich nicht tanzen!« »Nun, so müssen wir welche kaufen!« »Wo, mit was?« »Ei, in Seldwyl da gibt es Schuhläden genug! Geld werde ich in minder als zwei Stunden haben.« »Aber ich kann doch nicht mit dir in Seldwyl herumgehen, und dann wird das Geld nicht langen, auch noch Schuhe zu kaufen!« »Es muß! Und ich will die Schuhe kaufen und morgen mitbringen!« »O du Närrchen, sie werden ja nicht passen, die du kaufst!« »So gib mir einen alten Schuh mit, oder halt, noch besser, ich will dir das Maß nehmen, das wird doch kein Hexenwerk sein!« »Das Maß nehmen? Wahrhaftig, daran habe ich nicht gedacht! Komm, komm, ich will dir ein Schnürchen suchen!« Sie setzte sich wieder auf den Herd, zog den Rock etwas zurück und streifte den Schuh vom Fuße, der noch von der gestrigen Reise her mit einem weißen Strumpfe bekleidet war. Sali kniete nieder und nahm, so gut er es verstand, das Maß, indem er den zierlichen Fuß der Länge und Breite nach umspannte mit dem Schnürchen und sorgfältig Knoten in dasselbe knüpfte. »Du Schuhmacher!« sagte Vrenchen und lachte errötend und freundschaftlich zu ihm nieder. Sali wurde aber auch rot und hielt den Fuß fest in seinen Händen, länger als nötig war, so daß Vrenchen ihn noch tiefer errötend zurückzog, den verwirrten Sali aber noch einmal stürmisch umhalste und küßte, dann aber fortschickte.

Sobald er in der Stadt war, trug er seine Uhr zu einem Uhrmacher, der ihm sechs oder sieben Gulden dafür gab; für die silberne Kette bekam er auch einige Gulden, und er dünkte sich nun reich genug, denn er hatte, seit er groß war, nie so viel Geld besessen auf einmal. Wenn nur erst der Tag vorüber und der Sonntag angebrochen wäre, um das Glück damit zu erkaufen, das er sich von dem Tage versprach, dachte er; denn wenn das Übermorgen auch um so dunkler und unbekannter hereinragte, so gewann die ersehnte Lustbarkeit von morgen nur einen seltsamern erhöhten Glanz und Schein. Indessen brachte er die Zeit noch leidlich hin, indem er ein Paar Schuhe für Vrenchen suchte, und dies war ihm das vergnügteste Geschäft, das er je betrieben. Er ging von einem Schuhmacher zum andern, ließ sich alle Weiberschuhe zeigen, die vorhanden waren, und endlich handelte er ein leichtes und feines Paar ein, so hübsch, wie sie Vrenchen noch nie getragen. Er verbarg die Schuhe unter seiner Weste und tat sie die übrige Zeit des Tages nicht mehr von sich; er nahm sie sogar mit ins Bett und legte sie unter das Kopfkissen. Da er das Mädchen heute früh noch gesehen und morgen wieder sehen sollte, so schlief er fest und ruhig, war aber in aller Frühe munter und begann seinen dürftigen Sonntagsstaat zurechtzumachen und auszuputzen, so gut es gelingen wollte. Es fiel seiner Mutter auf, und sie fragte verwundert, was er vorhabe, da er sich schon lange nicht mehr so sorglich angezogen. Er wollte einmal über Land gehen und sich ein wenig umtun, erwiderte er, er werde sonst krank in diesem Hause. »Das ist mir die Zeit her ein merkwürdiges Leben«, murrte der Vater, »und ein Herumschleichen!« »Laß ihn nur gehen«, sagte aber die Mutter, »es tut ihm vielleicht gut, es ist ja ein Elend, wie er aussieht!« »Hast du Geld zum Spazierengehen? Woher hast du es?« sagte der Alte. »Ich brauche keines!« sagte Sali. »Da hast du einen Gulden!« versetzte der Alte und warf ihm denselben hin. »Du kannst im Dorf ins Wirtshaus gehen und ihn dort verzehren, damit sie nicht glauben, wir seien hier so übel dran.« »Ich will nicht ins Dorf und brauche den Gulden nicht, behaltet ihn nur!« »So hast du ihn gehabt, es wäre schad, wenn du ihn haben müßtest, du Starrkopf!« rief Manz und schob seinen Gulden wieder in die Tasche. Seine Frau aber, welche nicht wußte, warum sie heute ihres Sohnes wegen so wehmütig und gerührt war, brachte ihm ein großes schwarzes Mailänder Halstuch mit rotem Rande, das sie nur selten getragen und er schon früher gern gehabt hätte. Er schlang es um den Hals und ließ die langen Zipfel fliegen; auch stellte er zum ersten Mal den Hemdkragen, den er sonst immer umgeschlagen, ehrbar und männlich in die Höhe, bis über die Ohren hinauf, in einer Anwandlung ländlichen Stolzes, und machte sich dann, seine Schuhe in der Brusttasche des Rockes, schon nach sieben Uhr auf den Weg. Als er die Stube verließ, drängte ihn ein seltsames Gefühl, Vater und Mutter die Hand zu geben, und auf der Straße sah er sich noch einmal nach dem Hause um. »Ich glaube am Ende«, sagte Manz, »der Bursche streicht irgendeinem Weibsbild nach; das hätten wir gerade noch nötig!« Die Frau sagte: »O wollte Gott! daß er vielleicht ein Glück machte! Das täte dem armen Buben gut!« »Richtig!« sagte der Mann, »das fehlt nicht! das wird ein himmlisches Glück geben, wenn er nur erst an eine solche Maultasche zu geraten das Unglück hat! das täte dem armen Bübchen gut! natürlich!«

Sali richtete seinen Schritt erst nach dem Flusse zu, wo er Vrenchen erwarten wollte; aber unterwegs ward er anderen Sinnes und ging gradezu ins Dorf, um Vrenchen im Hause selbst abzuholen, weil es ihm zu lang währte bis halb elf. »Was kümmern uns die Leute!« dachte er. »Niemand hilft uns, und ich bin ehrlich und fürchte niemand!« So trat er unerwartet in Vrenchens Stube, und ebenso unerwartet fand er es schon vollkommen angekleidet und geschmückt dasitzen und der Zeit harren, wo es gehen könne, nur die Schuhe fehlten ihm noch. Aber Sali stand mit offenem Munde still in der Mitte der Stube, als er das Mädchen erblickte, so schön sah es aus. Es hatte nur ein einfaches Kleid an von blaugefärbter Leinwand, aber dasselbe war frisch und sauber und saß ihm sehr gut um den schlanken Leib. Darüber trug es ein schneeweißes Mousselinehalstuch, und dies war der ganze Anzug. Das braune gekräuselte Haar war sehr wohl geordnet, und die sonst so wilden Löckchen lagen nun fein und lieblich um den Kopf; da Vrenchen seit vielen Wochen fast nicht aus dem Hause gekommen, so war seine Farbe zarter und durchsichtiger geworden, sowie auch vom Kummer; aber in diese Durchsichtigkeit goß jetzt die Liebe und die Freude ein Rot um das andere, und an der Brust trug es einen schönen Blumenstrauß von Rosmarin, Rosen und prächtigen Astern. Es saß am offenen Fenster und atmete still und hold die frisch durchsonnte Morgenluft; wie es aber Sali erscheinen sah, streckte es ihm beide hübsche Arme entgegen, welche vom Ellbogen an bloß waren, und rief: »Wie recht hast du, daß du schon jetzt und hierher kommst! Aber hast du mir Schuhe gebracht? Gewiß? Nun steh ich nicht auf, bis ich sie anhabe!« Er zog die ersehnten aus der Tasche und gab sie dem begierigen schönen Mädchen; es schleuderte die alten von sich, schlüpfte in die neuen, und sie paßten sehr gut. Erst jetzt erhob es sich vom Stuhl, wiegte sich in den neuen Schuhen und ging eifrig einigemal auf und nieder. Es zog das lange blaue Kleid etwas zurück und beschaute wohlgefällig die roten wollenen Schleifen, welche die Schuhe zierten, während Sali unaufhörlich die feine reizende Gestalt betrachtete, welche da in lieblicher Aufregung vor ihm sich regte und freute. »Du beschaust meinen Strauß?« sagte Vrenchen, »hab ich nicht einen schönen zusammengebracht? Du mußt wissen, dies sind die letzten Blumen, die ich noch aufgefunden in dieser Wüstenei. Hier war noch ein Röschen, dort eine Aster, und wie sie nun gebunden sind, würde man es ihnen nicht ansehen, daß sie aus einem Untergange zusammengesucht sind! Nun ist es aber Zeit, daß ich fortkomme, nicht ein Blümchen mehr im Garten und das Haus auch leer!« Sali sah sich um und bemerkte erst jetzt, daß alle Fahrhabe, die noch dagewesen, weggebracht war. »Du armes Vreeli!« sagte er, »haben sie dir schon alles genommen?« »Gestern«, erwiderte es, »haben sie's weggeholt, was sich von der Stelle bewegen ließ, und mir kaum mehr mein Bett gelassen. Ich hab's aber auch gleich verkauft und hab jetzt auch Geld, sieh!« Es holte einige neu glänzende Talerstücke aus der Tasche seines Kleides und zeigte sie ihm. »Damit«, fuhr es fort, »sagte der Waisenvogt, der auch hier war, solle ich mir einen Dienst suchen in einer Stadt und ich solle mich heute gleich auf den Weg machen!« »Da ist aber auch gar nichts mehr vorhanden«, sagte Sali, nachdem er in die Küche geguckt hatte, »ich sehe kein Hölzchen, kein Pfännchen, kein Messer! Hast du denn auch nicht zu Morgen gegessen?« »Nichts!« sagte Vrenchen, »ich hätte mir etwas holen können, aber ich dachte, ich wolle lieber hungrig bleiben, damit ich recht viel essen könne mit dir zusammen, denn ich freue mich so sehr darauf, du glaubst nicht, wie ich mich freue!« »Wenn ich dich nur anrühren dürfte«, sagte Sali, »so wollte ich dir zeigen, wie es mir ist, du schönes, schönes Ding!« »Du hast recht, du würdest meinen ganzen Staat verderben, und wenn wir die Blumen ein bißchen schonen, so kommt es zugleich meinem armen Kopf zugut, den du mir übel zuzurichten pflegst!« »So komm, jetzt wollen wir ausrücken!« »Noch müssen wir warten, bis das Bett abgeholt wird; denn nachher schließe ich das leere Haus zu und gehe nicht mehr hieher zurück! Mein Bündelchen gebe ich der Frau aufzuheben, die das Bett gekauft hat.« Sie setzten sich daher einander gegenüber und warteten; die Bäuerin kam bald, eine vierschrötige Frau mit lautem Mundwerk, und hatte einen

Burschen bei sich, welcher die Bettstelle tragen sollte. Als diese Frau Vrenchens Liebhaber erblickte und das geputzte Mädchen selbst, sperrte sie Maul und Augen auf, stemmte die Arme unter und schrie: »Ei sieh da, Vreeli! Du treibst es ja schon gut! Hast einen Besucher und bist gerüstet wie eine Prinzeß?« »Gelt aber!« sagte Vrenchen freundlich lachend, «wißt Ihr auch, wer das ist?« »Ei, ich denke, das ist wohl der Sali Manz? Berg und Tal kommen nicht zusammen, sagt man, aber die Leute! Aber nimm dich doch in acht, Kind, und denk, wie es euren Eltern ergangen ist.« »Ei, das hat sich jetzt gewendet und alles ist gut geworden«, erwiderte Vrenchen lächelnd und freundlich mitteilsam, ja beinahe herablassend, »seht, Sali ist mein Hochzeiter!« »Dein Hochzeiter, was du sagst!« »Ja, und er ist ein reicher Herr, er hat hunderttausend Gulden in der Lotterie gewonnen! Denket einmal, Frau!« Diese tat einen Sprung, schlug ganz erschrocken die Hände zusammen und schrie: »Hund-hunderttausend Gulden!« »Hunderttausend Gulden!« versicherte Vrenchen ernsthaft. »Herr du meines Lebens! Es ist aber nicht wahr, du lügst mich an, Kind!« »Nun, glaubt, was Ihr wollt!« »Aber wenn es wahr ist und du heiratest ihn, was wollt ihr denn machen mit dem Gelde? Willst du wirklich eine vornehme Frau werden?« »Versteht sich, in drei Wochen halten wir die Hochzeit!« »Geh mir weg, du bist eine häßliche Lügnerin!« »Das schönste Haus hat er schon gekauft in Seldwyl mit einem großen Garten und Weinberg; Ihr müßt mich auch besuchen, wenn wir eingerichtet sind, ich zähle darauf!« »Allweg, du Teufelshexlein, was du bist!« »Ihr werdet sehen, wie schön es da ist! Einen herrlichen Kaffee werde ich machen und Euch mit feinem Eierbrot aufwarten, mit Butter und Honig!« »O du Schelmenkind! zähl drauf, daß ich komme!« rief die Frau mit lüsternem Gesicht, und der Mund wässerte ihr. »Kommt

Ihr aber um die Mittagszeit und seid ermüdet vom Markt, so soll Euch eine kräftige Fleischbrühe und ein Glas Wein immer parat stehen!« »Das wird mir baß tun!« »Und an etwas Zukkerwerk oder weißen Wecken für die lieben Kinder zu Hause soll es Euch auch nicht fehlen!« »Es wird mir ganz schmachtend!« »Ein artiges Halstüchelchen oder ein Restchen Seidenzeug oder ein hübsches altes Band für Eure Röcke, oder ein Stück Zeug zu einer neuen Schürze wird gewiß auch zu finden sein, wenn wir meine Kisten und Kasten durchmustern in einer vertrauten Stunde!« Die Frau drehte sich auf den Hakken herum und schüttelte jauchzend ihre Röcke. »Und wenn Euer Mann ein vorteilhaftes Geschäft machen könnte mit einem Land- oder Viehhandel, und er mangelt des Geldes, so wißt Ihr, wo Ihr anklopfen sollt.« »Mein lieber Sali wird froh sein, jederzeit ein Stück Bares sicher und erfreulich anzulegen! Ich selbst werde auch etwa einen Sparpfennig haben, einer vertrauten Freundin beizustehen!« Jetzt war der Frau nicht mehr zu helfen, sie sagte gerührt: »Ich habe immer gesagt, du seist ein braves und gutes und schönes Kind! Der Herr wolle es dir wohl ergehen lassen immer und ewiglich und es dir gesegnen, was du an mir tust!« »Dagegen verlange ich aber auch, daß Ihr es gut mit mir meint!« »Allweg kannst du das verlangen!« »Und daß Ihr jederzeit Eure Waren, sei es Obst, seien es Kartoffeln, sei es Gemüse, erst zu mir bringet und mir anbietet, ehe Ihr auf den Markt gehet, damit ich sicher sei, eine rechte Bäuerin an der Hand zu haben, auf die ich mich verlassen kann! Was irgend einer gibt für die Ware, werde ich gewiß auch geben mit tausend Freuden, Ihr kennt mich ja! Ach, es ist nichts Schöneres, als wenn eine wohlhabende Stadtfrau, die so ratlos in ihren Mauern sitzt und doch so vieler Dinge benötigt ist, und eine rechtschaffene ehrliche Landfrau, erfahren in allem Wichtigen und Nützlichen, eine gute und dauerhafte Freundschaft zusammen haben! Es kommt einem zugut in hundert Fällen, in Freud und Leid, bei Gevatterschaften und Hochzeiten, wenn die Kinder unterrichtet werden und konfirmiert, wenn sie in die Lehre kommen und wenn sie in die Fremde sollen! Bei Mißwachs und Überschwemmungen, bei Feuersbrünsten und Hagelschlag, wofür uns Gott behüte!« »Wofür uns Gott behüte!« sagte die gute Frau schluchzend und trocknete mit ihrer Schürze die Augen; »welch ein verständiges und tiefsinniges Bräutlein bist du, ja, dir wird es gut gehen, da müßte keine Gerechtigkeit in der Welt sein! Schön, sauber, klug und weise bist du, arbeitsam und geschickt zu allen Dingen! Keine ist feiner und besser als du, in und außer dem Dorfe, und wer dich hat, der muß meinen, er sei im Himmelreich, oder er ist ein Schelm und hat es mit mir zu tun. Hör, Sali! daß du nur recht artlich bist mit meinem Vreeli, oder ich will dir den Meister zeigen, du Glückskind, das du bist, ein solches Röslein zu brechen!« »So nehmt jetzt auch hier noch mein Bündel mit, wie Ihr mir versprochen habt, bis ich es abholen lassen werde! Vielleicht komme ich aber selbst in der Kutsche und hole es ab, wenn Ihr nichts dagegen habt! Ein Töpfchen Milch werdet Ihr mir nicht abschlagen alsdann, und etwa eine schöne Mandeltorte dazu werde ich schon selbst mitbringen!« »Tausendskind! Gib her den Bündel!« Vrenchen lud ihr auf das zusammengebundene Bett, das sie schon auf dem Kopfe trug, einen langen Sack, in welchen es sein Plunder und Habseliges gestopft, so daß die arme Frau mit einem schwankenden Turme auf dem Haupte dastand. »Es wird mir doch fast zu schwer auf einmal«, sagte sie, »könnte ich nicht zweimal dran machen?« »Nein, nein! wir müssen jetzt augenblicklich gehen, denn wir haben einen weiten Weg, um vornehme Verwandte zu besuchen, die sich jetzt gezeigt haben, seit wir reich sind! Ihr wißt ja, wie es geht!« »Weiß wohl! so behüt dich Gott, und denk an mich in deiner Herrlichkeit!«

Die Bäuerin zog ab mit ihrem Bündelturme, mit Mühe das Gleichgewicht behauptend, und hinter ihr drein ging ihr Knechtchen, das sich in Vrenchens einst buntbemalte Bettstatt hineinstellte, den Kopf gegen den mit verblichenen Sternen bedeckten Himmel derselben stemmte und, ein zweiter Simson, die zwei vorderen zierlich geschnitzten Säulen faßte, welche diesen Himmel trugen. Als Vrenchen, an Sali gelehnt, dem Zuge nachschaute und den wandelnden Tempel zwischen den Gärten sah, sagte es: »Das gäbe noch ein artiges Gartenhäuschen oder eine Laube, wenn man's in einen Garten pflanzte, ein Tischchen und ein Bänklein drein stellte und Winden drum herumsäete! Wolltest du mit darin sitzen, Sali?« »Ja, Vreeli! besonders wenn die Winden aufgewachsen wären!« »Was stehen wir noch?« sagte Vrenchen, »nichts hält uns mehr zurück!« »So komm und schließ das Haus zu! Wem willst du denn den Schlüssel übergeben?« Vrenchen sah sich um. »Hier an die Helbart wollen wir ihn hängen; sie ist über hundert Jahre in diesem Hause gewesen, habe ich den Vater oft sagen hören, nun steht sie da als der letzte Wächter!« Sie hingen den rostigen Hausschlüssel an einen rostigen Schnörkel der alten Waffe, an welcher die Bohnen rankten, und gingen davon. Vrenchen wurde aber bleicher und verhüllte ein Weilchen die Augen, daß Sali es führen mußte, bis sie ein Dutzend Schritte entfernt waren. Es sah aber nicht zurück. »Wo gehen wir nun zuerst hin?« fragte es. »Wir wollen ordentlich über Land gehen«, erwiderte Sali, »wo es uns freut den ganzen Tag, uns nicht übereilen, und gegen Abend werden wir dann schon einen Tanzplatz finden!« »Gut!« sagte Vrenchen, »den ganzen Tag werden wir beisammen sein und gehen, wo wir Lust haben. Jetzt ist mir aber elend, wir wollen gleich im andern Dorf einen Kaffee trinken!« »Versteht sich!« sagte Sali, »mach nur, daß wir aus diesem Dorf wegkommen!«

Bald waren sie auch im freien Felde und gingen still nebeneinander durch die Fluren; es war ein schöner Sonntagmorgen im September, keine Wolke stand am Himmel, die Höhen und die Wälder waren mit einem zarten Duftgewebe bekleidet, welches die Gegend geheimnisvoller und feierlicher machte, und von allen Seiten tönten die Kirchenglocken herüber, hier das harmonische tiefe Geläute einer reichen Ortschaft, dort die geschwätzigen zwei Bimmelglöcklein eines kleinen armen Dörfchens. Das liebende Paar vergaß, was am Ende dieses Tages werden sollte, und gab sich einzig der hoch aufatmenden wortlosen Freude hin, sauber gekleidet und frei, wie zwei Glückliche, die sich von Rechts wegen angehören, in den Sonntag hineinzuwandeln. Jeder in der Sonntagsstille verhallende Ton oder ferne Ruf klang ihnen erschütternd durch die Seele; denn die Liebe ist eine Glocke, welche das Entlegenste und Gleichgültigste wiedertönen läßt und in eine besondere Musik verwandelt. Obgleich sie hungrig waren, dünkte sie die halbe Stunde Weges bis zum nächsten Dorfe nur ein Katzensprung lang zu sein, und sie betraten zögernd das Wirtshaus am Eingang des Ortes. Sali bestellte ein gutes Frühstück, und während es bereitet wurde, sahen sie mäuschenstill der sicheren und freundlichen Wirtschaft in der großen reinlichen Gaststube zu. Der Wirt war zugleich ein Bäkker, das eben Gebackene durchduftete angenehm das ganze Haus, und Brot aller Art wurde in gehäuften Körben herbeigetragen, da nach der Kirche die Leute hier ihr Weißbrot holten oder ihren Frühschoppen tranken. Die Wirtin, eine artige und saubere Frau, putzte gelassen und freundlich ihre Kinder heraus, und sowie eines entlassen war, kam es zutraulich zu

Vrenchen gelaufen, zeigte ihm seine Herrlichkeiten und erzählte von allem, dessen es sich erfreute und rühmte. Wie nun der wohlduftende starke Kaffee kam, setzten sich die zwei Leutchen schüchtern an den Tisch, als ob sie da zu Gast gebeten wären. Sie ermunterten sich jedoch bald und flüsterten bescheiden, aber glückselig miteinander; ach, wie schmeckte dem aufblühenden Vrenchen der gute Kaffee, der fette Rahm, die frischen noch warmen Brötchen, die schöne Butter und der Honig, der Eierkuchen und was alles noch für Leckerbissen da waren! Sie schmeckten ihm, weil es den Sali dazu ansah, und es aß so vergnügt, als ob es ein Jahr lang gefastet hätte. Dazu freute es sich über das feine Geschirr, über die silbernen Kaffeelöffelchen; denn die Wirtin schien sie für rechtliche junge Leutchen zu halten, die man anständig bedienen müsse, und setzte sich auch ab und zu plaudernd zu ihnen, und die beiden gaben ihr verständigen Bescheid, welches ihr gefiel. Es ward dem guten Vrenchen so wählig zu Mut, daß es nicht wußte, mochte es lieber wieder ins Freie, um allein mit seinem Schatz herumzuschweifen durch Auen oder Wälder, oder mochte es lieber in der gastlichen Stube bleiben, um wenigstens auf Stunden sich an einem stattlichen Orte zu Hause zu träumen. Doch Sali erleichterte die Wahl, indem er ehrbar und geschäftig zum Aufbruch mahnte, als ob sie einen bestimmten und wichtigen Weg zu machen hätten. Die Wirtin und der Wirt begleiteten sie bis vor das Haus und entließen sie auf das wohlwollendste wegen ihres guten Benehmens, trotz der durchscheinenden Dürftigkeit, und das arme junge Blut verabschiedete sich mit den besten Manieren von der Welt und wandelte sittig und ehrbar von hinnen. Aber auch als sie schon wieder im Freien waren und einen stundenlangen Eichwald betraten, gingen sie noch in dieser Weise nebeneinander her, in angenehme Träume vertieft, als ob sie nicht aus zank- und elenderfüllten vernichteten Häusern herkämen, sondern guter Leute Kinder wären, welche in lieblicher Hoffnung wandelten. Vrenchen senkte das Köpfchen tiefsinnig gegen seine blumengeschmückte Brust und ging, die Hände sorglich an das Gewand gelegt, einher auf dem glatten feuchten Waldboden; Sali dagegen schritt schlank aufgerichtet, rasch und nachdenklich, die Augen auf die festen Eichenstämme geheftet, wie ein Bauer, der überlegt, welche Bäume er am vorteilhaftesten fällen soll. Endlich erwachten sie aus diesen vergeblichen Träumen, sahen sich an und entdeckten, daß sie immer noch in der Haltung gingen, in welcher sie das Gasthaus verlassen, erröteten und ließen traurig die Köpfe hängen. Aber Jugend hat keine Tugend; der Wald war grün, der Himmel blau und sie allein in der weiten Welt, und sie überließen sich alsbald wieder diesem Gefühle. Doch blieben sie nicht lange mehr allein, da die schöne Waldstraße sich belebte mit lustwandelnden Gruppen von jungen Leuten sowie mit einzelnen Paaren, welche schäkernd und singend die Zeit nach der Kirche verbrachten. Denn die Landleute haben so gut ihre ausgesuchten Promenaden und Lustwälder wie die Städter, nur mit dem Unterschied, daß dieselben keine Unterhaltung kosten und noch schöner sind; sie spazieren nicht nur mit einem besondern Sinn des Sonntags durch ihre blühenden und reifenden Felder, sondern sie machen sehr gewählte Gänge durch Gehölze und an grünen Halden entlang, setzen sich hier auf eine anmutige fernsichtige Höhe, dort an einen Waldrand, lassen ihre Lieder ertönen und die schöne Wildnis ganz behaglich auf sich einwirken; und da sie dies offenbar nicht zu ihrer Pönitenz tun, sondern zu ihrem Vergnügen, so ist wohl anzunehmen, daß sie Sinn für die Natur haben, auch abgesehen von ihrer Nützlichkeit. Immer brechen sie was Grünes ab, junge Bursche wie alte Mütterchen, welche die alten Wege ihrer Jugend aufsuchen, und selbst steife Landmänner in den besten Geschäftsjahren, wenn sie über Land gehen, schneiden sich gern eine schlanke Gerte, sobald sie durch einen Wald gehen, und schälen die Blätter ab, von denen sie nur oben ein grünes Büschel stehen lassen. Solche Rute tragen sie wie ein Szepter vor sich hin; wenn sie in eine Amtsstube oder Kanzlei treten, so stellen sie die Gerte ehrerbietig in einen Winkel, vergessen aber auch nach den ernstesten Verhandlungen nie, dieselbe säuberlich wieder mitzunehmen und unversehrt nach Hause zu tragen, wo es erst dem kleinsten Söhnchen gestattet ist, sie zugrunde zu richten. – Als Sali und Vrenchen die vielen Spaziergänger sahen, lachten sie ins Fäustchen und freuten sich, auch gepaart zu sein, schlüpften aber seitwärts auf engere Waldpfade, wo sie sich in tiefen Einsamkeiten verloren. Sie hielten sich auf, wo es sie freute, eilten vorwärts und ruhten wieder, und wie keine Wolke am reinen Himmel stand, trübte auch keine Sorge in diesen Stunden ihr Gemüt; sie vergaßen, woher sie kamen und wohin sie gingen, und benahmen sich so fein und ordentlich dabei, daß trotz aller frohen Erregung und Bewegung Vrenchens niedlicher einfacher Aufputz so frisch und unversehrt blieb, wie er am Morgen gewesen war. Sali betrug sich auf diesem Wege nicht wie ein beinahe zwanzigjähriger Landbursche oder der Sohn eines verkommenen Schenkwirtes, sondern wie wenn er einige Jahre jünger und sehr wohl erzogen wäre, und es war beinahe komisch, wie er nur immer sein feines lustiges Vrenchen ansah, voll Zärtlichkeit, Sorgfalt und Achtung. Denn die armen Leutchen mußten an diesem einen Tage, der ihnen vergönnt war, alle Manieren und Stimmungen der Liebe durchleben und sowohl die verlorenen Tage der zarteren Zeit nachholen als das leidenschaftliche Ende vorausnehmen mit der Hingabe ihres Lebens.

So liefen sie sich wieder hungrig und waren erfreut, von der Höhe eines schattenreichen Berges ein glänzendes Dorf vor sich zu sehen, wo sie Mittag halten wollten. Sie stiegen rasch hinunter, betraten dann aber ebenso sittsam diesen Ort, wie sie den vorigen verlassen. Es war niemand um den Weg, der sie erkannt hätte; denn besonders Vrenchen war die letzten Jahre hindurch gar nicht unter die Leute und noch weniger in andere Dörfer gekommen. Deshalb stellten sie ein wohlgefälliges ehrsames Pärchen vor, das irgendeinen angelegentlichen Gang tut. Sie gingen ins erste Wirtshaus des Dorfes, wo Sali ein erkleckliches Mahl bestellte; ein eigener Tisch wurde ihnen sonntäglich gedeckt, und sie saßen wieder still und bescheiden daran und beguckten die schön getäfelten Wände von gebohntem Nußbaumholz, das ländliche, aber glänzende und wohlbestellte Büfett von gleichem Holze und die klaren weißen Fenstervorhänge. Die Wirtin trat zutulich herzu und setzte ein Geschirr voll frischer Blumen auf den Tisch. »Bis die Suppe kommt«, sagte sie, »könnt ihr, wenn es euch gefällig ist, einstweilen die Augen sättigen an dem Strauße. Allem Anschein nach, wenn es erlaubt ist zu fragen, seid ihr ein junges Brautpaar, das gewiß nach der Stadt geht, um sich morgen kopulieren zu lassen?« Vrenchen wurde rot und wagte nicht aufzusehen, Sali sagte auch nichts, und die Wirtin fuhr fort: »Nun, ihr seid freilich beide noch wohl jung, aber jung geheiratet lebt lang, sagt man zuweilen, und ihr seht wenigstens hübsch und brav aus und braucht euch nicht zu verbergen. Ordentliche Leute können etwas zuwege bringen, wenn sie so jung zusammenkommen und fleißig und treu sind. Aber das muß man freilich sein, denn die Zeit ist kurz und doch lang, und es kommen viele Tage, viele Tage! Je nun, schön genug sind sie und amüsant dazu, wenn man gut Haus hält damit! Nichts für ungut, aber es freut mich, euch anzusehen, so ein schmuckes Pärchen seid ihr!« Die Kellnerin brachte die Suppe, und da sie einen Teil dieser Worte noch gehört und lieber selbst geheiratet hätte, so sah sie Vrenchen mit scheelen Augen an, welches nach ihrer Meinung so gedeihliche Wege ging. In der Nebenstube ließ die unliebliche Person ihren Unmut frei und sagte zur Wirtin, welche dort zu schaffen hatte, so laut, daß man es hören konnte: »Das ist wieder ein rechtes Hudelvölkchen, das, wie es geht und steht, nach der Stadt läuft und sich kopulieren läßt, ohne einen Pfennig, ohne Freunde, ohne Aussteuer und ohne Aussicht als auf Armut und Bettelei! Wo soll das noch hinaus, wenn solche Dinger heiraten, die die Jüppe noch nicht allein anziehen und keine Suppe kochen können? Ach der hübsche junge Mensch kann mich nur dauern, der ist schön petschiert mit seiner jungen Gungeline!« »Bscht! willst du wohl schweigen, du hässiges Ding!« sagte die Wirtin, »denen lasse ich nichts geschehen! Das sind gewiß zwei recht ordentliche Leutlein aus den Bergen, wo die Fabriken sind; dürftig sind sie gekleidet, aber sauber, und wenn sie sich nur gern haben und arbeitsam sind, so werden sie weiter kommen als du mit deinem bösen Maul! Du kannst freilich noch lang warten, bis dich einer abholt, wenn du nicht freundlicher bist, du Essighafen!«

So genoß Vrenchen alle Wonnen einer Braut, die zur Hochzeit reiset: die wohlwollende Ansprache und Aufmunterung einer sehr vernünftigen Frau, den Neid einer heiratslustigen bösen Person, welche aus Ärger den Geliebten lobte und bedauerte, und ein leckeres Mittagsmahl an der Seite eben dieses Geliebten. Es glühte im Gesicht wie eine rote Nelke, das Herz klopfte ihm, aber es aß und trank nichtsdestominder mit gutem Appetit und war mit der aufwartenden Kellnerin nur um so artiger, konnte aber nicht unterlassen, dabei den Sali zärtlich anzusehen und mit ihm zu lispeln, so daß es diesem auch ganz kraus im Gemüt wurde. Sie saßen indessen lang und gemächlich am Tische, wie wenn sie zögerten und sich scheuten, aus der holden Täuschung herauszugehen. Die Wirtin brachte zum Nachtisch süßes Backwerk, und Sali bestellte feinern und stärkern Wein dazu, welcher Vrenchen feurig durch die Adern rollte, als es ein wenig davon trank; aber es nahm sich in acht, nippte bloß zuweilen und saß so züchtig und verschämt da wie eine wirkliche Braut. Halb spielte es aus Schalkheit diese Rolle und aus Lust, zu versuchen, wie es tue, halb war es ihm in der Tat so zu Mut, und vor Bangigkeit und heißer Liebe wollte ihm das Herz brechen, so daß es ihm zu eng ward innerhalb der vier Wände und es zu gehen begehrte. Es war, als ob sie sich scheuten, auf dem Wege wieder so abseits und allein zu sein; denn sie gingen unverabredet auf der Hauptstraße weiter, mitten durch die Leute, und sahen weder rechts noch links. Als sie aber aus dem Dorfe waren und auf das nächstgelegene zugingen, wo Kirchweih war, hing sich Vrenchen an Salis Arm und flüsterte mit zitternden Worten: »Sali! warum sollen wir uns nicht haben und glücklich sein?« »Ich weiß auch nicht warum!« erwiderte er und heftete seine Augen an den milden Herbstsonnenschein, der auf den Auen webte, und er mußte sich bezwingen und das Gesicht ganz sonderbar verziehen. Sie standen still, um sich zu küssen; aber es zeigten sich Leute, und sie unterließen es und zogen weiter. Das große Kirchdorf, in dem Kirchweih war, belebte sich schon von der Lust des Volkes; aus dem stattlichen Gasthofe tönte eine pomphafte Tanzmusik, da die jungen Dörfler bereits um Mittag den Tanz angehoben, und auf dem Platz vor dem Wirtshause war ein kleiner Markt aufgeschlagen, bestehend aus einigen Tischen mit Süßigkeiten und Backwerk und ein paar Buden mit Flitterstaat, um welche sich die Kinder und dasjenige Volk drängten, welches sich einstweilen mehr mit Zusehen begnügte. Sali und Vrenchen traten auch zu den Herrlichkeiten und ließen ihre Augen darüber fliegen; denn beide hatten zugleich die Hand in der Tasche und jedes wünschte dem andern etwas zu schenken, da sie zum ersten und einzigen Male miteinander zu Markt waren; Sali kaufte ein großes Haus von Lebkuchen, das mit Zuckerguß freundlich geweißt war, mit einem grünen Dach, auf welchem weiße Tauben saßen und aus dessen Schornstein ein Amörchen guckte als Kaminfeger; an den offenen Fenstern umarmten sich pausbäckige Leutchen mit winzig kleinen roten Mündchen, die sich recht eigentlich küßten, da der flüchtige praktische Maler mit einem Kleckschen gleich zwei Mündchen gemacht, die so ineinander verflossen. Schwarze Pünktchen stellten muntere Äuglein vor. Auf der rosenroten Haustür aber waren diese Verse zu lesen:

Tritt in mein Haus, o Liebste!
Doch sei Dir unverhehlt:
Drin wird allein nach Küssen
Gerechnet und gezählt.

Die Liebste sprach: »O Liebster,
Mich schrecket nichts zurück!
Hab alles wohl erwogen:
In Dir nur lebt mein Glück!

Und wenn ich's recht bedenke,
Kam ich deswegen auch!«
Nun denn, spazier mit Segen
Herein und üb den Brauch!

Ein Herr in einem blauen Frack und eine Dame mit einem sehr hohen Busen komplimentierten sich diesen Versen gemäß in das Haus hinein, links und rechts an die Mauer gemalt.

Vrenchen schenkte Sali dagegen ein Herz, auf dessen einer Seite ein Zettelchen klebte mit den Worten:

Ein süßer Mandelkern steckt in dem Herze hier,
Doch süßer als der Mandelkern ist meine Lieb zu Dir!

Und auf der anderen Seite:

Wenn Du dies Herz gegessen, vergiß dies Sprüchlein nicht:
Viel eh'r als meine Liebe mein braunes Auge bricht!

Sie lasen eifrig die Sprüche, und nie ist etwas Gereimtes und Gedrucktes schöner befunden und tiefer empfunden worden als diese Pfefferkuchensprüche; sie hielten, was sie lasen, in besonderer Absicht auf sich gemacht, so gut schien es ihnen zu passen. »Ach«, seufzte Vrenchen, »du schenkst mir ein Haus! Ich habe dir auch eines und erst das wahre geschenkt; denn unser Herz ist jetzt unser Haus, darin wir wohnen, und wir tragen so unsere Wohnung mit uns, wie die Schnecken! Andere haben wir nicht!« »Dann sind wir aber zwei Schnekken, von denen jede das Häuschen der andern trägt!« sagte Sali, und Vrenchen erwiderte: »Desto weniger dürfen wir voneinander gehen, damit jedes seiner Wohnung nah bleibt!« Doch wußten sie nicht, daß sie in ihren Reden eben solche Witze machten als auf den vielfach geformten Lebkuchen zu lesen waren, und fuhren fort, diese süße einfache Liebesliteratur zu studieren, die da ausgebreitet lag und besonders auf vielfach verzierte kleine und große Herzen geklebt war. Alles dünkte sie schön und einzig zutreffend; als Vrenchen auf einem vergoldeten Herzen, das wie eine Lyra mit Saiten bespannt war, las: »Mein Herz ist wie ein Zitherspiel, rührt man es viel, so tönt es viel!«, ward ihm so musikalisch zu Mut, daß es glaubte, sein eigenes Herz klingen zu hören. Ein Napoleonsbild war da, welches aber auch der Träger eines verliebten Spruches sein mußte, denn es stand darunter geschrieben: »Groß war der Held Napoleon, sein Schwert von Stahl, sein Herz von Ton; meine Liebe trägt ein Röslein frei, doch ist ihr Herz wie Stahl so treu!« – Während sie aber beiderseitig in das Lesen vertieft schienen, nahm jedes die Gelegenheit wahr, einen heimlichen Einkauf zu machen. Sali kaufte für Vrenchen ein vergoldetes Ringelchen mit einem grünen Glassteinchen und Vrenchen einen Ring von schwarzem Gemshorn, auf welchem ein goldenes Vergißmeinnicht eingelegt war. Wahrscheinlich hatten sie den gleichen Gedanken, sich diese armen Zeichen bei der Trennung zu geben.

Während sie in diese Dinge sich versenkten, waren sie so vergessen, daß sie nicht bemerkten, wie nach und nach ein weiter Ring sich um sie gebildet hatte von Leuten, die sie aufmerksam und neugierig betrachteten. Denn da viele junge Bursche und Mädchen aus ihrem Dorfe hier waren, so waren sie erkannt worden, und alles stand jetzt in einiger Entfernung um sie herum und sah mit Verwunderung auf das wohlgeputzte Paar, welches in andächtiger Innigkeit die Welt um sich her zu vergessen schien. »Ei seht!« hieß es, »das ist ja wahrhaftig das Vrenchen Marti und der Sali aus der Stadt! Die haben sich ja säuberlich gefunden und verbunden! Und welche Zärtlichkeit und Freundschaft, seht doch, seht! Wo die wohl hinaus wollen?« Die Verwunderung dieser Zuschauer war ganz seltsam gemischt aus Mitleid mit dem Unglück, aus Verachtung der Verkommenheit und Schlechtigkeit der Eltern und aus Neid gegen das Glück und die Einigkeit des Paares, welches auf eine ganz ungewöhnliche und fast vornehme Weise verliebt und aufgeregt war und in dieser rückhaltlosen Hingebung und Selbstvergessenheit dem rohen

Völkchen ebenso fremd erschien wie in seiner Verlassenheit und Armut. Als sie daher endlich aufwachten und um sich sahen, erschauten sie nichts als gaffende Gesichter von allen Seiten; niemand grüßte sie, und sie wußten nicht, sollten sie jemand grüßen, und diese Verfremdung und Unfreundlichkeit war von beiden Seiten mehr Verlegenheit als Absicht. Es wurde Vrenchen bang und heiß, es wurde bleich und rot, Sali nahm es aber bei der Hand und führte das arme Wesen hinweg, das ihm mit seinem Haus in der Hand willig folgte, obgleich die Trompeten im Wirtshause lustig schmetterten und Vrenchen so gern tanzen wollte. »Hier können wir nicht tanzen!« sagte Sali, als sie sich etwas entfernt hatten, »wir würden hier wenig Freude haben, wie es scheint!« »Jedenfalls«, sagte Vrenchen traurig, »es wird auch am besten sein, wir lassen es ganz bleiben und ich sehe, wo ich ein Unterkommen finde!« »Nein«, rief Sali, »du sollst einmal tanzen, ich habe dir darum Schuhe gebracht! Wir wollen gehen, wo das arme Volk sich lustig macht, zu dem wir jetzt auch gehören, da werden sie uns nicht verachten; im Paradiesgärtchen wird jedesmal auch getanzt, wenn hier Kirchweih ist, da es in die Kirchgemeinde gehört, und dorthin wollen wir gehen, dort kannst du zur Not auch übernachten.« Vrenchen schauerte zusammen bei dem Gedanken, nun zum ersten Mal an einem unbekannten Ort zu schlafen; doch folgte es willenlos seinem Führer, der jetzt alles war, was es in der Welt hatte. Das Paradiesgärtlein war ein schöngelegenes Wirtshaus an einer einsamen Berghalde, das weit über das Land wegsah, in welchem aber an solchen Vergnügungstagen nur das ärmere Volk, die Kinder der ganz kleinen Bauern und Tagelöhner und sogar mancherlei fahrendes Gesinde verkehrte. Vor hundert Jahren war es als ein kleines Landhaus von einem reichen Sonderling gebaut worden, nach welchem niemand mehr da wohnen mochte, und da der Platz sonst zu nichts zu gebrauchen war, so geriet der wunderliche Landsitz in Verfall und zuletzt in die Hände eines Wirtes, der da sein Wesen trieb. Der Name und die demselben entsprechende Bauart waren aber dem Hause geblieben. Es bestand nur aus einem Erdgeschoß, über welchem ein offener Estrich gebaut war, dessen Dach an den vier Ecken von Bildern aus Sandstein getragen wurde, so die vier Erzengel vorstellten und gänzlich verwittert waren. Auf dem Gesimse des Daches saßen ringsherum kleine musizierende Engel mit dicken Köpfen und Bäuchen, den Triangel, die Geige, die Flöte, Zimbel und Tamburin spielend, ebenfalls aus Sandstein, und die Instrumente waren ursprünglich vergoldet gewesen. Die Decke inwendig sowie die Brustwehr des Estrichs und das übrige Gemäuer des Hauses waren mit verwaschenen Freskomalereien bedeckt, welche lustige Engelscharen sowie singende und tanzende Heilige darstellten. Aber alles war verwischt und undeutlich wie ein Traum und überdies reichlich mit Weinreben übersponnen, und blaue reifende Trauben hingen überall in dem Laube. Um das Haus herum standen verwilderte Kastanienbäume, und knorrige starke Rosenbüsche, auf eigene Hand fortlebend, wuchsen da und dort so wild herum, wie anderswo die Holunderbäume. Der Estrich diente zum Tanzsaal; als Sali mit Vrenchen daherkam, sahen sie schon von weitem die Paare unter dem offenen Dache sich drehen, und rund um das Haus zechten und lärmten eine Menge lustiger Gäste. Vrenchen, welches andächtig und wehmütig sein Liebeshaus trug, glich einer heiligen Kirchenpatronin auf alten Bildern, welche das Modell eines Domes oder Klosters auf der Hand hält, so sie gestiftet; aber aus der frommen Stiftung, die ihm im Sinne lag, konnte nichts werden. Als es aber die wilde Musik hörte, welche vom Estrich ertönte, vergaß es sein Leid und verlangte endlich nichts als mit

Sali zu tanzen. Sie drängten sich durch die Gäste, die vor dem Hause saßen und in der Stube, verlumpte Leute aus Seldwyla, die eine billige Landpartie machten, armes Volk von allen Enden, und stiegen die Treppe hinauf, und sogleich drehten sie sich im Walzer herum, keinen Blick voneinander abwendend. Erst als der Walzer zu Ende, sahen sie sich um; Vrenchen hatte sein Haus zerdrückt und zerbrochen und wollte eben betrübt darüber werden, als es noch mehr erschrak über den schwarzen Geiger, in dessen Nähe sie standen. Er saß auf einer Bank, die auf einem Tische stand, und sah so schwarz aus wie gewöhnlich; nur hatte er heute einen grünen Tannenbusch auf sein Hütchen gesteckt, zu seinen Füßen hatte er eine Flasche Rotwein und ein Glas stehen, welche er nie umstieß, obgleich er fortwährend mit den Beinen strampelte, wenn er geigte, und so eine Art von Eiertanz damit vollbrachte. Neben ihm saß noch ein schöner, aber trauriger junger Mensch mit einem Waldhorn, und ein Buckliger stand an einer Baßgeige. Sali erschrak auch, als er den Geiger erblickte; dieser grüßte sie aber auf das freundlichste und rief: »Ich habe doch gewußt, daß ich euch noch einmal aufspielen werde! So macht euch nur recht lustig, ihr Schätzchen, und tut mir Bescheid!« Er bot Sali das volle Glas, und Sali trank und tat ihm Bescheid. Als der Geiger sah, wie erschrocken Vrenchen war, suchte er ihm freundlich zuzureden und machte einige fast anmutige Scherze, die es zum Lachen brachten. Es ermunterte sich wieder, und nun waren sie froh, hier einen Bekannten zu haben und gewissermaßen unter dem besonderen Schutze des Geigers zu stehen. Sie tanzten nun ohne Unterlaß, sich und die Welt vergessend in dem Drehen, Singen und Lärmen, welches in und außer dem Hause rumorte und vom Berge weit in die Gegend hinausschallte, welche sich allmählig in den silbernen Duft des Herbstabends hüllte. Sie tanzten, bis es dunkelte und der größere Teil der lustigen Gäste sich schwankend und johlend nach allen Seiten entfernte. Was noch zurückblieb, war das eigentliche Hudelvölkchen, welches nirgends zu Hause war und sich zum guten Tag auch noch eine gute Nacht machen wollte. Unter diesen waren einige, welche mit dem Geiger gut bekannt schienen und fremdartig aussahen in ihrer zusammengewürfelten Tracht. Besonders ein junger Bursche fiel auf, der eine grüne Manchesterjacke trug und einen zerknitterten Strohhut, um den er einen Kranz von Ebereschen oder Vogelbeerbüscheln gebunden hatte. Dieser führte eine wilde Person mit sich, die einen Rock von kirschrotem weißgetüpfeltem Kattun trug und sich einen Reifen von Rebenschossen um den Kopf gebunden, so daß an jeder Schläfe eine blaue Traube hing. Dies Paar war das ausgelassenste von allen, tanzte und sang unermüdlich und war in allen Ecken zugleich. Dann war noch ein schlankes hübsches Mädchen da, welches ein schwarzseidenes abgeschossenes Kleid trug und ein weißes Tuch um den Kopf, daß der Zipfel über den Rücken fiel. Das Tuch zeigte rote, eingewobene Streifen und war eine gute leinene Handzwehle oder Serviette. Darunter leuchteten aber ein Paar veilchenblaue Augen hervor. Um den Hals und auf der Brust hing eine sechsfache Kette von Vogelbeeren auf einen Faden gezogen und ersetzte die schönste Korallenschnur. Diese Gestalt tanzte fortwährend allein mit sich selbst und verweigerte hartnäckig mit einem der Gesellen zu tanzen. Nichtsdestominder bewegte sie sich anmutig und leicht herum und lächelte jedesmal, wenn sie sich an dem traurigen Waldhornbläser vorüberdrehte, wozu dieser immer den Kopf abwandte. Noch einige andere vergnügte Frauensleute waren da mit ihren Beschützern, alle von dürftigem Aussehen, aber sie waren um so lustiger und in bester Eintracht untereinander. Als es gänzlich dunkel war, wollte der Wirt keine Lichter anzünden, da er behauptete, der Wind lösche sie aus, auch ginge der Vollmond sogleich auf, und für das, was ihm diese Herrschaften einbrächten, sei das Mondlicht gut genug. Diese Eröffnung wurde mit großem Wohlgefallen aufgenommen; die ganze Gesellschaft stellte sich an die Brüstung des luftigen Saales und sah dem Aufgange des Gestirnes entgegen, dessen Röte schon am Horizonte stand; und sobald der Mond aufging und sein Licht quer durch den Estrich des Paradiesgärtels warf, tanzten sie im Mondschein weiter, und zwar so still, artig und seelenvergnügt, als ob sie im Glanze von hundert Wachskerzen tanzten. Das seltsame Licht machte alle vertrauter, und so konnten Sali und Vrenchen nicht umhin, sich unter die gemeinsame Lustbarkeit zu mischen und auch mit andern zu tanzen. Aber jedesmal, wenn sie ein Weilchen getrennt gewesen, flogen sie zusammen und feierten ein Wiedersehen, als ob sie sich jahrelang gesucht und endlich gefunden. Sali machte ein trauriges und unmutiges Gesicht, wenn er mit einer anderen tanzte, und drehte fortwährend das Gesicht nach Vrenchen hin, welches ihn nicht ansah, wenn es vorüberschwebte, glühte wie eine Purpurrose und überglücklich schien, mit wem es auch tanzte. »Bist du eifersüchtig, Sali?« fragte es ihn, als die Musikanten müde waren und aufhörten. »Gott bewahre!« sagte er, »ich wüßte nicht, wie ich es anfangen sollte!« »Warum bist du denn so bös, wenn ich mit andern tanze?« »Ich bin nicht darüber bös, sondern weil ich mit andern tanzen muß! Ich kann kein anderes Mädchen ausstehen, es ist mir, als wenn ich ein Stück Holz im Arm habe, wenn du es nicht bist! Und du? wie geht es dir?« »O, ich bin immer wie im Himmel, wenn ich nur tanze und weiß, daß du zugegen bist! Aber ich glaube, ich würde sogleich tot umfallen, wenn du weggingest und mich da ließest!« Sie waren hinabgegangen und standen vor dem Hause; Vrenchen umschloß ihn mit beiden Armen, schmiegte seinen schlanken zitternden Leib an ihn, drückte seine glühende Wange, die von heißen Tränen feucht war, an sein Gesicht und sagte schluchzend: »Wir können nicht zusammen sein, und doch kann ich nicht von dir lassen, nicht einen Augenblick mehr, nicht eine Minute!« Sali umarmte und drückte das Mädchen heftig an sich und bedeckte es mit Küssen. Seine verwirrten Gedanken rangen nach einem Ausweg, aber er sah keinen. Wenn auch das Elend und die Hoffnungslosigkeit seiner Herkunft zu überwinden gewesen wären, so war seine Jugend und unerfahrene Leidenschaft nicht beschaffen, sich eine lange Zeit der Prüfung und Entsagung vorzunehmen und zu überstehen, und dann wäre erst noch Vrenchens Vater dagewesen, welchen er zeitlebens elend gemacht. Das Gefühl, in der bürgerlichen Welt nur in einer ganz ehrlichen und gewissenfreien Ehe glücklich sein zu können, war in ihm ebenso lebendig wie in Vrenchen, und in beiden verlassenen Wesen war es die letzte Flamme der Ehre, die in früheren Zeiten in ihren Häusern geglüht hatte und welche die sich sicher fühlenden Väter durch einen unscheinbaren Mißgriff ausgeblasen und zerstört hatten, als sie, eben diese Ehre zu äufnen wähnend durch Vermehrung ihres Eigentums, so gedankenlos sich das Gut eines Verschollenen aneigneten, ganz gefahrlos, wie sie meinten. Das geschieht nun freilich alle Tage; aber zuweilen stellt das Schicksal ein Exempel auf und läßt zwei solche Äufner ihrer Hausehre und ihres Gutes zusammentreffen, die sich dann unfehlbar aufreiben und auffressen wie zwei wilde Tiere. Denn die Mehrer des Reiches verrechnen sich nicht nur auf den Thronen, sondern zuweilen auch in den niedersten Hütten und langen ganz am entgegengesetzten Ende an, als wohin sie zu kommen trachteten, und der Schild der Ehre ist im Umsehen eine Tafel der Schande. Sali und Vrenchen hatten aber noch die Ehre ihres Hauses gesehen in zarten Kinderjahren und erinnerten sich, wie wohlgepflegte Kinderchen sie gewesen und daß ihre Väter ausgesehen wie andere Männer, geachtet und sicher. Dann waren sie auf lange getrennt worden, und als sie sich wiederfanden, sahen sie in sich zugleich das verschwundene Glück des Hauses, und beider Neigung klammerte sich nur um so heftiger ineinander. Sie mochten so gern fröhlich und glücklich sein, aber nur auf einem guten Grund und Boden, und dieser schien ihnen unerreichbar, während ihr wallendes Blut am liebsten gleich zusammengeströmt wäre. »Nun ist es Nacht«, rief Vrenchen, »und wir sollen uns trennen!« »Ich soll nach Hause gehen und dich allein lassen?« rief Sali, »nein, das kann ich nicht!« »Dann wird es Tag werden und nicht besser um uns stehen!«

»Ich will euch einen Rat geben, ihr närrischen Dinger!« tönte eine schrille Stimme hinter ihnen, und der Geiger trat vor sie hin. »Da steht ihr«, sagte er, »wißt nicht wo hinaus und hättet euch gern. Ich rate euch, nehmt euch, wie ihr seid, und säumet nicht. Kommt mit mir und meinen guten Freunden in die Berge, da brauchet ihr keinen Pfarrer, kein Geld, keine Schriften, keine Ehre, kein Bett, nichts als euern guten Willen! Es ist gar nicht so übel bei uns, gesunde Luft und genug zu essen, wenn man tätig ist; die grünen Wälder sind unser Haus, wo wir uns lieb haben, wie es uns gefällt, und im Winter machen wir uns die wärmsten Schlupfwinkel oder kriechen den Bauern ins warme Heu. Also kurz entschlossen, haltet gleich hier Hochzeit und kommt mit uns, dann seid ihr aller Sorgen los und habt euch für immer und ewiglich, solange es euch gefällt wenigstens; denn alt werdet ihr bei unserm freien Leben, das könnt ihr glauben! Denkt nicht etwa, daß ich euch nachtragen will, was eure Alten an mir getan! Nein! es macht mir zwar Vergnügen, euch da angekommen zu sehen, wo ihr seid; allein damit bin ich zufrieden und werde euch behilflich und dienstfertig sein, wenn ihr mir folgt.« Er sagte das wirklich in einem aufrichtigen und gemütlichen Tone. »Nun, besinnt euch ein bißchen, aber folget mir, wenn ich euch gut zum Rat bin! Laßt fahren die Welt und nehmet euch und fraget niemandem was nach! Denkt an das lustige Hochzeitbett im tiefen Wald oder auf einem Heustock, wenn es euch zu kalt ist!« Damit ging er ins Haus. Vrenchen zitterte in Salis Armen, und dieser sagte: »Was meinst du dazu? Mich dünkt, es wäre nicht übel, die ganze Welt in den Wind zu schlagen und uns dafür zu lieben ohne Hindernis und Schranken!« Er sagte es aber mehr als einen verzweifelten Scherz denn im Ernst. Vrenchen aber erwiderte ganz treuherzig und küßte ihn: »Nein, dahin möchte ich nicht gehen, denn da geht es auch nicht nach meinem Sinne zu. Der junge Mensch mit dem Waldhorn und das Mädchen in dem seidenen Rock gehören auch so zueinander und sollen sehr verliebt gewesen sein. Nun sei letzte Woche die Person ihm zum ersten Mal untreu geworden, was ihm nicht in den Kopf wolle, und deshalb sei er so traurig und schmolle mit ihr und mit den andern, die ihn auslachen. Sie aber tut eine mutwillige Buße, indem sie allein tanzt und mit niemandem spricht, und lacht ihn auch nur aus damit. Dem armen Musikanten sieht man es jedoch an, daß er sich noch heute mit ihr versöhnen wird. Wo es aber so hergeht, möchte ich nicht sein, denn nie möcht ich dir untreu werden, wenn ich auch sonst noch alles ertragen würde, um dich zu besitzen!« Indessen aber fieberte das arme Vrenchen immer heftiger an Salis Brust; denn schon seit dem Mittag, wo jene Wirtin es für eine Braut gehalten und es eine solche ohne Widerrede vorgestellt, lohte ihm das Brautwesen im Blute, und je hoffnungsloser es war, um so wilder und unbezwinglicher. Dem Sali erging es ebenso schlimm, da die Reden des Geigers, so wenig er ihnen folgen mochte, dennoch seinen Kopf verwirrten, und er sagte mit ratlos stockender Stimme: »Komm herein, wir müssen wenigstens noch was essen und trinken.« Sie gingen in die Gaststube, wo niemand mehr war als die kleine Gesellschaft der Heimatlosen, welche bereits um einen Tisch saß und eine spärliche Mahlzeit hielt. »Da kommt unser Hochzeitpaar!« rief der Geiger, »jetzt seid lustig und fröhlich und laßt euch zusammengeben!« Sie wurden an den Tisch genötigt und flüchteten sich vor sich selbst an denselben hin; sie waren froh, nur für den Augenblick unter Leuten zu sein. Sali bestellte Wein und reichlichere Speisen, und es begann eine große Fröhlichkeit. Der Schmollende hatte sich mit der Untreuen versöhnt, und das Paar liebkoste sich in begieriger Seligkeit; das andere wilde Paar sang und trank und ließ es ebenfalls nicht an Liebesbezeugungen fehlen, und der Geiger nebst dem buckligen Baßgeiger lärmten ins Blaue hinein. Sali und Vrenchen waren still und hielten sich umschlungen; auf einmal gebot der Geiger Stille und führte eine spaßhafte Zeremonie auf, welche eine Trauung vorstellen sollte. Sie mußten sich die Hände geben, und die Gesellschaft stand auf und trat der Reihe nach zu ihnen, um sie zu beglückwünschen und in ihrer Verbrüderung willkommen zu heißen. Sie ließen es geschehen, ohne ein Wort zu sagen, und betrachteten es als einen Spaß, während es sie doch kalt und heiß durchschauerte.

Die kleine Versammlung wurde jetzt immer lauter und aufgeregter, angefeuert durch den stärkern Wein, bis plötzlich der Geiger zum Aufbruch mahnte. »Wir haben weit«, rief er, »und Mitternacht ist vorüber! Auf! wir wollen dem Brautpaar das Geleit geben, und ich will vorausgeigen, daß es eine Art hat!« Da die ratlosen Verlassenen nichts Besseres wußten und überhaupt ganz verwirrt waren, ließen sie abermals geschehen, daß man sie voranstellte und die übrigen zwei Paare einen Zug hinter ihnen formierten, welchen der Bucklige abschloß mit seiner Baßgeige über der Schulter. Der Schwarze zog voraus und spielte auf seiner Geige wie besessen den Berg hinunter, und die anderen lachten, sangen und sprangen hintendrein. So strich der tolle nächtliche Zug durch die stillen Felder und durch das Heimatdorf Salis und Vrenchens, dessen Bewohner längst schliefen.

Als sie durch die stillen Gassen kamen und an ihren verlorenen Vaterhäusern vorüber, ergriff sie eine schmerzhaft wilde Laune, und sie tanzten mit den andern um die Wette hinter dem Geiger her, küßten sich, lachten und weinten. Sie tanzten auch den Hügel hinauf, über welchen der Geiger sie führte, wo die drei Äcker lagen, und oben strich der schwärzliche Kerl die Geige noch einmal so wild, sprang und hüpfte wie ein Gespenst, und seine Gefährten blieben nicht zurück in der Ausgelassenheit, so daß es ein wahrer Blocksberg war auf der stillen Höhe; selbst der Bucklige sprang keuchend mit seiner Last herum, und keines schien mehr das andere zu sehen. Sali faßte Vrenchen fester in den Arm und zwang es still zu stehen; denn er war zuerst zu sich gekommen. Er küßte es, damit es schweige, heftig auf den Mund, da es sich ganz vergessen hatte und laut sang. Es verstand ihn endlich, und sie standen still und lauschend, bis ihr tobendes Hochzeitgeleite das Feld entlang gerast war und, ohne sie zu vermissen, am Ufer des Stromes hinauf sich verzog. Die Geige, das Gelächter der Mädchen und die Jauchzer der Bursche tönten aber noch eine gute Zeit durch die Nacht, bis zuletzt alles verklang und still wurde.

»Diesen sind wir entflohen«, sagte Sali, »aber wie entfliehen wir uns selbst? Wie meiden wir uns?«

Vrenchen war nicht imstande zu antworten und lag hochaufatmend an seinem Halse. »Soll ich dich nicht lieber ins Dorf zurückbringen und Leute wecken, daß sie dich aufnehmen? Morgen kannst du ja dann deines Weges ziehen, und gewiß wird es dir wohl gehen, du kommst überall fort!«

»Fortkommen, ohne dich!«

»Du mußt mich vergessen!«

»Das werde ich nie! Könntest denn du es tun?«

»Darauf kommt's nicht an, mein Herz!« sagte Sali und streichelte ihm die heißen Wangen, je nachdem es sie leidenschaftlich an seiner Brust herumwarf, »es handelt sich jetzt nur um dich; du bist noch so ganz jung, und es kann dir noch auf allen Wegen gut gehen!«

»Und dir nicht auch, du alter Mann?«

»Komm!« sagte Sali und zog es fort. Aber sie gingen nur einige Schritte und standen wieder still, um sich bequemer zu umschlingen und zu herzen. Die Stille der Welt sang und musizierte ihnen durch die Seelen, man hörte nur den Fluß unten sacht und lieblich rauschen im langsamen Ziehen. »Wie schön ist es da rings herum! Hörst du nicht etwas tönen, wie ein schöner Gesang oder ein Geläute?«

»Es ist das Wasser, das rauscht! Sonst ist alles still.«

»Nein, es ist noch etwas anderes, hier, dort hinaus, überall tönt's!«

»Ich glaube, wir hören unser eigenes Blut in unsern Ohren rauschen!«

Sie horchten ein Weilchen auf diese eingebildeten oder wirklichen Töne, welche von der großen Stille herrührten oder welche sie mit den magischen Wirkungen des Mondlichtes verwechselten, welches nah und fern über die weißen Herbstnebel wallte, welche tief auf den Gründen lagen. Plötzlich fiel Vrenchen etwas ein; es suchte in seinem Brustgewand und sagte: »Ich habe dir noch ein Andenken gekauft, das ich dir geben wollte!« Und es gab ihm den einfachen Ring und steckte ihm denselben selbst an den Finger. Sali nahm sein Ringlein auch hervor und steckte ihn an Vrenchens Hand, indem er sagte: »So haben wir die gleichen Gedanken gehabt!« Vrenchen hielt seine Hand in das bleiche Silberlicht und betrachtete den Ring. »Ei, wie ein feiner Ring!« sagte es lachend; »nun sind wir aber doch verlobt und versprochen, du bist mein Mann und ich deine Frau, wir wollen es einmal einen Augenblick lang denken, nur bis jener Nebelstreif am Mond vorüber ist oder bis wir zwölf gezählt haben! Küsse mich zwölfmal!«

Sali liebte gewiß ebenso stark als Vrenchen, aber die Heiratsfrage war in ihm doch nicht so leidenschaftlich lebendig als ein bestimmtes Entweder–Oder, als ein unmittelbares Sein oder Nichtsein, wie in Vrenchen, welches nur das eine zu fühlen fähig war und mit leidenschaftlicher Entschiedenheit unmittelbar Tod oder Leben darin sah. Aber jetzt ging ihm endlich ein Licht auf, und das weibliche Gefühl des jungen Mädchens ward in ihm auf der Stelle zu einem wilden und heißen Verlangen, und eine glühende Klarheit erhellte ihm die Sinne. So heftig er Vrenchen schon umarmt und liebkost hatte, tat er es jetzt doch ganz anders und stürmischer und übersäete es mit Küssen. Vrenchen fühlte trotz aller eigenen Leidenschaft auf der Stelle diesen Wechsel, und ein heftiges Zittern durchfuhr sein ganzes Wesen, aber ehe jener Nebelstreif am Monde vorüber war, war es auch davon ergriffen. Im heftigen Schmeicheln und Ringen begegneten sich ihre ringgeschmückten Hände und faßten sich fest, wie von selbst eine Trauung vollziehend, ohne den Befehl eines Willens. Salis Herz klopfte bald wie mit Hämmern, bald stand es still, er atmete schwer und sagte leise: »Es gibt eines für uns, Vrenchen, wir halten Hochzeit zu dieser Stunde und gehen dann aus der Welt –

dort ist das tiefe Wasser – dort scheidet uns niemand mehr, und wir sind zusammen gewesen – ob kurz oder lang, das kann uns dann gleich sein.«

Vrenchen sagte sogleich: »Sali – was du da sagst, habe ich schon lang bei mir gedacht und ausgemacht, nämlich daß wir sterben könnten und dann alles vorbei wäre – so schwör mir es, daß du es mit mir tun willst!«

»Es ist schon so gut wie getan, es nimmt dich niemand mehr aus meiner Hand als der Tod!« rief Sali außer sich. Vrenchen aber atmete hoch auf, Tränen der Freude entströmten seinen Augen; es raffte sich auf und sprang leicht wie ein Vogel über das Feld gegen den Fluß hinunter. Sali eilte ihm nach; denn er glaubte, es wolle ihm entfliehen, und Vrenchen glaubte, er wolle es zurückhalten. So sprangen sie einander nach, und Vrenchen lachte wie ein Kind, welches sich nicht will fangen lassen. »Bereust du es schon?« rief eines zum andern, als sie am Flusse angekommen waren und sich ergriffen; »nein! es freut mich immer mehr!« erwiderte ein jedes. Aller Sorgen ledig gingen sie am Ufer hinunter und überholten die eilenden Wasser, so hastig suchten sie eine Stätte, um sich niederzulassen; denn ihre Leidenschaft sah jetzt nur den Rausch der Seligkeit, der in ihrer Vereinigung lag, und der ganze Wert und Inhalt des übrigen Lebens drängte sich in diesem zusammen; was danach kam, Tod und Untergang, war ihnen ein Hauch, ein Nichts, und sie dachten weniger daran, als ein Leichtsinniger denkt, wie er den andern Tag leben will, wenn er seine letzte Habe verzehrt.

»Meine Blumen gehen mir voraus«, rief Vrenchen, »sieh, sie sind ganz dahin und verwelkt!« Es nahm sie von der Brust, warf sie ins Wasser und sang laut dazu: »Doch süßer als ein Mandelkern ist meine Lieb zu dir!«

»Halt!« rief Sali, »hier ist dein Brautbett!«

Sie waren an einen Fahrweg gekommen, der vom Dorfe her an den Fluß führte, und hier war eine Landungsstelle, wo ein großes Schiff, hoch mit Heu beladen, angebunden lag. In wilder Laune begann er unverweilt die starken Seile loszubinden. Vrenchen fiel ihm lachend in den Arm und rief: »Was willst du tun? Wollen wir den Bauern ihr Heuschiff stehlen zu guter Letzt?« »Das soll die Aussteuer sein, die sie uns geben, eine schwimmende Bettstelle und ein Bett, wie noch keine Braut gehabt! Sie werden überdies ihr Eigentum unten wiederfinden, wo es ja doch hin soll, und werden nicht wissen, was damit geschehen ist. Sieh, schon schwankt es und will hinaus!«

Das Schiff lag einige Schritte vom Ufer entfernt im tiefen Wasser. Sali hob Vrenchen mit seinen Armen hoch empor und schritt durch das Wasser gegen das Schiff; aber es liebkoste ihn so heftig ungebärdig und zappelte wie ein Fisch, daß er im ziehenden Wasser keinen Stand halten konnte. Es strebte Gesicht und Hände ins Wasser zu tauchen und rief: »Ich will auch das kühle Wasser versuchen! Weißt du noch, wie kalt und naß unsere Hände waren, als wir sie uns zum ersten Mal gaben? Fische fingen wir damals, jetzt werden wir selber Fische sein und zwei schöne große!« »Sei ruhig, du lieber Teufel!« sagte Sali, der Mühe hatte, zwischen dem tobenden Liebchen und den Wellen sich aufrecht zu halten, »es zieht mich sonst fort!« Er hob seine Last in das Schiff und schwang sich nach; er hob sie auf die hochgebettete weiche und duftende Ladung und schwang sich auch hinauf, und als sie oben saßen, trieb das Schiff allmählich in die Mitte des Stromes hinaus und schwamm dann, sich langsam drehend, zu Tal.

Der Fluß zog bald durch hohe dunkle Wälder, die ihn überschatteten, bald durch offenes Land; bald an stillen Dörfern vorbei, bald an einzelnen Hütten; hier geriet er in eine

Stille, daß er einem ruhigen See glich und das Schiff beinah stillhielt, dort strömte er um Felsen und ließ die schlafenden Ufer schnell hinter sich; und als die Morgenröte aufstieg, tauchte zugleich eine Stadt mit ihren Türmen aus dem silbergrauen Strome. Der untergehende Mond, rot wie Gold, legte eine glänzende Bahn den Strom hinauf, und auf dieser kam das Schiff langsam überquer gefahren. Als es sich der Stadt näherte, glitten im Froste des Herbstmorgens zwei bleiche Gestalten, die sich fest umwanden, von der dunklen Masse herunter in die kalten Fluten.

Das Schiff legte sich eine Weile nachher unbeschädigt an eine Brücke und blieb da stehen. Als man später unterhalb der Stadt die Leichen fand und ihre Herkunft ausgemittelt hatte, war in den Zeitungen zu lesen, zwei junge Leute, die Kinder zweier blutarmen zu Grunde gegangenen Familien, welche in unversöhnlicher Feindschaft lebten, hätten im Wasser den Tod gesucht, nachdem sie einen ganzen Nachmittag herzlich miteinander getanzt und sich belustigt auf einer Kirchweih. Es sei dies Ereignis vermutlich in Verbindung zu bringen mit einem Heuschiff aus jener Gegend, welches ohne Schiffleute in der Stadt gelandet sei, und man nehme an, die jungen Leute haben das Schiff entwendet, um darauf ihre verzweifelte und gottverlassene Hochzeit zu halten, abermals ein Zeichen von der um sich greifenden Entsittlichung und Verwilderung der Leidenschaften.

## Carl Spitteler

# *Der Salutist*

Polternd schmetterten die Kieselsteine in dichtem Hagel an die Fensterläden des Hauses, in welchem die Salutisten sich versammelt hatten.

Umsonst versuchte der Pfarrer die Menge zu besänftigen.

Der einzige Polizeidiener des Städtchens saß im Wirtshaus ›Zum goldenen Adler‹, ins Kartenspiel vertieft und sich weislich hütend, seine herausfordernde Figur der Menge zu zeigen.

Neben der Salutistenherberge aber, im Schloßgarten, stand die Herrin mit ihren zwei bildschönen Töchtern am Straßengitter, schreckensbleich, doch gefaßt, kraft ihrer Anwesenheit verhütend, daß der Zorn sich seitwärts nach dem Eigentum des beneideten Aristokraten verirre.

Unter den Leitern des Angriffes befand sich ein blutjunger Uhrenmacher, Pierre Grosjean mit Namen, welcher, die Pfeife im Mundwinkel, die Mütze auf dem Hinterkopfe, seelenvergnügt den Krawall mit kurzen Zurufen anfeuerte, die Hände nachlässig in den Hosentaschen behaltend. Die meiste Zeit bemühte er sich nicht selber mit dem Zerstörungswerk; nur dann, wenn es dem Pfarrer nach unsäglicher Mühe gelungen war, auf einer Seite den Steinregen zum Aufhören zu bringen, suchte er im Pflaster, wählte einen Kiesel von der Größe eines Kindskopfes, drehte ihn eine Weile schmeichelnd in der Hohlhand und jagte ihn schließlich mit solcher Gewalt an den nächsten Laden, daß die Fensterscheiben dahinter klirrend auseinander prasselten.

Ein Mädchen zwängte sich lachend durch die Meuterer und schmiegte sich stolz an ihn heran; das war Jeanne-Marie, sein Schatz.

Gemeinsam genossen sie den zunehmenden Spektakel mit leuchtenden Augen. Es war ein Festtag wie ein anderer; es diente ihnen für eine Keilerei am Ostermontag in einer Tanzschenke.

Endlich wichen die Läden aus den Riegeln, gleichzeitig an mehreren Orten, so daß durch die unbewehrten Scheiben jetzt die Geschosse tief in das Innere drangen, Spiegel und Stühle und allerlei Kleinkram zertrümmernd.

Ein ohrenbetäubendes Siegesgeschrei begrüßte diesen ersten Erfolg, und im Nu wurde beschlossen, die Haustüre zu zwingen.

Schon stürmte der Schlosser mit seinen Gesellen die Vortreppe hinan, da tat sich unversehens die Türe von selbst auf, und in geordnetem Zuge erschienen paarweise die Salutisten, plärrend und betend.

Verblüfft stutzten die Aufrührer, und der tobende Lärm verwandelte sich plötzlich in lautlose Stille.

In der Richtung, nach welcher die Salutisten abzogen, wich der Volksknäuel in unfreiwilliger Ehrerbietung zurück, einen weiten Raum gewährend.

Allmählich fielen aber einige halblaute Spottworte, so oft einer von den heimischen Heilsleuten hervortrat; auch verengte sich der Raum um die Abziehenden mehr und mehr durch das feige Drängen der Hinterstehenden. Mit der Zeit wurden die Hohnreden dreister und zahlreicher; an den Straßenecken trennte man einzelne der Salutisten von der Gesamtreihe und mißhandelte sie; die frisch Nachkommenden wurden jetzt eine Weile durch Beschimpfungen und Drohungen geschreckt, ehe man sie den übrigen nachfolgen ließ.

In diesem Augenblick zeigte sich die junge Hauptmännin in ihrer goldgestickten Uniform. Steif wie ein Ellenstab kam sie hervor, mit strenger Puritanermiene, einen verächtlichen Engländerblick auf die heißblütigen, leidenschaftlich aufgeregten Romanen niederschickend.

Ihre stumme Herausforderung wurde mit einem unartikulierten Wutgebrüll und einer Flut von persönlichen Schmähungen erwidert, welche alles enthielten, was ein Weib zu beleidigen und zu empören vermag. Und als nun die blonde Hauptmännin mit zusammengekniffenen Lippen trotzig den Kopf zurückwarf, bewaffneten sich Dutzende von Händen.

Noch war ihr keine tätliche Unbill widerfahren.

Da zischelte Jeanne-Marie ihrem Liebhaber etwas ins Ohr, indem sie zugleich mit weiblichem Neidesblick nach der weißen, blauäugigen Engländerin hinübersah.

Grosjean bückte sich, versteckte die Hand hinter seiner grünen Bluse, und während die Hauptmännin sich anschickte, die erste Treppenstufe zu betreten, schnellte er verstohlen den Stein ab, ohne zu zielen, mehr aus dem Bedürfnis, seinen Haß anzudeuten, als in der Absicht, sie zu treffen.

In derselben Sekunde schreckte die Hauptmännin vor dem Haufen, der ihr auf der Treppe entgegenwogte, zurück, und der Stein streifte den Kopf, ehe er im Innern des Hauses auf den Flur niederschlug.

Sie wankte, kehrte sich dann rasch nach der Richtung um, aus welcher das Geschoß geflogen gekommen, schaute ihren Gegner, der sich durch seine Bestürzung verriet, mit ihren kalten, wasserblauen Augen fest an und erhob segnend ihre Arme:

»Herr, verzeihe ihnen, denn sie wissen nicht, was sie tun«, rief sie ihm in französischer Sprache zu, klar und laut, wenn schon mit fremdländischer Betonung. Hernach wandte sie sich seitwärts, ohne des Blutes zu achten, welches aus ihrer Wunde sickerte, und stieg zuversichtlich die Treppe hinab.

Das Volk aber, durch den Anblick des Blutes entsetzt und ernüchtert, gab ihr schweigend Raum, so daß sie ohne weitere Fährlichkeit den Bahnhof erreichte.

Pierre Grosjean flüchtete wie betrunken aus dem Getümmel die Bergstraße hinan, seine Braut von sich stoßend und die Fragen seiner Kameraden überhörend.

Er war schon weit über die Burgruine hinausgelangt, aber der starre Blick, die regelmäßigen Züge und der stolze Segen seiner Feindin scheuchten ihn noch immer vorwärts. Der grelle Widerschein der Sonne auf dem weißen Kalkboden verblendete seine Augen, und der Schweiß trat ihm auf die Stirne, kalt und peinlich.

Hoch oben vor dem dunklen Buchenwalde, welcher das Gebirge krönt, meinte er Ruhe zu empfinden. Er stand stille und schaute sich mit einem seufzenden Atemzuge um.

Eine schwarze, scharf abgeschnittene Wolkenschicht zog langsam am Himmel heran.

In der Tiefe der Wolkenwand, da wo sie am dunkelsten war, spielten ohne das mindeste Geräusch blitzende Lichter.

Ein fröstelnder Schauer überfiel ihn; plötzlich wandte er sich talwärts und lief im tollen Laufe wieder bergab dem Städtchen zu.

Da schwebte von unten her im gleißenden Sonnenschein ein glänzendes, grünlich schimmerndes Meteor kugelförmig über der Landstraße, hart über dem Boden.

Gleichmäßig flog die Kugel heran. Sie drehte sich, wälzte sich und entlud Feuerfunken. Vor ihr wirbelte der Staub in die Lüfte.

Grosjean, anstatt ihr auszuweichen, stierte ihr wie gebannt

entgegen. Ein Zittern überfiel ihn, und er klapperte mit den Zähnen.

Jetzt erreichte ihn das Ungetüm, unglaublich, doch unleugbar.

Ein Zischen betäubte sein Ohr; in beiden Knien verspürte er einen Schlag bis in die innersten Nerven der Knochen; ein ameisenartiges, wumselndes Gefühl kribbelte durch seinen ganzen Körper.

Dann war alles vorbei, und als er den Kopf umwandte, schwebte die Kugel hinter ihm dem Walde zu, wo sie mit knatterndem Schlage platzte wie eine Granate.

Lange Zeit rührte er sich nicht vom Fleck, bis unter anhaltendem Donnerrollen ein Gewitterregen ihn durchnäßte.

Jetzt taumelte er heim und legte sich laut flennend zu Bett, wie ein Kind, das sein Spielzeug verloren hat.

Eine Woche lang blieb er liegen, ohne daß er beschädigt gewesen wäre. Übrigens klagte er nicht über Schmerz, aß und trank tapfer und sprach vernünftig. Aber stehen konnte er nicht, und so oft sich eine etwas dunklere Wolke am Himmel zeigte, begann er kläglich zu weinen.

Am achten Tage sann und lächelte er viel vor sich hin und nickte allen Reden beifällig zu, mit einem glückseligen, verklärten Ausdruck der Augen und des Gesichtes.

Während der folgenden Nacht kramte er seine Ersparnisse an Geld und Gülten zugleich mit seinen besten Kleidungsstücken zusammen, packte alles in einen Bündel, und nachdem er erst seiner Jeanne-Marie einen langen, wohlstilisierten Abschiedsbrief hinterlassen, entwich er.

Mit Tagesanbruch erreichte er die Stadt, wo er sich nach dem Quartier der Salutisten-Hauptmännin erkundigte. Im Gasthof wartete er geduldig vier Stunden lang, bis er vorgelassen wurde.

Sobald er die Hauptmännin erblickte, fiel er vor ihr auf die

Knie, küßte ihr die Hand und meldete ihr, er wäre von Gott erleuchtet worden, hinfort seine Kraft und sein Leben der Heilsarmee zu widmen, unter der einzigen Bedingung, daß sie ihn ihrer Verzeihung versichere.

Die Hauptmännin musterte eine Weile den Knienden und sein Bündel, dann verlangte sie vor allem das Opfer seiner äußerlichen irdischen Habe, notierte auch, nachdem sie das Bündel geöffnet, sorgfältig jeden Gegenstand in ihr Taschenbuch. Zuletzt hieß sie ihn, sich des Abends in der Gebetversammlung einzufinden, wo sie ihn der Gemeinde als Zeichen der unerforschlichen Wege Gottes vorstellen und zur Aufnahme empfehlen werde.

Statt sich zu entfernen, zauderte Grosjean und errötete.

Die Hauptmännin aber, nach einem befremdeten Blick in sein Gesicht, errötete ebenfalls, obschon oberflächlicher, klingelte dann und schickte nach ihrem Vater, dem Major.

Bald erschien ein korrekter, würdiger Herr, in tadelloser Krawatte, mit welchem sie einige Konsonanten wechselte; in seiner Anwesenheit gewährte sie dem neuen Bruder aus besonderer Gnade feierlich den Versöhnungskuß zum Zeichen ihrer rückhaltlosen Verzeihung.

Nachdem der Präsident der Geschworenen den Angeklagten Pierre Grosjean gefragt, ob er sich der Ermordung der Fräulein Betty Smith, Hauptmännin der Heilsarmee, schuldig bekenne, und dieser das bejaht hatte, erteilte er dem Angeklagten das Wort, und dieser begann:

»Herr Präsident, meine Herren Geschworenen! Ich hatte sie geliebt – nein, ›geliebt‹ ist nicht das Wort, denn sie war für mich eine Heilige. Wenn sie mich tadelte, wenn sie mich strenge anblickte, so war ich ein Verdammter; wenn sie mir ein anerkennendes Wort gönnte, so triumphierte ich und verlangte auf den gefährlichsten Posten gestellt zu werden, um meinen Dank abzustatten. Den Tod für sie suchte ich wie ein Glaubenszeuge, und Torheiten ihretwegen scheute ich nicht. Ich war lächerlich, aber ich lachte über meine Lächerlichkeit. Was war mir neben ihrem Urteil die Meinung der Welt? Wie viel ich für sie getan und gelitten – bah! das sind Kleinigkeiten! Sprechen wir nicht davon! Meine Herren, ich bin ein einfacher Uhrmacher und mit den Künsten des gewählten Stils nicht vertraut; ich vermag meine Tat nicht mit beredten Worten zu entschuldigen; Ihr Billigkeitsgefühl wird für mich reden; was mich betrifft, so vermag ich bloß zu sagen, was wahr ist. Meine Herren, es gab eine Zeit, da war ich ein unbescholtener Arbeiter, nicht besser und nicht schlechter als ein anderer, aber meine Auftraggeber behaupteten, mit mir zufrieden zu sein, und die Gebrüder Sandoz und Kompanie verabreichten mir für meine Zifferblätter stets den höchsten Preis. Ich war reich, ich war frei, ich konnte heiraten; denn nichts hinderte mich daran; und Jeanne-Marie liebte mich. Da kam sie, die Hauptmännin, quer über meinen Weg. Wer hieß sie kommen? Ich rief sie nicht. Lange Zeit, meinte ich, der liebe Gott habe sie mir gesendet; später glaubte ich, der andere, der im untern Stock der Welt. Wer weiß? Vielleicht war es weder der eine noch der andere. Aber seit jenem Tage, da sie mich zwang, sie zu verwunden, hatte sie mich in ihrer Gewalt. Ich könnte es Ihnen erzählen, allein wozu? Sie verurteilen mich ja doch, ich sehe es Ihnen an. Kurz, meine Braut – ich kann es ihr nicht übel nehmen, nachdem ich sie verlassen – heiratete einen andern, den sie glücklich machte. Ich gönne es ihm: aber es tat mir doch weh, ich kann es Ihnen heilig versichern. Versuchen Sie's einmal, meine Herren Geschworenen, nachher können Sie mir davon erzählen. Was meine Mutter betrifft – Gott habe sie selig – meine Mutter, nun, das brauche ich

Ihnen nicht zu sagen, das haben Sie gewiß schon selber erfahren –, Mütter sterben ja immer vor Kummer, wenn einer einen Fußbreit außerhalb der ausgetretenen Gleise wandelt. Meine Kameraden, die Tröpfe, grüßten mich nicht mehr, und meine Heimatsgemeinde behandelte mich als einen Lump. Ich behaupte nicht, es wäre mir gleichgültig gewesen, aber ich habe es mit Stolz und mit Lust geduldet, ihr zuliebe. Dummkopf! Geschieht dir recht! Wie konntest du dir einbilden, daß sie dich je lieben könne. Lieben! Ja, wenn ich eine Banknote gewesen wäre mit dem Bilde Jesu Christi und der Unterschrift des Barons Rothschild! Ich sage nichts mehr. Und wenn ich mir etwas vorzuwerfen habe, wenn mich etwas reut, so ist es höchstens das, daß ich in meiner Verblendung dem Aktiengeschäft der Bekehrung als Agent diente, und auch ein wenig als Polichinell. Was den Mord betrifft, ich behaupte nicht, daß es mich freut, ihn begangen zu haben: es ist eine häßliche Sache um einen Mord, aber im Grunde, weiß man denn in jedem Augenblick, was man tut? Ich bin von Jugend auf ein Hitzkopf gewesen, und wenn man dem Stier ein rotes Tuch vor den Augen schwenkt, so entzündet sich sein Auge. Sie hätte halt ihren Liebhaber nicht vor meinen Augen küssen sollen! Ich hatte sie oft genug gewarnt. »Betty«, sagte ich ihr, »trau mir nicht! Ich kenne mich; einen andern darfst du mir nicht vorziehen.« War es mein Fehler, daß sie mir nicht glaubte? Und so ist es denn gekommen. Das ist es ungefähr, meine Herren Geschworenen, was ich Ihnen zu sagen hatte.«

Die Geschworenen waren zufällig gebildete, gefühlvolle und billig denkende Männer; und da sie ein besonderes Mitleid mit dem armen, betörten Uhrmacher empfanden, erklärten sie ihn einstimmig für schuldig in allen Punkten, ohne mildernde Umstände, um die Unabhängigkeit ihres Urteils von ihrer Rührung zu beweisen.

## Charles Ferdinand Ramuz

# *Pastorale*

»Eigentlich könnte man ein Feuer machen!«

»Ich habe nichts. Hast du etwas mit?«

Er zieht eine ovale Zündholzschachtel mit einem Federdeckel aus der Tasche, setzt sich und leert sie in seine hohle Hand.

»Siehst du!«

Phosphorzündhölzchen mit roten Köpfchen.

»Eins, zwei, drei, vier . . . ich habe acht!«

»Acht«, hat sie gesagt, »das ist nicht viel!«

»Genug, wenn man sich auskennt! Ich kenne mich aus, du nicht?«

Er ist ein vierzehnjähriger Bub, der plötzlich aus dem Nichts aufgetaucht ist; sie hütet die Ziegen.

Er hat die Hände in den Taschen, eine rote Nase und borstige Haare, die ihm wie Stoppeln zu Berg stehen. In der linken Hand hält er seinen eingerollten Filzhut.

Der Wind weht. Auf diesen runden, grasbewachsenen Hügeln oberhalb des Dorfes weht immer der Wind. Er bläst unaufhörlich über das große Tal, das weit geöffnet vor uns liegt, so daß die felsige Erdrinde tönt, und um diese Abendstunde brandet er an den Gipfel, auf dem wir mit unserer kleinen Herde stehen. Er kommt von der anderen Seite des Tales, er überspringt die Gipfel der Südkette, die das ganze Jahr hindurch weiß sind, und überfällt einen unaufhaltsam mit seiner ganzen Wucht. Das Haar der Ziegen stellt sich auf ihren mageren Rücken auf, und ihre Bärte werden zerzaust. Sie drehen sich mit dem Schwanz zum Wind, öffnen das Maul, in dem eine lange, rauhe Zunge bebt, und meckern lang und angsterfüllt.

Ihr Rock fliegt über den Kopf, sie schlägt ihn mit beiden Händen herunter. Sie trägt eine Kapuze aus gestrickter roter Wolle, die unter dem Kinn gebunden ist, eine zerrissene schwarze Schürze und derbe, staubige Schuhe, die um den Knöchel herum so weit sind, daß man die Hand hineinstekken könnte. Eine herausgerutschte Haarsträhne schlägt ihr ständig gegen den Mund, sie schlingt und kaut sie, um sie festzuhalten, aber sie fliegt immer wieder davon.

Die Elstern trägt es fort wie halbverkohlte kleine Papierschnitzel aus einem Kamin. Man ist ein wenig oberhalb des Waldes, es ist ein Föhrenwald. Der Wald kracht und biegt sich. Man sieht, wie er sich plötzlich hintenüber wirft und das Rot seiner Stämme sehen läßt, dann fällt er wieder nach vorne. Er verschwindet unter seinem Geäst. Der Wald ist rot, er ist schwarz. Er ist bald rot, bald schwarz. Ein Knall ertönt, es kracht, und dann weiß man nichts mehr, weil man sich mit beiden Händen voran auf die Erde geworfen hat, den Hintern zur Ansicht. Die Ziegen haben aufgehört zu weiden. Sie staunen, daß sogar das Gras seinen Platz wechselt und vor ihnen zurückweicht, wie Wasser, das stromaufwärts fließen würde.

»Was ist mit dem Feuer?«

Man muß schreien, um sich zu verständigen. Er schreit:

»Geh Holz holen!«

Sie bückt sich im Wind über den Hang, reißt ein Büschel Moos aus, klaubt da einen trockenen Ast auf, dort ein Stück morsches Holz, und kehrt mit der vollen Schürze zurück.

Er ruft ihr zu:

»Ich habe Tannenzapfen. Gib das Moos zuunterst, dann

Reisig und darauf etwas, das das Feuer in Atem hält!«

Er hat die Taschen voller Tannenzapfen. Er nimmt sie heraus, er stößt das Mädchen fort, weil es sich nicht auskennt, und richtet selbst den Scheiterhaufen her. Er sieht dazu, daß das Reisig schön kreuzweise geschichtet ist, und bedeckt das Ganze mit einer Lage von Lärchenzweigen.

»So wird es halten.«

Er wirft sich flach auf den Bauch. Sie steht neben ihm. Er trägt einen Männerrock, dessen Schöße er über den Kopf schlägt. So macht er sich eine Art Grotte, so eine Art kleine Hütte, wo der Wind nicht eindringen kann. Da hinein verschwindet er. Man sieht seinen Kopf nicht mehr. Seine Füße zappeln nach allen Richtungen in der Luft herum, er beschreibt mit ihnen allerlei Figuren. Man kann ihn nicht mehr hören. Er streckt seine Hand heraus, sie sucht der Hose entlang nach der Tasche und findet sie, sie kommt mit der Messingbüchse wieder hervor und verschwindet mit ihr.

Dann zeigt sich für einen Augenblick lang sein Kopf wieder.

»Paß auf! Gleich ist es so weit!«

Er ist in seine Hütte zurückgekehrt, aber er hustet. Man hört ihn husten. Das kommt vom Schwefel, von diesen Phosphorzündhölzchen mit dem roten Kopf, deren Holz von einer gelben Masse durchtränkt ist, die ohne Flamme brennt, aber übel riecht.

Sein Kopf schaut heraus.

»Mißlungen!«

Er hat die Augen voll Tränen. Er wirft das halbverbrauchte Zündholz fort.

Sie wartet neben ihm, die Hände auf den Knien, voll liebevoller Besorgnis. Sie wartet, daß es zu knistern beginnt. Wird es diesmal knistern? Es mißlingt noch einmal, das Zündholz ist zerbrochen.

Er sagt:

»Es ist noch nicht aus!«

Er verschwindet wieder unter seinem Rock, und plötzlich sieht man eine dünne Rauchspirale aufsteigen, die der Wind sogleich aufrollt und in alle Richtungen verweht.

»Es geht!«

»Wirklich?«

Aber er hat den Rock zurückgeschlagen und blickt wortlos zu ihr auf; man braucht nichts zu sagen, man muß nur schauen.

Man sieht, daß das Moos Feuer gefangen hat. Der Wind gräbt ein Loch hinein, das sich von Rot in Weiß verwandelt, während die Reiser darüber sich ringeln und auch Feuer fangen, eine Flamme fing an, munter zu knistern, zugespitzt wie eine Feder, die der Wind zu Boden schlägt und deren Ende er losreißt, ohne sie löschen zu können, und sie im Gegenteil noch anfacht.

»Schnell, lauf um Holz!«

Er ist der Gebieter. Sie läuft, sie bückt sich, sie richtet sich wieder auf, sie hat ihre Schürze angefüllt.

Er:

»Wirf große Äste hinein!«

Sie machen sich nun beide daran und werfen abwechselnd wahllos alles Brennbare in die weißrauchende Glut, denn wenn das Feuer richtig Wurzeln gefaßt hat, verschlingt es alles, was man ihm gibt. Das Feuer hat sich in der Erde verwurzelt; an der Seite, von der der Wind weht, hat sich eine Grotte gebildet, wo am Grund der unwahrscheinlich weißen Glut die Reisigasche kleine, graue Röhren bildet, die ihre Urform beibehalten haben, aber gewicht- und körperlos sind und fortfliegen, wenn man sie anhaucht.

»Hast du etwas zum Essen mit?«

»Nicht viel.«

»Erdäpfel?«

Sie schüttelt den Kopf.

»Ein Stückchen Brot und ein Stück Käse ist alles, was ich noch in meinem Sack habe.«

Sie hat einen kleinen Leinwandsack, der ihr über die Hüfte herabhängt.

»Zeig!«

Er sagte:

»Sonst nichts? Du hast nicht einmal ein Messer?«

Zum Glück hat er das seine, auf das er sehr stolz ist, weil es zwei Klingen hat.

»Es wird schon gehen«, sagt er. »Reich mir das Brot.«

Sie legen sich beide auf den Bauch, mit dem Gesicht zum Feuer. Der Wind schlägt ihr den Rock bis über die Schultern. Sie trägt eine schwarz-rot gestreifte Flanellhose, aus der ihre mageren Schenkel hervorkommen, und weiter unten bis zu den Knien ebenfalls rote, dicke Wollstrümpfe.

Der Wind weht. Ewig weht hier oben der Wind. Er kommt unaufhörlich über die Berge herüber, aus fernen, unbekannten Ländern. Hinter dem sorgfältig geschürten Scheiterhaufen sieht man, wie eine große Rauchfahne den Hals wie eine Schlange rotglühend windet und dann von weißer, schimmelartiger Asche bedeckt wird.

Sie liegen Seite an Seite, mit dem Rücken zum Wind, die Füße in der Luft: ihre vier Füße in groben, derbledrigen Schuhen, deren Nagelreihen in einem letzten Rest von Tageslicht glänzen.

Er hat mit dem Messer ein Stück Käse aufgespießt, das sie ihm gereicht hat. Es ist fast nur mehr Rinde, hart wie Kieselstein, aber wenn man es auf die richtige Seite dreht, kann man vielleicht doch noch etwas herausholen. Und er hält es mit der richtigen Seite zur Flamme. Die Masse wird weich und raucht knisternd. Er schneidet das Stückchen Brot in dünne Scheiben. Zwei für jedes. Dann schabt er mit seinem Messer den Käse ab, der ganz von Bläschen bedeckt ist, die platzen, sowie man sie berührt. Dadurch bildet sich eine dickflüssige, wohlriechende Crème, die einem das Wasser im Mund zusammenlaufen läßt. Sie kauen wortlos.

Es bleibt noch genug Käse, um die beiden andern Schnitten zu bestreichen. Er ist gerecht. Sie schweigt, sie ist zufrieden. Sie liegen Seite an Seite, sie denken: ›Das tut wohl!‹ Es ist heiß, man verbrennt sich die Zunge. Sie haben das Gesicht dem Feuer zugewendet, so daß sie von vorne gebraten sind. Sonst aber dringt die Kälte durch den Wind überall in ihren Körper. Aber sie essen, was sie nur können, und das erwärmt sie von innen.

Nun beginnen sie zu sprechen. Er sagt:

»Weißt du! Ich werde heiraten.«

»So?« sagt sie, »wen denn?«

Sie sprechen laut, wegen des Windes.

»Das sag' ich nicht, aber reich ist sie.«

»Will sie dich denn?«

»Und ob! Aber wenn sie mich sitzen läßt, heirate ich dich, weil du ein gutes Ding bist.«

»Und wenn ich nicht will?«

»Du wirst schon wollen.«

Sie hat ihm die Zunge herausgestreckt. Es gibt keinen Käse mehr, und das Brot ist aufgegessen. Sie wärmen sich die Hände. Die Hände sind rötlichblau. Ihre Gesichter glühen. Ein Bub und ein Mädchen. Die Nacht bricht herein. Die Vertiefung, in der das Dorf liegt, füllt sich mit Schatten. Es scheint, als habe der Wind im Vorbeiziehen ein wenig davon gepackt und auf den Hang geworfen, man sieht, wie es einem wie Rauch entgegeneilt. Es umhüllt einen, man ist darin gefangen. Es ist die Stunde, da man heimkehren muß.

»Willst du mir helfen?«

»Natürlich, wo wir doch heiraten werden!«

Die Ziegen müssen zusammengetrieben werden, und bei den Ziegen ist das nicht so einfach. Sie sind bockbeinig und störrisch und machen immer das Gegenteil von dem, was man will. Er zieht schreiend los, sie schwingt den Stock. Er rennt im Kreis um die Herde herum, sie jagt sie vor sich her. Aber ein Tier kommt immer aus, und wenn man ihm nachläuft, zerstreuen sich die anderen.

Sie schreien, sie werfen Steine, aber das muß man auch verstehen und geschickt sein und es so anstellen, daß sie auf die entgegengesetzte Seite fallen, auf jene, wohin die Ziege gehen soll.

Das ist eine langwierige und schwierige Sache. Der Wind mischt sich ein. Die Ziegen gehen gegen den Wind, der ihnen das Haar auf dem Rücken glättet. All die Ziegenbärte fliegen nach rückwärts. Der Wind leistet heftigen Widerstand. Man muß diese elastische Mauer zum Weichen bringen und sich mit aller Kraft durchdrängen, ehe sie um einen herum einstürzt.

Sie schwingen mit Wucht den Stock, sie rufen und schreien, sie werfen Steine.

Endlich bringen sie es soweit, daß die Vorhut der Herde den gebahnten Weg einschlägt. Der Weg führt steil bergab. Man sieht schlecht. Man unterscheidet vor sich nur verschwommene Wogen, die stellenweise von etwas weißem Schaum gekrönt sind. Und dann gerät das Ganze in Fluß, es kollert herab, es wird zur Kaskade, die von Felsblock zu Felsblock hüpft.

Man lauscht. Der Wind hat sich gelegt, und plötzlich hört

man wie einen Platzregen das Geklapper der Hufe, und doch weht er mit unverminderter Gewalt über einem fort und treibt große, vereinzelte Wolken vor sich her, die einander stoßen und zwischen denen man einen Rest von Tageslicht scheinen sieht. Aber in dem Maße, als man hinabsteigt und die stürmischen Höhen verläßt, umfängt einen Ruhe und heiterer Friede.

Da hallt einem etwas entgegen. Eine leise, helle Stimme, ein Ton wie ein Vogelruf; es folgt einer und noch einer. Die Töne kommen erst vereinzelt und stürzen dann alle auf einmal über einen her. Es ist, wie wenn man das Korn im Fluge sät und die leichteren Körner verfliegen, während die schwereren um einen herum herabfallen. Ein ganzer Gesang erklingt, das Betzeitläuten, das abendliche Betzeitläuten.

»Oh!« sagt sie, »wir kommen zu spät!«

Da muß man die Tiere antreiben. Sie schwingt wieder ihren Stock, aber nun ist die Herde ruhig, weil sie durch die Mauern, die sich zu beiden Seiten des Weges erheben, eingedämmt ist; sie kann nicht mehr ausbrechen.

Der Stock saust auf den Rücken der Tiere; sie laufen einen Augenblick lang schneller. In der Dunkelheit ist die Herde dunkel, und man erkennt ihr Gewoge nur stellenweise an einem helleren Rücken, der sich auf und nieder bewegt, wie wenn inmitten eines Wildbaches ein Stein auftaucht.

Man nähert sich dem Pferch, die Frauen stehen da und warten.

»Wie spät du kommst! Was hast du getrieben?«

# Jakob Bosshart

## *Im Rotbuchenlaub*

Es war in der Nacht vor dem Himmelfahrtstag. Das Dorf Buchenloh war wie von einem Fieber befallen und fand den Schlaf nicht. Die ledigen Burschen schwärmten durch die Gassen, pfiffen grell durch die Finger, stießen Jauchzer in die Luft oder grölten ein Lied. Sie ließen sich bald da, bald dort hören, getrennte Gruppen gaben sich Zeichen und verständigten sich; wo heiratsfähige Mädchen wohnten, trieben sie allerlei Schabernack, klopften an die Scheiben oder riefen mit verstellter Stimme Neckereien zu den Kammerfenstern hinauf. Diejenigen, die ernstlich auf Freiersfüßen gingen, saßen in den Stuben und schäkerten hinter geschlossenen Fensterladen mit ihren Auserwählten. Sie mußten sich mit ein paar Maß Wein freikaufen und wurden dann nicht weiter gestört.

Ein Haus blieb von den Burschen unangefochten. Es stand etwas abseits, an der Halde, wie ein Schaf, das der Hund nicht zur Herde getrieben hat. Seine Bewohner mochten den Nachtschwärmern, die bei ihrem scheinbar absichtslosen Treiben immer Bilder von Äckern, Wiesen und Baumgärten vor Augen hatten, zu belanglos erscheinen.

Das Haus gehörte der Witwe Meret Hablützel. Sie bewohnte es mit ihrem Sohn und einer Pflegetochter, die als Magd betrachtet und ausgebeutet wurde. Die Alte war in ihre Kammer hinaufgestiegen, ohne jedoch in der aufgeregten Frühlingsluft, in der Herzensschicksale und Dorfklatsch keimten, die Augen schließen zu können; die Jungen saßen vor dem Haus, er auf dem Gartenzaun, sie auf der steinernen Treppe, und wechselten ab und zu ein kurzes Wort. Sonst gingen sie ihren Gedanken nach oder horchten auf das Lärmen der Nachtbuben, das bald näher, bald ferner die Nacht aufschreckte, aber um sie einen großen Bogen zu machen schien.

»Warum gehst du nicht zu den Ledigen?« sagte nach einer langen Pause das Mädchen. Der Ton verriet, daß es seine Gegenwart nicht wünschte.

»Was gehst du nicht zu Bett?« gab er zurück.

»Weil ich ins Rotbuchenlaub will!«

»Ich komme mit!«

»Ich finde den Weg schon selber!«

Von oben ertönte in dem Augenblick eine keifende Stimme: »Was hockt ihr die ganze Nacht einander gegenüber wie Hund und Katze! Die Hermine hat recht, was gehst du nicht mit den Ledigen, Felix?«

»Aha, du hast wieder einmal die Ohren gespitzt, Mutter! Häng doch nicht immer das Haus an den Hals!«

»Ich schau zum Fenster hinaus, wann ich mag! Und das sag ich dir: ich will das Getue mit der Hermine nicht mehr haben! Merk dir's, Felix!«

»Einverstanden, Gotte Meret!« fiel das Mädchen ein, »aber ins Rotbuchenlaub werden wir doch miteinander gehen dürfen!«

»Geh, so weit du willst, und tanz, so toll du magst, wie letztes Jahr. Du bist nachher acht Tage zum Schaffen nichts nutz gewesen!«

Nach diesem Hieb, den sie ein Jahr lang in Bereitschaft gehalten hatte, verschwand Meret oben und schlug, ohne die Entgegnung abzuwarten, das Fenster zu.

Bald darauf erhoben sich Hermine und Felix wie auf ein Zeichen; sie hatten von oben ein Geräusch vernommen, wahrscheinlich hatte Meret das Fenster wieder geöffnet. Als die beiden an der Scheune vorbeischritten, wollte sich Felix zutulich an Hermine heranmachen; sie aber griff flink nach der Geißel, die neben der Stalltüre hing, und fing an, sie so wuchtig zu schwingen und damit zu knallen, daß der ganze Hof auffuhr und das Vieh im Stall brüllte. Meret rief von der Kammer aus, ob denn die Hölle aufgebrochen sei, und Felix, durch die Peitsche in angemessener Entfernung gehalten, bat das Mädchen, den Unfug doch zu lassen, man könnte ja meinen, sie sei verrückt geworden. Zur Antwort drang sie so rücksichtslos auf ihn ein, daß er die Flucht ergreifen mußte, wenn er nicht acht Tage lang die Spuren ihrer Handfertigkeit auf den Backen tragen wollte. Sie lachte hell auf und rief ihm zu: »Man hat mir in dem Haus die Geißel gegeben, da werd' ich doch knallen dürfen!« Wahrheit war, daß sie seit Jahren immer das Vieh am Pflug hatte treiben müssen und dabei die Peitsche zu meistern gelernt hatte wie ein Mann. Sie ging nach dem Baumgarten und setzte sich ins Gras, den Rücken gegen einen Birnbaum gelehnt, der noch in Blüte stand und von dessen weißen Dolden das Mondlicht silbern herabrieselte wie unzählige winzige Schneeflocken. In einiger Entfernung ließ sich Felix nieder.

»Was ist seit ein paar Tagen mit dir?« sagte er, »du bist wie ein umgekehrter Handschuh, gibst mir und der Mutter kein freundliches Wort, ist denn der Teufel in dich gefahren?«

»Ja, das ist er! Und nicht nur der Teufel, sondern die ganze Hölle! Hast du's doch gemerkt?« rief sie gezwungen lachend.

»Ich glaubte in letzter Zeit manchmal – nun, du weißt es ja schon, und dann auf einmal hast du dich verändert. Hör', wir wollen einmal ernstlich miteinander reden.«

»Ach, geh! Wir sollen ernstlich miteinander reden, weil dich eine andere nicht anhören würde. Und dann die Mutter!

Du hast's ja gehört, sie will das Getue nicht, das heißt, sie will mich nicht, und da hat sie ganz recht!«

»Sie wird sich schon drein schicken.«

»Aber ich würde mich nicht schicken! Oh, ihr seid lustige Leute! Du begehrst mich jetzt, weil die andern die Nase für dich etwas zu hoch tragen, und die Mutter will das Getue nicht, weil sie immer noch hofft, du werdest eine Reiche am Schurzband erwischen! Ja, ja, die Gotte Meret möchte oben hinaus. Ich will ihr noch eins knallen, ich bin heut mit ihr so einig!« Dies sagend erhob sie sich und schwang die Geißel noch kräftiger als zuvor. Das ganze Dorf widerhallte, und vom Stammberg kam das Echo wie ein Rottenfeuer zurück.

Als sie ausgetobt und sich wieder gesetzt hatte, sagte Felix mit halblauter Stimme: »Ich weiß, woher es kommt, Hermine, und seit wann es so ist. Seit der Mattis wieder im Land ist, der Schammauch.«

»Was sagst du da?« schrie Hermine, sprang auf und fuhr mit erhobener Peitsche auf ihn los.

Er blieb unbeweglich und sagte: »Da haben wir's. Oh, du dummes Ding! Meinst du denn, ihm liege etwas an dir, es habe ihm je etwas an dir gelegen?« Er knallte mit den Fingern und fuhr fort: »Das will er von dir! Dir eins anhängen, und dann gute Nacht! Du bist auf dem Weg nach Ehrlosen! Verstehst du mich, nach Ehrlosen!«

Das Wort löste auf einmal die Spannung, in der sich das Mädchen befand; es warf sich ins Gras und fing an zu schluchzen.

Mattis Lanz war der Sohn des Löwenwirts von Buchenloh. Durch eine jener grausamen Äffungen des Schicksals, die in Romanen, aber auch im Leben sich ereignen, hatte die erste Liebe des reichen Wirtssohnes Hermine gegolten. Der Löwenwirt war ein Schammauch, ein ins Dorf Eingewanderter, und deshalb von allen Stammsässigen im Grunde mit Mißtrauen betrachtet und nicht als vollwertig anerkannt. Da er aber reich war, im Herbst den Wein immer bar bezahlte und die größten Steuern abgab, und zwar willig, flößte er ihnen doch Achtung ein, und sie zogen die Mütze vor ihm fast tiefer, als vor dem Pfarrer. Auch dem Sohn ließen sie manches durchgehen, was sie an andern nicht geduldet hätten. So kam es, daß Mattis mit siebzehn Jahren dreist genug war, unter Herminens Kammer, die als Mägdekammer hinten hinauslag, eine Leiter anzulehnen und der Geliebten ans Fenster zu klopfen. Sie öffnete und ließ ihn ein, sie war wie von Sinnen, denn sie hatte ja auch Tag und Nacht und stündlich an ihn gedacht. Wie Wilde fielen sich nun die beiden an und küßten und umhalsten sich. Auf einmal aber wurden sie aufgeschreckt, am Fenster erschien ein großer Kopf unter einem breiten Filzhut. Es war der Wirt. Er hatte seinen Sohn davongehen hören, war ihm nachgeschlichen und hatte ihn nun wie in einer Falle gefangen.

»Hab' ich dich, Bürschchen!« sagte er mit unterdrückter Stimme, um die Meret nicht zu wecken. »Nimm Abschied von deinem saubern Schätzchen und komm herab, ich will dich heimbegleiten, damit dich der Schuhu nicht holt.« Darauf verschwand er am Fenster.

In der Kammer war große Ratlosigkeit. Hermine dachte zuerst daran, Mattis auf dem rechten Wege hinauszuführen; denn sie ahnte wohl, daß der Alte nicht umsonst hinter dem Hause wartete. Aber dann wäre sicher Meret erwacht und zu dem Schlimmen das Schlimmste gekommen. Es blieb nichts anderes übrig: Mattis mußte seinen Rückweg zum Fenster hinaus nehmen und an seinem Vater vorbeigehen. Ohne Abschied genommen zu haben, in jämmerlicher Verfassung, stieg er hinab. Wie ihn der Vater erlangen konnte, packte er ihn, bog ihn übers Knie und schlug ihn mit einem Stock fürchterlich durch; denn er war ein riesiger Mann. Mattis gab keinen Laut von sich, und das Mädchen, das von oben der Handlung zusah, wagte aus Furcht vor Entdeckung nicht einmal für den Armen ein Wort einzulegen. Als der Alte seines Amtes gewaltet hatte, nahm er dem Sohn so, daß es Hermine hören mußte, das Versprechen ab, niemals wieder etwas mit dem liederlichen Mädchen zu tun zu haben. Dann ließ er ihn laufen. Er selber trug die Leiter weg und stellte sie an ihren rechten Platz, denn in einem Dorf findet sich jeder in des andern Dingen zurecht.

Hermine meinte in jener Nacht vor Scham zu vergehen und erwartete in unsäglicher Seelennot den Morgen, da die Schande auf sie herabfallen würde. Aber es geschah nichts, die angstvollen Tage verstrichen einer nach dem andern, Meret, Felix, alle Leute sprachen zu ihr wie sonst, keiner wich ihr aus oder warf ihr etwas Anzügliches zu, der Wirt hatte also reinen Mund gehalten.

Hermine hoffte auf Mattis und erwartete, er werde das ihm schnöd abgenommene Versprechen unter die Füße treten und eine Gelegenheit finden, mit ihr zusammenzukommen. Aber sie sah ihn nie mehr, und eines Tages verbreitete sich die Nachricht, sein Vater habe ihn für ein paar Jahre ins Welschland geschickt, damit er für seinen zukünftigen Beruf als Gastwirt noch etwas Rechtes lerne. Die Leute giftelten: »Das Welschland sei für den Windflügel gerade der rechte Boden, der Alte werde das vielleicht früh genug erfahren; aber das sei nun einmal der Lauf der Welt, der eine trommle zum Sammeln und der andere zum Auseinanderlaufen.«

Für Hermine fielen auch einige Neckereien ab; denn daß sie und Mattis nacheinander geschielt hatten, wußte das ganze Dorf, und die ganz Schlauen brachten auch die Welschlandreise mit dieser Liebelei in Zusammenhang, ohne zu wissen, wie recht sie hatten. Dem Mädchen wollte bei diesen Sticheleien das Herz aus der Brust springen, aber das achtete niemand groß, und wer etwas merkte, lächelte höchstens über die siebzehnjährige dumme Magd.

Nun waren drei Jahre verstrichen, Mattis war wieder da, am Sonntag hatte ihn der Wirt selber mit dem Gefährt auf der Bahnstation abgeholt. Er hatte sich noch wenig blicken lassen, Hermine hatte ihn noch nicht gesehen, und so befand sie sich in größter Verwirrung: es drängte und gärte unbändiger als damals in ihr, drei Nächte hatte sie kaum ein Auge geschlossen und meinte, um den Verstand zu kommen. All die Jahre war ja bewußt oder unbewußt Mattis ihr ganzes Denken und Sinnen gewesen. In ihrer Seele grub sich die Überzeugung ein, da er sie in den Augen seines Vaters bloßgestellt habe, müsse er eines Tages wieder vor sie treten und den Schandfleck von ihr nehmen. Manchmal redete sie sich zwar ein, ihn zu hassen, weil er dem Vater in jener Nacht nicht wie ein wütender Hund an die Kehle gesprungen war. Ja, vor einigen Wochen hatte sie sich von Felix fast überreden lassen, ihm ihre Hand zu geben, nur um endlich aus ihrem Zwiespalt herauszukommen und ein Ende zu machen, den Steg hinter sich zu zerschlagen. Jetzt fühlte sie, daß sie in den drei Jahren nicht um Haaresbreite von Mattis losgekommen war.

Als sie aus dem Schluchzen ins Weinen überging, machte sich Felix teilnehmend an sie heran und suchte sie aufzurichten.

»Du bist so gescheit und doch so dumm, Hermine«, sagte er, »glaubst du denn, er kenne dich noch? Stell' dir vor, ich wollte um seine Schwester anhalten; was würdest du sagen? Lachen würdest du, und das ganze Dorf mit dir! Sieh, wir sind die Hablützel von Buchenloh, gleiche Vögel sitzen auf die gleichen Äste. Der Löwenwirt ist nur ein Schammauch, aber er würde uns nicht einmal mit einem Stecklein anrühren. Das macht, er hat Gülten, breite Wiesen und Äcker, den goldenen Löwen und vier Pferde im Stall. Und wie der Alte pfeift, wird auch der Junge pfeifeln; von Tannen gibt's wieder Tannen, von Pappeln Pappeln, das läßt nun einmal nicht von der Art.«

»Was weißt denn du!« unterbrach sie ihn ohne Überzeugung.

»Ich will dir etwas sagen, Hermine«, fuhr er mit leiser Stimme fort, »es ist mir längst etwas aufgefallen, ich kann es mir nicht reimen, und doch muß es etwas bedeuten. Jedesmal, wenn wir dem Löwenwirt begegnen, spuckt er aus, auffällig genug. Ich weiß nicht, gilt es beiden oder nur einem, soviel aber ist sicher, wegen Wassernot im Maul tut er's nicht. Sahst du's nie?«

»Doch.«

»Wie meint er's?«

»Was kann ich wissen? Vielleicht verachtet er mich.«

»Ja, so ist es! So hab' ich's empfunden! Es gilt dir! Und warum? Weil du einmal gewagt hast, seinen Herrn Sohn anzusehen! Und du willst Leuten, die nach dir spucken, wie ein Wurm über den Weg kriechen?«

»Über den Weg kriechen?«

»Ja, damit sie dich zertreten. Was liegt denen an einem Wurm!«

»Kennst du mich so?«

»Oh, er wird dir nachstellen, und du wirst dich überrumpeln lassen. Von einem andern nicht, aber von ihm, man hat ja keine Überlegung, wenn man vernarrt ist. Ich hab' dich gern, drum seh' ich so scharf. Sei auf der Hut, er kommt aus dem Welschen!«

»Schweig!« rief ihm Hermine zu und wandte sich von ihm

ab. Im Grunde aber gab sie ihm recht, sie sah sich haltlos an einem Abgrund, ein Blick von Mattis, und sie fiel hinunter.

Vor sich hinbrütend saßen die beiden noch lange im Baumgarten. Vom Kirchturm hatte es drei geschlagen. Das Dorf war allmählich etwas ruhiger geworden; jetzt belebte es sich auf einmal wieder und wurde lauter denn je; es war, als ob die Häuser dem Morgen entgegenjauchzten, so mächtig klang das Dorf. Von allen Seiten ertönten Rufe: »Auf, auf! Ins Rotbuchenlaub, ins Rotbuchenlaub!« Auch Mädchen waren nun auf der Gasse, das ganze junge Volk zog zum Buchenwald hinauf.

Hermine und Felix erhoben sich, um sich irgendeinem Schwarm anzuschließen. Wie sie langsam davongingen, sagte das Mädchen unsicher: »Wenn er auch kommt, so bewahr' mich vor ihm.« Die Dunkelheit verbarg die Schamröte, die ihr bei diesem Geständnis der Schwäche in die Wangen stieg.

»Ich tu's beim Eid!« gab er in keckem Tone zurück, denn er glaubte, sie habe sich nun ganz ihm zugekehrt.

Auf dem Hügel, der sich über das Dorf erhebt, steht mitten im Wald eine seltsame, weitbekannte Baumgruppe. Es sind Blutbuchen, die Mütter aller derer, die jetzt in Gärten und Anlagen ihre dunkeln Häupter erheben. Eine Sage umhüllt die Bäume, wie ein geheimnisvoller Schleier.

Vor langen Jahren, so berichten alte Leute, herrschte eine schreckliche Hungersnot im Lande, zu Tausenden starben die Menschen hin, und die Überlebenden wurden wie reißendes Wild. In Feld und Wald war kein Tier mehr zu sehen, so hungrig hatten die Menschen unter ihnen gewütet. Auf dem Hügel, wo jetzt die Blutbuchen stehen, jagten an einem Himmelfahrtstage drei Brüder mit gierigen Augen und Zähnen, um dem Tod, der ihnen auf Schritt und Tritt nachsetzte, zu entgehen. Sie waren vor Tagesgrauen aufgebrochen, hatten jeden Busch, jede Höhle, jeden Bachlauf durchsucht und nichts gefunden, keinen Hasen, keinen Vogel, kein Nest mit Eiern, keinen Krebs: der Wald war ausgestorben, ausgemordet. Es war Mittag geworden, die Jäger sanken vor Hunger und Ermattung mutlos zusammen, bereit sich sterben zu lassen, wie sie schon so viele hatten enden sehen. Der Älteste sagte: »Wer es am längsten aushält, decke die andern mit Erde oder, wenn er dazu zu schwach ist, mit Laub zu; vielleicht kommt ein Fremder vorbei und tut ihm den nämlichen Dienst.«

»Es ist verflucht, so ins dürre Laub zu beißen«, stieß der Jüngste hervor und wälzte sich grimmig herum. Dabei geschah ihm wie ein Wunder: er hörte etwas durchs Laub rascheln, es mußte etwas Lebendiges sein, es kam auf ihn zu, es war eine Maus. Sie blieb stehen, richtete ihre schwarzen kleinen Augen auf die drei Burschen und wandte sich dann eilig zur Flucht. Der Anblick entzündete auf einmal die Lebenskraft des Jägers wieder, er sprang auf, und die andern zwei folgten ihm, ohne erst zu wissen, warum. Und nun jagten sie nach der Maus wie Wahnsinnige, sie schlugen danach und sprangen und schrien, bis einer sie mit einem Faustschlag erreichte. Sie brüllten vor Freude; aber das war nur ein Augenblick, die Überlegung blitzte ihnen durch den Kopf, daß sie alle drei von der Maus nicht essen konnten. Wem sollte sie nun zufallen?

Der Älteste hob sie mit raschem Griff vom Boden auf, der Jüngste schrie, er habe sie entdeckt, und der Mittlere knirschte, er habe sie erschlagen, sie gehöre ihm! Es erhob sich ein Streit um die Beute, der immer hitziger wurde; die Brüder zogen ihre Jagdmesser, und nach wenigen Augenblicken lagen zwei tot und der dritte auf den Tod verwundet auf dem Waldhügel. Ihr Blut färbte den Boden weit im Umkreis.

Auf dem Fleck aber wuchsen darauf drei Buchen empor,

und da sie im Blute wurzelten, färbten sich ihre Blätter dunkel wie Purpur.

In der Gegend sah man lange mit leisem Grauen zu den wunderbaren Bäumen empor, die mit ihren blutigen Stirnen vom Hügel weit ins Land schauten und mahnten. Nach und nach aber entstand der Glaube, daß ein Blutbuchenzweig, am Himmelfahrtstag gebrochen, Glück für das ganze Jahr bringe. So kam der Brauch auf, am Auffahrtstag ins Rotbuchenlaub zu gehen. Das Volk hat auch eine Erklärung für die Wunderkraft der Buchen gefunden. Jener Fleck Erde, so erzählt man sich, der Zeuge der schrecklichen Tat gewesen, sei von Mitleid mit der erbarmungswürdigen Menschheit ergriffen worden und gebe nun die blutige, wider Willen genossene Nahrung als Frühlingssegen allem Volke zurück.

Im Lauf der Jahre keimte indessen, wie aus einer andern, wildern Volksseele, die Überzeugung auf, daß dieser Boden von Zeit zu Zeit blutdürstig werde und ein Menschenopfer verlange. Man wollte bemerkt haben, daß das immer geschah, wenn sich das Laub einmal weniger tief färbte als sonst. Das Andenken an einen verschmähten Liebhaber, der sich unter den Buchen den Hals durchschnitten hatte, lebte noch frisch im Gedächtnis der Leute, von andern Fällen berichtete die Sage.

Als Hermine und Felix unter den Buchen ankamen, war schon das ganze ledige Volk des Dorfes versammelt. Es begann zu tagen, und in dem bleichen Zwielicht schmückten sich alle mit Rotbuchenlaub. Die Burschen umrahmten ihre Hüte mit Zweigen, die Mädchen legten sich schwere Kränze ums Haar. Hermine begnügte sich nicht damit. Sie flocht sich noch zwei breite Bänder und legte sie sich kreuzweis über Schultern und Brust. Sie wollte schön und lustig, verführerisch sein und sich vor allen auszeichnen.

Während sie mit Felix hinangestiegen war, hatte sich in ihr Reue über das, was sie ihm gesagt hatte, eingestellt. Sie empfand, daß sie sich nicht mit ihm verbinden durfte, da ihm ja doch keine Faser ihres Herzens gehörte. Stärker als je fühlte sie sich von ihm abgestoßen, es ärgerte sie, daß er so zuversichtlich an ihrer Seite schritt. Ihr Trachten mußte dahin gehen, Mattis zu erobern. Und in der lauen, duftenden, aufgewühlten Frühlingsluft keimte und erstarkte in ihr die Hoffnung, sie werde ihn an sich zu reißen vermögen, er werde ins Rotbuchenlaub kommen, er müsse es, weil ihr Herz ihn so tapfer zog, und dann werde ein leuchtender Tag für sie und ihn anbrechen. Und sollte der Tag ihr Unglück bringen, nun, so wollte sie es auf sich nehmen, sie war zu allem Glück und zu allem Leiden entschlossen. Unruhig musterte sie die Gruppen, die schwatzend und geschäftig in dem Halbdunkel standen oder saßen; manchmal meinte sie, ihn erkannt zu haben, und wandte sich dann enttäuscht und mißmutig wieder weg. Warum kam er denn nicht? Zog ihr Herz noch nicht stark genug?

Es wurde heller unter den Baumkronen, nun mußte bald die Sonne erwachen und heraufrollen. Nach und nach wurde es ganz still, mit Andacht wurde der erste Sonnenstrahl erwartet, alle Augen waren nach oben ins Laub gerichtet. Da auf einmal ging Leben durch die Kronen. Bis jetzt hatten sie wie schwarze Ballen über der Erde geschwebt, nun fingen sie an, sich oben zu röten: und wie heißes Blut, das durch tausend Adern und Äderchen kreist und sich belebend ausbreitet, floß der Purpurglanz vom Wipfel über die Äste, Zweige und Blätter zu der Erde und dem jungen Volk hinab und füllte den ganzen Raum mit wonnigem, geheimnisvollem Schauer. Wie gemalte Kirchenscheiben, durch die das Licht wie aus einem Zauberland gedämpft hereinbricht, legte sich das Laubdach zwischen Himmel und Erde. Ein leiser Morgenwind erhob sich und regte das junge Laub auf, es erzitterte vor Lust, und aus dem ruhigen Schein wurde ein mächtiges Flimmern und Funkeln und Leuchten, jedes Blatt, jeder Zweig, der ganze Baum schien in Licht und Glanz zu tanzen und, von Lenzfreude durchbebt, der jungen Sonne zu huldigen. Es herrschte lautlose Stille. Da, während die jungen Leute mit erstaunten Augen und gerührten Herzens das Wunder zu ihren Häupten betrachteten, ließ sich eine betrübte Stimme vernehmen, die man nicht erkannte, die aus der Tiefe zu kommen schien, als spräche der Erdboden selber: »Das Laub ist bleich dies Jahr.«

Man erschrak, man suchte mit den Augen den ungebetenen Mahner, man sah nach dem Laub, und alle fanden es wirklich unter dem Einfluß der bekümmerten Stimme heller als sonst. Da ertönten zum Glück die Klänge einer Ziehharmonika, und gleich waren alle Grillen zerflogen. Das junge Volk wurde lebendig wie das Buchenlaub, Burschen und Mädchen griffen sich bei den Händen und bildeten um den ehrwürdigsten der drei Bäume einen großen Ring. Jauchzend umsprangen sie den Stamm.

Nach einer Weile löste sich der Ring in Paare auf, und nun schwangen sich die mit purpurnen Ranken geschmückten Tänzer, daß die Röcke flogen, während durch Laub und Geäst die Sonnenstrahlen zu ihnen hinabdrangen und über dem irdischen Tanz einen leichteren, lautlosen, farbenprangenden aufführten.

Als man sich zum zweiten Tanz anschickte, kam ein weißgekleideter Bursche gemächlich den Wald herauf. Es war Mattis. Man wartete, bis er zur Stelle war, damit er auch mittun könnte. Er aber grüßte kurz und setzte sich ins Laub. Man verzog die Gesichter und murrte: »Er trägt den Kopf immer noch über dem Hut.« Einer aber rief laut: »Es geht auch ohne ihn«, und alle andern antworteten mit Gejauchze und Gejohle. Mattis zum Trotz wurde nun erst recht lustig getanzt, soviel Übermut, so wilde Sprünge hatten die Blutbuchen wohl noch nie gesehen.

Hermine gebärdete sich wie toll. Sie war mit Felix zusammen, aber nicht er, sondern sie lenkte die Bewegungen, und sie wußte es so zu fügen, daß der Saum ihres Kleides mehrmals Mattis streifte. Als die Musik abbrechen wollte, rief sie: »Vorwärts, du Fauler!« und tanzte weiter. Alle andern kamen schließlich außer Atem und ruhten aus, auch Felix erklärte, er könne nicht mehr. Da ließ sie ihn fahren und tanzte allein. Ihre Wangen glühten und waren dunkler als das Laub, in das sie sich gekleidet hatte. Alle sahen ihr zu und errieten, warum sie sich so unsinnig benahm und um wen sie sich so mühte.

Mattis hatte sie nicht gleich erkannt, sie war in den drei Jahren so groß geworden, ihre Brust so hoch, ihre Arme so stark. Er ließ kein Auge von ihr, solch ein Geschöpf hatte er in der Fremde nirgends gesehen. Jedesmal, wenn sie an ihm vorbeitanzte, faßte sie ihn fest ins Auge; sie war dermaßen berauscht, daß sie die Gegenwart der andern kaum mehr fühlte und nur für ihn da war, sie hatte alle Rücksicht abgeworfen. Er konnte schließlich nicht mehr widerstehen. ›Vater hin, Vater her!‹ dachte er, sprang auf, schlang die Arme um sie und tanzte mit.

»Aha«, tönte es von allen Seiten, »alter Zunder brennt am besten!«

Als Hermine endlich mit ihren Kräften zu Ende war, ließ sie sich von Mattis zu dem Platze führen, wo er gegessen hatte.

Da vertrat ihr Felix den Weg, faßte sie am Handgelenk und raunte ihr zu: »Besinn' dich!« Damit zog er die durch den rasenden Tanz Erschöpfte und fast willenlos Gewordene hinweg.

Man kicherte schadenfroh; Mattis war, er habe eine Ohrfeige empfangen, und er hatte Mühe, seinen Zorn zu bemeistern. »Ich hol' sie mir wieder!« rief er Felix nach.

»Versuch's!« gab dieser drohend zurück.

»Der nächste Tanz wird's zeigen!«

»Sie ist nicht für des Löwenwirts Fasel gewachsen!«

»Und wenn sie's anders wüßte?«

»Was willst du damit sagen?«

»Frag' sie!«

»Ich brauch' sie nicht zu fragen! Du kommst zu spät, Schammauch!« schrie Felix.

Nun war Mattis' ganze Überlegung dahin. Aus den Worten des Gegners glaubte er herauszuhören, daß seine Jugendliebe während seiner Abwesenheit die Beute eines andern geworden sei. Er hatte seit langer Zeit nie mehr an Hermine gedacht, nun aber war die Begehrlichkeit nach ihr wieder in ihm entbrannt, eine jähe Eifersucht überfiel ihn, er kam sich wie ein Betrogener vor und schrie voll Verachtung: »So, hat sie dir auch schon aufgetan!«

»Auch schon aufgetan?« wiederholte man. Die Mädchen verbargen ihre boshaften Gesichter in den Schürzen, die Burschen spuckten aus.

Hermine richtete sich hoch auf, ihre Wangen waren auf einmal leichenblaß geworden. Sie blickte mit funkelnden Augen nach Mattis und sagte: »Du lohnst gut!« Dann zu Felix gewendet: »Bist du ein Mann, so schlag ihm das Wort in den Rachen zurück, und dann verlang'!«

Alle fühlten, daß jetzt, da sich ein Mädchen zum Preis ausgesetzt hatte, etwas Gewalttätiges geschehen müsse. Felix warf den Kittel von sich und rief, daß der Wald schallte:

»Hussa, Hussa! Schammauch raus!«

Das war eine Herausforderung und wurde von allen verstanden.

Gleich waren die beiden aneinander. Jeder grub dem Gegner seine Finger ins Fleisch, sie standen Schulter gegen Schulter, Knie gegen Knie, Fuß gegen Fuß, sie stießen und rissen sich, wühlten mit den angestemmten Schuhen den harten Waldboden auf, rings um die Buche drängten sie sich, keuchend, mit aufeinandergebissenen Zähnen und verzerrtem Mund, nur ihrer Wut bewußt. Felix wehrte sich, wie man sich um die Liebe wehrt, aber er war Mattis nicht gewachsen. Seine Arme erlahmten nach und nach, während die Muskeln des andern mit jedem Ruck und Stoß wuchsen und anschwollen.

Plötzlich fühlte sich Felix an den Gegner herangezogen, in die Luft gehoben und hingeworfen. Er schlug mit dem Kopf an den Baumstamm und blieb lautlos liegen. Ein dunkler Strom ergoß sich aus seinen Haaren und färbte die knorrigen Wurzeln der Buche, die auf dem Boden wie Schlangen dem Stamm zukrochen.

Ehe ein Arzt zur Stelle kam, war es mit Felix vorbei.

Mattis wurde zu drei Jahren Zuchthaus verurteilt. Zu den Blutbuchen sah man wieder mit Scheu empor, und als der Himmelfahrtstag wiederkehrte, blieb es still in Buchenloh; kein Jauchzer, kein Lied wagte an den alten Brauch zu erinnern.

Nur eine scheute den Gang in den Wald nicht, obschon sie am meisten Grund dazu gehabt hätte, Hermine. Als die aufstehende Sonne ihren Glanz über die Blutbuchen ausgoß, saß sie unter dem Purpurdach und dachte an den, der im Gefängnis unter Verworfenen einen schweren Tag durchlebte und in Gedanken wohl an ihrer Seite war.

Sie hatte in dem verflossenen Jahr mit ihm abgerechnet, in langen entsetzlichen Nächten für ihn und gegen sich gerungen. Er hatte sie der Verachtung preisgegeben, das ganze Dorf sah sie seither über die Achseln an, denn man glaubte sie schuldiger, als sie war; ja sie fühlte ganz wohl, daß man sie für feile Ware hielt. Mehr als einmal mußte sie Zumutungen lokkerer Vögel zurückweisen. Sie selber konnte den Leuten nicht ins Gesicht schreien, daß man ihr unrecht tue, da hätte man sie erst recht verlacht. Sie mußte also den Schimpf für ihr ganzes Leben auf sich nehmen, das war nicht mehr zu wenden. Und doch versöhnte sie sich mit Mattis; nicht zwar mit dem, der unter der Buche mit ihr getanzt hatte, sondern mit dem Mattis von siebzehn Jahren, mit dem sie im ersten Morgenrot der Liebe das Herz getauscht, an den sie einst Tage und selige Wochen lang gesonnen hatte, von jedem seiner Worte gerührt, von jedem Blick berauscht, auf den sie drei Jahre lang gewartet und den sie in ihren kindlichen Glückstraum verwoben hatte. Zu diesem Mattis und zu diesem Traum kehrte sie nun willentlich zurück, um ihr Elend zu vergessen. Wenn sie an den andern dachte, so war es fast wie an einen fernen Bekannten, dem sie einmal in einer bösen Stunde gegenübergestanden hatte und der durch ein unvernünftiges Spiel des Schicksals ins Unglück gekommen war.

Diese Flucht in den Traum war für sie eine Tat der Selbsterhaltung. Seit Felix' Tod lag die ganze Last des Heimwesens auf ihr, sie war Haushälterin, Knecht und Krankenwärterin. Die alte Meret hatte sich dem Schmerz um den Sohn so willenlos preisgegeben, daß sie dem Wahnsinn verfallen war und wie ein Kind gepflegt werden mußte. Wie hätte es da Hermine neben all der Arbeit und Sorge noch ertragen, ihrem eigenen Kummer nachzuhängen? In den wenigen Stunden, da sie an sich selber denken konnte, vor dem Einschlafen oder an verlassenen Sonntagen, an ihrem eigenen grauen Werg zu spinnen? Ohne die Abkehr von der Wirklichkeit wäre sie zugrunde gegangen.

So führte sie ein Doppelleben: ein Leben der täglichen Sorgen und Arbeit und ein diesem gestohlenes, auf Augenblicke beschränktes und mit süßer Erinnerung erfülltes Scheindasein. Beide zusammen waren wie ein graues Tuch, durch das sich goldene, in der Sonne leuchtende Fäden ziehen.

Als der Auffahrtstag zum viertenmal wiederkam, war Hermine lange vor Sonnenaufgang unter den Buchen und schmückte sich mit Laub und Zweigen, ganz wie damals. Sie wußte genau, daß Mattis kommen würde. Er war nun frei und lebte bei seinem Vater, der nach dem Unglück Buchenloh den Rücken gekehrt und sich in einem andern Dorf niedergelassen hatte. Er hatte ihr einmal geschrieben, und sie hatte ihm als Antwort ein Blutbuchenblatt geschickt. Das sollte er sich selber deuten.

Sie verbarg sich im Gebüsch und wartete ab. Und wirklich, als es zu tagen begann, vernahm sie ein Rauschen oben im Wald und behutsame Schritte, die näher kamen; er war's. Wie ein Dieb schlich er heran, und erst, als er sich überzeugt hatte, daß niemand zugegen war, betrat er die Unglücksstätte. Er sah sich lange um, er mochte nach Hermine spähen, deren Nähe er ahnte. Dann setzte er sich an die Stelle, von wo er damals dem Tanz zugesehen hatte, und blickte hinauf ins Laub, wo nun bald das Sonnenwunder sich ereignen mußte.

Und es kam wie einst, groß, überwältigend. Blutig und zitternd strömte das Licht auf den Gipfel der Buche und vom Gipfel über die Zweige und Blätter zu dem Unglücklichen hinab. Es troff ihm so heiß in die weitgeöffneten Augen, daß sie ihm schmerzlich überflossen und er sich stöhnend abwandte und hinwarf. Wie ein Wurm wand er sich am Boden. So hatte er sein Unglück noch nie empfunden, so hatten ihn die Reue und der Schmerz um das elend zerschlagene Leben noch nie heimgesucht.

Da trat Hermine aus ihrem Versteck hervor, kniete bei ihm nieder und berührte seine Schulter. Erschreckt sah er auf, erkannte sie und schluchzte: »Du bist gekommen, so hab ich dich recht verstanden!«

Sie erwiderte: »Ich komme, um dir tragen zu helfen, Tis.«

»Du nennst mich Tis, wie einst; du bist gut! Oh, du weißt nicht, was es heißt, von der ganzen Welt verachtet zu sein!«

»Doch, ich weiß es. Drum bin ich da.«

Er faßte ihre Hand, und da sie es geschehen ließ, sagte er: »Du stößest sie nicht zurück? Dir graut nicht davor?«

»Wer tragen will, muß anfassen. Mach' keine Worte! Nur der Schuldige kann dem Schuldigen helfen. Was wissen die von uns, die nie in Schuld getreten sind.«

»Alle Schuld liegt auf mir.«

»Ich weiß es besser.«

»Du nimmst einen Teil auf dich, dann hast du mir verziehen! Sag', hab' ich wirklich jemand, der mich nicht verachtet? Ja, ich seh's, ich bin für dich kein wildes Tier, ich bin ein Mensch wie einst! Das macht mich so froh.«

»Wenn du froh bist, so schmücke dich mit Laub. Damals hast du es nicht getan, daher kam's! Du wolltest nicht sein wie wir, dich nicht unter uns mischen. Schmücke dich mit Rotbuchenlaub, es soll Glück bringen.«

»Ich bring' es nicht über mich, es käme mir vor wie gelästert.«

»Ich habe mich ja auch geschmückt, es ist ein Festtag heut. Sieh, wir müssen das Alte vergessen und uns an das ganz Alte erinnern. Kinder müssen wir wieder werden. Die Buchen sind ja auch wieder jung geworden und glitzern und freuen sich, als hätte nie Schnee und Reif auf ihnen gelegen. Schmück' dich mit ihrem Laub!«

»Schmücke du mich.«

Sie tat es, sie suchte die vollsten Zweige aus und wand einen kleinen Wald um seinen Hut.

»Nun komm«, sagte sie, »laß uns durch das Holz gehen und von der Zeit plaudern, da wir Kinder waren, uns so gern hatten und nicht einmal wußten, was es war.«

Er folgte ihr nun willig und fühlte die Last, die ihn eben noch zu Boden gedrückt hatte, langsam von den Schultern fallen. Den ganzen Tag schweiften sie im Wald, weder Hunger noch Durst kamen über sie, ein Gefühl der Seligkeit erfüllte sie immer mehr. Sie fanden ihre Kindheit wieder, wie man manchmal in einer Dachkammer ein altes Spielzeug findet und es als Zeugen einer glücklichen Zeit mit Rührung betrachtet und wieder zu sich nimmt. Sie, die vier Jahre voller Elend hinter sich hatten, erfuhren, daß die Sonne noch immer schön, der Schatten immer noch kühl und der Waldesduft auch ihr Eigentum war.

Als die Sonne sich zum Scheiden wandte, standen sie oben auf dem Scheitel des Berges.

»Leb' wohl«, sagte Hermine, »du gehst dort, ich hier hinunter.«

Er hielt ihre Hand zurück und flüsterte: »Du warst heut so gut zu mir und hast mich von meinem Elend weggeführt, wenn's immer so wär', wenn's immer so sein könnte?«

Sie verstand ihn. »So kann es nicht immer sein, Mattis, so ist es nur im Rotbuchenlaub oder im Traum. Weißt du denn nicht, daß wir heute allzeit geträumt haben?«

»Du hast mir zu verstehen gegeben, du tragest auch einen Teil der Schuld. Legen wir die Teile zusammen, wir werden sie leicht tragen wie heut.«

Sie schüttelte den Kopf. »Du solltest nicht in mich dringen und das Unmögliche verlangen! Erwache und denk' daran, was alles zwischen uns liegt und geflossen ist! Ein unseliges

Wort und Blut und verlorene Ehre! Das läßt sich nicht aus der Welt und aus dem Gedächtnis schaffen, aus meinem Gedächtnis einmal nicht. Wenn ein Glas zersprungen ist, mag man die Scherben zusammenpassen, wie man will, es wird nie mehr ein ganzes Glas daraus.«

Da sie merkte, wie ihn das niederschlug, änderte sie die Begründung. »Sieh, meine Gotte könnte mich nicht entbehren. Sie ist ja wahnsinnig, du weißt es doch?«

Er war ganz kleinlaut geworden und sagte: »Es ist entsetzlich, wieviel ich mir aufgeladen habe.«

»Ach, sie ist jetzt ganz glücklich«, fuhr Hermine tröstend fort. »Zuerst hat sie dem Felix Tag und Nacht nachgeweint, nichts als Jammer kam ihr aus dem Mund. Dann auf einmal hatte sie eine Erleuchtung. An einem Morgen sagte sie zu mir: ›Hör', Hermine, man hat mir meinen Sohn ans Holz geschlagen, gelt? Der ans Holz geschlagen wurde, ist der Heiland, also ist mein Sohn der Heiland, und ich bin die Mutter Gottes. Nun ist es doch noch gut mit uns geworden. Der Felix hat es mir heut nacht selber gesagt.‹ Dann fing sie an, Halleluja zu singen, und so tut sie nun täglich vom Morgen bis zum Abend. Wie soll ich sie da verlassen?«

Mattis wollte den Vorschlag machen, die Unglückliche auch zu sich zu nehmen, aber er fühlte, daß Hermine eine Gemeinsamkeit nicht wollte, daß er auch in Zukunft seine Bürde allein tragen müsse, und so schwieg er.

Als Hermine inne wurde, daß sie das Glück des Tages in sein Gegenteil verkehrt hatte, daß die wohlgemeinte Teilnahme nun wie ein böses Spiel aussah, fuhr sie fort: »Ich mache dir einen Vorschlag. Wenn dich der heutige Tag gefreut hat, so komm übers Jahr wieder, und wir leben ihn noch einmal. Noch einmal wollen wir dann unsern Kummer zusammenschütten, vielleicht wird wieder Freude daraus.«

Er drückte ihr die Hand, dann gingen sie auseinander.

Seither machen die beiden sich jedes Jahr einen guten Tag, zu Auffahrt oder Pfingsten. Sie gehen sich entgegen, träumen dann zusammen durch den Wald und lassen die Zeit ihrer ersten Liebe auferstehen, die nun die einzige Lichtquelle ihres Schattenlebens ist. Sie freuen sich immer lange vorher auf den Tag, und lange zittert die Erinnerung daran in ihnen nach. Sie sind nun alt, aber sie vergessen's an diesem Tag. Ihre Herzen sind ruhig geworden, sie haben sich mit dem zertrümmerten Lebensglück abgefunden, oder doch fast, und selbst jene verhängnisvolle Fahrt ins Rotbuchenlaub wirft kaum noch einen Schatten auf ihren Weg.

Abschied nehmen sie immer an der nämlichen Stelle, oben auf dem Grat des Berges, von wo man beide Dörfer sehen kann. Da sagt eines zum andern: »Komm' ich übers Jahr nicht, so magst du annehmen, ich sei gestorben und mein Herz habe Ruh'.«

Dann steigen sie von der sonnenbestrahlten Höhe auf entgegengesetzten Pfaden hinab in Tiefe und Alltag.

## Maurice Sandoz

# *Der Liebesbrief*

Mein Gast, der berühmte Tänzer, lehnte eine zehnte Zigarette ab, nahm aber noch eine Tasse Tee, und wie man es in seiner Heimat Ruthenien zu tun pflegt, legte er das Stück Zucker, das ich ihm anbot, unter die Zunge und schlürfte dazu die bernsteinfarbene, bittere Flüssigkeit.

»Sie haben«, sagte er zu mir, »meine ›Triumphe‹, wie Sie es nennen, miterlebt. Sie müssen mir aber gestatten, diese umzutaufen in meine ›Erfolge‹. Meine Bescheidenheit ist aufrichtig, Sie dürfen es mir glauben, und ich will Ihnen deren Grund anvertrauen, den ich sonst noch niemandem gestanden habe. Ich glaube, mein bewegtes Dasein wird bald zu Ende gehen« (aus Höflichkeit machte ich eine ablehnende Handbewegung, die er aber geflissentlich übersah), »und auf alle Fälle hat die Stunde geschlagen, da ich mit meiner Tätigkeit aufhöre. Wenn also das, was ich Ihnen sagen will, bekannt würde, so könnte es mir nichts mehr schaden.

Nun also, das ist die Wahrheit: Nie, verstehen Sie, nie während der vierzig Jahre, da ich auf den Bühnen der ganzen Welt auftrat, habe ich auch nur einen einzigen Liebesbrief bekommen.«

»Das ist leicht erklärlich«, unterbrach ich, »Ihre Verehrerinnen waren von vornherein überzeugt, Sie bekämen so viele Liebesbriefe, daß sie nicht wagten, ihr Glück zu versuchen.«

Aber mein Gast schüttelte den Kopf.

»Nein, nein«, meinte er, »Ihre Überlegung ist nicht richtig; denn bei meiner Partnerin lagen die Dinge völlig anders. Etwas sadistisch bat sie mich jeweilen, ihr die vielen Briefe zu öffnen, die sich in ihrer Garderobe anhäuften (besonders wenn ihr die Schrift auf dem Umschlag nicht bekannt war). Diese Briefe, ich muß es sagen, waren sich alle ziemlich ähnlich:

›Sie kennen mich nicht, mein Fräulein, und doch bin ich täglich unter Ihren Zuschauern; denn seit dem Tage, da ich Sie zum erstenmal tanzen sah, habe ich nur noch einen Gedanken usw. usw.‹«

Ich sah eine neue Möglichkeit, den Tänzer zufriedenzustellen:

»Wenn Sie keine solchen Briefe bekommen haben«, sagte ich, selber nur halb überzeugt, »so war dies nur deshalb der Fall, weil die Frauen mehr Zurückhaltung üben als die Männer; sie sind weniger mitteilsam, und da sie Sie zudem immer mit der gleichen Partnerin sahen, haben sie wahrscheinlich angenommen, dieses Paar sei . . . unzertrennlich.«

»Nun«, sagte der Tänzer nachdenklich, »diesmal kann ich Ihrer Überlegung eher folgen. Aber«, fuhr er nach einem Augenblick fort, und zwar mit ziemlich lauter Stimme, wie die Russen es oft zu tun pflegen, wenn sie überzeugen wollen, »es hätte doch eine Ausnahme geben sollen, die AUSNAHME, mit großen Buchstaben geschrieben; es hätte einen Menschen geben müssen, der sich um all diese Schicklichkeit nicht gekümmert hätte, eine Frau, die sich an mich gewendet hätte . . . aus letzter Verzweiflung.«

Ich hätte den Künstler mit den angegrauten Schläfen gerne getröstet, indem ich ihm gesagt hätte, daß sein Fall durchaus nicht vereinzelt sei und daß meine Laufbahn als Schriftsteller mir auch keine Liebesbriefe eingetragen habe. Aber ein solches Geständnis wäre nicht ehrlich gewesen; denn seit Anfang des Jahres bekam ich zu Beginn jedes Monats einen kleinen, malvenfarbenen Briefumschlag (ich kannte ihn nun schon von weitem); er enthielt eine gleichfarbene Karte, die mir eine lakonische Botschaft brachte, immer die gleiche, aus den drei Worten bestehend: »Je vous aime.«

Keine Unterschrift, kein Datum und selbstverständlich keine Adreßangabe... Nur die Marke gab einigen Aufschluß, denn sie war immer auf der Hauptpost von Neuenburg abgestempelt.

Da aber Neuenburg mehr als fünfzigtausend Einwohner zählt, blieb das Rätsel ungelöst.

Ich verzichtete also darauf, meinem Freund von diesem ›Erfolg‹ zu erzählen, und er verließ mich, gesenkten Hauptes, ziemlich niedergeschlagen, wie mir schien.

Durch einen glücklichen Zufall besuchte mich kurze Zeit nach dieser Unterhaltung eine Verwandte, die sich ziemlich oft für kurze Zeit bei mir aufhielt.

Da aber meine Kusine Graphologin war, und sogar eine angesehene Graphologin, so kam ich bald auf die Idee, ihr eine dieser merkwürdigen anonymen ›Erklärungen« vorzulegen.

Nachdem sie einen Augenblick die drei so klar geschriebenen Worte angeschaut hatte, geriet sie zu meiner Überraschung in Verlegenheit, und auch ein wenig Mißtrauen schien dabei zu sein. Sie zögerte sichtlich, sich auszusprechen.

Schließlich entschuldigte sie sich. »Ich kann dir erst morgen meine Beobachtungen mitteilen«, erklärte sie, als ob sie Zeit gewinnen wollte. Und sie zog sich auf ihr Zimmer zurück, indem sie die kurze Botschaft mitnahm, die ihr so sehr zu mißfallen schien.

Am nächsten Morgen, beim Frühstück, fing sie zuerst von dem Briefchen zu sprechen an; ich muß gestehen, daß ich die kleine Sache vergessen hatte, was beweist, daß ich ihr nicht viel Bedeutung beimaß.

Mit der Energie der Schüchternen rief sie aus: »Nun, das ist ja nett, diese Botschaft ist von einem Mann geschrieben!« Und sie gab mir die malvenfarbene Karte mit einer Gelassenheit zurück, die mir geheuchelt schien.

»Von einem Mann!« rief ich aus, oder vielmehr schrie ich zurück.

»Von einem Mann, das ist todsicher«, fuhr meine Kusine fort, die von einer schweren Last befreit schien, »alle Graphologen der Welt werden mir recht geben. Aber wenn dich das beruhigen kann«, fuhr sie alsbald weiter, »so will ich dir gleich sagen, daß der Verfasser dieser Botschaft kein ...« (sie zögerte, indem sie die Worte suchte) »kein ›Laffe‹ ist. Nein, es ist die Schrift eines Mannes von gewissem Alter, eines Patriziers, der viel erlebt hat, wie dies sowohl an der Eleganz des Schriftzuges wie an dem leichten Zittern erkennbar ist, das entweder auf eine Neigung zur Parkinsonschen Krankheit oder auf eine heftige Leidenschaft für dich hindeutet.«

»Die zweite Hypothese wäre mir lieber«, sagte ich lachend, »sie ist schmeichelhafter ... Aber wie du siehst, bin ich sehr überrascht zu hören, daß ich im Alter der Kahlköpfigkeit eine ›heftige Leidenschaft‹ (um deinen Ausdruck zu gebrauchen) erwecken soll bei einem Menschen meines Geschlechts und von reifem Alter. Das ist bestürzend und könnte mich an der Graphologie zweifeln lassen ...«

»›Von reifem Alter‹, das ist der passende Ausdruck«, bestätigte meine Kusine, ohne auf meinen Angriff gegen ihre Kunst einzugehen. »Die Buchstaben, die er schreibt, sehen aus wie die Vorlagen, die man den Schülern zu einer Zeit gab, da der Schreiblehrer seinen Zöglingen noch die Gänsekiele zuschnitt und sie allerlei Schnörkel machen lehrte, die heute ganz in Vergessenheit geraten sind. Was die ›Vornehmheit‹ anbelangt, die ich dem Verfasser dieser Zeilen (oder genauer gesagt, dieser Zeile) zuschreibe, so ersehe ich sie aus der Sicherheit des Schriftzuges, aus der tadellosen Darstellung der j und der s, die früher sehr ähnlich aussahen, wie du beim Durchlesen von Originalschriften Jean-Jacques Rousseaus hast feststellen können; diese Schrift erinnert mich übrigens ein wenig an die seinige.«

Ich hatte nicht mehr daran gedacht, daß meine Kusine Spiritistin war. Nun, sagte ich mir, vielleicht wird sie annehmen, diese Botschaften seien geisterhaften Ursprungs.

»Wohlan denn, meine Liebe«, sagte ich hierauf, »ich will annehmen, du habest das Geschlecht des Schreibenden erraten; wäre es dir nicht möglich, noch etwas mehr über seinen Charakter, seinen Beruf, seine Persönlichkeit zu sagen?«

Meine Kusine hatte die Nacht offensichtlich ohne Schlaf verbracht und hatte die Buchstaben der geheimnisvollen Botschaft gründlich studiert; denn sie wußte ihr Urteil auswendig und sagte es mir auf wie eine gut gelernte Aufgabe.

»Bejahrte Persönlichkeit, die die Einsamkeit liebt, männlichen Geschlechts, elegant, vornehm, aber ohne Phantasie. Egoistisch, so furchtbar egoistisch, daß ich sogar überrascht bin, daß er ein ... zärtliches Gefühl ausdrückt. Tatsächlich scheint alles darauf hinzuweisen, daß diese Person nur von sich selber eingenommen ist. Es ist ein Fall von vollkommenem Narzißmus. Ich füge noch hinzu, daß dein Briefschreiber wahrscheinlich von adliger Herkunft ist, denn das v in dem Wort ›vous‹ ist in Wirklichkeit das v des deutschen Alphabets, und er hebt es unwillkürlich hervor, was mich glauben läßt, daß in seinem Namen ein ›von‹ steht (aber ich gebe zu, daß diese Hypothese kühn ist). Schließlich möchte ich noch sagen, daß er peinlich exakt ist: Schau den Punkt auf dem i an; er ist vollkommen rund und genau in der Verlängerung des Buchstabens angebracht.«

»Gut, gut«, sagte ich lachend, »wenn ich je etwas von meinem mysteriösen Bewunderer erben sollte, werde ich es dir mitteilen, und du sollst ein Andenken bekommen.«

Meine Kusine schien entzückt, daß ich ihre Aussage nicht allzu ernst genommen hatte.

Und zweifellos wäre es mit der Untersuchung der malvenfarbenen Kärtchen dabei geblieben, hätte dabei bleiben müssen, wenn nicht die Neugier eines jungen Mädchens dazu gekommen wäre, das hie und da zu mir kam, um kleine Geschenke entgegenzunehmen, die die Freundschaft erhalten sollten (erhalten ist das richtige Wort). Das Unglück wollte es, daß sie über meine Sammlung der Liebeskärtchen geriet. Und sie wollte nicht mit Schweigen über diese Entdeckung hinweggehen, die, wie sie meinte, die Existenz einer Rivalin bewies, welche ohne Zweifel von mir mit den herrlichsten Geschenken überhäuft werde. Diese Rivalin suche sie aus meiner Liebe zu verdrängen, und sie müsse dieser ›widerwärtigen‹ Korrespondenz ein Ende bereiten! Ihr Glück oder mein Unglück wollte es, daß sie einen Berufsdetektiv kannte.

Dieser Experte versuchte sie zuerst abzuweisen und ihr die zwei Kärtchen zurückzugeben, die sie ihm als ›greifbaren Beweis meiner Untreue‹ vorgelegt hatte; aber dann besann er sich eines andern: der Detektiv erwachte in ihm.

»Ohne daß Sie es wollten, haben Sie mich vor ein ziemlich beunruhigendes Problem gestellt. Diese zwei Karten sind nicht am gleichen Tag und auch nicht mit der gleichen Tinte geschrieben worden. Und doch könnte man fast schwören, daß es sich um getreue Reproduktionen eines dritten Dokumentes handle, das ihnen vollkommen gleichsähe.

Sehen Sie, wie die Worte auf diesen beiden Karten sich gleichen und wie man sie genau aufeinander legen kann, wie ein Filmnegativ und eine Kopie; und doch handelt es sich hier nicht um photographisches Material und auch nicht um lichtempfindliches Papier.«

Der Detektiv kratzte sich ratlos das Kinn.

»Auf alle Fälle erscheint mir dieses malvenfarbene Papier als etwas Besonderes; es könnte uns helfen, den Absender zu ermitteln. Könnten Sie mir ein Exemplar überlassen?«

»Gerne«, erwiderte das junge Mädchen, dessen Neugier aufs höchste gereizt war und das nicht gezögert hätte, dem Detektiv den Eiffelturm zu leihen, wenn es sicher gewesen wäre, daß er durch dieses umfangreiche Dokument die Rivalin entdecken würde, der es die Augen auskratzen wollte.

»Mein Freund wird das Fehlen eines Billetts nicht bemerken. Die Menge dieser Botschaften ist unzählbar.«

Sie übertrieb, denn es waren nur vier oder fünf. Aber sonst hatte sie recht; ich bemerkte nicht, daß die malvenfarbene Karte aus jener Schublade verschwand, die ich nicht verschlossen hielt, da ich mir eigentlich nichts vorzuwerfen hatte.

Ein Monat verging, ohne daß der Detektiv, der anderes zu tun hatte, ein Lebenszeichen gab.

Dann, eines Tages, telephonierte er an Claudine (er war klug genug, nie zu schreiben, wenn es sich um Frauen handelte) und sagte ihr, er habe ohne Mühe die Papeterie gefunden, die dieses hübsche, altmodische Bristol-Papier verkaufe. Ein einziger Kunde kaufe regelmäßig davon: es sei ein bekannter Uhrmacher, den das Museum von Neuenburg mit dem Unterhalt und der Beaufsichtigung seiner Uhren betraut habe. Und er sagte ihr den Namen.

»Wir sind soweit«, sagte Claudine am andern Ende des Drahtes, »er hat eine reizende Tochter . . .«

Und da sie glaubte, ich werde ›den Weg der Geständnisse‹ beschreiten, wenn sie mich vor solche beweiskräftige Tatsachen stelle, so machte sie mir von ihrer Entdeckung Mitteilung.

»Ich kenne diesen netten Mann«, begnügte ich mich voller Überraschung zu sagen, »aber ich versichere Ihnen, daß ich von der Existenz seiner Tochter, sei sie nun hübsch oder nicht, gar nichts gewußt habe.«

»Das können Sie andern weismachen«, schrie Claudine so vulgär, daß es mir weh tat.

»Das ist so wahr«, entgegnete ich ärgerlich, »daß wir ihm sogleich anläuten und ihn fragen, ob er mir, oder vielmehr uns, den Schlüssel zu diesem Rätsel geben könne.«

Plötzlich kam mir die Erleuchtung, und ich brach in Gelächter aus.

»Ihr Lachen klingt falsch«, schrie Claudine außer sich (in diesem Augenblick bemerkte ich, daß sie nicht so hübsch war, wie ich gemeint hatte).

Ich brauchte einige Zeit, bis ich mich wieder fassen konnte.

»Nein«, sagte ich schließlich, nachdem ich mich erholt hatte, »hören Sie gut zu, Claudine: Es ist weder der ausgezeichnete Uhrmacher noch seine hübsche Tochter, die diese erstaunlichen Botschaften schreiben; sie übermitteln sie mir bloß.«

»Von wem denn?« fragte Claudine mit erzürnten Augen, die ihr aus dem Kopfe standen wie Hummeraugen.

»Sie sind vom Uhrmacher redigiert, aber geschrieben vom . . . Schreiber.«

»Vom Schreiber? Was für ein Schreiber? Was wollen Sie mir da vormachen?« schrie Claudine, die sich noch nicht beruhigen konnte.

»›Der Schreiber‹ von Jacquet Droz, dieser Automat, der wie ein Knabe aussieht, dieser Automat, oder genauer ausgedrückt, diese Marionette, die zur Zeit Marie Antoinettes so viel von sich reden machte und die nun, zusammen mit der fröhlichen Orgelspielerin und dem Zeichner, im Museum der Stadt Neuenburg untergebracht ist.

Diese drei Automaten werden zum großen Vergnügen der Besucher am ersten Tag jedes Monats lebendig (woraus sich erklärt, warum ich immer zu Anfang des Monats die ›Liebesbriefe‹ erhielt, die der Schreiber mit soviel Sorgfalt und Eleganz aufzeichnete).

Ich habe tatsächlich mithelfen können, diesem von unsern französischen Nachbarn vergessenen Automaten etwas von seinem früheren Ruhm zurückzugeben, indem ich dessen Reise nach Paris erleichterte, wo er im Conservatoire des Arts et Métiers vor einer begeisterten Menge von Besuchern tausend Heldentaten vollführte.

Um mir – auf eine wahrlich originelle Weise – für diese Vermittlung zu danken, schickt mir der Direktor des Museums jeden Monat diese ›Handschreiben‹ und bezeugt damit die etwas überbordende Dankbarkeit des mechanischen Schreibers . . . und die seine!«

»Aber warum braucht er diese Botschaften so oft zu wiederholen?« fragte Claudine, immer noch mißtrauisch.

»Das ist sehr einfach: Ich habe mehrere Adressen, ich reise viel, und die Botschaften wurden vorsichtshalber in mehreren Exemplaren und nach allen Enden der Welt geschickt. Es handelte sich um einen bloßen Scherz; aber Ihr Mißtrauen hat die Komödie in ein Drama verwandelt und hat ihr eine Bedeutung gegeben, die sie nie hätte haben sollen.«

»Es ist mir lieber so«, sagte Claudine beruhigt (ach, nun kam sie mir wieder reizend vor).

Vierzehn Tage später befand ich mich im Museum von Neuenburg, wo ich an diesem Tag der einzige Besucher war.

Ich versank in die Betrachtung des wieder heimgekehrten Schreibers. Ich fand ihn reizend, und da kein Aufseher in der Nähe war, erlaubte ich mir einen recht kindlichen Spaß: Ich gab dem molligen kleinen Künstler einen Kuß (›un bec‹, wie der Welschschweizer sagt).

In diesem Augenblick vernahm ich einen Seufzer. Ich war aber doch allein in dem leeren, hallenden Raum.

Aber da entdeckte ich zu meiner Bestürzung, daß die Nachbarin des ›Schreibers‹, die ›Musikerin‹, tief Atem schöpfte, und von ihr kamen diese Seufzer, die das Herz erweichten (wenigstens das meine).

›Sie ist verliebt in den Schreiber‹, dachte ich, ›und sie ist eifersüchtig . . . wie Claudine!‹ Ein kleiner Schauder, wie ihn das Unerklärliche hervorruft, kroch mir über den Rücken. Mit wahrer Erleichterung sah ich den Konservator des Museums den Raum betreten.

»Sagen Sie mir, mein Herr«, fragte ich ein wenig schüchtern, »bin ich das Opfer einer Sinnestäuschung oder des allzu guten Neuenburger Weines, aber mir scheint, Ihre Musikerin bewege sich und seufze . . .!«

»Sie haben recht. Soeben haben wir dem Maharadscha von Corola die Künste der Musikerin vorgeführt. Die Mechanismen für die Bewegung der Finger der Musikerin und für ihre Atembewegungen sind voneinander getrennt. Wenn die erste Bewegung aufhört, bleibt die zweite noch lange in Aktion, damit die Illusion wirklichen Lebens erweckt werde. Frappierend, nicht wahr?«

»Allzu frappierend«, sagte ich erleichtert.

Wie dem auch sei, ich habe in meinem Leben schon viele Briefe verbrannt; aber die Liebesbriefe, die mir ein kleiner Knabe geschrieben hat, der mehr als hundertsechzig Jahre alt ist, werde ich auf alle Fälle behalten.

Ist er nicht das einzige Wesen auf der Welt, das noch tausend Jahre nach meinem Tode die gleichen Briefe, ebenso sorgfältig, ebenso herzlich, ebenso unwiderruflich an mich richten könnte?

Als ich einen Monat später in Zürich durch die Bahnhofstraße ging, sah ich den Tänzer, der mich erkannte und auf mich zukam.

Nach den gebräuchlichen Begrüßungsworten hatte ich die unglückliche Idee, auf das zurückzukommen, was er mir anvertraut hatte. Ich konnte es mir nicht verkneifen, ihm zu sagen, ich würde es vorziehen, keine Liebesbriefe zu bekommen, als solche – wie es mir geschehen war –, die von einem Roboter geschrieben waren.

»Roboter?« fragte der Tänzer, für den dieses Wort neu war.

»Roboter, oder Automat, wenn Sie lieber wollen«, antwortete ich. Ich sah, wie sein Gesicht sich verzerrte.

»Entschuldigen Sie«, sagte er, indem er auf seine Armbanduhr schaute, »aber ich habe furchtbar viel zu tun. Spokoinonotche (gute Nacht)«, fügte er hinzu, und ohne mir die Hand zu geben, überquerte er hastig die breite Straße, sichtlich bestrebt, möglichst viel Raum zwischen uns zu legen. Und seit diesem Gespräch hat er mich nie mehr aufgesucht.

## Robert Walser

# *Helblings Geschichte*

Ich heiße Helbling und erzähle hier meine Geschichte selbst, da sie sonst wahrscheinlich von niemandem aufgeschrieben würde. Heutzutage, wo die Menschheit raffiniert geworden ist, kann es keine besonders kuriose Sache mehr sein, wenn einer, wie ich, sich hinsetzt und anfängt, an seiner eigenen Geschichte zu schreiben. Sie ist kurz, meine Geschichte, denn ich bin noch jung, und sie wird nicht zu Ende geschrieben, denn ich habe voraussichtlich noch sehr lange zu leben. Das Hervorstechende an mir ist, daß ich ein ganz, beinahe übertrieben gewöhnlicher Mensch bin. Ich bin einer der Vielen, und das gerade finde ich so seltsam. Ich finde die Vielen seltsam und denke dabei immer: ›Was machen, was treiben sie nur alle?‹ Ich verschwinde förmlich unter der Masse dieser Vielen. Wenn ich mittags, wenn es zwölf Uhr schlägt, von der Bank, wo ich beschäftigt bin, nach Hause eile, so eilen sie alle mit; einer sucht den andern zu überholen, einer will längere Schritte nehmen als der andere, und doch denkt man dabei: ›Es kommen doch alle nach Hause.‹ In der Tat kommen sie alle nach Hause, denn es ist kein ungewöhnlicher Mensch unter ihnen, dem es arrivieren könnte, daß er den Weg nicht mehr fände nach Hause. Ich bin mittelgroß von Gestalt und habe deshalb Gelegenheit, mich zu freuen, darüber, daß ich weder hervorstechend klein noch herausplatzend groß bin. Ich habe so das Maß, wie man auf schriftdeutsch sagt. Wenn ich zu Mittag esse, denke ich immer, ich könnte eigentlich anderswo, wo es vielleicht fideler zuginge am Eßtisch, ebenso gut oder noch feiner essen, und denke dann darüber nach, wo das wohl sein könnte, wo die lebhaftere Unterhaltung mit dem besseren Essen verbunden wäre. Ich lasse alle Stadtteile und alle Häuser, die ich kenne, in meiner Erinnerung vorübergehen, bis ich etwas ausfindig gemacht habe, das vielleicht für mich sein könnte. Im allgemeinen halte ich sehr viel auf meine Person; ja, ich denke eigentlich nur an mich und bin immer darauf bedacht, es mir so gutgehen zu lassen, wie nur irgend denkbar. Da ich ein Mensch aus guter Familie bin, mein Vater ist ein angesehener Kaufmann in der Provinz, so finde ich leicht an den Dingen, die sich mir nähern wollen, und denen ich auf den Leib rücken soll, allerlei auszusetzen, zum Beispiel: es ist mir alles zu wenig fein. Ich habe stets die Empfindung, daß an mir etwas Kostbares, Empfindsames und Leichtzerbrechliches ist, das geschont werden muß, und halte die andern für lange nicht so kostbar und feinfühlig. Wieso das nur kommen mag? Es ist gerade, als wäre man zu wenig grob geschnitzt für dieses Leben. Es ist jedenfalls ein Hemmnis, das mich hindert, mich auszuzeichnen, denn wenn ich beispielsweise einen Auftrag erledigen soll, so besinne ich mich immer erst eine halbe Stunde, manchmal auch eine ganze! Ich überlege und träume so vor mich hin: ›Soll ich es anpacken, oder soll ich noch zögern, es anzupacken?‹ und unterdessen, ich fühle das, werden schon einige meiner Kollegen bemerkt haben, daß ich ein träger Mensch bin, während ich doch nur als zu empfindsam gelten kann. Ach, man wird so falsch beurteilt! Ein Auftrag erschreckt mich immer, veranlaßt mich, mit meiner flachen Hand strichweise über den Pultdekkel zu fahren, bis ich entdecke, daß ich höhnisch beobachtet werde, oder ich tätschle mir mit der Hand die Wangen, greife mich unter das Kinn, fahre mir über die Augen, reibe die

Nase und streichle die Haare von der Stirne weg, als ob dort meine Aufgabe läge, und nicht auf dem Bogen Papier, der vor mir, auf dem Pult, ausgebreitet liegt. Vielleicht habe ich meinen Beruf verfehlt, und dennoch glaube ich zuversichtlich, daß ich es mit jedem Beruf so hätte, so machen würde und verderben würde. Ich genieße infolge meiner vermeintlichen Trägheit wenig Achtung. Man nennt mich einen Träumer und Schlafpelz. Oh, die Menschen sind darin talentvoll, einem ungebührliche Titel anzuhängen! Es ist allerdings wahr: die Arbeit liebe ich nicht besonders, weil ich mir immer einbilde, sie beschäftige und locke zu wenig meinen Geist. Das ist auch wieder so ein Punkt. Ich weiß nicht, ob ich Geist besitze, und ich darf es kaum glauben, denn ich habe bereits öfters die Überzeugung gewonnen, daß ich mich jedesmal dumm anstelle, wenn man mir einen verstand- und scharfsinnfordernden Auftrag gibt. Das macht mich in der Tat stutzig und veranlaßt mich darüber nachzudenken, ob ich zu den seltsamen Menschen gehöre, die nur klug sind, wenn sie es sich einbilden, und aufhören, klug zu sein, sobald sie zeigen sollten, daß sie es wirklich sind. Es fallen mir eine Menge intelligenter, schöner, spitzfindiger Sachen ein; aber sobald ich sie in Anwendung bringen soll, versagen sie mir und verlassen mich, und ich stehe dann da wie ein ungelehriger Lehrjunge. Deshalb mag ich meine Arbeit nicht gern, weil sie mir einesteils zu wenig geistvoll ist und mir andersteils sogleich über den Kopf hinauswächst, sobald sie den Anstrich des Geistvollen erhält. Wo ich nicht denken soll, da denke ich immer, und wo ich verpflichtet wäre, es zu tun, kann ich es nicht. Aus diesem zwiespältigen Grunde verlasse ich auch den Bureausaal immer einige Minuten vor zwölf und komme immer erst einige Minuten später als die andern an, was mir schon einen ziemlich schlechten Ruf eingetragen hat. Aber es ist mir so gleichgültig, was sie von mir sagen. Ich weiß zum Beispiel sehr wohl, daß sie mich für einen Schafskopf ansehen, aber ich fühle, daß, wenn sie ein Recht zu dieser Annahme haben, ich sie daran nicht verhindern kann. Ich sehe auch wirklich etwas schafsköpfisch aus in meinem Gesicht, Betragen, Gang, Sprechen und Wesen. Es ist kein Zweifel, daß ich, um ein Beispiel herauszunehmen, in den Augen einen etwas blödsinnigen Ausdruck habe, der die Menschen leicht irreführt und ihnen eine geringe Meinung von meinem Verstand gibt. Mein Wesen hat viel Läppisches und dazu noch Eitles an sich; meine Stimme klingt sonderbar, so, als wüßte ich selber, der Sprecher, nicht, daß ich rede, wenn ich rede. Etwas Verschlafenes, Noch-nicht-ganz-Aufgewecktes haftet mir an, und daß es bemerkt wird, habe ich bereits aufgezeichnet. Mein Haar streiche ich immer ganz glatt auf dem Kopf, das erhöht vielleicht noch den Eindruck trotziger und hilfloser Dummheit, den ich mache. Dann stehe ich so da, am Pult, und kann halbstundenlang in den Saal oder zum Fenster hinausglotzen. Die Feder, mit der ich schreiben sollte, halte ich in der untätigen Hand. Ich stehe und trete von einem Fuß auf den andern, da mir eine größere Beweglichkeit nicht gestattet ist, sehe meine Kollegen an und begreife gar nicht, daß ich in ihren Augen, die zu mir hinüberschielen, ein erbärmlicher, gewissenloser Faulenzer bin, lächle, wenn mich einer ansieht, und träume, ohne zu sinnen. Wenn ich das könnte: Träumen! Nein, ich habe keine Vorstellung davon. Nicht die mindeste! Ich denke mir immer, wenn ich einen Haufen Geld hätte, würde ich nicht mehr arbeiten, und freue mich wie ein Kind darüber, daß ich dieses denken konnte, wenn der Gedanke ausgedacht ist. Das Gehalt, das ich bekomme, erscheint mir zu klein, und ich denke gar nicht daran, mir zu sagen, daß ich nicht einmal soviel verdiene mit meinen Leistungen, obschon ich weiß, daß ich so gut wie nichts leiste. Seltsam, ich habe gar nicht das Talent, mich einigermaßen zu schämen. Wenn mich einer, zum Beispiel ein Vorgesetzter, anschnauzt, so bin ich darüber im höchsten Grade empört, denn es verletzt mich, angeschnauzt zu werden. Ich ertrage das nicht, obgleich ich mir sage, daß ich eine Rüge verdient habe. Ich glaube, ich widersetze mich dem Vorwurf des Vorgesetzten deshalb, damit ich das Gespräch mit ihm ein wenig in die Länge ziehen kann, vielleicht eine halbe Stunde, dann ist doch wiederum eine halbe Stunde verstrichen, während deren Verlauf ich mich wenigstens nicht gelangweilt habe. Wenn meine Kollegen glauben, ich langweile mich, so haben sie allerdings recht, denn ich langweile mich zum Entsetzen. Nicht die geringste Anregung! Mich langweilen und darüber nachsinnen, wie ich die Langeweile etwa unterbrechen könnte: darin besteht eigentlich meine Beschäftigung. Ich vollbringe so wenig, daß ich selber von mir denke: ›Wirklich, du vollbringst nichts!‹ Oftmals kommt es über mich, daß ich gähnen muß, ganz unabsichtlich, indem ich meinen Mund aufsperre, gegen die Höhe der Zimmerdecke, und dann mit der Hand nachfahre, um langsam die Mundöffnung zu verdecken. Alsdann finde ich es für angebracht, mit den Fingerspitzen meinen Schnurrbart zu drehen und etwa auf das Pult zu klopfen, mit der Innenfläche eines meiner Finger, ganz wie in einem Traum. Manchmal erscheint mir das alles wie ein unverständlicher Traum. Dann bemitleide ich mich und möchte über mich weinen. Aber, wenn das Traumartige verfliegt, möchte ich mich der Länge und Breite nach auf den Boden werfen, möchte umstürzen, mir an einer Kante des Pultes recht weh tun, damit ich den zeitvertreibenden Genuß eines Schmerzes empfinden könnte. Meine Seele ist nicht ganz schmerzlos über meinen Zustand, denn ich vernehme manchmal, wenn ich recht das Ohr spitze, darin einen leisen, klagenden Ton der Anklage, ähnlich der Stimme meiner noch lebenden Mutter, die mich immer für etwas Rechtes gehalten hat, im Gegensatz zum Vater, der da viel strengere Grundsätze besitzt als sie. Aber meine Seele ist mir ein zu dunkles und wertloses Ding, als daß ich schätze, was sie vernehmen läßt. Ich halte nichts von ihrem Ton. Ich denke mir, daß man nur aus Langeweile auf das Gemurmel der Seele horcht. Wenn ich im Bureau stehe, werden meine Glieder langsam zu Holz, das man wünscht, anzünden zu können, damit es verbrenne: Pult und Mensch werden Eines mit der Zeit. Die Zeit, das gibt mir immer zu denken. Sie vergeht schnell, doch in all der Schnelligkeit scheint sie sich plötzlich zu krümmen, scheint zu brechen, und dann ist es, als ob gar keine Zeit mehr da wäre. Manchmal hört man sie rauschen wie eine Schar auffliegender Vögel, oder zum Beispiel im Wald: da höre ich immer die Zeit rauschen, und das tut einem recht wohl, denn dann braucht der Mensch nicht mehr zu denken. Aber es ist meistens anders: so totenstill! Kann das ein Menschenleben sein, das man nicht spürt, sich vorwärts, dem Ende zudrängen? Mein Leben scheint mir bis zu diesem Augenblick ziemlich inhaltlos gewesen zu sein, und die Gewißheit, daß es inhaltlos bleiben wird, gibt etwas Endloses, etwas, das einem befiehlt, einzuschlafen und nur noch das Unumgänglichste zu verrichten. So tue ich es denn auch: ich tu nur so, als ob ich eifrig schaffe, wenn ich den übelriechenden Atem meines Chefs hinter mir spüre, der heranschleicht, um mich bei der Trägheit überraschen zu können. Seine Luft, die er ausströmt, ist sein Verräter. Der gute Mann verschafft mir immer eine kleine Abwechslung, deshalb mag ich ihn noch ganz wohl leiden. Aber was veranlaßt mich denn eigentlich nur, so wenig meine Pflicht und meine Vorschriften zu respektieren? Ich bin ein kleines, blasses, schüchternes, schwaches, elegantes, zimperliches Kerlchen voll lebensuntüchtiger Empfindsamkeiten und würde die Härte des Lebens, wenn es mir einmal schiefgehen sollte, nicht ertragen können. Kann mir der Gedanke, daß man mich aus meiner Stellung entlassen wird, wenn ich so fortfahre, keine Furcht einjagen? Wie es scheint, nicht, und wie es wiederum scheint: wohl! Ich fürchte mich ein bißchen und fürchte mich wieder ein bißchen nicht. Vielleicht bin ich zur Furcht zu unintelligent, ja, es scheint mir beinahe, als ob der kindliche Trotz, den ich anwende, um mir vor meinen Mitmenschen Genugtuung zu verschaffen, ein Zeichen von Schwachköpfigkeit ist. Aber, aber: es paßt wundervoll zu meinem Charakter, der mir stets vorschreibt, mich ein wenig außergewöhnlich zu benehmen, wenn auch zu meinem Nachteil. So zum Beispiel bringe ich, was auch nicht statthaft ist, kleine Bücher ins Bureau, wo ich sie aufschneide und lese, ohne eigentlich Genuß am Lesen zu haben. Aber es sieht wie die feine Widerspenstigkeit eines gebildeten, mehr als die andern sein wollenden Menschen aus. Ich will eben immer mehr sein und habe einen Jagdhundeifer nach Auszeichnung. Wenn ich das Buch jetzt lese, und es tritt ein Kollege zu mir heran mit der Frage, die vielleicht ganz am Platz ist: »Was lesen Sie da, Helbling?«, so ärgert mich das, weil es in diesem Fall anständig ist, ein ärgerliches Wesen zu zeigen, das den zutulichen Fragenden wegtreibt. Ich tue ungemein wichtig, wenn ich lese, blicke mich nach allen Seiten nach Menschen um, die mir zusehen, wie klug da einer seinen Geist und Witz ausbilde, schneide mit prachtvoller Langsamkeit Seite für Seite auf, lese nicht einmal mehr, sondern lasse es mir genügen, die Haltung eines in eine Lektüre Versunkenen angenommen zu haben. So bin ich: schwindelköpfig und auf den Effekt berechnet. Ich bin eitel, aber von einer merkwürdig billigen Zufriedenheit in meiner Eitelkeit. Meine Kleider sind von plumpem Ansehen, aber ich bin eifrig im Wechseln von Anzügen, denn es macht mir ein Vergnügen, den Kollegen zu zeigen, daß ich mehrere Anzüge besitze und daß ich einigen Geschmack in der Wahl von Farben habe. Grün trage ich gern, weil es mich an den Wald erinnert, und Gelb trage ich an windigen, luftigen Tagen, weil es zum Wind und zum Tanzen paßt. Es kann sein, daß ich mich darin irre; ich zweifle gar nicht daran, denn wie oft ich mich am Tag irre, wird mir genugsam vorgehalten. Man glaubt schließlich selber, daß man ein Einfaltspinsel ist. Aber was macht es aus, ob man ein Tropf oder ein Mann von Achtung ist, da doch der Regen ebensogut auf einen Esel wie auf eine respektable Erscheinung herabregnet? Und gar die Sonne! Ich bin glücklich, in der Sonne, wenn es zwölf Uhr geschlagen hat, nach Hause laufen zu dürfen, und wenn es regnet, spanne ich den üppigen, bauchigen Regenschirm über mich, damit mein Hut, den ich sehr schätze, nicht naß wird. Mit meinem Hut gehe ich sehr sanft um, und es scheint mir immer, wenn ich meinen Hut noch berühren kann, in der zarten Weise, wie ich es gewohnt bin, so sei ich immer noch ein ganz glücklicher Mensch. Besondere Freude macht es mir, ihn, wenn es Feierabend geworden ist, sorgsam auf den Scheitel zu setzen. Das ist mir immer der geliebte Abschluß eines jeden Tages. Mein Leben besteht ja aus lauter Kleinigkeiten, das wiederhole ich mir immer wieder, und das kommt mir so wunderlich vor. Für große Ideale, die die Menschheit betreffen, habe ich es nie passend gefunden, zu schwärmen, denn ich bin im Grunde mehr kritisch als schwärmerisch veranlagt, wofür ich mir ein Kompliment mache. Ich bin so einer, der es als herabsetzend empfindet, wenn er einem idealen Menschen in langen Haaren, Sandalen an den nackten Beinen, Schurzfell um die Lenden und Blumen im Haar begegnet. Ich lächle dann verlegen in solchen Fällen. Laut lachen, was man doch am liebsten möchte, kann man nicht, auch ist es eigentlich mehr zum Ärgerlichwerden als zum Lachen, unter Menschen zu leben, die an einem glatten Scheitel, wie ich ihn trage, keinen Geschmack finden. Ich ärgere mich eben gerne, deshalb ärgere ich mich, wo sich mir nur immer eine Gelegenheit bietet. Ich mache öfters hämische Bemerkungen und habe es doch sicherlich wenig nötig, meine Bosheit an andern auszulassen, da ich doch genug weiß, was es heißt, unter der Spottsucht anderer zu leiden. Aber das ist es ja: ich mache gar keine Beobachtungen, nehme keine Lehren an und verfahre immer noch so wie an dem Tage, da ich aus der Schule entlassen wurde. Viel Schulknabenhaftes klebt an mir und wird wahrscheinlich mein ständiger Begleiter durchs Leben bleiben. Es soll solche Menschen geben, die gar keine Spur von Besserungsfähigkeit und kein Talent besitzen, sich an der anderen Benehmen auszubilden. Nein, ich bilde mich nicht, denn ich finde es unter meiner Würde, mich dem Bildungsdrang hinzugeben. Außerdem bin ich schon gebildet genug, um einen Stock mit einiger Manier in der Hand zu tragen und eine Schleife um den Hemdkragen binden zu können und den Eßlöffel mit der rechten Hand anzufassen und zu sagen, auf eine bezügliche Frage: »Danke, ja, es war sehr hübsch gestern abend!« Was soll die Bildung viel aus mir machen? Hand auf die Brust: ich glaube, da käme die Bildung ganz und gar an den Unrichtigen. Ich strebe nach Geld und nach bequemen Würden, das ist mein Bildungsdrang! Über einen Erdarbeiter komme ich mir furchtbar erhaben vor, wenn er mich auch, wenn er wollte, mit dem Zeigefinger seiner linken Hand in ein Erdloch, wo ich mich beschmutzen würde, hinabschleudern könnte. Kraft und Schönheit an armen Menschen und in bescheidenem Gewande machen auf mich keinen Eindruck. Ich denke immer, wenn ich solch einen Menschen sehe, wie gut es unsereiner doch habe mit der überlegenen Weltstellung, einem solch ausgearbeiteten Tropf gegenüber, und kein Mitleid beschleicht mein Herz. Wo hätte ich ein Herz? Ich habe vergessen, daß ich eines habe. Gewiß ist das traurig, aber wo fände ich es für angebracht, Trauer zu empfinden? Trauer empfindet man nur, wenn man einen Geldverlust aufzuweisen hat, oder wenn einem der neue Hut nicht recht passen will, oder wenn plötzlich die Werte auf der Börse sinken, und dann muß man sich noch fragen, ob das Trauer ist oder nicht, und es ist bei näherem Zusehen keine, sondern nur ein angeflogenes Bedauern, das verfliegt wie der Wind. Es ist, nein, wie kann ich mich da ausdrücken: es ist wunderbar seltsam, so keine Gefühle zu haben, so gar nicht zu wissen, was ein Empfinden ist. Gefühle, die die eigene Person betreffen, hat jeder, und das sind im Grunde verwerfliche, der Gesamtheit gegenüber anmaßliche Gefühle. Aber Gefühle für einen jeden? Wohl hat man bisweilen Lust, sich darüber zu befragen, spürt etwas wie eine leise Sehnsucht danach, ein guter, bereitwilliger Mensch zu werden, aber wann käme man dazu? Etwa um sieben Uhr des Morgens, oder sonst wann? Schon am Freitag und dann während des darauf folgenden ganzen Samstages besinne ich mich darauf, was ich am Sonntag unternehmen könnte, weil doch immer am Sonntag etwas unternommen werden muß. Allein gehe ich selten. Gewöhnlich schließe ich mich einer Gesellschaft von jungen Leuten an, wie sich eben einer anschließt; es geht ganz einfach, man geht einfach mit, obschon man weiß, daß man ein ziemlich langweiliger Geselle ist. Ich fahre zum Beispiel mit einem Dampfboot über den See oder gehe zu Fuß in den Wald oder fahre mit der Eisenbahn an entferntere, schöne Orte. Oft begleite ich junge Mädchen zum Tanz, und ich habe die Erfahrung gemacht, daß mich die Mädchen gerne leiden mögen. Ich habe ein weißes Gesicht, schöne Hände, einen eleganten, flatternden Frack, Handschuhe, Ringe an den Fingern, einen mit Silber beschlagenen Stock, sauber gewichste Schuhe und ein zartes, sonntägliches Wesen, eine so merkwürdige Stimme und etwas leis Verdrossenes um den Mund, etwas, wofür ich selber kein Wort habe, das mich aber den jungen Mädchen zu empfehlen scheint. Wenn ich spreche, klingt es, als ob ein Mann von Gewicht spräche. Das Wichtigtuerische gefällt, da ist kein Zweifel zu hegen. Was den Tanz betrifft, so tanze ich wie einer, der eben erst Tanzunterricht genommen und genossen hat: flott, zierlich, pünktlich, genau, aber zu schnell und zu saftlos. Es ist Genauigkeit und Sprunghaftigkeit in meinem Tanz, aber leider keine Grazie. Wie könnte ich der Grazie fähig sein! Aber ich tanze leidenschaftlich gern. Wenn ich tanze, vergesse ich, daß ich Helbling bin, denn ich bin dann nichts mehr als nur noch ein glückliches Schweben. Das Bureau mit seinen mannigfaltigen Qualen würde mir keine Erinnerung zu Gesicht bringen. Um mich herum sind gerötete Gesichter, Duft und Glanz von Mädchenkleidern, Mädchenaugen blicken mich an, ich fliege: kann man sich seliger denken? Nun habe ich es doch: einmal in dem Kreise der Woche vermag ich selig zu sein. Eines der Mädchen, die ich stets begleite, ist meine Braut, aber sie behandelt mich schlecht, schlechter als mich die andern behandeln. Sie ist mir, wie ich wohl bemerke, auch keineswegs treu, liebt mich wohl kaum, und ich, liebe ich sie etwa? Ich habe viele Fehler an mir, die ich freimütig ausgesprochen habe, aber hier scheinen mir alle meine Fehler und Mängel vergeben zu sein: ich liebe sie. Es ist mein Glück, daß ich sie lieben und um ihretwillen oft verzagen darf. Sie gibt mir ihre Handschuhe und ihren rosaseidenen Schirm zu tragen, wenn es Sommer ist, und im Winter darf ich ihr im tiefen Schnee nachtrotteln, um ihr die Schlittschuhe nachzutragen. Ich begreife die Liebe nicht, aber spüre sie. Gut und Böse sind doch nichts gegen die Liebe, die gar nichts anderes und übriges kennt als Liebe. Wie soll ich das sagen: so nichtswürdig und leer ich sonst immer bin, so ist doch noch nicht alles verloren, denn ich bin wirklich der treuen Liebe fähig, obschon ich zur Treulosigkeit Gelegenheit genug hätte. Ich fahre mit ihr im Sonnenschein, unter dem blauen Himmel, in einem Nachen, den ich vorwärtsrudere, auf dem See, und lächle sie immer an, während sie sich zu langweilen scheint. Ich bin ja auch ein ganz langweiliger Kerl. Ihre Mutter hat eine kleine, armselige, etwas verrufene Arbeiterkneipe, wo ich Sonntage lang zubringen kann mit Sitzen, Schweigen und Sie-Ansehen. Manchmal beugt sich auch ihr Gesicht zu dem meinigen hinunter, um mich einen Kuß auf ihren Mund drücken zu lassen. Sie hat ein süßes, süßes Gesicht. An ihrer Wange befindet sich eine alte, vernarbte Schramme, was ihren Mund ein wenig verzerrt, aber ins Süße. Augen hat sie ganz kleine, mit denen sie einen so listig anblinzelt, als wollte sie sagen: »Dir will ich es auch noch zeigen!« Oft setzt sie sich zu mir auf das schäbige, harte Wirtshaussofa und flüstert mir ins Ohr, daß es doch schön sei, verlobt zu sein. Ich weiß selten etwas zu ihr zu sagen, denn ich fürchte immer, daß es nicht passend wäre; so schweige ich eben und wünsche doch heftig, zu ihr etwas zu sprechen. Einmal hat sie mir ihr kleines, duftendes Ohr an meine Lippen gereicht: Ob ich ihr nichts zu sagen hätte, das man nur flüstern könne? Ich sagte zitternd, daß ich nichts wüßte, und da hat sie mir eine Ohrfeige gegeben und hat dazu gelacht, aber nicht freundlich, sondern kalt. Mit ihrer Mutter und ihrer kleinen Schwester steht sie nicht gut und will nicht haben, daß ich der Kleinen Freundlichkeiten erweise. Ihre Mutter hat eine rote Nase vom Trinken und ist ein lebhaftes, kleines

Weib, das sich gern zu den Männern an den Tisch setzt. Aber meine Braut setzt sich auch zu den Männern. Sie hat mir einmal leise gesagt: »Ich bin nicht mehr keusch«, in einem Ton der Natürlichkeit, und ich habe nichts dagegen einzuwenden gehabt. Was wäre es gewesen, was ich ihr dazu hätte sagen können? Andern Mädchen gegenüber habe ich einen gewissen Schneid, sogar Wortwitz, aber bei ihr sitze ich stumm und sehe sie an und verfolge jede ihrer Manieren mit meinen Augen. Ich sitze jedesmal so lang, bis die Wirtschaft geschlossen werden muß, oder noch länger, bis sie mich nach Hause schickt. Wenn die Tochter nicht da ist, setzt sich ihre Mutter zu mir an den Tisch und versucht, die Abwesende in meinen Augen schlechtzumachen. Ich wehre nur so mit der Hand ab und lächle dazu. Die Mutter haßt ihre Tochter, und es liegt auf der Hand, daß sie sich beide hassen, denn sie sind sich im Wege mit ihren Absichten. Beide wollen einen Mann haben, und beide mißgönnen einander den Mann. Wenn ich abends so auf dem Sofa sitze, merken es alle Leute, die in der Kneipe verkehren, daß ich der Bräutigam bin, und jeder will an mich wohlwollende Worte richten, was mir ziemlich gleichgültig ist. Das kleine Mädchen, das noch in die Schule geht, liest neben mir in ihren Büchern, oder sie schreibt große, lange Buchstaben in ihr Schreibheft und reicht es mir immer dar, um mich das Geschriebene durchsehen zu lassen. Sonst habe ich nie auf so kleine Geschöpfe geachtet, und nun mit einem Male sehe ich ein, wie interessant jedes kleine, aufwachsende Geschöpf ist. Daran ist meine Liebe zu der andern schuld. Man wird besser und aufgeweckter durch eine ehrliche Liebe. Im Winter sagt sie zu mir: »Du, es wird schön sein im Frühling, wenn wir zusammen durch die Gartenwege spazieren werden«, und im Frühling sagt sie: »Es ist langweilig mit dir.« Sie will in einer großen Stadt verheiratet sein, denn sie will noch etwas haben vom Leben. Die Theater und Maskenbälle, schöne Kostüme, Wein, lachende Unterhaltung, fröhliche, erhitzte Menschen, das liebt sie, dafür schwärmt sie. Ich schwärme eigentlich auch dafür, aber wie das sich alles machen soll, weiß ich nicht. Ich habe ihr gesagt: »Vielleicht verliere ich auf nächsten Winter meine Stellung!« Da hat sie mich groß angeschaut und mich gefragt: »Warum?« Was hätte ich ihr für eine Antwort geben sollen? Ich kann ihr doch nicht meine ganze Charakteranlage in einem Atem herunterschildern. Sie würde mich verachten. Bis jetzt meint sie immer, daß ich ein Mann sei von einiger Tüchtigkeit, ein Mann, allerdings ein etwas komischer und langweiliger, aber doch ein Mann, der seine Stellung in der Welt habe. Wenn ich ihr nun sage: »Du irrst dich, meine Stellung ist eine äußerst schwankende«, so hat sie keinen Grund, weiter meinen Umgang zu wünschen, da sie doch alle ihre Hoffnungen in bezug auf mich zerstört sieht. Ich lasse es gehen, ich bin ein Meister darin, eine Sache schlitteln zu lassen, wie man zu sagen pflegt. Vielleicht, wenn ich Tanzlehrer oder Restaurateur oder Regisseur wäre, oder sonst irgendeinen Beruf hätte, der mit dem Vergnügen der Menschen zusammenhängt, würde ich Glück haben, denn ich bin so ein Mensch, so ein tänzelnder schwebender, beineherumwerfender, leichter, flotter, leiser, sich stets verbückender und zartempfindender, der Glück hätte, wenn er Wirt, Tänzer, Bühnenleiter oder so etwas wie Schneider wäre. Wenn ich Gelegenheit habe, ein Kompliment zu machen, bin ich glücklich. Läßt das nicht tief blicken? Ich bringe sogar da Verneigungen an, wo es gar nicht üblich ist, oder wo nur Scharwenzler und Dummköpfe sich verbeugen, so sehr bin ich in die Sache verliebt. Für eine ernste Mannesarbeit habe ich weder einen Geist noch eine Vernunft, noch Ohr, noch Auge und Sinn. Es ist mir das am fernsten Liegende, was es auf der Welt geben könnte. Ich will Profit machen, aber es soll mich nur ein Zwinkern mit den Augen, höchstens ein faules Handausstrecken kosten. Sonst ist Scheu vor der Arbeit an Männern etwas nicht ganz Natürliches, aber mich kleidet es, mir paßt es, wenn es auch ein trauriges Kleid ist, das mir da so vorzüglich paßt, und wenn der Schnitt des Kleides auch ein erbärmlicher ist: warum sollte ich nicht sagen: »Es sitzt mir«, wenn doch jedes Menschenauge sieht, daß es mir faltenlos sitzt. Die Scheu vor der Arbeit! Aber ich will nichts mehr darüber sagen. Ich meine übrigens immer, das Klima, die feuchte Seeluft, sei schuld daran, daß ich nicht zum Arbeiten komme, und suche jetzt, gedrängt von dieser Erkenntnis, Stellung im Süden oder in den Bergen. Ich könnte ein Hotel dirigieren oder eine Fabrik leiten oder die Kasse einer kleineren Bank verwalten. Eine sonnige, freie Landschaft müßte imstande sein, in mir Talente zu entwikkeln, die bis jetzt in mir geschlafen haben. Eine Südfruchthandlung wäre auch nichts Übles. Auf jeden Fall bin ich ein Mensch, der immer meint, durch eine äußerliche Veränderung innerlich ungeheuer zu gewinnen. Ein anderes Klima würde auch eine andere Mittagstafel erzeugen, und das ist es vielleicht, was mir fehlt. Bin ich eigentlich krank? Mir fehlt so viel, mir mangelt eigentlich alles. Sollte ich ein unglücklicher Mensch sein? Sollte ich ungewöhnliche Anlagen besitzen? Sollte es eine Art Krankheit sein, sich beständig, wie ich es tue, mit solchen Fragen abzugeben? Jedenfalls ist es eine nicht ganz normale Sache. Heute bin ich wieder zehn Minuten zu spät in die Bank gekommen. Ich komme nicht mehr dazu, zur rechten Zeit anzutreten wie andere. Ich sollte eigentlich ganz allein auf der Welt sein, ich, Helbling, und sonst kein anderes lebendes Wesen. Keine Sonne, keine Kultur, ich nackt auf einem hohen Stein, kein Sturm, nicht einmal eine Welle, kein

Wasser, kein Wind, keine Straßen, keine Banken, kein Geld, keine Zeit und kein Atem. Ich würde dann jedenfalls nicht mehr Angst haben. Keine Angst mehr und keine Fragen, und ich würde auch nicht mehr zu spät kommen. Ich könnte die Vorstellung haben, daß ich im Bett läge, ewig im Bett. Das wäre vielleicht das Schönste!

## Albin Zollinger

# *Der Napolitaner*

In der Gegend, wo ich aufwuchs, kennt man die Italiener beinahe ausschließlich als Leute, die aus Armut ihr Vaterland verlassen, um sich im Beruf von Maurern bei den Völkern zu verdingen, welchen diese Arbeit zu schlecht ist. Sie sind derhalben nicht angesehen, Unreinlichkeit und Unwissenheit gelten als ihre Merkmale, man nennt sie verächtlich nur Tschinggen, welche Bezeichnung von einem Ausruf herrührt, mit dem sie in einem ihrer Kartenspiele auftrumpfen. Meine Landsleute, welche sehr säuberlich sind, sehen nur, daß sie Zement und Tabaksaft an ihren Händen haben, sich durch die Finger schneuzen und wie Zigeuner gekleidet gehen. Zwar halten sie den Atem an, wenn die Maurer singend vorüberziehen und in der Nacht der Süden erblüht mit weißen Straßen, Vulkanen und Ölbaumgärten. Das Langgezogene ihrer Lieder treibt den Stachel der Schwermut ins Herz, die gaumigen dunklen Kadenzen erschrecken es wunderbar wie abstürzendes Weinberggemäuer; aber die guten Leute genießen es nur widerstrebend, wie etwas, das sie im Grunde verachten, der gleichsam nackte Gesang bestärkt sie in ihrer Ablehnung dieses Volkes. Selbst die Geringen haben daher keinen Umgang mit den Fremdlingen; sie aber in ihrer Gutherzigkeit scheinen das auch keineswegs zu verübeln, es vielmehr ganz in der Ordnung zu finden, wenn überhaupt sie es bemerken. Sie wohnen in ihren Baracken, verkehren unter sich in ihren besonderen Trinkstuben, in denen sie lärmen und singen, gelegentlich wohl auch sich prügeln. Sie halten sich in der Fremde wie Öl auf dem Wasser, ohne sich zu vermischen, dem warmen dunklen Süden mehr als dem Ort ihres Aufenthalts verbunden. Was sie zeigen, ist manchmal ihr herzlicher Humor, manchmal ihre Zuneigung zu Kindern, in welcher sie sich freilich Zurückhaltung auferlegen müssen fast wie Leibeigene gegenüber der Herrschaft; die Mütter nehmen ihre Lieblinge vor ihnen zurück, wenn sie darüber hinausgehen, ihnen mit ihrem Radebrechen, mit Kapriolen, Fingerschnalzen und Grimassen Kurzweil zu bereiten. Sie wissen, daß sie die Kleinen nicht anrühren dürfen, und haben eine erschütternde Art, ihre zärtlichen Impulse zu beherrschen oder selber spaßhaft zu bestrafen. Es ist besonders die Erscheinung des guten Alten unter ihnen, vor Herzensgüte verschrumpelt und runzlig, der unverheiratete Großvater, der mit der Fülle seines Gemütes nicht fertig wird und, wo er geht und steht, mit den Augen zwinkert, Hasenmäulchen und Birnen verteilt und eine Mundharmonika aus der Hose zieht, um seine traurigen Melodien darauf zu blasen. In unserem Revier gab es ihn auch, wir nannten ihn den Napolitaner, was nicht ganz dasselbe wie ein Italiener war; es lag in dem Namen irgend etwas Weiträumiges, Heiteres, wir wußten nicht inwiefern; er brachte einen Schein von Meer in die Betzeitstunde, denn in der Dämmerung war es, daß er kam, immer dann, wenn wir die Welt am tiefsten genossen, weil jeder Augenblick sie uns zu nehmen drohte. Dann hüpften und lachten wir fieberisch, zugleich voller Angst, das Verhängnis damit herbeizurufen; Italiens Schwalben kreisten herab in den Staub, erfüllten die Abendwelt mit der Wärme ihrer Kehlen; jemand goß Jauche im Garten, das roch zusammen mit der kalkigen Bluse des Napolitaners, den wir mit seiner Polenta, mit seinem Kautabak, seinen Runzeln und mit seiner Sprache aufzogen, damit er nach uns schnappte

– dies alles stets auf der Flucht davor, daß es in sich zusammenfiel, wir uns zu verabschieden und der Lampe der Mutter ins Dickicht des Schlafes nachzufolgen hatten.

Wir liebten den Alten und hatten doch zuviel Erziehung, der Eltern schweigende Vermahnung nicht zu respektieren; die Gefühle der Neigung und Überhebung vertrugen sich in unsern Kinderherzen sehr wohl nebeneinander, denn natürlich sahen wir auch das Verachtungswürdige an dem Manne, den Kalk in seinen Runzeln, den Kautabak und daß er ein Tschingg war. Seine Wärme und Väterlichkeit, seine werbende Liebe empfanden wir wider Willen, auch das Land um ihn mit Singvögeln und Sternen, nicht ohne daß sie ebenfalls zugleich ein gewisses Zurückstreben in uns erzeugt hätten.

Dieses Gegensätzliche erhielt Zuzug, als sich unser Freund eines Tages verliebte. Er mochte nun sechzig sein, doch verliebte er sich eines Tages in eine Hausiererin, welche zu heiraten er auch gar keine Umstände machte. Das Paar bezog einen alten Schuppen, den es notdürftig vorerst mit Treibhausfenstern verglaste. Der Napolitaner war uns verloren. Völlig überflüssig, daß uns verboten wurde, je seinen Kaninchenstall zu betreten; wir hatten ihm abgesagt in unserm Herzen, wir begruben ihn in Haß und Verachtung. Mochte er sich für seine Vettel abrackern, mochte er Rauch durch sein Kaminrohr ablassen, Wurzelstöcke spalten, im Nebenamt Schuhe flecken und Pfannen verzinnen, mochte er Kinder hecken in seinem Verschlage: wir kannten ihn nicht mehr. Zwar sahen wir ihn durch die Dunkelheit eilen, mit einer Waldaxt im Arm, einem Korbe Salat oder Hühnern, er blinzelte uns auch zu, ohne Zeit zum Verweilen zu finden, auf unsere Feindschaft nicht aufmerksam. Er war uns der erste Fall unfaßlicher Verwandlung ins Abscheuliche. Denn die Brut, die er zeugte, drei ungefähr gleich große Gören, lief mit Rotznasen und unter den Röcken nackt herum, doch er vergötterte sie; es ekelte uns sozusagen, von demselben Herzen geliebt zu werden.

Nur mit der Heimlichkeit, mit der wohlerzogene Knaben das versuchen, beteiligte ich mich an dem Schabernack, der dem alten Familienvater dann und wann in seinem Kasten zusetzen sollte; ich war es sogar, der es auf sich nahm, mit einem Steinwurf in seine Glaswand zu zielen. Ich erschöpfte mich freilich an dem Bubenstreich und taugte für weiteres in der Folge nicht mehr, obgleich das schlechte Gewissen meine Abneigung noch vermehrte. Der Alte verlor mählich seine Kopfhaar, änderte überhaupt sein Aussehen. Ich selber schoß auf, verspürte mir neue Beunruhigungen in meiner Leiblichkeit, die mich beanspruchten, die mich auch sanfter und vorsichtig machten, Gerechtigkeit stieg wie eine Saat in mir.

Die Dinge der Kindheit aber wurzeln zähe in uns; die Wahrheit ist, daß ich ein wenig frohlockte, als sich eines Tages die Nachricht verbreitete, dem Napolitaner sei das Jüngste im Dorfbach ertrunken. Nun war dieser Dorfbach eine Sache, auf die ich mich sogleich nicht einmal richtig besinnen konnte, da er in unserem Quartier zum Teil überbaut, zum andern Teil unter Steinplatten lief und einer Kloake eher als einem Dorfbach glich. Das sieht ihm gleich, war mein erster Gedanke, daß seine Zeugung in dieser Brühe verdirbt, der Ekel stieg mir im Halse auf, es war seifiges faules Gerinnsel, womit sich der kleine Junge gefüllt hatte. Der Tod unter Tag, das Ertrinken im Tunnel jagte mir seine Schauer über; die Hände eingesteckt nach der Art der Halbwüchsigen, mit Backenbärtchen von Hühnerhaut, blickte ich in das Abwasser hinein, das um Steine, Matratzenfedern und Büschel von Haar und Putzfäden behende herumlief mit Nattern aus Darm, flatternden Bändern voller Schüttsteinsatz. Eine rostige Büchse nahm ihren Weg inmitten, geschoben, gepufft, überstellt, ertränkt und japsend, stolperte in die Kanalnacht hinein.

In dem Augenblick, da ich, unfähig, noch länger die grausigen Umstände dieses Kindes zu überdenken, mich von dem Graben hinwegwandte, schoß der verstörte Vater um eine Hausecke daher, rutschte die Böschung hinunter und verschwand in dem Tunnel. Barfuß, das Schwein! entfuhr es mir abermals; ich hatte ihn auf dem Glitschigen wanken gesehen. Ein Trupp Menschen stürmte auf seiner Spur wie eine Jagdgesellschaft heran, begierig, zu erfahren, was der Hund in der Höhle ans Tageslicht zupfen würde.

So kam er mir selber vor, nachdem er an beiden Eingängen des Stollens hineingefahren war und nun einige Zeit auf sich warten ließ. Das Kind hatte am Wasser gespielt, war hineingefallen und, wie ich mir vorstellte, von Hindernis zu Hindernis unter den Häusern hinweggeschwemmt worden, bis es sich irgendwo festhakte, dem Anschein nach etwa auf halbem Wege hierher; ich mußte stets daran denken, wie es der Vater da fand im erstickten Schein seiner Stallaterne, die er vor sich her in die Finsternis gestreckt hatte. Wenn überhaupt er es fand, wenn es nicht bereits weiter in Rechen oder Schachtabstürze gepufft worden war; das Publikum gab sich angeregt seinen diesbezüglichen Schätzungen hin. Mich selber mutete es unwahrscheinlich an, daß ich einen Toten zu Gesicht bekommen sollte; bis ich ihn sah, zog ich vor, das Ganze überhaupt anzuzweifeln – wie sollte es möglich sein, daß der kleine Mensch hier unterirdisch seinen Geist aufgab und an einem Stück Draht einer Ratte gleich in dem Wasser hing?

Und doch hatte der Napolitaner ihn wahrscheinlich so angetroffen, denn er brachte auf seinen Armen schließlich etwas dergleichen hervor. Er schien zufrieden, es nur zu haben; wie eifersüchtig auf seine Beute, trug er sie vor den Zuschauern hinweg. Er sah, ohne Rock, mit seinem verwirrten Haarsaum, wie dem Bette entstiegen aus, er schien noch von Schlaf verwirrt, er gab die Leiche von der einen in die andere Hand wie ein Brot; sein Gesicht war nicht zu sehen, es war nicht zu erraten, wie er es aufnahm. Da er sich so still beschäftigte, erstaunte mich der Vorgang; mir bestätigte sich die Vermutung, daß auch in solchen Schmerzen ein erwachsener Mann nicht weinte. Von diesem Gedanken bedrückt, unsicher, ob ich es dereinst dahin bringen würde, schickte ich mich an, hinwegzugehen; da hob der Alte das Bündel hoch über sich empor, legte es sich in all seiner Verschmutzung auf das Gesicht, die Seerosenknospe des erlahmten Köpfchens glitt ihm am Halse hinunter, er lud es sich gleichsam auf die Schulter, nahm es wieder auf die Hände herab, wiegte es, wog es, neigte sich mit seinen tränenblinden Augen darauf nieder, um es zu sehen; dazu hatte er jetzt eine Art lachendes Schluchzen gefunden, es sah haargenau aus, als turnte er mit dem Söhnchen und wüßte sich vor Spaß nicht zu lassen. Diese grauenvolle Äußerung von Leid schlug sich mir auf das Gewissen; der verachtete Mensch, dem es auferlegt war, sein Innerlichstes und Schamhaftestes hier preiszugeben, entblößte zugleich eine Schönheit, die ihn wie etwas Überirdisches in meinen Augen verklärte. Ein Sternfall von Reue und guten Gefühlen ging durch meine Brust; aber die Einsicht, damit weder die jahrelange Verkennung gutzumachen noch dem armen Greise irgend etwas in seiner Erschütterung zu nützen, warf eine Dunkelheit von Schuld über mich. Verzweifelnd empfand ich Zusammenhänge, die mich der Menschheit verbanden und in denen Unheil zu stiften ich gar nicht vermeiden konnte, es sei denn durch ein fast menschenunmögliches Maß an Gerechtigkeit,

Rücksicht und Aufmerksamkeit; das kam mir unheimlich vor, ich zog mich aus der Reihe der Gaffer zurück, brach meinerseits nun in Tränen aus vor Entmutigung den Schwierigkeiten der Zukunft gegenüber.

Friedrich Dürrenmatt

# *Der Hund*

Schon in den ersten Tagen, nachdem ich in die Stadt gekommen war, fand ich auf dem kleinen Platz vor dem Rathaus einige Menschen, die sich um einen zerlumpten Mann scharten, der mit lauter Stimme aus der Bibel las. Den Hund, den er bei sich hatte und der zu seinen Füßen lag, bemerkte ich erst später, erstaunt darüber, daß ein so riesiges und entsetzliches Tier meine Aufmerksamkeit nicht auf der Stelle erregt hatte, denn es war von tiefschwarzer Farbe und glattem, schweißbedecktem Fell. Seine Augen waren schwefelgelb, und wie es das riesige Maul öffnete, bemerkte ich mit Grauen Zähne von ebenderselben Farbe, und seine Gestalt war so, daß ich sie mit keinem der lebenden Wesen vergleichen konnte. Ich ertrug den Anblick des gewaltigen Tieres nicht länger und wandte meine Augen wieder dem Prediger zu, der von gedrungener Gestalt war, und dessen Kleider in Fetzen an seinem Leibe hingen: doch war seine Haut, die durch die Risse schimmerte, sauber, wie denn auch das zerrissene Gewand äußerst reinlich war: Kostbar jedoch sah die Bibel aus, auf deren Einband Gold und Diamanten funkelten. Die Stimme des Mannes war ruhig und fest. Seine Worte zeichneten sich durch eine außergewöhnliche Klarheit aus, so daß seine Rede einfach und sicher wirkte, auch fiel es mir auf, daß er nie Gleichnisse brauchte. Es war eine ruhige und unfanatische Auslegung der Bibel, die er gab, und wenn seine Worte doch nicht überzeugten, so rührte dies nur von der Erscheinung des

Hundes her, der unbeweglich zu seinen Füßen lag und die Zuhörer mit seinen gelben Augen betrachtete. So war es denn vorerst die seltsame Verbindung des Predigers mit seinem Tier, die mich gefangennahm, und die mich verführte, den Mann immer wieder aufzuspüren. Er predigte jeden Tag auf den Plätzen der Stadt und in den Gassen, doch war es nicht leicht, ihn aufzufinden, obwohl er seine Tätigkeit bis spät in die Nacht ausübte, denn die Stadt war verwirrend, obgleich sie klar und einfach angelegt war. Auch mußte er seine Wohnung zu verschiedenen Zeiten verlassen und seiner Tätigkeit nie einen Plan zu Grunde legen, denn nie ließ sich in seinem Auftreten eine Regel feststellen. Manchmal redete er ununterbrochen den ganzen Tag auf dem selben Platz, manchmal aber wechselte er den Ort jede Viertelstunde. Er war immer von seinem Hund begleitet, der neben ihm schritt, wenn er durch die Straßen ging, schwarz und riesig, und der sich schwer auf den Boden legte, wenn der Mann zu predigen anfing. Er hatte nie viele Zuhörer und meistens stand er allein, doch konnte ich beobachten, daß ihn dies nicht verwirrte, auch verließ er den Platz nicht, sondern redete weiter. Oft sah ich, daß er mitten in einer kleinen Gasse stillestand und mit lauter Stimme betete, während nicht weit von ihm die Leute achtlos durch eine breitere Gasse gingen. Da es mir jedoch nicht gelang, eine sichere Methode zu finden, ihn aufzuspüren, und dies immer dem Zufall überlassen mußte, versuchte ich nun, seine Wohnung zu finden, doch vermochte mir niemand Auskunft zu geben. Ich verfolgte ihn daher einmal den ganzen Tag, doch mußte ich dies mehrere Tage tun, denn er kam mir immer wieder am Abend aus den Augen, weil ich bestrebt war, mich vor ihm verborgen zu halten, damit er meine Absicht nicht entdecke. Bald jedoch sah ich ihn endlich, spät in der Nacht, in ein Haus einer Gasse treten, die nur von den

Reichsten der Stadt bewohnt wurde, wie ich wußte, was mich denn auch in Erstaunen versetzte. Von nun an änderte ich ihm gegenüber mein Verhalten, indem ich meine Verborgenheit aufgab, um mich nur in seiner nächsten Nähe aufzuhalten, so daß er mich sehen mußte, doch störte ich ihn nicht, nur der Hund knurrte jedesmal, wenn ich zu ihnen trat. So vergingen mehrere Wochen, und es war in einem Spätsommer, als er, nachdem er seine Auslegung des Johannisevangeliums beendet hatte, zu mir trat und mich bat, ihn nach Hause zu begleiten; doch sagte er kein Wort mehr, wie wir durch die Gassen schritten, und als wir das Haus betraten, war es schon so dunkel, daß im großen Zimmer, in welches ich geführt wurde, die Lampe brannte. Der Raum war tiefer als die Straße gelegen, so daß wir von der Türe einige Stufen hinuntergehen mußten, auch sah ich die Wände nicht, so sehr wurden sie von Büchern überdeckt. Unter der Lampe war ein großer, einfacher Tisch aus Tannenholz, an welchem ein Mädchen stand und las. Es trug ein dunkelblaues Kleid. Es kehrte sich nicht um, als wir eintraten. Unter einem der beiden Kellerfenster, die verhängt waren, befand sich eine Matratze und an der gegenüberliegenden Wand ein Bett, und zwei Stühle standen am Tisch. Bei der Türe war ein Ofen. Wie wir jedoch dem Mädchen entgegenschritten, wandte es sich, so daß ich sein Gesicht sah. Es gab mir die Hand und deutete auf einen Stuhl, worauf ich bemerkte, daß der Mann schon auf der Matratze lag; der Hund aber legte sich zu seinen Füßen nieder.

»Das ist mein Vater«, sagte das Mädchen, »der nun schon schläft und nicht hört, wenn wir zusammen sprechen, und der große, schwarze Hund hat keinen Namen, der ist einfach eines Abends zu uns gekommen, als mein Vater zu predigen anfing. Wir hatten die Türe nicht verschlossen, und so konnte er mit seinen Tatzen die Falle niederdrücken und hereinspringen.«

Ich stand wie betäubt vor dem Mädchen und fragte leise, was denn ihr Vater gewesen sei. »Er war ein reicher Mann mit vielen Fabriken«, sagte es und schlug die Augen nieder. »Er verließ meine Mutter und meine Brüder, um den Menschen die Wahrheit zu verkünden.« »Glaubst du denn, daß es die Wahrheit ist, die dein Vater verkündet?« fragte ich. »Es ist die Wahrheit«, sagte das Mädchen. »Ich habe es immer gewußt, daß es die Wahrheit ist, und so bin ich denn mit ihm gegangen in diesen Keller und wohne hier mit ihm. Aber ich habe nicht gewußt, daß dann auch der Hund kommen würde, wenn man die Wahrheit verkündet.« Das Mädchen schwieg und sah mich an, als wolle es um etwas bitten, das es nicht auszusprechen wagte. »Dann schick ihn fort, den Hund«, antwortete ich, aber das Mädchen schüttelte den Kopf. »Er hat keinen Namen und so würde er auch nicht gehen«, sagte es leise. Es sah, daß ich unentschlossen war, und setzte sich auf einen der beiden Stühle am Tisch. So setzte ich mich denn auch. »Fürchtest du dich denn vor diesem Tier?« fragte ich. »Ich habe mich immer vor ihm gefürchtet«, antwortete es, »und als vor einem Jahr die Mutter kam mit einem Rechtsanwalt und die Brüder, um meinen Vater zurückzuholen und mich, haben sie sich auch gefürchtet vor unserem Hund ohne Namen, und dabei hat er sich vor den Vater gestellt und geknurrt. Auch wenn ich im Bett liege, fürchte ich mich vor ihm, ja dann besonders, aber jetzt ist alles anders. Jetzt bist du gekommen und nun kann ich über das Tier lachen. Ich habe immer gewußt, daß du kommen würdest. Natürlich wußte ich nicht, wie du aussiehst, aber einmal, das wußte ich, würdest du mit meinem Vater kommen, an einem Abend, wenn schon die Lampe brennt, und es stiller wird auf der Straße, um mit mir die Hochzeitsnacht zu feiern in diesem Zimmer halb unter der Erde, in meinem Bett neben den vielen Büchern. So werden wir beieinander liegen, ein Mann und ein Weib, und drüben auf der Matratze wird der Vater sein, in der Dunkelheit wie ein Kind, und der große, schwarze Hund wird unsere arme Liebe bewachen.«

Wie könnte ich unsere Liebe vergessen! Die Fenster zeichneten sich als schmale Rechtecke ab, die waagrecht über unserer Nacktheit irgendwo im Raume schwebten. Wir lagen Leib an Leib, immer wieder ineinander versinkend, uns immer gieriger umklammernd, und die Geräusche der Straße vermischten sich mit dem verlorenen Schrei unserer Lust, manchmal das Torkeln Betrunkener, dann das leise Trippeln der Dirnen, einmal das lange, eintönige Stampfen einer vorbeiziehenden Kolonne Soldaten, abgelöst vom hellen Klang der Pferdehufe, vom dumpfen Rollen der Räder. – Wir lagen beisammen unter der Erde, eingehüllt in ihre warme Dunkelheit, uns nicht mehr fürchtend, und von der Ecke her, wo der Mann auf seiner Matratze schlief, lautlos wie ein Toter, starrten uns die gelben Augen des Hundes an, runde Scheiben zweier schwefligen Monde, die unsere Liebe belauerten.

So stieg ein glühender Herbst herauf, gelb und rot, dem spät erst in diesem Jahr der Winter folgte, mild, ohne die abenteuerliche Kälte der Vorjahre. Doch gelang es mir nie, das Mädchen aus seinem Kellerraum zu locken, um es mit meinen Freunden zusammenzubringen, mit ihm das Theater zu besuchen (wo sich entscheidende Dinge vorbereiteten) oder zusammen durch die dämmerhaften Wälder zu gehen, die sich über die Hügel breiten, die wellenförmig die Stadt umgeben: Immer saß es da, am Tisch aus Tannenholz, bis der Vater kam mit dem großen Hund, bis es mich in sein Bett zog beim gelben Licht der Fenster über uns. Wie es jedoch gegen den Frühling ging, wie noch Schnee in der Stadt lag, schmutzig und naß, meterhoch an schattigen Stellen, kam das Mädchen in mein Zimmer. Die Sonne schien schräg durchs Fenster. Es war spät im Nachmittag und in den Ofen hatte ich Scheiter gelegt und nun erschien es, bleich und zitternd, wohl auch frierend, denn es kam ohne Mantel, so wie es immer war, in seinem dunkelblauen Kleid. Nur die Schuhe hatte ich noch nie an ihm gesehen, sie waren rot und mit Pelz gefüttert. »Du mußt den Hund töten«, sagte das Mädchen, noch auf der Schwelle meiner Türe, außer Atem und mit gelöstem Haar, mit weit offenen Augen und so gespenstisch war sein Erscheinen, daß ich nicht wagte, es zu berühren. Ich ging zum Schrank und suchte meinen Revolver hervor. »Ich wußte, daß du mich einmal darum bitten würdest«, sagte ich, »und so habe ich eine Waffe gekauft. Wann soll es geschehen?« »Jetzt«, antwortete das Mädchen leise. »Auch der Vater fürchtet sich vor dem Tier, immer hat er sich gefürchtet, ich weiß es nun.« Ich untersuchte die Waffe und zog den Mantel an. »Sie sind im Keller«, sagte das Mädchen, indem es den Blick senkte. »Der Vater liegt auf der Matratze, den ganzen Tag, ohne sich zu bewegen, so sehr fürchtet er sich, nicht einmal beten kann er, und der Hund hat sich vor die Türe gelegt.«

Wir gingen gegen den Fluß hinunter und dann über die steinerne Brücke. Der Himmel war von einem tiefen, bedrohlichen Rot, wie bei einer Feuersbrunst. Die Sonne eben gesunken. Die Stadt war belebter als sonst, voll mit Menschen und Wagen, die sich wie unter einem Meer von Blut bewegten, da die Häuser das Licht des Abends mit ihren Fenstern und Mauern widerspiegelten. Wir gingen durch die Menge. Wir eilten durch einen immer dichteren Verkehr, durch Kolonnen bremsender Automobile und schwankender Omnibusse, die wie Ungetüme waren, mit bösen, mattleuchtenden

Augen, an aufgeregt fuchtelnden Polizisten mit grauen Helmen vorbei. Ich drängte so entschlossen vorwärts, daß ich das Mädchen zurückließ; die Gasse endlich rannte ich hinauf, keuchend und mit offenem Mantel, einer immer violetteren, immer mächtigeren Dämmerung entgegen: Doch kam ich zu spät. Wie ich nämlich zum Kellerraum hinabgesprungen war, und, die Waffe in der Hand, die Türe mit einem Fußtritt geöffnet hatte, sah ich den riesigen Schatten des furchtbaren Tieres eben durch das Fenster entweichen, dessen Scheibe zersplitterte, während am Boden, eine weißliche Masse in einem schwarzen Tümpel, der Mann lag, vom Hunde zerfetzt, so sehr, daß er nicht mehr zu erkennen war.

Wie ich zitternd an der Wand lehnte, in die Bücher hineingesunken, heulten draußen die Wagen heran. Man kam mit einer Tragbahre. Ich sah schattenhaft einen Arzt vor dem Toten und schwerbewaffnete Polizisten mit bleichen Gesichtern. Überall standen Menschen. Ich schrie nach dem Mädchen. Ich eilte die Stadt hinunter und über die Brücke auf mein Zimmer, doch fand ich es nicht. Ich suchte verzweifelt, ruhelos und ohne Nahrung zu mir zu nehmen. Die Polizei wurde aufgeboten, auch, da man sich vor dem riesigen Tier fürchtete, die Soldaten der Kaserne, welche die Wälder in langgestreckten Ketten durchstreiften. Boote stießen in den schmutzigen, gelben Fluß und man forschte mit langen Stangen. Wie nun der Frühling hereinbrach mit warmen Regengüssen, die unermeßlich heranschwemmten, drang man in die Höhlen der Steinbrüche, rufend und mit hocherhobenen Fackeln. Man stieg in die Kanalisationsgänge hinab und durchsuchte den Estrich der Kathedrale. Doch wurde das Mädchen nicht mehr gefunden und der Hund kam nicht mehr zum Vorschein. Nach drei Tagen kam ich spät in der Nacht auf mein Zimmer. Erschöpft und ohne Hoffnung wie ich war, warf ich mich in den Kleidern auf mein Bett, als ich drunten auf der Straße Schritte hörte. Ich rannte ans Fenster, öffnete es und lehnte mich hinaus in die Nacht. Ein schwarzes Band lag die Straße unter mir, noch naß vom Regen, der bis Mitternacht gefallen war, so daß sich die Straßenlampen auf widerspiegelten als verwaschene, goldene Flecken, und drüben, den Bäumen entlang, schritt das Mädchen in seinem dunklen Kleid mit den roten Schuhen, vom Haar, das im Lichte der Nacht blau schimmerte, in langen Strängen umflossen, und ihm zur Seite, ein dunkler Schatten, sanft und lautlos wie ein Lamm, ging der Hund mit gelben, runden, funkelnden Augen.

Rainer Brambach

# *Keine Post für Fräulein Anna*

Zunächst galt es, den Komposthaufen umzuschichten, das Unkraut in den Beeten auszujäten, das große Rasenstück hinter dem Haus zu mähen und schließlich die Buchshecke zu schneiden. Ich begann an der Hecke. Die Mistarbeit am Ende des Gartens, dort wo das Dickicht beginnt, wollte ich mir bis zuletzt aufsparen. Es war um sieben in der Frühe und so still, wie es sich nur ein Villenviertel leisten kann um diese Zeit.

Erst nach acht pfiff schallend ein Milchmann herum, und wenig später rannte ein Bäckerbub beladen mit Brot den Kiesweg entlang. Dann kam ein massiver Mensch, ein Metzger. Er schaute mürrisch und grüßte nicht zurück. Seltsam: es war, als hätte er im Vorübergehen kurzerhand die Stille eingesackt. Plötzlich fuhren Vögel zankend aus dem Platanengeäst nieder ins Gebüsch und wieder zurück, auf der Straße wurde ein Auto heftig gebremst, die Wagentür schlug, und dann folgte ein wüstes Geschimpfe.

›Frieden, komm wieder‹, dachte ich.

Wer kam, das war ein Briefträger, der stehenblieb und mir beim Heckenschneiden zusah. Ich muß sagen, daß ich es nicht leiden kann, wenn einer wie angewurzelt dasteht und gafft, während ich arbeiten muß. Ich ließ die Schere sinken.

Der Mann rückte seine Tasche zurecht und sagte: »Ich habe im vergangenen Frühjahr einen Schrebergarten erworben, wissen Sie, ich möchte das Gemüse nun selber ziehen.«

Ich nickte ihm zu: »Da haben Sie ganz recht.«

»Wie ist das mit dem Spinat?«

Spinat? Keine Ahnung.

»Sie als Gärtner können mir sicher sagen, welche Sorte ich säen soll.«

»Nehmen Sie Popeye oder Ironman«, sagte ich, »– das sind die weitaus besten!«

»Augenblick! Das ist schwer zu behalten; ich muß es aufschreiben.« Er suchte nach einem Zettel in seiner Tasche.

»Haben Sie Post für mich, Herr Fähnabel?«

Wir schauten zum Haus hinüber. Am Balkongeländer stand eine hübsche Person.

»Guten Morgen, Fräulein Anna!« gab er zurück, »– nein, auch diesmal nichts für Sie.«

Fräulein Anna sah auf den Briefträger herab, sah noch immer erwartungsvoll herab, als könne sie seinen Worten nicht glauben. Dann drehte sie sich brüsk um und verschwand durch die Flügeltüre. Fähnabel starrte ihr nach.

»Das Stubenmädchen?« fragte ich.

Keine Antwort.

Ich wiederholte meine Frage und musterte Fähnabel dabei verstohlen. Der Briefträger hörte nichts, er war leicht wie ein Traumwandler an der Fassade hochgestiegen und hinter Fräulein Anna her ins Haus geschwebt.

»Fräulein Anna wartet wohl schon lange auf Post?« sagte ich laut.

Fähnabel kam allmählich zu sich: »Ja? Sagten Sie eben etwas?«

Am nächsten Morgen regnete es streng. Den drei Barockengelchen am Seerosenweiher lief das Wasser über die Pausbacken; es sickerte im Platanenlaub, im Efeu, im Gras, und ein Geruch von frühem Herbst hing in der Trauerweide. Himmel, was für ein Tag! Ich beschloß, das Unkraut wachsen zu lassen, zog das Gummituch an und holte den Sichelmäher aus dem Geräteschopf. Ich warf den Motor an und marschierte gemächlich hinter dem knatternden Ding her über den Rasen.

Sie kamen gleich wie am Vortage: erst der Milchmann, dann der Bäckerbub und schließlich mit Abstand der mundfaule Metzger. Blieb noch der Briefträger. Fräulein Anna war schon mehrmals auf den Balkon herausgekommen und hatte nach ihm ausgespäht. Es ging auf Mittag, aber Fähnabel zeigte sich nicht. Es wurde Nachmittag, die Stunden lösten sich ab, allesamt regnerisch grau, aber nichts von Post, nein, der Kiesweg lag die ganze Zeit über verlassen da.

Die Beete trockneten rasch ab. Nur an den schattigen Stellen hielt sich die Erde feucht. Zwischen den Berberitzen wucherte das Unkraut besonders dicht.

»Mühsam?«

Ich richtete mich auf: Fähnabel! »Sie wurden gestern den ganzen Tag erwartet«, sagte ich und deutete gegen das Haus.

Fähnabel betrachtete das Beet: »Hm –, früher konnte ich Kraut und Unkraut kaum auseinanderhalten. Jetzt, da ich den Garten habe, ist das anders geworden. Hm –, eben fällt mir ein: wie wäre es mit Rettich? Ein Nachbar empfahl mir Chinesischen Rosaroten, kennen Sie diese Sorte?«

Rettich! Vorgestern Spinat. Warum nicht auch Kohlrabi, Schwarzwurzeln, Fenchel . . . Statt dessen sagte ich: »Und ob! Ich aß ihn immer. Freilich: seit einiger Zeit ist mir der Lange Bayrische Valentin noch lieber. Zart! Sie glauben es nicht.«

Fähnabel suchte wieder nach seinem Zettel. »Haben Sie heute Post für Fräulein Anna?« wollte ich wissen.

Fähnabel zog einen Bleistift aus der Brusttasche: »Aufschreiben. Wie heißt er?«

»Wenn nicht, dann stand Fräulein Anna auch heute vergebens am Fenster.« Ich sagte es mit einer Spur von Bedauern in der Stimme.

Der Briefträger streckte seinen Hals: »Warum hängt sie sich an diesen Burschen!«

»Welchen Burschen?«

»Ein Jugoslawe. Vor ein paar Wochen fuhr er wegen einer Familiensache heim nach Split. Dort ist er geblieben.«

»Woher wissen Sie denn, daß er in Split blieb?«

Fähnabel schwieg. Ein verstocktes Schweigen trennte uns plötzlich. Was stimmte nicht mit ihm? Was? Er haßte den andern!

Fähnabel hob die Hand an die Mütze. »Ich muß gehen«, sagte er.

»Denken Sie«, begann ich, »– vor Monaten schrieb ich einen Brief nach Nancy.«

»Nancy«, sagte Fähnabel.

»Dieser Brief kam nie an. Ich forschte vergeblich nach. Verloren, hieß es.«

»Verloren«, sagte Fähnabel.

»Aber . . .«

»Aber?« sagte Fähnabel gespannt. Auf seinen Wangen zeigten sich zwei brennend rote Flecken. »Wie wollen Sie es beweisen?« sagte er nach einer Weile still.

»Wenn die Beete sauber sind, muß ich noch den Kompost umschichten. Dann ist Schluß. Morgen bin ich nicht mehr da.«

Ich griff nach der Hacke und machte mich an die Arbeit. Kurz darauf hörte ich das Gartentor ins Schloß fallen.

## Urs Widmer

# *Appenzell*

Ein kleiner Bauer sitzt an seinem kleinen Tisch im Eßzimmer. Es ist Abend. Die Lampe brennt. Der kleine Bauer schaut auf seine Frau, die am Fenster steht, die Vorhänge einen Spalt geöffnet hat und in die Nacht hinaussieht. Sie beißt sich auf die Lippen. Jetzt nimmt sie eine Stricknadel, eine Nadel und einen Fadenkorb vom Buffet aus Tannenholz und setzt sich auf einen niederen Schemel. Der Bauer kaut an einem Federhalter, den er noch von der Schulzeit hat. Er taucht die Feder in die Tinte. Dann schreibt er kreischend: »Appenzell, den 18. Jänner 1974.«

»Was schreibst du denn?« fragt seine Frau. Sie trägt eine Tracht, ihre Haare sind hinten in einen Knoten gebunden, sie trägt Hausschuhe. Sie beugt beim Sticken das Gesicht tief über den Stickrahmen.

»Ich, nichts«, sagt der Bauer. »Ich schreibe dem Steueramt, wegen der Milchsteuern.«

»Aha«, sagt die Frau und stickt.

In Wirklichkeit schreibt der Bauer aber: »Geliebte!« Er stockt. Er schaut seine Feder an, dann holt er mit den Fingern einen Faden zwischen den Federspitzen hervor, der seine Schrift zum Schmieren gebracht hat. »Mein Großvater war aus Innerrhoden, mein Vater war aus Innerrhoden, und ich bin aus Innerrhoden. Wir sind katholisch in der achten Generation. Du aber bist aus Außerrhoden und protestantisch. Ach, meine Sonne, unserem Schicksal haftet eine Tragik an!« Der Bauer schaut auf. Er hat mit seinem Ärmel das Datum verschmiert. Es ist nicht so wichtig, daß sie das Datum lesen kann, denkt er, dieses Tüpfi. Er taucht den Federhalter wieder ein. Die Stubenuhr tickt.

»Du schreibst dem Steueramt ja einen ganzen Roman«, sagt die Frau. »Ja«, sagt der Mann, »das muß man. Man muß begründen, warum man keine Milchsteuern bezahlen will.«

Die Frau nickt und stickt weiter. »Mein Herz!« schreibt der Bauer. »Aus diesen Gründen schlage ich Dir vor, daß wir uns übermorgen, den 20. Jänner 1974, im Restaurant Kantonsgrenze treffen, auf halbem Weg zwischen Urnäsch und Appenzell. Du kannst bei Einbruch der Dunkelheit mit Deinem Velo losfahren, und ich habe ja das Solex. Dein Freund und Geliebter.« Der Bauer faltet den Brief. Er schiebt ihn in ein Briefkuvert. Das ist ein schöner Brief geworden, denkt er, er wird meine neue Freundin zu Tränen rühren. Gleichzeitig nehme ich ihr alle Flöhe aus den Ohren. Innerrhoden bleibt Innerrhoden, und darum habe ich immer eine Geliebte aus Außerrhoden. Die sind dort alle ziemliche Luder, wenn auch nette, scharfe. Der Bauer schreibt die Adresse auf den Brief, er unterstreicht den Ortsnamen doppelt. Er klebt eine Dreißigermarke drauf. Dann steht er auf. »Ich muß schnell zum Briefkasten«, sagt er.

»Ja«, sagt seine Frau und stickt weiter.

Auf dem Weg nach draußen bleibt er vor dem Spiegel stehen. Er ist nicht eitel, aber er sieht schon prächtig aus, denkt er. Er hat hohe Schuhe mit Nägeln an den Sohlen, schwarze Röhrenhosen, breite, rote Hosenträger, ein graues Hemd ohne Kragen und ein graues Gilet. Sein Gesicht ist sehr hübsch. Es ist voller Bartstoppeln. Um zu sehen, daß er eine Glatze hat, muß einer schon größer sein als er. Er nickt sich zu, dann rennt er den Weg vom Hof zur Wegkreuzung hinunter, wo der Briefkasten an einer Telefonstange hängt. Er wirft den Brief ein. Fröhlich vor sich hin pfeifend geht er den Weg wieder hinauf. Sterne stehen am Himmel. Ein leiser Wind weht. Vor ihm, in der schwarzen Nacht, schimmert das gelbe Licht des Eßzimmerfensters seines Hauses. Auch im ersten Stock brennt Licht. Hunde bellen in der Ferne. Ein Kauz schreit. Die Liebe ist ein herrlich Ding, denkt er. Gerade die Kleinsten haben die größte Liebeskraft. Ist es nicht so?

Zu Hause setzt er sich wieder an den Tisch. Er summt vor sich hin. »Wo hast du die Zeitung hingetan?« fragt er. Da sieht er, daß der Stickrahmen, die Nadel und das Garn neben dem leeren Schemel liegen. »Nanu!« sagt er. Er lacht und holt den letzten Brief seiner Freundin aus seiner Unterhose, wo er ihn versteckt hat. Er liest. »Geliebter!« schreibt die Freundin. »Tag und Nacht bist Du mein einziger Gedanke. Früher einmal hatte ich einem aus Zürich mein Herz geschenkt. Alles an ihm erschien mir so groß, so prächtig, so stark. Seit ich Dich kenne, Du Schöner, weiß ich, daß es nicht auf Millimeter, Zentimeter, Dezimeter, Meter und Kilometer ankommt im Leben. Oh, die Sinne wollen mir vergehen, wenn ich daran denke, wie Dein Morgentau meinen Rosengarten benetzet.« Der Bauer fährt sich mit dem Jackenärmel über die Stirn. Dann steht er auf, um sich ein Glas Obstschnaps einzuschenken. Als er aus der Küche zurückkommt, hört er vom ersten Stock her, da wo die Schlafkammern sind, ein dröhnendes Lachen, dann ein Gurren. Ist denn heute Hörspieltag? denkt er. Ich habe immer gemeint, das Hörspiel sei am Mittwoch. Er setzt sich wieder. »Wir wollen, mein Schatz, nach Sankt Gallen fahren zusammen«, liest er weiter. »Wir nehmen ein Einzelzimmer, weil wir ja gut zusammen Platz haben in einem Bett, nicht wahr, mein Herz?« Der Bauer nickt. Staub rieselt von der Holzdecke auf seinen Brief herunter, und er hört ein Geräusch, als würde jemand einen Indianertanz aufführen über ihm. Sicher macht sie die Skigymnastik von Radio Beromünster, denkt er. Das ist eine gute Gelegenheit. Er steht auf, öffnet das Buffet, schiebt die Schachtel mit dem nur an Begräbnissen benützten Besteck beiseite und holt sein Album hervor. Langsam blättert er es durch. Er hat von jeder Freundin ein Foto eingeklebt. Darunter hat er geschrieben, wann, wo und wie das erste Beisammensein war. Daneben hat er eine Haarprobe geklebt. Er starrt darauf. Er wischt sich den Schweiß von der Stirn. Es ist ein seltsames Hobby, was ich da habe, denkt er, aber mit meinem Velosolex kann ich es schon durchhalten. Versonnen sieht er auf die gekräuselten Haare der vorletzten Geliebten. Sie ist auch aus Urnäsch gewesen, denkt er. Die Urnäscherinnen sind sehr lieb. Ihre Männer sind blöd. Sie stehen in den Ställen und melken die Kühe und merken nicht, daß ihre Frauen mit uns im Heu liegen. Vielleicht fange ich eines Tages damit an, Außerrhodener Dessous zu sammeln, und eventuell sogar Sankt Galler Spitzen. Er schenkt sich einen zweiten Schnaps ein und trinkt ihn aus.

Dann hört er, daß schwere Schritte die Treppe herunterkommen. Schnell setzt er sich auf das Album und tut den Brief in die Unterhose. Er reckt den Kopf, um zu sehen, wer es ist. Sein Freund Karl, der Briefträger, betritt den Raum, mit der um die Schultern gehängten Briefposttasche. Die Pöstlermütze sitzt, etwas nach hinten verschoben, auf seinem Kopf. Schweiß steht auf seiner Stirn. »Kari«, ruft der Bauer erfreut. »Bringst du mir noch Post, so spät in der Nacht?«

»Nein, nein«, sagt der Briefträger. »Es ist für deine Frau gewesen. Darum komme ich ja auch von oben. Ein Brief vom Steueramt.«

»Ach so«, sagt der Bauer. »Schade. Ich erwarte nämlich ein

Schreiben aus Urnäsch, weißt du, über einen eventuellen Saukauf. Nimmst du einen Schnaps?«

»Warum nicht?« sagt der Briefträger. Er setzt sich hin, ruckt die Hosen hoch, prüft mit dem Daumennagel, ob alle Knöpfe zu sind und legt die Kappe auf den Tisch. Jetzt kommt auch die Frau ins Zimmer. Sie lacht und singt vor sich hin. Mit tänzelnden Schritten geht sie zum Buffet und schenkt sich einen Schnaps ein.

»Was will denn das Steueramt?« fragt der Bauer.

»Das Steueramt?« sagt seine Frau.

Der Briefträger fängt schnell eine Geschichte an zu erzählen, so daß die Frau nicht weiterreden kann. Da hat er etwas Lustiges gehört, sagt er mit einem roten Kopf. »Hört einmal. Also. Da haben ein Innerrhodener und eine Außerrhodenerin geheiratet –«

»Das geht doch gar nicht«, sagen die Frau und der Bauer gleichzeitig.

»– und sie machen nun also ihre Hochzeitsreise. Sie fahren nach Sankt Gallen. Sie mieten sich ein wunderbares Zimmer im Hotel Schwanen.«

»Was kostet so eins?« fragt der Bauer. »Ein Einzelzimmer?«

»– sie stehen also da voreinander«, sagt der Briefträger, »es ist ihre erste Nacht, ihr versteht schon. Wir sind ja alle erwachsen, nicht wahr. Also«, sagt der Briefträger, »sie ziehen sich also langsam aus, er den Zylinder, die Frackschleife, das Kragenknöpfchen, die Hemdenbrust, die Manschetten, das Unterleibchen, die Schuhe, die Socken, die Sockenhalter, die Hosen. Sie den Brautkranz, die goldene Kette von der Großmutter, das weiße Brautkleid, die Schuhe, die Strümpfe, den Unterrock, den Strumpfhalter und den Büstenhalter. Sie schauen sich beide lange an, in ihren Unterhosen. Muß man, sagt die Braut dann leise, die Unterhosen auch ausziehen? Ich,

ich weiß nicht, sagt der Bräutigam, ich, ich kann nicht. Aber die Braut will jetzt endlich das Wunder der Liebe erleben. Sie packt sein Unterhosenelastik und streift die Unterhose nach unten. Da fällt ein ganzer Haufen Briefe auf den Boden. Es sind die Liebesbriefe von den alten Bräuten des Bräutigams!«

Der Briefträger lacht dröhnend.

»Nein!« sagt der Bauer. »Gibt es so etwas?«

»Unglaublich!« sagt die Frau. »Er hat andere Frauen gekannt?« Sie macht ein Kreuzzeichen.

»Ja«, sagt der Briefträger. »Und dann hat sich der Bräutigam halt ins Unvermeidliche geschickt und der Braut auch die Dessous heruntergezogen. Was meint ihr, was er da gesehen hat?«

»Das kann ich mir schon vorstellen«, sagt der Bauer. Er kichert. Er schenkt sich seinen dritten Schnaps ein.

»Eben nicht«, sagt der Briefträger und lacht noch dröhnender. »Er hat gar nichts gesehen. Sie hat kein einziges Haar mehr gehabt. Weißt du nicht, daß die Außerrhodener Frauen allen ihren Geliebten immer eine Haarlocke schenken? Sie ist ganz kahl gewesen!«

»Das muß eine heidnische Sitte sein«, sagt die Frau. »Ich kann es kaum glauben.«

»Es ist eine wahre Geschichte. Es ist vor zwei Jahren gewesen. Sie ist eine aus Urnäsch«, sagt der Briefträger.

Alle drei trinken ihr Schnapsglas aus. Der Bauer schwitzt. Vorsichtig greift er nach hinten, um zu prüfen, ob sich das Album nicht verschoben hat. Die Frau hat ein hitzerotes Gesicht. Der Briefträger umklammert sein Glas wie einen Edelstein. Eine Fliege setzt sich auf den Tisch und leckt an einem Schnapstropfen.

»Es ist unglaublich, was solche Frauen ihren Liebhabern

alles schreiben«, sagt der Briefträger schließlich. »Es sind alles verheiratete Frauen, und verheiratete Männer.«

»Ja«, murmelt die Frau, »unglaublich.«

Der Bauer nickt. Er schlägt mit der Faust nach der Fliege.

»Wir von der Post kriegen da ja so manches mit, das sage ich euch«, sagt der Briefträger. »Was diese Luder so schreiben! Sie schreiben Sachen wie: Du Sonnenstich meiner Unschuld, wenn ich dich auf deinem Velo kommen sehe, mit deiner lieben Kappe auf dem Kopf, da will mir mein Herz stillstehn vor innerem Jubel. Was sagt ihr dazu?«

»Wie können Sie so etwas vor uns allen sagen?« sagt die Frau und sieht den Briefträger mit weit aufgerissenen Augen an.

»Wieso: mit deiner Kappe auf dem Kopf?« fragt der Bauer.

»Kappe?« sagt der Briefträger. »Ach so. Vielleicht, vielleicht ist der Mann, den sie meint, bei der Bahn, oder ein Grenzwächter.« Er wischt sich den Schweiß mit einem großen karierten Taschentuch von der Stirn. Die Frau beißt sich auf die Unterlippe. Der Bauer nickt.

»Oder er ist ein Leutnant«, sagt er. »Ich habe auch von diesen Frauen gehört. Sie sehen ja auch danach aus, mit ihren Miniröcken, wo man beim leisesten Windstoß ihren ganzen Hintern sieht. Man hat mir gesagt, solche Frauen schreiben zum Beispiel: Du Blasebalg meiner Leidenschaft, ich sehne mich unsäglich nach dir. Ich halte es nicht mehr aus ohne dich. Ich reiße mir die Kleider vom Leibe, wenn ich an dich denke. Ich werfe mich dir zu Füßen. Ich liebe dich bis zum Wahnsinn. Ich bin dein Spielzeug. Mach mit mir, was immer du willst, mein Held!« Der Bauer hustet, er reibt sich mit den Fäusten in den Augen, dann schaut er seine Frau an. »Ist das nicht gräßlich?« sagt er.

»Gibt es so Frauen bei uns im Appenzell?« fragt sie.

Der Bauer nickt mit einem ernsten Gesicht. »Sie haben die Unterhose voll von Liebesbriefen«, sagt er. »Sie lesen sie, wenn der Alte nicht da ist, im Stall oder auf dem Abtritt.«

»Sag einmal«, sagt die Frau zu ihrem Mann, »kannst du dir vorstellen, daß es auch Männer gibt, die an Frauen Sachen schreiben wie: Tag und Nacht denke ich an die süßen Hügel deiner Brüste, Geliebte. Du bist der Mimosenhauch meiner Morgengedanken. Ich liebe dich. Ich liebe dich.«

Der Bauer und der Briefträger schauen sie verdutzt an. »Woher hast du so etwas?« fragt der Bauer. »Das ist doch nicht deine Art!« »Ich, ich habe davon gehört, beim Milchabliefern«, sagt die Frau. »Da reden die Frauen miteinander.« Sie trinkt schnell einen Schluck Schnaps. Sie zieht, durch den Rock hindurch, ihre Unterhose nach oben. Sie wischt sich mit dem Handrücken eine Träne aus den Augen.

»Solche Briefe hast du mir früher auch einmal geschrieben«, sagt sie leise zum Bauern.

»Da waren wir auch noch nicht verheiratet«, sagt dieser. »Ich finde, man müßte solchen Frauen eine ordentliche Tracht Prügel verabreichen, auf den nackten Hintern, öffentlich.«

Der Briefträger nickt. Er zündet sich einen Stumpen an und pafft den Rauch über den Tisch.

»Es ist ja so«, sagt er langsam, »wenn eine Frau mit einem Mann ein Geschleif hat, dann riskieren sie es normalerweise nicht, unter der Nase des Mannes etwas miteinander zu machen. Ich weiß das. Ich komme im Land herum wie niemand sonst. Der Mann hat ja sein Sturmgewehr im Schrank. Stell dir einmal vor, du würdest da unten sitzen und das Hörspiel hören und oben . . .«

»Es würde ein Blutbad geben, das sage ich dir«, sagt der Bauer.

»Eben«, sagt der Briefträger. »Ich habe gehört, es gibt welche, die fahren nach Sankt Gallen und nehmen dort ein Einzelzimmer, weil die Betten so groß sind, die Säue.«

»Was kosten die?« fragt der Bauer.

»Dreizehnfünfzig«, sagt der Briefträger.

»Ich bin ja nur ein Bauer«, sagt der Bauer. »Ich habe mit solchen Leuten ja kaum etwas zu tun. Aber du, in deinem Beruf. Die Briefe sind heutzutage sicher voll von den unglaublichsten Schweinereien.«

»Allerdings«, sagt der Briefträger. »Ich persönlich mache natürlich nie einen Brief auf. Es gibt ja das Postgeheimnis.«

»Soso«, sagt der Bauer. Er nickt.

»Es soll die Möglichkeit geben, Briefe über dem Dampfbad aufzumachen«, sagt der Briefträger. »Es gibt ja auch Fräuleins vom Elf, die sich alle Gespräche anhören. Was die Leute sich alles am Telefon sagen! Männer und Frauen, die nicht einmal verlobt sind. Eine aus Appenzell, die beim Telefon arbeitet, hat mir das alles einmal ganz genau erzählt.«

»Soso«, sagt der Bauer. Er schenkt allen einen Schnaps ein. Sie trinken. Die Standuhr schlägt. Der Briefträger schaut auf die Frau, die vor sich aufs Tischtuch starrt.

»Woher hast du die Geschichte von der Hochzeitsnacht?« sagt schließlich der Bauer.

Der Briefträger sieht ihn an. »Die hat mir auch das Fräulein vom Elf von Appenzell erzählt«, sagt er. »Sie hat sie selber erlebt, wenn ich mich recht erinnere.«

»Sie, Sie scheinen sie gut zu kennen!« sagt die Frau und fängt plötzlich an zu schluchzen. Der Bauer und der Briefträger sehen sie verblüfft an. »Aber, aber«, sagt der Bauer und schüttelt sie am Arm. Er trinkt einen Schnaps. Die beiden Männer sitzen sich stumm gegenüber, während die Frau schluchzt, dann schnüffelt, dann hochsieht und sich die

Augen mit dem Ärmel auswischt. Dann lächelt sie. »Ich habe zu viel getrunken, das ist es«, murmelt sie.

»Ich glaube, es ist Zeit jetzt«, sagt der Briefträger und steht auf. Stehend trinkt er sein Glas leer. Er gibt dem Bauern die Hand, dann der Frau. Der Bauer und die Frau begleiten ihn zur Tür. Sie sehen ihm nach, wie er schwankend sein Fahrrad aus dem Brombeergebüsch holt und in weiten Bogen den Weg hinunterfährt. Unten, an der Wegkreuzung, unter der Straßenlaterne, hält er und holt einen Brief aus dem Briefkasten. Er winkt. Ein leiser Wind weht. Es ist still. Der Mond steht über den Hügeln. Der Bauer und die Frau sehen zu den Sternen hoch, lange, schweigend. Es will ihnen sein, sie sähen die Positionslichter eines Luftschiffs vorbeischweben, eines Ballons oder so etwas. Sie seufzen. »Es ist gut, miteinander zu reden«, sagt die Frau leise, »ich meine, fast so wie heute, nur . . .«

Der Bauer nickt. Er räuspert sich. »Der Briefträger ist eine Sau«, sagt er. »Immer redet er von so Sachen.«

»Ja«, sagt seine Frau. Sie gehen ins Haus zurück. Sie berührt, einen Augenblick lang, die Hand des Bauern. Dann gehen sie hintereinander die Treppe hinauf, schweigend, mit ihren Kerzen in der Hand. Ihre Gestalten werfen lange, große Schatten gegen die Wände.

Max Frisch

# *Skizze eines Unglücks*

Er hatte Vorfahrt, insofern keinerlei Schuld. Der Lastwagen mit Anhänger kam von links in die Allee kurz vor Montpellier. Es war Mittag, sonnig, wenig Verkehr –

...

Sie trägt kurzes Haar, blond, Hosen mit einer Messing-Schnalle auf einem breiten Gurt, dazu eine violette Pop-Brille. Sie ist 35, Baslerin, witzig. Sie kennen einander bereits ein Jahr.

...

Ihre Frage: Oder fahre ich jetzt? ist nicht ihr letztes Wort vor dem Unfall (wie er später vielleicht meint); das hat sie auf dieser Reise öfter gesagt.

...

In Avignon, allein im Badezimmer, das er abriegelt, obschon sie noch schläft, ist er entschlossen: So nicht weiter! Er will es ihr beim Frühstück sagen (ohne Streit): Kehren wir um! Es ist vernünftiger.

Sie hat ihn im Bürgerspital kennengelernt als Arzt, dem sie sozusagen ihr Leben verdankt; seinetwegen ist sie in Scheidung.

...

Bettnächte mit anschließender Besichtigung von Romanik oder Gotik, jeder Tag wie ein Examen: Geschichte der Päpste, nur weil man gerade in Avignon ist – sie fragt mit Vorliebe, was er nicht weiß oder nur ungefähr weiß, sodaß er unsicher wird. Warum der Papst im 14. Jahrhundert nach Avignon emigriert ist, läßt sich ja nachlesen, wenn es sie wirklich interessiert. Aber es geht nicht um die Päpste. Nachher im Bett macht sie ihn wieder sicher.

...

Er ist Junggeselle.

...

Sie findet die Reise gelungen. Das sagt sie seit Genua, wo es in Strömen geregnet hat. Später hat das Wetter sich gebessert. Sie sagt: Du schaust ja gar nicht! Vorallem die Provence begeistert sie, es kommt vor, daß sie auf der Fahrt singt.

...

Er hat eine Glatze, das weiß er.

...

Aix-en-Provence, natürlich findet er's schön, sogar sehr. Aber sie traut es ihm nicht zu, weil er anderswohin schaut als sie.

...

Es heißt nicht CAVILLION, sondern CAVAILLON, der berühmte Spargel-Ort. Übrigens hat sie es ihm schon gestern gesagt. Sie hat recht. Es heißt tatsächlich CAVAILLON, kurzdarauf steht es auf einem Schild: CAVAILLON. Dann schweigt er, kurzdarauf überfährt er ein rotes Stop-Licht.

...

Hotelzimmer mit grand-lit, wo sie nachher die Zeitung liest, LE FIGARO LITTERAIRE, wovon er, wie sie beide wissen nichts versteht. Sie ist Romanistin, Dr. phil.

...

In Nizza speisen sie mit Freunden, ein netter Abend, nur findet sie nachher, er habe während dieses ganzen Essens (Bouillabaisse) über Essen geredet. Das darf man einem Partner wohl sagen. Er hat sich vorgenommen, nie wieder über das Essen zu reden, und übertreibt jetzt, schweigt mit Nachdruck, wenn Marlis ihrerseits über das Essen redet, wie es vorallem in Frankreich natürlich ist.

...

Es ist nicht ihre erste gemeinsame Reise. Früher hatte er Humor, solange er davon zehrte, daß sie ihn als Arzt bewunderte. Ihre erste Reise, als sie genesen war, führte ins Elsaß.

Er hat noch nie einen ernsten Unfall gemacht, trotzdem wäre er froh, wenn Marlis sich anschnallen würde. Sie tut's nicht, sonst hat sie Angst, daß er noch schneller fährt. Er verspricht, daß er sich an sein Versprechen hält. Das tut er auch. Seit Cannes. Wenn er merkt, daß sie trotzdem auf die Sicherheitslinie schaut, ohne etwas zu sagen, weiß er nicht mehr, was er eben hat erzählen wollen. Er ist langweilig und weiß es.

. . .

In Avignon, nachdem er das Badezimmer verlassen hat, sagt er: Ich warte unten. Was los sei? Sie weiß es wirklich nicht. Vielleicht ist er überarbeitet.

. . .

Sie bewundert kluge Menschen, vorallem Männer, weil sie Männer für klüger hält als Frauen. Wenn sie von jemand spricht: Er ist sehr klug. Oder: Klug ist er gerade nicht. Dabei zeigt sie's niemand, wenn sie ihn nicht klug findet. Sie hält es für ein Zeichen ihrer Liebe, daß es sie kränkt, wenn er, Viktor, in Gesellschaft nicht klüger spricht als sie.

. . .

Er gedenkt nicht zu heiraten.

. . .

Jetzt fährst du 140! Darauf hat er gewartet. Schrei mich bitte nicht an! Erstens schreit er nicht, sondern sagt nur, darauf habe er gewartet. Immer ihr Blick aufs Tachometer. Zweitens fährt er, wie das Tachometer zeigt, genau 140. Das sagt sie ja. Gestern ist er 160 gefahren (Autobahn zwischen Cannes und St. Raphaël), einmal 180, wobei Marlis ihr Kopftuch verloren hat. Man hat sich geeinigt: Maximum 140. Jetzt sagt sie: Es ist mir einfach zu schnell. Dabei überholt sie jeder Volkswagen. Sie sagt: Ich habe einfach Angst. Er versucht's mit Spaß: Maximum gestern 140, Maximum heute 120, das ergibt bei Bilbao ein Maximum von 30. Bitte! Da er es selber einen blöden Spaß findet, findet er's unnötig, daß Marlis es einen blöden Spaß findet. Sie singt nicht mehr, er überholt nicht mehr, sie schweigen.

. . .

Ihr Mann, der erste, war (ist) Chemiker.

. . .

Daß sie in Marseille nicht die Schuhe gekauft hat, weil er dort ungeduldig war, nimmt sie nicht übel; sie sagt nur, daß ihre Schuhe sie drücken, daß es in Arles, wo er sich geduldig zeigt, keine Schuhe gibt für sie.

. . .

Eigentlich würde er lieber allein frühstücken. Er weiß auch nicht, was eigentlich los ist. Er kennt keine Frau, die er zum Frühstück lieber erwarten würde als Marlis. Das weiß sie.

. . .

Wie klug ist Marlis?

Er weiß, daß es an ihm liegt.

. . .

Später meint er vielleicht, er sei schon mit der Ahnung erwacht, daß dieser Tag mit einem Unfall endet; schon unter den Platanen in Avignon habe er's geradezu gewußt.

. . .

Ihre kindliche Freude an Käufen; auch wenn sie nichts braucht, bleibt sie vor Schaufenstern stehen und unterbricht das Gespräch. Das war aber bei andern Frauen kaum anders.

. . .

Er stammt aus Chur, ein Sohn eines Eisenbahners, Akademiker cum laude, demnächst soll er Oberarzt werden.

. . .

Die berühmte Ortschaft, wo die Zigeuner zusammenkommen, heißt nicht SAINTES MARIES SUR MER, sondern SAINTES MARIES DE LA MER. Sie sagt es ihm nicht. Sie vermeidet sogar den Namen, um Viktor nicht zu korrigieren, bis er es vielleicht selber merkt.

. . .

Sie nennt ihn Vik.

Sie will nicht die Überlegene sein, das verträgt kein Mann, Viktor schon gar nicht; er ist Chirurg, also daran gewöhnt, daß die Leute ihm vertrauen müssen, und auch Marlis hat ihm damals vertraut.

. . .

Redensart von Marlis: Bist du sicher? Ob C., ein gemeinsamer Bekannter in Basel, eigentlich homosexuell sei, möchte sie wissen; kaum äußert er dazu seine Meinung, sagt Marlis: Bist du sicher?

. . .

In Avignon, wo er unter den Platanen auf sie wartet, fühlt er sich plötzlich wie früher, als er noch Humor hatte. Es kommt ihm wie ein Spuk vor. Sonne in den Platanen, Wind, wahrscheinlich Mistral. Vielleicht geht es heute besser. Er wird seinen Vorschlag, diese Reise abzubrechen, nicht machen. Im Grunde ist es lächerlich. Er sitzt unter Platanen an einem runden Tischchen und studiert den GUIDE MICHELIN, um nachher zu wissen, wie man am besten nach Montpellier fährt.

. . .

Er ist 42.

. . .

Einmal, als Student, hat Viktor eine Woche in der Provence verbracht. Er meint die Arena von Arles zu kennen, als sie gegen Arles fahren und als Marlis aus dem GUIDE MICHELIN vorliest: Angaben betreffend Durchmesser der Arena, Zahl der Plätze, Höhe der Fassade, Baujahr usw. Sie liest es französisch. Es ist französisch geschrieben, Marlis kann nichts dafür, daß er, sobald er französisch hört, sich wie im Examen fühlt; dabei versteht er's. Wenn sie im GUIDE MICHELIN liest, schaut sie nicht auf die Sicherheitslinie. Als Student, damals, war er mit einer Hamburgerin; was davon geblieben ist: seine Erinnerung, wie sie oben auf der Kranzmauer gesessen haben, eine sehr genaue Erinnerung an diese Arena von Arles. Er schildert sie im voraus. Ein guter Abend in Arles, Viktor erzählt mehr als sonst und lebhaft. Sie mag es, wenn er so erzählt. Sie trinken (was er sonst, wenn er im Dienst ist, nicht tut). Am andern Morgen besuchen sie die Arena von Arles – er stellt fest, daß er sich an die Arena von Nîmes erinnert hat, was Marlis nicht bemerkt, aber er.

. . .

Sie ist schlank. Sie hat ein großes Gebiß und volle Lippen, die, auch wenn sie nicht lacht, ihre Zähne immer sichtbar lassen. Wer ihr sagt, sie sei schön, ist durchgefallen; anderseits tut sie nicht wenig, um schön zu sein für den Mann, der sie als klug erkennt.

. . .

Eine Stunde nach Arles gesteht er, daß er die Arena von Arles und die Arena von Nîmes verwechselt habe.

Sie weiß, daß Viktor wartet. Sie findet, man habe Zeit. Warum geht er immer voraus, sodaß er dann warten muß? Sie kann nicht schneller. Es ist immer dasselbe. Als er unter den Platanen an dem runden Tischlein sitzt, sagt er sich selbst, daß es an ihm liegt: weil er immer vorausgeht. Sie hat recht; er kann ja Avignon genießen. Das tut er. Sonne in den Platanen. Als er sieht, daß Marlis wieder vor einem Schaufenster steht und nicht loskommt, obschon sie weiß, daß Viktor wartet, beschließt er: Geduld. Sie sagt, daß es auch in Avignon, wie sie eben gesehen habe, keine Schuhe gebe für sie. Ferner: daß sie viel zu leicht angezogen sei. Ob es in Spanien wärmer wird? Das vermutet er, sagt aber nichts, um für den Fall, daß diese Reise wirklich nach Spanien führt, nichts Falsches gesagt zu haben. Hingegen sagt er: Nimmst du ein Brioche? und was er anbietet: ein Croissant. Er merkt es gerade noch, verbessert sich aber nicht, da sie seine Frage überhört hat. Er bemerkt jetzt jeden Fehler, den er macht. So meint er. Dabei merkt er beispielsweise nicht, daß sie auf Feuer für ihre Zigarette wartet. Entschuldige! sagt er und gibt Feuer. Entschuldige. Die Wiederholung ist zuviel.

...

In Basel lebt sie nicht mehr bei ihrem Mann, aber auch nicht bei VIK; das würde, wie man weiß, ihre Sache bei der Scheidung belasten.

...

Wie er plötzlich, nachdem er Feuer für ihre Zigarette gegeben hat, sie anblickt: nicht böse, nur unpersönlich, wie man einen Gegenstand anblickt. Sie fragt, ob ihm denn ihre Kette nicht gefalle. Dann ruft er: Garçon! plötzlich so entschlossen. Als seine Hand über ihre Wange streichelt, bleibt es unklar, was diese Geste soll. Leider kommt aber der Garçon nicht, der nur fünf Schritte nebenan einen andern Tisch abwischt. Die Geste seiner Hand hat sie verwirrt. Er ist entschlossen, munter und locker zu bleiben. Er sagt: Ein herrliches Wetter! Sie fragt: Hast du noch immer nicht bezahlt? Eine Frage ist kein Verweis; er klopft mit einer Münze an das Blech, bis Marlis ruft: Garçon? Jetzt kommt er. Daß sie, während er zahlt, den Garçon ausführlich befragt, wie man nach Montpellier fahre, brauchte ihn nicht zu verdrießen; Marlis kann ja nicht wissen, daß er vorher die Karte genau studiert hat. Als der Garçon endlich verschwunden ist, sagt sie: Du hast verstanden?

. . .

Wovor hat er Angst?

. . .

Einmal (nicht auf dieser Reise) hat sie im Halbscherz gesagt: Du bist nicht mehr mein Chirurg, Vik, daran mußt du dich gewöhnen.

. . .

In der Garage allein mit dem Mann, der den Wagen gewaschen hat, sagt er BENZIN (nasal) statt ESSENCE; es macht nichts aus, wenn Marlis nicht zugegen ist. Er bekommt, was er meint.

In Basel ist alles anders.

. . .

Ein einziges Mal auf der ganzen Reise, in Cannes, sagte sie: Idiot! weil er gegen ihren Hinweis in eine Einbahnstraße fährt. Warum nimmt Viktor es ernst? Dann wartet er auf die nächste Zensur.

. . .

Sie freut sich auf Spanien.

. . .

Schließlich ist sie Romanistin; wenn sie hin und wieder sein Französisch verbessert, sollte Viktor dankbar sein.

. . .

In Avignon wartet er im offenen Wagen, raucht, während sie noch etwas kaufen muß. Man hat Zeit. Ferien. Er raucht, er will sich Mühe geben. Als sie endlich kommt, empfängt er sie wie ein Kavalier, steigt aus dem Wagen und öffnet ihr die Türe, sagt: Ich habe deine Sonnenbrille gefunden! Sie lag unter dem Sitz. Marlis sagt: Siehst du! als habe er ihre Sonnenbrille verloren, die zweite auf dieser Reise. Was Marlis noch hat kaufen wollen, eine andere Nagelfeile, hat sie nicht gefunden; dafür Strandschuhe, die er lustig findet. Warum ist sie verstimmt? Sie hat immer das Gefühl, Viktor sei ungeduldig. Wie in Marseille. Sie hat einen halben Koffer voller Schuhe, und er versteht nicht, warum sie seit Marseille nur noch die Schuhe trägt, die sie drücken. Sein Vorschlag, nochmals über Marseille zu fahren, sollte nicht ironisch sein, aber das glaubt sie ihm nicht. Jetzt sind beide verstimmt.

. . .

Schade um die Bettnächte.

. . .

Daß die MANCHA nicht, wie Marlis behauptet hat, im Norden von Madrid liegt, weiß jedermann; immerhin hat er, bevor sie zum Frühstück gekommen ist, nochmals auf der Karte nachgesehen. Nicht um darauf zurückzukommen! Nur um sicher zu sein.

. . .

Man fährt im offenen Wagen, nachdem er versprochen hat, daß er keinesfalls rast. Es ist eben etwas anderes, ob man am Steuer sitzt oder daneben. Daß er dann (wie zwischen Cannes und St. Raphaël) überhaupt nicht mehr überholt, sondern hinter jedem Lastwagen bleibt, ist in der Tat lächerlich; nachher findet er sich selber unmöglich.

. . .

Er haßt seinen Namen: VIKTOR, aber mag es auch nicht, wenn sie sagt: VIK, vorallem wenn die Leute am andern Tisch es hören.

Daß Europa zu einer einheitlichen Währung kommen muß und wird, ist seine Meinung; Marlis ist nicht überzeugt, hört sich aber seine Begründungen an und sagt nichts dazu. Warum wird er gereizt? Es ist nicht die Begründung, was sie nicht überzeugt.

...

Sie ist vollkommen genesen.

...

Wenn sie schweigt, gibt er sich selbst die nächste Zensur. Warum spricht er jetzt von den Spargeln im Elsaß (also wieder vom Essen!) statt Ausschau zu halten, wo die Ausfahrt nach Montpellier ist? Sie setzt die Sonnenbrille auf, sagt: Hier kommen wir nach Lyon! und da er schweigt: Ich denke, du willst nach Montpellier. Er hängt seinen linken Arm aus dem Wagen, um sich locker zu geben. Kurz darauf ein Wegweiser: TOUTES LES DIRECTIONS. Im Elsaß, damals auf ihrer ersten Liebesfahrt, hatte sie einfach Vertrauen. Nochmals ein Wegweiser: TOUTES LES DIRECTIONS. Noch immer kein Fehler.

...

Wenn er meint, er habe Humor, findet sie es meistens nicht; dann wieder kommt es vor, daß sie über eine Bemerkung von ihm auflacht, und er weiß nicht warum.

Sie knotet sich das Kopftuch, ein neues, das sie sich statt der Nagelfeile gekauft hat; Viktor bemerkt es erst, als sie fragt: Wie gefällt es dir? Plötzlich sagt er: Du hast recht! als habe sie etwas gesagt nach seiner Bemerkung, er sei ohne sie schon einmal von Bagdad nach Damaskus gefahren durch die Wüste und habe es gefunden; jetzt sagt er: Wir sind am Arsch! was Marlis verwundert, da es sonst nicht seine Ausdrucksweise ist. Er lacht, als stehe man auf dem berühmten Pont d'Avignon, der in der Mitte abbricht; tatsächlich befindet man sich nur in einem Industrie-Areal mit dem Schild: PASSAGE INTERDIT. Er schaltet in den Rückwärtsgang, sie sagt: Sei nicht nervös. Als er nach einer Serie von Fehlern (man hört sie aus dem Getriebe) die Straße gefunden hat, die jeder Idiot findet, hat Viktor noch immer nicht gesagt, ob ihr neues Kopftuch ihm gefällt.

...

Sie ist klug ohne Begründungen.

...

Wenn er jetzt seinen weißen Klinik-Mantel anziehen könnte, wäre es sofort anders; die Vorstellung, daß er im weißen Klinik-Mantel durch die Provence und nach Spanien fährt –

...

Warum erzählt er nichts?

...

Es stimmt nicht, daß er noch nie einen Unfall hatte. Marlis weiß es nur nicht, es ist lange her. Unfall mit viel Glück. Er selber hat es sozusagen vergessen. Als es ihm einfällt, blickt er Marlis von der Seite an: als habe sie ihn daran erinnert durch ihr Schweigen, nachdem er gerade einen Deuxchevaux überholt hat.

. . .

Was heißt eigentlich Plexus? Er ist Chirurg, und es wäre komisch, wenn er's nicht wüßte. Trotzdem wartet er darauf, daß sie sagt: Bist du sicher? Sie schweigt aber. Erst als Viktor meint, die Route über Aigues Mortes sei die kürzere, sagt sie: Bist du sicher?

. . .

Marlis sitzt barfuß im Wagen, da ihre Schuhe sie drücken, aber sie spricht nicht davon. Er nimmt Anteil – statt daß er irgend etwas erzählt.

. . .

Warum legt er seine Hand auf ihren Schenkel?

. . .

In Antibes hat er sie angebrüllt, erinnert sich aber nicht mehr, wie es dazu gekommen ist. Später will er sich entschuldigt haben, indem er sagte: Also gut! – bleich vor Wut, ohne zu glauben, daß er im Unrecht war: Ich bitte um Entschuldigung!

Ob die flache Landschaft, die Marlis entzückt, als Provence oder als Camargue anzusprechen sei, ist eigentlich doch gleichgültig. Wieso beharrt er auf Camargue? Vielleicht hat er ja recht.

. . .

Kein Wort bis AIGUES MORTES.

. . .

Er kommt entgegen ihrer Warnung, die er nicht einmal mit einer Miene beantwortet, tatsächlich in einen sehr knappen Parkplatz. Ohne Kratzer und sogar auf den ersten Anhieb. Wortlos. Hundert Schritt weiter sind lauter leere Parkplätze und sogar im Schatten. Nur hat auch Marlis das nicht wissen können. Sie sagt auch nichts.

. . .

Apéritif unter Platanen allein, während sie sich im Städtchen umsieht. Plötzlich fühlt er sich wie in den Ferien. Dieses Licht unter den Platanen, dieses Licht usw.

. . .

Daß sie ihm ihr Leben verdanke, hat er, Vik, nie gemeint. Es ist eine Operation gewesen, die in der Regel gelingt. Vielleicht hat sie es gemeint –

. . .

Hier könnte man bleiben. Es ist elf Uhr, zu früh zum Mittagessen. Trotzdem könnte man hier bleiben. Die alten Festungsmauern halten den Mistral ab. Wenn Marlis zurückkommt, wird er wie verwandelt sein: heiter, gelassen – es liegt an ihm, nur an ihm.

. . .

Manchmal möchte er ein Kind von ihr.

. . .

Sie weiß nicht, warum Viktor solche Geschichten macht wie in Antibes. Erst brüllt er sie an, dann schlägt er ein Restaurant vor, BONNE AUBERGE, Drei-Stern. Sie glaubt nicht an diese Sterne. Er besteht darauf. Schon wieder verstimmt, daß sein Vorschlag nicht entzückt, läßt er sie eine Stunde allein in Antibes bummeln. Was macht er? Als man sich wieder trifft, nochmals dasselbe Palaver, wo man speisen will; ihr Einwand, aber es gebe Restaurants in der Nähe, wozu Drei-Stern usw. Die Gegend, wo er hinfährt, sieht nicht nach Restaurants aus; als sie endlich fragt: Bist du sicher? fährt er wortlos weiter, zweigt ab, zweigt nochmals ab, und da steht es: BONNE AUBERGE. Der Oberkellner führt zum Tisch auf der Terrasse, den der Herr vor einer Stunde persönlich ausgesucht hat. Leider ist es jetzt auf der schönen Terrasse zu kühl, drinnen Kulisse, Bedienung in Folklore, das Essen ist mäßig, aber teuer, aber es macht nichts. Marlis ist lieb, obschon er sie vor einer Stunde angebrüllt hat; er tut ihr leid.

. . .

Mistral ist auch der Name eines Dichters – was Viktor gewußt hat. Hingegen kommt der Wind, der ebenfalls Mistral heißt, nicht vom Meer her, wie Marlis meint. Das nebenbei. Hingegen hat sie natürlich recht: LETTRES DE MON MOULIN, das ist von Alphonse Daudet, das hat er in der Schule gelesen, aber nicht von Mistral. Das nebenbei. Eigentlich hat sie nur gesagt: Mistral ist ein Dichter, das weißt du.

. . .

Er fährt einen Porsche.

. . .

Unter den Platanen von AIGUES MORTES: sein Griff in die Joppe, um sich zu versichern, daß er seinen Paß nicht verloren hat. Viktor hat seinen Paß noch nie verloren. Sein Schrecken, als sein Paß nicht in der Joppe ist; aber im gleichen Augenblick erinnert er sich: er ist im Wagen, sein Paß. Er ist sicher, erinnert sich genau, wie er den Paß in das Fach gesteckt hat; aber er wird nachsehen. Er ist nicht sicher.

. . .

Wenn er seinen Entschluß im Badezimmer, heute diese Reise abzubrechen, durchgeführt hätte, wären sie jetzt in Lyon, abends in Basel – während es hier so schön ist: Dieses Licht unter den Platanen, dieses Licht usw. Wenn sie kommt, wird er einen Vorschlag machen: Bummel ans Meer.

. . .

Hoffentlich findet sie ihre Schuhe.

...

Unter den Platanen von Aigues Mortes: eine Stunde vor dem Unglück möchte er noch einen schwarzen Kaffee. Ob er zu müde sei, um zu fahren? Er lobt das Licht unter den Platanen, dieses Licht usw., Tauben gurren um das Denkmal des SAINT LOUIS. Marlis möchte weiter, sie hat wirklich keinen Hunger, sie möchte nicht einmal einen Apéritif. Jetzt findet Viktor, man habe ja Zeit. Ein Alter mit drei langen französischen Broten unter dem Arm.

...

Spanien war ihre Idee.

...

Er hält sich nicht für einen Egoisten. Er ist nur glücklich, wenn er meint, er könne jemand glücklich machen. Gelingt das nicht, so ist er entsetzt, er bezieht alles auf sich.

...

Wer die beiden von außen sieht, findet nichts daran, daß sie LE PROVENÇAL liest, während er, seine langen Beine auf das Trottoir gestreckt, Kaffee trinkt und auf das Wunder wartet – es müßte von außen kommen, von den gurrenden Tauben ... Er wäre bereit zu heiraten. Nur eine Frage des Humors. Willst du hier noch lange sitzen? fragt sie. Entschuldige! sagt er: Du liest ja die Zeitung, nicht ich. Er meint's nicht so, wie es tönt, und daß er dann ihre Handtasche trägt, Kavalier aus Bedürfnis, ist sie gewohnt. Also kein Wunder.

. . .

Zum ersten Mal ist es Viktor, der einen Kreuzgang besichtigen möchte. Romanik. Sie mag nicht.

. . .

Sie gehen Arm in Arm.

. . .

Zum ersten Mal ist es Vior, der überall stehen bleibt. Markt mit Früchten und Gemüss ist rührend, wenn Vktor sagt: Hier gibt's Schuhe! und offenbar noch immer nicht weiß, was sie sucht.

. . .

Warum muß man nach Spanien?

. . .

Er wartet in einer Gasse, Marlis hat ihr Kopftuch vergessen, er wartet eigentlich nicht auf Marlis. Was würde er machen, wenn er allein wäre? Als er sieht, daß sie kommt, daß sie wieder vor einem Schaufenster stehen bleibt, kauft er eine HERALD TRIBUNE, um zu wissen, was in der Welt geschieht. Nach einer Weile, als er von der Zeitung aufblickt, ist Marlis verschwunden –

Touristen beim Mittagessen.

. . .

Später sagt sie: Entschuldige! Sie hat eine lustige Mütze gekauft. Nein! lacht sie: Für dich! Marlis in bester Laune. Als er den Wagen öffnet, ihre Frage: Oder fahre ich jetzt? Er fährt. Warum immer nur er? Er bittet dringlich, daß sie ihn ans Steuer läßt. Das läßt sich jetzt nicht erklären. Gefällt sie dir nicht? Sie meint die bunte Mütze. Zum ersten Mal hat er Angst vor der Straße.

. . .

Sie ist ein Kind.

. . .

Sein Paß ist im Fach.

. . .

Du siehst lustig aus! Sie hat ihm die bunte Mütze aufgesetzt, damit er nicht so ernst sei. Er wundert sich, daß Marlis sich anschnallt. Ohne Aufforderung. Er läßt die Mütze auf dem Kopf, als er schaltet, Blick zurück, um hinten nicht anzustoßen. Nur jetzt kein Fehler –

. . .

Das also ist Aigues Mortes gewesen.

Sie hat einen Sohn, der zur Schule geht; sie hat in Paris studiert; sie ist in Scheidung; sie ist eine Frau, kein Kind.

...

Pferde der Camargue. Manchmal sagt sie etwas, manchmal sagt er etwas. Zum Glück wenig Verkehr. Dann wieder versucht er beruflich zu denken: Wann ist ein Mensch tot? Die Frage bei Herzverpflanzungen. Er ertappt sich im Augenblick, als er sagt: Morgen muß ich Öl wechseln! statt daß er sagt, was er denkt. Er macht es sich zu einfach.

...

Früher, als Kind, ist sie geritten.

...

Fahrt hinter einem belgischen Wohnwagen, ohne zu überholen; als er endlich überholt, reicht es gerade noch, aber es war gefährlich. Sie sagt nichts.

...

Patienten schätzen ihn: seine Ruhe, seine Sicherheit, seine Zuversicht usw.

...

Jetzt trägt sie die lustige Mütze. Dir steht alles! sagt er, aber er schaut auf die Straße. Hört er überhaupt zu? Sie liest aus dem GUIDE MICHELIN vor, damit er sich auf die Höhlenmalerei von Altamira freue, damit er nicht nur an seinen Ölwechsel denkt, damit er weiß, warum sie nach Altamira fahren. Sie meint's lieb.

. . .

Er hatte immer Glück, verglichen mit andern Leuten, gesundheitlich und beruflich und überhaupt, nicht nur als Alpinist (Piz Buin) –

. . .

Sie sagt: Denkst du schon wieder ans Essen! Er denkt überhaupt nichts, sondern schaut auf die Straße; er hat nur irgend etwas sagen wollen, was mit Montpellier zu tun hat, weil er ein Schild sieht: MONTPELLIER 12 km. Er hätte besser nichts gesagt.

. . .

Viktor kommt mit leichten Verletzungen davon, Schnittwunden an der Schläfe, erinnert sich aber an keinen Lastwagen mit Anhänger. Sie stirbt auf dem Transport ins Hospital von Montpellier. Er erinnert sich nicht einmal an die Allee, wo es passiert ist, wo jetzt der gekippte Anhänger zwischen den Platanen liegt; beim Augenschein kommt es ihm vor, als befinde er sich zum ersten Mal in dieser Allee mit der Kreuzung, wo er verhört wird (französisch) und erfährt, daß er Vorfahrt hatte, also keine Schuld.

Später wird er Oberarzt.

. . .

Ein Jahrzehnt lang spricht er nie von dem Unglück bei Montpellier; er weiß nicht, wie es dazu gekommen ist.

. . .

Einige Bekannte wissen es ungefähr.

. . .

Er wird Chef einer Klinik, Vater von zwei Kindern, reist viel, aber nie nach Spanien.

. . .

Ein Arzt, der am Vorabend einer Operation von sich selber erzählt, ist eine Zumutung, das weiß er; trotzdem erwähnt er plötzlich seinen Unfall bei Montpellier in Frankreich: – Ich hatte Vorfahrt, wie gesagt, insofern keinerlei Schuld . . . Nachher sagt er: Wie sind wir eigentlich auf diesen Unfall gekommen? Der Patient weiß es auch nicht. Warum sagt er nicht einfach Gutnacht, das Übliche: Sie werden schlafen, sonst klingeln Sie der Nachtschwester. Aber das hat er schon vorher gesagt. Dann hat er eines der Bücher vom Nachttisch genommen, ohne mehr als den Titel zu lesen. Er legt es wieder auf den Nachttisch. Was er eigentlich hat sagen wollen: Kein Grund zur Sorge, er werde morgen dabeisein, nicht selber operieren, aber dabeisein, kein Grund zur Sorge usw.

Er hatte nie wieder einen Unfall.

. . .

Der Patient, offensichtlich enttäuscht, wagt nicht zu fragen, warum der Chef nicht selber die Operation vornimmt.

. . .

Ihre Frage: Bist du sicher?

. . .

Mehr über den Unfall berichtet er nie.

. . .

Marlis hat den Lastwagen gesehen, sie hat ihn gewarnt, er hat den Lastwagen gesehen, aber nicht gebremst; er hatte Vorfahrt. Es kann sein, daß er sogar Gas gegeben hat, um zu zeigen, daß er sicher ist. Sie hat geschrien. Die Gendarmerie von Montpellier gab ihm recht.

Hugo Loetscher

# *Die Bekanntschaft*

Sie hatten nach der Polizeistunde vor dem Lokal herumgescherzt und überlegt, wohin man noch gehen könnte, ob man einen Club aufsuchen solle und was für einen; aber sie kannten sich in solchen Dingen nicht aus. So hatten sie lange hin und her überlegt, bis sich einer nach dem andern verabschiedet hatte und nur noch sie beide zurückgeblieben waren. Überall gehe er hin, nur nicht nach Hause, hatte er ins Leere hinaus gesagt; er lehnte an der Hausmauer, hatte ein Bein angezogen und die Arme verschränkt, mit denen er seine Lederjacke gegen den Bauch drückte.

Nun stand sie in der Küche und bereitete für ihn das Frühstück. Obwohl sie wußte, daß im Brotkorb kaum Brot sein konnte, sah sie nach. Um diese Zeit war die Bäckerei an der Marktgasse bereits offen. Sie verspürte Lust auf frisches Brot – nur schon den Laib anschneiden, der unter dem Druck des Messers nachgibt, und wenn die Kruste splittert, und danach das Weiche abklauben. Aber sie wollte in der Wohnung sein, wenn er erwachte und falls er sie rief.

Sie waren zum Fluß hinuntergebummelt. Als sie in den Quai einbogen, hatte er kurz gezögert, er wies mit dem Daumen straßeabwärts und aufwärts, als frage er sich selber, in welcher Richtung es gehe. Als sie sagte, ihr Weg führe über die nächste Brücke, hatte er gefragt, ob er sie begleiten dürfe, noch ein Stück weit. Sie waren am Fluß stehengeblieben und hatten ins Wasser geschaut. Vom andern Ufer her waren irgendwelche Vogelstimmen zu hören, und ein Schwan plusterte sich im Dunkel, und er redete auf das Tier ein, es solle nicht die andern wecken. Sie hatten sich aufs Geländer gestützt, und bei jedem Taxi, das vorbeifuhr, zuckte er die Achseln: »Das wär wieder eines gewesen.«

Sie riß eine Packung Toast auf. Dann holte sie die Cornflakes, wie sie es jeden Morgen machte. Bevor sie die Schachtel auf den Tisch stellte, räumte sie ein Schulbuch weg und legte es zusammen mit dem Etui und dem Lineal in eine Schublade des Küchenschranks; sie mußte lächeln, hätte sie ihre Tochter dabei überrascht, sie hätte sie gescholten. Aber sie wollte nicht, daß Schulsachen herumlagen, wenn er zu Tisch kam.

Als sie ihn gefragt hatte, ob er bei ihr etwas trinken möchte, vielleicht einen Kaffee, da hatte er heftig genickt: Irgend etwas. Und auf dem Heimweg erzählte er ihr, daß er Motorrad fahre, aber die Maschine stehe jetzt in einer Garage und werde zurechtgebogen, dann zog er mit einem Finger den einen Mundwinkel herunter: Das rühre von einem Unfall her, und er lachte auf, es sehe immer schlimmer aus, als es sei. Als sie vor der Haustür standen, hatte er sie gefragt, ob sie allein wohne; und sie hatte gelächelt: Nicht ganz.

Kaum hatte sie ihn ins Wohnzimmer gebeten, entdeckte er die helle Fläche an der Wand, wo früher ein Bild gehangen hatte. Und er sagte, da gehöre eine Photographie hin, er photographiere, er hätte eine, die hierher passen würde. Baumwurzeln. Er habe eine ganze Serie davon. Die schönste, die habe er gerahmt, die würde sich hier gut machen. Dann schaute er sich um, wo er seine Jacke hinlegen könnte; er wies auf den abgerissenen Aufhänger, das sei halt so bei einem Einmann-Haushalt. Sie nahm ihm die Jacke ab, ging ins Badezimmer, hängte sie über einen Bügel, dann raffte sie die Strumpfhosen vom Wäscheständer, stopfte sie, feucht wie sie waren, in den Korb zur Schmutzwäsche, klappte den Ständer zusammen und stellte ihn weg. Als sie wieder ins Wohnzimmer kam, stand er neben der Kommode und blätterte in einem bunten Heftchen. Sie sah ihm über die Schultern und erklärte, Comics seien nicht ihre Lektüre, sondern die ihrer Tochter. Er hatte ihr Donald Duck so nahe ans Gesicht gehalten, daß er dabei mit seinem Ellbogen ihre Brust berührte.

Zu ihrer Verwunderung war sie nicht gleich zurückgewichen, er mußte ihr Zittern gespürt haben. Sie machte sich an der Stehlampe zu schaffen, die gebe besseres Licht. Er zündete mit dem Feuerzeug eine Kerze an. Ob er Kerzenlicht möge, das werfe so eigenartige Schatten, sie könne dazu gut spintisieren. Er aber meinte nur, wenn schon eine Kerze da sei, aber das mache er auch ohne Kerzen, spintisieren, wenn er abends allein zu Hause sitze. Darauf ließ er sich in den Fauteuil fallen, dabei stieß er ans Tischchen. Er sah verlegen auf, man müsse wohl leise sein, und er erhob sich gleich wieder. Aber ihre Tochter war für ein paar Tage bei der Großmutter. Als er ganz nahe vor ihr stand, hatte er gefragt, woher sie das Foulard habe, er möge Gladiolen, aber sie belehrte ihn lächelnd, das seien Schwertlilien, sie knüpfte das Foulard auf und zeigte das Blumenmuster, aber sie spürte, daß er auf den Ausschnitt ihrer Bluse sah.

Sie nahm aus dem Eisschrank den Schinken, wickelte ihn aus dem Fettpapier, legte die Tranchen, eine neben die andere, auf einen Holzteller und garnierte sie mit ein paar Essiggurken. Sie sah nach, was sie an Käse anzubieten hatte; aber als sie die Aluminiumfolie aufwickelte, waren nur Reste drin, Rinde mit noch etwas dran. Doch sie hatte stets einen Schachtelkäse vorrätig, und sie legte zwei Portionen-Dreiecke in die Mitte des Holztellers. Da der Deckel des Honigglases klebte, hielt sie ihn kurz unter warmes Wasser, und sie suchte den geschnitzten Honiglöffel; den hatte ihr Mann auf ihrer ersten gemeinsamen Reise in Südfrankreich gekauft, und damals hatte er auch seine Vorliebe für Lavendelhonig entdeckt. Neben das Honigglas stellte sie einen Topf mit Aprikosenkonfitüre. Ihre Mutter kochte noch jeden Sommer ein, obwohl sie gar nicht mehr Süßes essen durfte, weil sie Zucker hatte; so schenkte sie alles Eingemachte weg. Falls er Aprikosen nicht mochte, hatte sie noch Erdbeermarmelade.

Sie war seit Wochen nicht mehr am Abend ausgegangen und das letzte Mal auch nur zu einem Firmenessen. Eine Freundin, auswärts verheiratet, war wegen ein paar Einkäufen in die Stadt gekommen und hatte sie im Büro angerufen. Sie hatten beschlossen, zusammen auszugehen. Sie hatte zum ersten Mal die Bluse angezogen, die sie sich eigentlich gar nicht hätte leisten können, die sie aber im Sonderverkauf erstanden hatte, vor dem Spiegel fand sie den Ausschnitt etwas gewagt; sie schlug ein Foulard um den Hals.

Beinahe hätte sie die Freundin nicht wiedererkannt, sie hatte sie noch nie mit hochgesteckten Haaren gesehen. Die Freundin vertraute ihr an, sie sei wieder schwanger, und da sie das letzte Mal das Kind verloren habe, müsse sie in nächster Zeit viel liegen, vor allem im dritten und im fünften Monat, um so mehr genieße sie diesen Abend zu zweit. Die beiden erzählten sich, was sie von den Kolleginnen wußten, mit denen sie die Schule des Kaufmännischen Vereins absolviert hatten; die meisten hatten sie aus den Augen verloren; nur von einer hatten sie gehört, das war die tüchtigste gewesen und hatte sich immer geweigert, Hosen zu tragen, die war an Krebs gestorben, mit dreiundzwanzig Jahren.

Sie hatten nach dem Essen einen Schaufensterbummel gemacht. Als sie sich von ihrer Freundin verabschieden wollte und diese nervös in der Handtasche nach dem Autoschlüssel suchte, war ein gemeinsamer Bekannter zu ihnen gestoßen. Der hatte die beiden Frauen eingeladen, in ein Weinlokal auf der andern Seite der Limmat. Früher war sie oft mit ihrem Mann dort gewesen, sie zögerte zunächst, aber dann war sie erst recht entschlossen mitzugehen. Der Kellner begrüßte sie, als wäre sie erst gestern dagewesen. Sie kannte niemanden von der Runde, zu der sie sich setzten. Eben hatte ein junger Mann eine Geschichte zu Ende erzählt und legte seine Hände offen auf den Tisch, um irgend etwas zu demonstrieren. Ihr waren die schmalen kräftigen Finger aufgefallen. Der junge Mann hatte bemerkt, wie sie den Blick nicht mehr von den Fingern hob.

Für sich pflegte sie zum Frühstück einen Pulverkaffee anzurühren. Ihre Tochter war alt genug, um sich selber zu versorgen; trotzdem stellte sie ihr, bevor sie ins Büro ging, die Tasse und die Cornflakes hin. Nur am Sonntag frühstückten sie ausgiebig, damit sie das Mittagessen auslassen konnten. Das hatten sie schon so gehalten, als sie noch verheiratet war. Ihr Mann hatte darauf beharrt, und sie hatte die Gewohnheit beibehalten, weil sie den Sonntagnachmittag gerne für die Hausarbeiten verwendete, die während der Woche liegengeblieben waren, obwohl sie angefangen hatte, wenigstens die Bettwäsche außer Haus zu geben.

Sie strich über die Vorhänge, die waren noch fast steif von der Appretur. Sie hatte vor kurzem die Küche weißeln lassen. Das hatte früher ihr Mann besorgt. Er hatte noch die Sitzecke umgebaut. Es war ein Do-it-yourself-Wochenende gewesen, ihre Tochter hatte sich gefreut, weil man im Wohnzimmer essen mußte, und sie hatte einen Picknickkorb gepackt und darauf bestanden, daß sie sich nicht in die Sessel, sondern auf den Boden setzten, als seien sie irgendwo im Freien. Ihr Mann hatte das Holzgestell aus der Wand gerissen, dabei hatte sich gezeigt, wie bröcklig die Wand war, man hatte einen Maurer kommen lassen müssen, aber wenn das schon notwendig war, konnte man auch gleich die Leitungen unter Verputz legen. Die neuen Kunststofftablare waren viel leichter sauber zu halten, zudem konnte man eine Schublade auf Rollen einbauen, und sie hatten Platz gewonnen für einen größeren Eisschrank, aus dem die Frau nun die Milch nahm.

Damals hatten sie auch das zweite Schlafzimmer gekauft. Sie waren nicht wie beim ersten an allen freien Samstagen von Möbelgeschäft zu Möbelgeschäft gegangen, diesmal hatte der Faltprospekt einer Wurfsendung genügt, und ihr Mann war nicht mehr auf den Matratzen rumgehopst, um auszuprobieren, ob sie nicht zu hart oder zu weich seien. Und sie hatte für die Kommode keinen geschliffenen Kristallspiegel mehr gewünscht und auch keinen Frisierhocker mit Volants. Der Schlafzimmerkauf war wie eine Bestätigung dafür, daß ihre Schwierigkeiten aus dem Weg geräumt waren. Aber dann war doch wieder seine Versetzung aktuell geworden, und es war nicht nur um seine neue Stelle in Basel gegangen; sie hatte schon gar nicht mehr fragen mögen, ob er wegen der Einrichtung der Filiale auch übers Wochenende wegbleiben müsse. Die Lieferung des Schlafzimmers hatte sich verzögert, doch waren die Konditionen günstig gewesen, weil er dank irgendwelcher Beziehungen Prozente erhalten hatte. Sie hatte schon daran gedacht, den Kauf rückgängig zu machen, aber dann hätten sie die Anzahlung verloren. Als das Schlafzimmer geliefert wurde, war bereits der Termin für die Sühneverhandlung beim Friedensrichter festgesetzt. Ihr Mann verpflichtete sich, die Raten zu übernehmen. Im Scheidungsvertrag war ihr mit der Wohnung das gesamte Mobiliar zugesprochen worden, somit das Schlafzimmer und auch das Bett, in dem der Mann schlief, den sie am Abend zuvor kennengelernt hatte.

Sie ging zum Schlafzimmer und stieß sachte die Tür auf, er lag auf dem Bauch, den Kopf ins Kissen vergraben, so daß sein Gesicht kaum zu sehen war, am Oberarm hatte er eine Impfnarbe. Sein Halskettchen war verrutscht, und das Medaillon lag ihm auf dem Rücken. Als er erschöpft über ihr zusammengesunken war, hatte sie diese Wirbel gestreichelt, und während sie die kurzen heißen Stöße seines Atems am Hals spürte, waren ihre Finger über die Stelle geglitten, wo sich die beiden Backen trennten, die Haut kaum berührend und jedes Härchen unter den Fingerkuppen spürend.

Er trug das Haar im Nacken lang. Sie hatten im Lokal von Frisuren gesprochen, weil ein Punkmädchen unter der Tür aufgetaucht war. Alle Coiffeure jammerten, weil er ihnen so viel Arbeit mache, und er hatte seinen Haarschopf herumgezeigt, damit sich die andern überzeugen konnten, wie dicht ihm das Haar wuchs. Ihr hatte er den Kopf zweimal hingehalten, weil sie so schön in den Locken kraule, dabei hatte sie kaum hineingefaßt.

Die Decke, die er mit angezogenem Knie zwischen die Schenkel geklemmt hatte, hing bis zum Boden. Auf dem Teppich stand der Aschenbecher. Als er plötzlich aus dem Bett gestiegen war, hatte sie ihm nachrufen wollen, welches die Badezimmertüre sei; wo die Toilette war, wußte er ja, er hatte sie noch aufgesucht, bevor er zu ihr ins Bett geklettert war, und sie hatte das Plätschern gehört, er hatte die Türe offen gelassen, und das war ihr intimer vorgekommen als der Moment, da er aus den Hosen gestiegen war und sie gesehen hatte, wie sein blauer Slip sich spannte. Aber er hatte im Wohnzimmer herumgekramt, und sie überlegte sich, ob er wohl seine Kleider suche, aber sein Slip lag hier auf dem Boden, und sie hatte schon daran gedacht, den Morgenrock überzuwerfen, als er mit dem Aschenbecher und den Zigaretten zurückkam. Er brauche das hinterher. Während er lange Rauchfahnen zur Decke stieß, hatte er ihr den Arm um ihre Schultern gelegt, und sie kuschelte sich an ihn und drückte ihre linke Brust gegen die seine. Zuerst hatte er die Stirn krausgezogen, aber dann den Druck erwidert, als sie ihm sagte, so würde ein Herz das andere besser schlagen hören.

Neben dem Aschenbecher lag sein Feuerzeug. Die Initialen drauf konnten nicht die seinen sein. An der Wandleiste lag die Armbanduhr mit dem metallenen Gliederband. Als er sich mit gespreizten Beinen über ihr hingekniet hatte, reckte er sich, als wolle er seinen Körper als Ganzes zeigen, bevor er ihn einsetzte, und jeder Muskel an Schultern und Oberarmen hatte sich gespannt. Sie hatte ihn mit den Händen an den Lenden gefaßt und leicht ihren Kopf gehoben und sein Glied geküßt. Er hatte den Unterleib ihr entgegen gesperrt und den Kopf in den Nacken geworfen, aufstöhnend hatte er noch die Uhr abgestreift, ehe er, sich auf die Ellbogen stützend, mit seinem Gesicht so nahe kam, daß ihre Augen nur noch die seinen gesehen hatten.

Wenn das Frühstück fertig war, würde sie sich aufs Bett setzen und ihn einen Moment betrachten und seinem Atmen zuhören, und dann würde sie ihren Kopf auf seine Brust legen, eine Knabenbrust, wenn sie mit ihrem Mann verglich, und dann würde sie ihn küssen, vielleicht zuerst auf die Stirn, so, daß er sanft erwachte, und wenn er seine Augen aufmachte und vielleicht über die ungewohnte Umgebung staunte, würde er als erstes ihr Gesicht erblicken.

Sie ging ins Bad. Sie tupfte sich auf die Nasenspitze und auf die Wangen Creme und massierte sie sich in die Haut. Als sie den Mund berührte, spürte sie wieder den Schmerz. Sie hielt das Gesicht nahe an den Spiegel, befeuchtete einen Finger mit Speichel und strich die Brauen glatt. Der linke Mundwinkel war geschwollen, hier hatte er sie in die Lippen gebissen; sie hatte sich noch wehren wollen, aber er hatte ihr mit der Zunge den Mund verstopft. Sie streckte das Kreuz und rollte die Schultern, sie war lange wach gelegen. Wie gut, daß er hier bleiben könne, hatte er gemurmelt, bevor ihn der Schlaf übermannte, er hielt von hinten beide Arme fest um sie geschlungen, sie hatte noch versucht, sich etwas bequemer zu betten, wollte aber keinesfalls, daß er seine Umklammerung aufgab, und sie hatte ihre Hand auf seine Finger gepreßt, die auf ihrem Bauch verschränkt waren.

Sie spürte hinter der Stirn einen Druck. Sie hatten schon zum Nachtessen Wein getrunken, und hinterher im Lokal, da hatte man einfach ein Glas vor sie hingestellt und nachgegossen, und dann zu Hause der Likör. Sie öffnete das Apothekerschränkchen neben dem Spiegel. Zuhinterst lag noch immer der Lederbeutel mit dem Rasierzeug ihres Mannes, das er versprochen hatte, einmal mitzunehmen, wenn er die Tochter besuche. Aber er war bisher nie mehr in die Wohnung gekommen, er klingelte unten oder verabredete sich mit ihr irgendwo in der Stadt. Als sie die Schachtel mit den Kopfwehtabletten zurücklegte, bemerkte sie die Packung ›Feminal‹, sie nahm noch immer regelmäßig die Pille, obwohl sie dazu seit Monaten keinen Grund gehabt hatte.

Sie beugte sich nach vorn, bürstete ihr Haar, das ihr lang übers Gesicht fiel. Als sie das Badezimmer verließ, bürstete sie immer noch, eine Haarnadel zwischen die Zähne geklemmt. Im Wohnzimmer blieb sie einen Moment stehen. Der Geruch von kaltem Rauch, das war ungewohnt. Sie selber rauchte nicht, und wenn ihr Mann geraucht hatte, hatte er vor dem Zubettgehen stets gelüftet. Sie sog die schwere Luft ein, und diese reizte sie zum Hüsteln. Dann öffnete sie das Fenster. Als sie sich hinausbeugte, hörte sie den Wagen der Müllabfuhr. Sie hatte vergessen, die Abfallsäcke hinunterzustellen. Aber sie schloß das Fenster gleich wieder; sie wollte nicht, daß das Scheppern der Müllabfuhr den Mann aus dem Schlaf holte, den sie mit einem Kuß wecken wollte.

Auf dem Tischchen standen noch die Gläser, unter dem ihren waren Ringe auf der Platte. Eigentlich mochte sie Likör nicht, sie hatte die Flasche zu Weihnachten im Büro erhalten.

Er selber hatte ein Bier gewünscht, aber genau das kaufte sie nicht mehr ein. Sie konnte einen Cognac anbieten, und er fand es lustig, daß sie die Flasche aus dem Schrank zwischen Tischtüchern und Nähzeug hervorholte. Zuerst aber war er noch in die Küche gegangen, hatte sich an den Hahnen gehängt und geschlürft; als er sich aufrichtete, tropfte es ihm vom Kinn, das Wasser rieselte aufs T-Shirt; er schüttelte den Kopf, daß es spritzte und auch sie einen Spritzer abbekam, seine Lippen glänzten feucht.

Da realisierte sie, daß das Radio noch lief; sie drehte es ab. Er hatte sich nach ihren Platten erkundigt und irgendeine holländische und englische Band erwähnt, und sie hatte zugeben müssen, daß sie nicht mehr auf dem laufenden sei, eigentlich sei sie es nie gewesen, sie habe Musik gerne, und was ihr gefalle, gefalle ihr. Ihr Mann hatte die Schallplattensammlung mitgenommen, er hatte sie auch aufgebaut, er hatte einmal in einer Band gespielt und oft geprahlt, daß er ebensogut hätte Musiker werden können wie Kaufmann. Ihre Tochter, die besaß bereits eine ganze Reihe von Kassetten, aber ins Kinderzimmer mochte sie ihn nicht führen. Nun war das auch nicht nötig gewesen, weil er bereits die Skala nach dem Lokalsender absuchte, der um diese Zeit lässige Musik biete ohne Zwischengequassel. Die Cognacflasche in der einen Hand und das Glas in der andern, machte er ein paar Tanzschritte. Und während er sich im Takt wiegte, goß er sich ein, und als einiges daneben ging, verrieb er den Fleck mit dem Schuh und sah sie fragend an. Sie holte in der Küche einen Lappen, als sie den Flecken aufwischte, hatte er sich neben sie gekniet, und plötzlich mußten sie lachen, wie sie auf allen vieren herumkrochen, und sie lachte erst recht, als er nach ihrer Hand griff, aber statt dieser den Lappen erwischte, und er sich mit seinen feuchten Fingern durchs Haar fuhr.

Als sie ins Wohnzimmer zurückkehrte, lag er mehr im Sessel, als daß er darin saß. Er blies den Atem tief aus der Lunge, dann ließ er den Kopf hängen, stöhnte kurz und machte große Augen, aber ihr schien, er habe sie gar nicht bemerkt. Er schüttelte den Kopf, als befreie er sich von etwas; er lachte vor sich hin und starrte an die Decke. Plötzlich, als ob er eben erwache, fuhr er auf, sah sie an und flüsterte: »Entschuldigung«, und als sie wissen wollte, wofür denn, meinte er: »Ach – überhaupt.« Dann erhob er sich, sah auf die Uhr und zeigte ihr, wie spät es ist; sie aber legte die Finger auf die Uhr, da beugte er sich vor und küßte ihr die Hand, die noch immer die Uhr zudeckte.

Sie hatten sich wieder hingesetzt; er deutete aufs Radio und summte die Melodie mit. Sie löste die Riemen ihrer Schuhe und stellte diese neben den Sessel – mit diesen Schuhen könne sie auf dem Teppich nicht tanzen. Während sie sich die Fußspitzen rieb, versuchte er mit dem einen Schuh den andern abzustreifen, als der Schuh zu Boden plumpste, sah er sie fragend an: Das sei doch recht so, und sie nickte nur, warum auch nicht. Er streckte sein Bein nach ihr aus und forderte sie auf, mit ihren Zehen zu antworten, sein Hosenbein war hochgerutscht, die behaarte Wade bloß. Sie wisse gar nicht, wer er sei, entfuhr es ihr, aber es war nicht als Frage gedacht. Da ließ er sich nach hinten in den Fauteuil fallen und beide Arme über die Lehne baumeln und streckte die Beine von sich: Wenn er das nur selber wüßte. Er stamme aus Luzern, kinderreiche Familie, nicht eigentlich aus der Stadt, er sei einmal ein angefressener Trommler gewesen, aber heute stinke ihm sogar die Fasnacht. Er habe die Lehre hier in Zürich gemacht, jeden Tag hin und her, aber jetzt wohne er hier, das heißt, draußen wohne er, er arbeite noch immer im gleichen Labor, aber er habe keine Lust, sein ganzes Leben lang zu entwickeln, was andere photographieren, er wolle selber etwas in Kästchen tun, in den nächsten Ferien, da lege er sich ins Zeug mit seiner Kamera, nur, er habe keine Ahnung, wohin und mit wem, und das wär's auch schon gewesen, aber wer weiß – er richtete sich auf, vielleicht könne er schon bald mehr berichten. Er hatte sein Glas erhoben, und nachdem er getrunken hatte, leckte er sich den Mund und ließ die Zungenspitze zwischen den Lippen und sah sie wortlos an.

Sie hob seine Hose auf und versuchte sie in Falten zu legen, aber das war bei diesen Bluejeans gar nicht möglich. Sie sah den Briefumschlag auf dem Teppich, gefaltet und zerknittert, ein eingeschriebener Brief, der nicht geöffnet war; sie steckte ihn in die Hintertasche der Bluejeans. Dann nahm sie vom Zeitungsstapel den Büstenhalter, stopfte ihn in die Tasche des Morgenrocks, und während sie in die Küche zurückging, säuberte sie die Bürste vom ausgekämmten Haar.

Sie schloß die Türe hinter sich und sah nach, was auf dem Tisch noch fehlte. Sie holte aus dem Kühlschrank die Butter und strich die Anschnittfläche glatt; ihre Tochter stach jeweils mit dem Messer hinein, wie es ihr gerade paßte. Sie nahm auch zwei Yoghurt heraus, Diätyoghurt, möglich, daß er so etwas nicht mochte. Aber sicher Orangensaft; sie wunderte sich, weshalb sie so sicher war, daß er Orangensaft trank. Sie ließ aus dem Boiler Wasser in den Krug laufen, um ihn vorzuwärmen.

Sie überlegte noch, ob sie das Glas, das auf dem Fensterbrett stand, auf den Tisch stellen sollte, sie hatte den Zweig der Zimmerlinde, den sie beim Staubwischen abgebrochen hatte, eingestellt, in der Hoffnung, er würde Wurzeln schlagen.

Ja, soweit waren die Vorbereitungen getroffen. Die Eier würde sie kochen, wenn er am Tisch war, je nachdem, wie er sie mochte. Sicher, man saß hier in der Küche eng, aber sie waren gewohnt, zu dritt hier zu essen; sie würde ihm den Platz beim Fenster überlassen, wo sie gewöhnlich saß.

Eigentlich war es jetzt soweit, daß sie den Mann mit einem Kuß fürs Frühstück wecken konnte.

Keinen Aufwand hatte die Frau für dieses Frühstück gescheut. Aber welcher Aufwand war zuvor schon nötig gewesen, damit ihr Aufwand überhaupt getrieben werden konnte.

Die Geschichte dieses Frühstücks hätte auf einer amerikanischen Maisfarm oder in einer spanischen Orangenplantage beginnen können, auf einem Getreidefeld oder einem Zuckerrübenacker. Oder sie hätte damit anfangen können, wie Bienen Blütensaft in einer Wabe sammeln, oder Kühe auf die Weide getrieben werden oder Schweine in einer Mästerei gehalten.

Damit diese Küche Schauplatz dieses Frühstücks werden konnte, waren andere Schauplätze unerläßlich gewesen, nicht nur eine Molkerei und eine Mühle und ein Schlachthof, ganz abgesehen von dem Supermarkt und dem kleinen Laden, in dem die Frau einkaufte, wenn sie rechtzeitig aus dem Büro kam und gleich den Bus erwischte.

Um die Gläser zu spülen, benutzte sie einen Ausguß, der mit einem Siphon versehen war; das Abflußrohr führte zu einem Abwasserkanal und dieser über Siebe und Rechen zu einem Sammelbecken und Schlammfang. Damit sie den

Kessel mit Wasser füllen konnte, war Rohwasser aufbereitet worden, und damit das Wasser in diesem Stockwerk genügend Druck hatte, setzten sich Pumpen und Motoren in Bewegung.

Als sie die Kaffeemaschine anknipste, leuchtete ein rotes Lämpchen auf und begann ein Zähler zu laufen; damit sich die Platte der Kaffeemaschine aufheizen konnte, arbeiteten Generatoren, und elektrischer Strom war umgespannt worden. Und als sie am Herd den Hahn aufdrehte, strömte aus dem Brenner Erdgas, für dessen Speicherung stählerne Tanks gebaut worden waren.

Versorgungssysteme mit Röhren, Leitungen und Kabeln mußten funktionieren, damit die Handgriffe dieser Frau sinnvoll werden konnten, öffentliche Einrichtungen waren erforderlich: ein Kraftwerk, eine Kläranlage, eine Filterstation, komplizierte Netze mit Verteilern und Kontrollstellen.

Und die Voraussetzungen, nur schon dieser Handgriffe, waren unüberblickbar – wie uferlos werden erst die Vorgeschichten all der Gegenstände, welche die Frau benutzte, um dieses Frühstück zuzubereiten.

Für die Filtertüte war Holz gefällt worden, allein dafür waren Baumstämme stromabwärts getrieben bis zu einer Sägerei, und das Holz war in eine Zellulosefabrik gekommen; aber nicht nur die Tüte und deren Verpackung waren aus Papier, sondern auch die Haushaltstücherrolle, von der sie ein Stück abriß, um nochmals den Mundwinkel abzutupfen. Der Durchtropftrichter, in den die Frau die Tüte steckte, war wie die Kaffeemaschine selber aus Kunststoff, die Plastikmasse wurde aus Erdölderivaten hergestellt, und diese waren in einer Petrochemischen Fabrik produziert worden, und das war wiederum nur möglich gewesen, weil anderswo nach Erdöl gebohrt worden war.

Bauxit hatte abgebaut werden müssen, damit die Frau vom Yoghurtbecher einen Aluminiumdeckel abreißen konnte, von dem sie mit dem Finger abstrich, was an Yoghurt daran klebte. Und Erz war zur Verhüttung verladen worden, damit Stahl gegossen werden konnte, dazu war Koks benötigt worden, und das Chromerz machte einen ähnlichen Weg durch, bis am Ende die Löffel, Gabel und Messer aus Chromstahl, mit dem Stempel ›Rostfrei‹ versehen, fabriziert werden konnten, die die Frau mit einem Tuch abrieb, bevor sie sie neben die Tassen und Teller legte. Feldspat, Quarz und Ton waren gemischt worden für das Steingutgeschirr, das die Frau benutzte, die Teller und Tassen hatten ihre Formen auf einer Drehscheibe erhalten, und die bunten Farben der Unterglasur auf dem Krug waren beim Endbrand entstanden.

Als die Frau sich bückte, um im Eisschrank nachzusehen, was sie noch hätte auftischen können, löste sich der Gürtel an ihrem Morgenrock, so daß dieser ihre Brüste freigab. Es war ein Baumwollmorgenrock mit großen Tupfen, dieses Muster hatte entworfen werden müssen und war im Versandkatalog eines Warenhauses abgebildet worden, zuvor waren Baumwollkapseln entkernt und aus den Fasern Stoff gewoben worden, die Stoffballen waren verladen worden, und, wie auf einer Etikette zu lesen, war der Morgenrock in Hongkong zugeschnitten und genäht worden.

Und auf der Kaffeepackung stand Costa Rica. Dort waren die Kaffeekirschen gepflückt worden, die Bohnen herausgeschält, getrocknet und gewaschen. Und diese Bohnen waren an einer Börse gehandelt und sackweise verschifft worden und später in Rösttrommeln gekommen, und als die Frau mit einer Messerspitze in die Vakuum-Packung stach, sog diese geräuschvoll Luft auf.

Aber die Frau überlegte sich auch, ob der Mann, für den sie

das Frühstück herrichtete, vielleicht gar nicht Kaffee, sondern Tee trinke. Und dieser Tee, den sie aus der Schublade nahm, kam aus Ceylon; dort waren die Blätter gepflückt und gerollt worden, dort waren sie fermentiert, sortiert und abgefüllt worden, damit der Tee auch in der Küche verwendet werden konnte, in der eine Frau daran dachte, den Mann wachzuküssen, mit dem sie eine Nacht verbracht hatte.

Als die Frau den Refrain eines Lieds summte, schwangen in diesen Tönen auch all die Lieder mit, die Pflückerinnen, Trägerinnen und Näherinnen gesungen haben mochten, und all das klang auf, was Packerinnen und Verkäuferinnen bei ihrer Arbeit oder in ihren Pausen miteinander geschwätzt, vor sich hingemurmelt und sich gegenseitig erzählt hatten.

Damit dieser Tisch so gedeckt werden konnte, wie die Frau es sich wünschte, waren Container gestapelt und Kisten verladen worden, Kräne und Roboter waren zum Einsatz gekommen, Schaltanlagen und Computer, Schienenwege wurden benutzt und Förderbänder laufen gelassen. Hochöfen mußten gebaut werden und Leistungsmaste aufgerichtet. Es war geerntet und gefüttert worden, geschmolzen und sortiert, investiert, in Labors getestet worden. Im skandinavischen Norden waren Wälder abgeholzt und im Nahen Osten Öltanker vollgepumpt und in Übersee Plantagen angelegt worden, durch halb Europa eine Leitung geführt und in den Bergen ein See gestaut worden...

Eine ganze Welt war nötig. Und diese ganze Welt bot die Frau auf, die das Frühstück bereitete für den Mann, den sie liebte.

Als sie den Kessel vom Herd nahm und den Tee aufgoß und zusah, wie das Kraut quoll, ging die Tür auf, und er stand auf der Schwelle. Sein Haaransatz war naß, er bemühte sich noch, in einen Schuh zu schlüpfen, und zog den Reißverschluß an seiner Hose hoch. Er lachte, er habe Mühe gehabt, seine Hose zu finden. Er hatte die Jacke über die Schulter gehängt und hielt in der gleichen Hand das Päckchen Zigaretten. Er sah auf den Tisch und sagte: »Oh. Ich darf doch?« Er goß sich ein Glas Orangensaft ein und stürzte es hinunter: »Der Nachdurst«. Es liefen ihm zwei Bächlein von den Mundwinkeln zum Kinn, er leckte den Saft ab und wischte sich mit dem Handrücken über den Mund, ging auf die Frau zu und gab ihr einen Kuß. Dann deutete er auf die Uhr hin: »Ich bin schon wieder zu spät. Das geht schon die ganze Woche so.« Sie folgte ihm zur Wohnungstür, er fingerte am Schlüssel, und sie half ihm, die Türe aufzuschließen. Auf dem Treppenabsatz drehte er sich noch einmal um: »Ich rufe dich an.« Er trat einen Schritt zurück, bückte sich und las den Namen über der Wohnungsklingel: »Du stehst doch im Telefonbuch?«

# *Nachweis*

Jeremias Gotthelf (eigentlich Albert Bitzius, 4. Oktober 1797, Murten bei Freiburg – 22. Oktober 1854, Lützelflüh im Emmental)
*Wie Joggeli eine Frau sucht.* Aus: Jeremias Gotthelf, *Die Wassernot im Emmental/Wie Joggeli eine Frau sucht.* Diogenes Verlag, Zürich 1978 (detebe 20569)

Rodolphe Toepffer (31. Januar 1799, Genf – 8. Juni 1846, Genf)
*Die Erbschaft.* Aus dem Französischen übersetzt von H. Graef. Aus: Rodolphe Toepffer, *Meistererzählungen.* Diogenes Verlag, Zürich 1987 (detebe 21505)

Johann Peter Hebel (10. Mai 1760, Basel – 22. September 1826, Schwetzingen bei Heidelberg)
*Seltene Liebe*

Conrad Ferdinand Meyer (11. Oktober 1825, Zürich – 28. November 1898, Kilchberg am Zürichsee)
*Plautus im Nonnenkloster.* Aus: C. F. Meyer, *Meistererzählungen.* Diogenes Verlag, Zürich 1992 (detebe 22448)

Heinrich Daniel Zschokke (22. März 1771, Magdeburg – 27. Juni 1848, Aarau)
*Max Stolprian*

Gottfried Keller (19. Juli 1819, Zürich – 16. Juli 1890, Zürich)
*Romeo und Julia auf dem Dorfe.* Aus: Gottfried Keller, *Meistererzählungen.* Diogenes Verlag, Zürich 1992 (detebe 22494)

Carl Spitteler (24. April 1845, Liestal bei Basel – 29. Dezember 1924, Luzern)
*Der Salutist*

Charles Ferdinand Ramuz (24. September 1878, Cully-sur-Lausanne – 23. Mai 1947, Lausanne)
*Pastorale.* Aus dem Französischen übersetzt von Hedwig Wurzian. Aus dem gleichnamigen Band mit Erzählungen. Diogenes Verlag, Zürich 1963. Alle Rechte an dieser Ausgabe

beim Diogenes Verlag. Abdruck mit freundlicher Genehmigung von Frau Marianne Olivieri-Ramuz, Pully/Lausanne

Jakob Bosshart (7. August 1862, Stürzikon bei Zürich – 18. Februar 1924, Clavadel bei Davos)
*Im Rotbuchenlaub*

Maurice Sandoz (2. April 1892, Basel – 2. Juni 1958, Lausanne)
*Der Liebesbrief.* Aus dem Französischen übersetzt von Gertrud Droz-Rüegg. Aus: Maurice Sandoz, *Am Rande.* Erzählungen. Diogenes Verlag, Zürich 1982 (detebe 20739). Abdruck mit freundlicher Genehmigung der Fondation de famille Sandoz, Lausanne

Robert Walser (15. April 1878, Biel – 25. Dezember 1956, Herisau im Appenzell)
*Helblings Geschichte.* Aus: Robert Walser, *Das Gesamtwerk,* Suhrkamp Verlag, Frankfurt 1978. Copyright © by Suhrkamp Verlag, Frankfurt am Main

Albin Zollinger (24. Januar 1895, Zürich – 7. November 1941, Zürich)
*Der Napolitaner.* Copyright © by Artemis Verlags AG Zürich

Friedrich Dürrenmatt (5. Januar 1921, Konolfingen – 14. Dezember 1990, Neuenburg)
*Der Hund.* Aus: Friedrich Dürrenmatt, *Der Hund – Der Tunnel – Die Panne* (detebe 20850). Copyright © 1985 Diogenes Verlag AG, Zürich

Rainer Brambach (22. Januar 1917, Basel – 13. August 1983, Basel)
*Keine Post für Fräulein Anna.* Aus: Rainer Brambach, *Heiterkeit im Garten.* Copyright © 1989 Diogenes Verlag AG, Zürich

Urs Widmer (*21. Mai 1938, Basel, lebt in Zürich)
*Appenzell.* Aus: Urs Widmer, *Schweizer Geschichten* (detebe 20392). Copyright © 1978 Diogenes Verlag AG, Zürich

Max Frisch (15. März 1911, Zürich – 4. April 1991, Zürich)
*Skizze eines Unglücks.* Aus: Max Frisch, *Tagebuch 1966–1971.* Suhrkamp Verlag, Frankfurt 1972. Copyright © by Suhrkamp Verlag, Frankfurt am Main

Hugo Loetscher (*22. Dezember 1929, Zürich, lebt in Zürich) *Die Bekanntschaft.* Aus: Hugo Loetscher, *Die Papiere des Immunen* (detebe 21659). Copyright © 1986 Diogenes Verlag AG, Zürich

## *Liebesgeschichten im Diogenes Verlag*

»Liebe und Kunst umarmen nicht, was schön ist, sondern was eben dadurch schön wird.« *Karl Kraus*

*Die schönsten Liebesgeschichten aus Irland*
Von G. B. Shaw bis Frank O'Connor
Herausgegeben von Elisabeth Schnack
Aus dem Englischen von Elisabeth Schnack

*Die schönsten Liebesgeschichten aus Rußland*
Von Alexander Puschkin bis Anton Čechov
Herausgegeben von Johannes von Guenther
Aus dem Russischen von Johannes von Guenther

*Die schönsten Liebesgeschichten aus Deutschland*
Von Johann Wolfgang von Goethe bis Alfred Andersch
Ausgewählt von Christian Strich und Fritz Eicken

*Die schönsten Liebesgeschichten aus der Schweiz*
Von Jeremias Gotthelf bis Max Frisch
Herausgegeben von Christian Strich und Tobias Inderbitzin

*Die schönsten Liebesgeschichten aus Österreich*
Von Adalbert Stifter bis Heimito von Doderer
Herausgegeben von Maria und Herbert Eisenreich

*Die schönsten Liebesgeschichten aus Amerika*
Von Edgar Allan Poe bis Ernest Hemingway
Ausgewählt von John G. Machaffy

# *Urs Widmer*
# *im Diogenes Verlag*

»Wer kann heute noch glitzernde, glücksüberstrahlte Idyllen erzählen? Wer eine Geschichte über den Golfkrieg und die A-Bombe? Wer ein Märchen für Erwachsene von – sagen wir: fünfzehn an? Und wer eine Liebesgeschichte über Lebende und Tote, die uns traurigfroh ans Herz geht? Die Antwort: Urs Widmer. Er kann all dies aufs Mal und all das ist, eine Rarität in der deutschen Literatur, tiefsinnig und extrem unterhaltend zugleich.«
*Andreas Isenschmid/Die Zeit, Hamburg*

*Alois/Die Amsel im Regen im Garten*
Zwei Erzählungen

*Das Normale und die Sehnsucht*
Essays und Geschichten

*Die Forschungsreise*
Ein Abenteuerroman

*Die gelben Männer*
Roman

*Vom Fenster meines Hauses aus*
Prosa

*Schweizer Geschichten*

*Shakespeare's Geschichten*
Alle Stücke von William Shakespeare, nacherzählt von Walter E. Richartz und Urs Widmer. In zwei Bänden

*Das enge Land*
Roman

*Liebesnacht*
Eine Erzählung

*Die gestohlene Schöpfung*
Ein Märchen

*Indianersommer*
Erzählung

*Das Verschwinden der Chinesen im neuen Jahr*
Mit einem Nachwort von H.C. Artmann

*Auf auf, ihr Hirten! Die Kuh haut ab!*
Kolumnen

*Der Kongreß der Paläolepidopterologen*
Roman

*Das Paradies des Vergessens*
Erzählung

*Der blaue Siphon*
Erzählung

*Liebesbrief für Mary*
Erzählung

*Die sechste Puppe im Bauch der fünften Puppe im Bauch der vierten*
und andere Überlegungen zur Literatur. Grazer Vorlesungen 1991